KAREN PERRY

GIRL
UNKNOWN

SCHWESTER? TOCHTER?
FREUNDIN? FEINDIN?

ROMAN

Aus dem Englischen
von Ulrike Wasel
und Klaus Timmermann

FISCHER | SCHERZ

Erschienen bei FISCHER Scherz

Die Originalausgabe erschien 2016 unter dem Titel
»Girl Unknown« bei Michael Joseph, an imprint of Penguin Books
Copyright © Karen Gillece and Paul Perry, 2016

Für die deutschsprachige Ausgabe:
© 2018 S. Fischer Verlag GmbH,
Hedderichstr. 114, D-60596 Frankfurt am Main

Redaktion: Gabriele Zigldrum
Satz: Druckerei C.H.Beck, Nördlingen
Druck und Bindung: CPI books GmbH, Leck
Printed in Germany
ISBN 978-3-651-02551-6

PROLOG

DAS WASSER ist kalt, doch der anbrechende Tag bringt bereits die Verheißung von Hitze mit sich. Bald wird das Sonnenlicht den Garten erreichen. Insekten schwirren und summen im Gebüsch, Lavendelduft entströmt den Töpfen auf der Terrasse. Tropfen rollen vom Rand des Sprungbretts, fallen mit trägem Platschen auf die schwankende Wasseroberfläche des Pools.

Eine Seemöwe landet auf der Mauer und späht mit ihren Knopfaugen auf der Suche nach Futter oder bloß aus Neugier nach unten ins Wasser. Das Tropfen vom Sprungbrett wird langsamer.

Der Vogel mustert den Garten – das gedrungene, stille Haus im Hintergrund, die Schatten auf der Terrasse. Er hebt einen Flügel und stößt seinen gelben Schnabel ins Gefieder, ordnet es. Er hebt den Kopf, legt den Flügel wieder an und schaut erneut nach unten.

Im Wasser dreht sich etwas – oder eher, jemand. Die wachsame Möwe blinzelt. Das Wasser wird dunkler. Ein zur Seite gewandtes Gesicht, eine untergetauchte Gestalt. Der Mund ist offen, doch es gibt keine glänzende Spur aus Luftblasen, keinen silbrigen Atem.

Das einzige Geräusch ist das langsame Tropfen von Blut, das auf die glatte Fläche des Pools trifft, ehe es durch blaugrünes Wasser schwebt, sich vermischt und schließlich verschwindet.

TEIL | EINS

1 | DAVID

ICH DENKE, ich fange am besten ganz am Anfang an, mit unserer ersten Begegnung. Genauer gesagt, mit unserer ersten Unterhaltung, denn gesehen hatte ich sie vorher schon – unter den Erstsemestergesichtern, die mich im Hörsaal anschauten. Ihr Haar machte es fast unmöglich, sie nicht zu bemerken. Diese hellblonden, schimmernden, lang herabfallenden Locken, wie ein sanftes Ausatmen. Im Halbdunkel von Hörsaal L fing es das Licht auf und reflektierte es, golden und schillernd. Ich bemerkte das Haar und das strahlende runde Gesicht darunter und dachte: *Unverbraucht*. Dann kehrten meine Gedanken zurück zu meinen Folien, und ich redete weiter.

In den ersten Wochen eines neuen Semesters herrscht auf dem Campus eine unvergleichliche Energie. Die Luft ist aufgeladen mit faszinierenden Möglichkeiten. Ein optimistischer Elan greift um sich, verleiht den ausgetretenen Gängen, den abgenutzten Räumen neues Leben und neuen Glanz. Selbst die routiniertesten Veteranen im Lehrkörper bewegen sich während des ersten Monats mit federnden Schritten, und ein Gefühl von Zuversicht steckt alle an. Sobald die Hektik der Einführungswoche abgeklungen ist, und die Vorlesungen und Seminare ihren Rhythmus gefunden haben, wird der Campus von Arbeitseifer erfasst, wie wirbelndes Herbstlaub. Er schwirrt durch die Korridore und Treppenhäuser, fegt über die Rasenflächen, wo die Studierenden zusammensitzen und Kaffee trinken. Auch ich spürte das – dieses Pulsieren von Möglichkeiten, den Drang, das neue Semester schwungvoll anzugehen. Nach siebzehn Jahren an der Universität war ich noch immer nicht immun gegen die tatkräftige Hochstimmung der Erstsemester. Das Semester war erst ein paar Wochen alt, als sie mich das erste Mal ansprach. Ich hatte gerade meine Donnerstagmorgen-Vorlesung über neuere irische Geschichte beendet, und die Studierenden verließen den Saal, unterhielten sich mit zunehmender Lautstärke, während sie die Stufen zum Ausgang hochgingen. Ich klappte meinen Laptop zu und packte meine Notizen ein, war mit der Frage beschäftigt, ob ich noch genug Zeit für einen schnellen Kaffee im Dozentenzimmer hatte, als ich jemanden ganz in meiner Nähe spürte und aufschaute. Sie stand mir gegenüber, ihre Mappe an die Brust gedrückt, das Gesicht halb versteckt hinter dem langen, goldblonden Haar.

»Dr. Connolly«, sagte sie, und ich registrierte sofort den Anflug eines Belfaster Akzents.

»Ja?«

»Hätten Sie vielleicht kurz Zeit für mich?«

Ich schob den Laptop in meine Tasche, hängte mir den Trageriemen über die Schulter und bemerkte eine gewisse Anspannung im Blick ihrer großen runden Augen. Sie hatte einen hellen Teint und wirkte wie frisch gebadet. Viele Studentinnen in meinen Veranstaltungen sind dick geschminkt, eingehüllt in ein Miasma aus chemischen Gerüchen. Diese junge Frau war anders: Sie hob sich durch eine Frische und Schlichtheit ab, die sie schrecklich jung erscheinen ließ.

»Natürlich«, sagte ich munter. »Ich habe in ein paar Minuten eine Besprechung, aber wenn Sie wollen, können Sie mich ein Stück begleiten.«

»Oh. Nein, ist schon okay.«

Enttäuschung, ein unsicherer Gesichtsausdruck, der mein Interesse weckte.

»Vielleicht ein andermal«, sagte sie.

»Meine Sprechstunde ist freitagnachmittags von drei bis fünf. Da können Sie gern kommen. Falls Sie da keine Zeit haben, können Sie auch einen Termin per E-Mail vereinbaren.«

»Danke«, sagte sie höflich. »Das mach ich.«

Wir gingen zusammen die Stufen zum Ausgang hoch, wortlos, betretenes Schweigen zwischen uns.

»Also, dann auf Wiedersehen«, sagte ich mit einem Blick auf die Uhr und tauchte in den Strom von Studierenden auf dem Weg zur Treppe ein.

Als ich zu meiner Besprechung kam, hatte ich sie schon vergessen. Seltsam, wenn ich jetzt daran zurückdenke. Schließlich war unsere erste Begegnung so folgenschwer. Heute betrachte ich diesen Moment als den Punkt, an dem mein Leben sich teilte – wie eine Buchseite, die man falzt und damit alles in davor und danach unterteilt.

Mein Büro liegt im zweiten Stock des geisteswissenschaftlichen Gebäudes. Seine Wände sind bedeckt mit Regalen voller Bücher und gerahmten Drucken: die Osterproklamation von 1916, zwei William-Orpen-Skizzen aus den Schützengräben des Ersten Weltkriegs, eine verblichene Fotografie, die meinen Großvater zusammen mit anderen aus dem Kavallerieregiment Royal Dragoon Guards zeigt, und schließlich eine Karikatur aus dem *New Yorker* von zwei streitenden Akademikern, Letztere ein Geschenk meiner Frau. Dann hängt da noch ein Familienfoto von uns vier, ein Selfie, das ich im letzten Sommer auf einer Wanderung zum Hell Fire Club in den Dubliner Bergen mit meinem Handy gemacht hatte: Hollys Haare sind windzerzaust, Robbie grinst, und Caroline tränen die Augen – wir sehen glücklich aus, einzeln und als Familie. Ich habe die Arme irgendwie um uns alle geschlungen, und die Stadt mit ihren Vororten, der Campus und dieses Gebäude sind als verschwommener Hintergrund in der Ferne zu sehen.

Mein Guckloch in die Außenwelt, und das Hübscheste an diesem Büro, ist das große Südfenster, das auf den Innenhof geht. Dort wachsen ein paar Birken, und ich kann das ganze Jahr über verfolgen, wie sich die Farben des Laubs verändern, und die Jahreszeiten vergehen.

Ich habe mein ganzes Erwachsenenleben – bis auf drei Jahre Promotion an der Queen's University – auf diesem Campus verbracht. Ich habe jede Minute davon genossen und schätze mich glücklich, hier zu sein und allmählich die Karriereleiter bis zum Lehrstuhlinhaber hochzuklettern, und ich liebe die Interaktion mit Studierenden in den Vorlesungen und Seminaren. Ich liebe die wissbegierigen jungen Leute, mit denen ich es zu tun habe – die aufbrausende und mitunter respektlose Arroganz, mit der ein Student die Vergangenheit in Frage stellt. Ich gebe zu, ich war ehrgeizig, und ich habe hart arbeiten müssen. Mir ist nichts in den Schoß gefallen – nicht wie bei anderen, die anscheinend eine natürliche Begabung für die Deutung der Vergangenheit besitzen. Meine Arbeit war mühsam, aber sie hat mir Freude gemacht.

Dennoch, die junge Frau tauchte zu einem Zeitpunkt auf, als sich mir die Chance auf einen besonderen Karrieresprung bot. Mein ehemaliger Lehrer und der Leiter unserer Fakultät, Professor Alan Longley, würde in zwei Jahren in den Ruhestand gehen. Er hatte mehr als einmal unmissverständlich angedeutet, dass ich sozusagen alle Trümpfe in der Hand hielt, um sein Nachfolger zu werden. Natürlich würde die Fakultätsleitung mehr Arbeit mit sich bringen, aber ich war bereit, die zusätzliche Aufgabe zu übernehmen und mich der Herausforderung zu stellen. Das machte mein Leben aus: der befriedigende Arbeitsrahmen, den ich mir aufgebaut hatte – das heißt, bis zum letzten Herbst.

Damals, in jenen Septemberwochen, als das Licht sich veränderte und die Luft erstmals kühl wurde, wusste ich so gut wie nichts über sie. Ich kannte nicht mal ihren Namen. Ich hatte, glaube ich, nicht mehr an sie gedacht, bis ich am Freitagnachmittag meine Sprechstunde abhielt. Die ersten Studierenden trudelten kurz nach drei ein – ein Zweitsemester, der Fragen zu seiner Hausarbeit hatte, eine Examenskandidatin mit Prüfungsangst, eine weitere, die überlegte, an den Bachelor noch den Master anzuhängen. Sie kamen einer nach dem anderen herein, und ich merkte, dass ich anfing, nach *ihr* Ausschau zu halten, jedes Mal damit rechnete, ihr helles Gesicht in der Tür zu sehen.

Ich hatte irgendwann zwei kleine Sessel und einen niedrigen Couchtisch von zu Hause in mein Büro gebracht, um die Unterredungen mit den Studierenden in einem entspannteren Rahmen führen zu können. Mir gefällt das Machtungleichgewicht nicht, wenn ich hinter dem Schreibtisch sitze und sie davor. Ich ließ die Tür während der Besprechungen offen, bei Studenten ebenso wie bei Studentinnen. Wissen Sie, vor Jahren, als ich noch wissenschaftlicher Mitarbeiter war, sah ein Kollege sich dem schlimmen Vorwurf einer Studentin ausgesetzt, er habe sie in seinem Büro sexuell belästigt. Ich weiß noch, wie schockiert ich damals war: Er war ein schmächtiger Typ mit der unschönen Angewohnheit, ständig zu schniefen, wenn er sich auf eine Sache konzentrierte.

So seltsam es klingen mag, ich konnte mir nicht vorstellen, dass er überhaupt irgendwelche sexuellen Gelüste hatte. Die meisten Akademiker sind ganz normale Leute, deren Leben sich keineswegs von dem anderer Leute gleich welcher Profession unterscheidet. Manche jedoch sind realitätsfremd, kaum geeignet, außerhalb der schützenden Mauern der Universität zurechtzukommen. Der Unglückliche hieß Bill – ein fleißiger Historiker, aber leider sehr naiv. Ein freundlicher und sanftmütiger Mann, den die Beschuldigung wie ein Hammerschlag traf. Über Nacht mutierte er zu einem grimmigen Sonderling, der keine Gelegenheit ausließ, seine Unschuld zu beteuern, häufig zu den unpassendsten Zeitpunkten – auf Fakultätssitzungen, im Dozentenzimmer beim Kaffee, einmal sogar am Tag der offenen Tür. Ein Disziplinarausschuss untersuchte die Behauptungen und kam zu dem Ergebnis, dass sie jeder Grundlage entbehrten. Bill wurde entlastet. Die Studentin machte ihren Abschluss und verließ die Uni. Bill arbeitete weiter, doch er hatte sich verändert. Er ging nicht mehr mit uns anderen Kaffee trinken und vermied jeden sozialen Umgang mit Studierenden. Es war keine Überraschung, als er ein Jahr später erklärte, dass er eine Stelle an einer Uni im Ausland angenommen hatte. Ich habe keine Ahnung, wo er jetzt ist, obwohl ich ab und zu an ihn denke, wenn es auf dem Campus mal wieder zu einem Skandal kommt, oder wenn ich den Blick einer Studentin als eine Spur zu intensiv empfinde.

Irgendetwas an der Art, wie sie mich an dem Tag angesehen hatte, wie ihre Stimme gestockt hatte, ließ mich an Bill denken. Ich war neugierig, aber auch auf der Hut. Die mit den Rehaugen, die jung und unschuldig wirken, bei denen muss man vorsichtig sein. Nicht bei den Lässigen mit den Ugg-Stiefeln und der Solariumbräune – die sind durchsetzungsstark, und ein Mann wie ich passt nicht in ihr Beuteschema. Ich bin vierundvierzig, Vater von zwei Kindern. Ich ernähre mich gut und mache regelmäßig Sport. An den meisten Tagen fahre ich mit dem Rad zur Uni; dreimal die Woche gehe ich schwimmen. Ich versuche, auf mich zu achten, könnte man sagen. Schön, ich bin nicht der attraktivste Mann der Welt, aber so schlecht sehe ich auch wieder nicht aus. Ich bin knapp einen Meter achtzig groß, habe dunkles Haar, braune Augen und einen blassen Teint.

Mein Dad meinte, wir hätten spanisches Blut in den Adern: »Von den Seeleuten der Armada, die damals an der Westküste Irlands gestrandet sind.« Ich weiß nicht, ob das stimmt. Aber nach dem, was Bill passiert ist, halte ich es nicht für gänzlich unmöglich, dass eine Studentin sich in mich verknallen könnte. Doch zu jenem Zeitpunkt war ich seit siebzehn Jahren verheiratet, und mir war durchaus bewusst, wie teuer mich ein dummer Fehler zu stehen kommen könnte. Außerdem hatte ich zu viel zu verlieren.

Ich schätze, solche Gedanken schossen mir durch den Kopf, als wir das erste Mal miteinander sprachen. Ihr Widerstreben, mit mir zu reden, während sie neben mir herging – als erforderte die Schwere dessen, was sie mir zu sagen hatte, Ungestörtheit, Ruhe und meine volle Aufmerksamkeit.

An jenem Freitag rechnete ich fest damit, dass sie in mein Büro kommen würde. Aber sie kam nicht. Ich muss gestehen, ich war enttäuscht. Sie blieb ohne Erklärung weg, was nicht heißen soll, dass ich eine solche gebraucht oder erwartet hätte. Sie bat auch nicht per E-Mail um einen Termin. In der darauffolgenden Woche sah ich sie wieder in meiner Vorlesung, die Augen starr auf den Notizblock vor ihr gerichtet, aber als die Stunde vorbei war, verließ sie zusammen mit den anderen Studierenden den Saal.

Die Angelegenheit beschäftigte mich nicht weiter, und ich hätte sie garantiert mit der Zeit völlig vergessen. Ich hatte genug damit zu tun, meine Lehrveranstaltungen und Forschungsprojekte und diversen anderen Verpflichtungen an der Uni unter einen Hut zu bringen, ganz zu schweigen von den vielen Verwaltungsaufgaben, die ich zu erledigen hatte. Außerdem sollte ich in den kommenden Monaten von einigen Radio- und Fernsehsendern zur Hundertjahrfeier des Osteraufstandes von 1916 interviewt werden. Caroline war wieder berufstätig. Wir wechselten uns damit ab, die Kinder zur Schule und zu irgendwelchen Freizeitaktivitäten zu kutschieren. Das Leben war ausgefüllt. Ich war überaus beschäftigt. Ich war glücklich. Das weiß ich jetzt.

Eines Nachmittags dann, im Oktober, kam ich von einer Fakultätsbesprechung zurück in mein Büro und sah sie auf dem Fußboden neben meiner Tür sitzen. Knie angezogen, Hände um die Knöchel. Sobald sie mich sah, stand sie auf und zupfte ihre Kleidung zurecht.

»Kann ich was für Sie tun?«, fragte ich, während ich in der Hosentasche nach dem Büroschlüssel kramte.

»Sorry. Ich hätte einen Termin machen sollen.«

»Tja, jetzt sind Sie schon mal da.« Ich öffnete die Tür. »Kommen Sie rein.«

Ich trat an den Schreibtisch, legte meine Tasche darauf. Es war kalt im Zimmer. Ich ging zum Heizkörper und strich mit den Fingern darüber. Die junge Frau wollte die Tür hinter sich schließen.

»Nein, lassen Sie die bitte auf«, sagte ich.

Sie warf mir einen leicht erschrockenen Blick zu, als wünschte sie, sie wäre nicht gekommen.

»Setzen wir uns, und dann erzählen Sie mir, was Sie auf dem Herzen haben.«

Ich nahm in einem der Sessel Platz, doch sie blieb stehen, fingerte an dem Reißverschluss ihres Pullovers herum. Sie war klein und dünn, knochige Handgelenke lugten aus den Ärmeln, deren Säume vom vielen Herumzupfen ganz ausgefranst waren. Ihre nervösen Finger waren ständig in Bewegung.

»Wie heißen Sie?«

»Zoë«, sagte sie leise. »Zoë Barry.«

»Nun, Zoë. Was kann ich für Sie tun?«, fragte ich, während

ich einen Stapel Fachzeitschriften auf dem Couchtisch ordnete.

Ihre Hände wurden still, und mit einer Stimme, die glockenrein klang, sagte sie: »Ich glaube, Sie könnten mein Vater sein.«

2 | DAVID

JEDEN WOCHENTAG kommen Studierende in mein Büro. Manche haben normale Fragen, die sich auf meine Veranstaltungen beziehen. Andere haben Probleme. Sie wollen Hilfe von mir. Sie wissen vielleicht nicht mal, wo genau das Problem liegt. Wieder andere *sind* das Problem. Im Laufe der Jahre habe ich schon mit allerhand Problemfällen zu tun gehabt. Von harmlos bis kompliziert. Aber keiner war wie dieser. Keiner verhieß so klar und unmissverständlich nichts Gutes oder sprach das Problem mit so offener, wenn auch schüchterner Deutlichkeit aus.

»Ich verstehe nicht«, sagte ich.

»Darf ich die Tür schließen?«

»Nein, lieber nicht.« Ich forderte sie mit einer Geste auf, in dem Sessel mir gegenüber Platz zu nehmen.

»Ich weiß, das ist wahrscheinlich ein Schock für Sie«, sagte sie, als sie sich setzte und ihre Tasche abstellte.

»Ein Schock?«, sagte ich. Wohl eher ein Übergriff oder eine absurde Behauptung. Ich warf einen Blick in meinen Terminkalender für den Tag. Er war voll: Ein Meeting jagte das andere. Die Lehrplanbesprechung würde besonders schwierig werden. Außerdem musste ich noch zur Bibliothek, um mit Laurence über die Zeitzeugendokumente zu sprechen, die er für mich aus der British Library besorgte.

»Na ja … ich tauche hier aus heiterem Himmel auf und eröffne Ihnen, dass ich Ihre Tochter bin.«

»Tut mir leid, ich kann Ihnen nicht ganz folgen. Wieso glauben Sie, ich könnte Ihr Vater sein?«, sagte ich.

Ihre Miene veränderte sich nicht. Schüchtern, geradezu scheu, als wäre sie gegen ihren Willen gekommen. »Ich hab darüber nachgedacht, wie ich es am besten formuliere, damit es nicht so unverblümt rüberkommt«, sagte sie und beugte sich ein wenig vor. »Aber egal, wie ich es ausdrücke, Sie sind mein Vater.« Sie hustete verlegen in einen Ärmel. »Ich dachte, es wäre besser, direkt mit der Sprache rauszurücken, als um den heißen Brei herumzureden, wenn das irgendwie Sinn ergibt?«

Sie verzog keine Miene, ihr Gesicht wirkte offen und ehrlich. Sie hatte grüne Augen, groß und strahlend. Hin und wieder fielen ihr die Haare ins Gesicht, und sie musste sie zurückstreichen – eine Angewohnheit, vermutete ich.

»Ich bin jetzt echt erleichtert«, sagte sie mit einem müden Lächeln. »Ich hab ewig hin und her überlegt, wenn ich in Ihrer Vorlesung saß und die ganze Zeit wusste, dass Sie mein Vater sind, und dass Sie keine Ahnung hatten. Irgendwann hab ich's nicht mehr ausgehalten. Ich fand, ich musste es Ihnen sagen.«

Ihre Stimme, so zaghaft und sanft sie auch war, hatte den erdigen, kehligen Beiklang des Nordens. Ich musste unwillkürlich an die amerikanischen Soldaten im Zweiten Weltkrieg denken, über die ich in letzter Zeit so viel gelesen und geforscht hatte, an die G.I.s, die in verschiedenen Städten von Nordirland stationiert gewesen waren – Coleraine, Ballycastle, Portstewart –, und an ihr ungeschriebenes Vermächtnis: Viele von ihnen hatten nämlich Söhne und Töchter gezeugt, von deren Existenz sie vermutlich nie erfuhren, während andere von ihrem Nachwuchs ausfindig gemacht worden waren. Ich hatte das immer für ein erfreuliches, wenn auch kompliziertes Vermächtnis gehalten – einen Zufluss in den Strom der Vergangenheit –, ein bereicherndes Erbe.

Dennoch, ich begann mich über die Kapriolen meines eigenen Verstandes zu ärgern und über die Störung, die die junge Studentin meinem Tag beschert hatte: den Unsinn, den sie mir auftischte, die Äußerungen einer Unzurechnungsfähigen, was auch immer.

Ich nahm mein Notizbuch, hievte mich aus dem Sessel und ging zu meinem Schreibtisch. Ich spürte, wie die kurze Zündschnur meines Zorns zischte. »Noch mal, wie kommen Sie auf die Idee, dass ich Ihr Vater bin?«

Das Lächeln verschwand aus ihrem Gesicht. Sie beugte sich vor und holte ein Taschentuch aus ihrer Tasche. Ich sah ihr an, dass sie nur mit Mühe die Fassung bewahrte. Vielleicht war ich zu barsch gewesen. Ich hatte ihr gegenüber als Studentin schließlich eine Fürsorgepflicht. Sie war jung, durcheinander. Es musste ihr sehr schwergefallen sein, den – wenn auch fehlgeleiteten – Mut aufzubringen, herzukommen und mit mir zu reden.

»Hören Sie«, sagte ich, »Sie sind offensichtlich aufgewühlt. Und glauben Sie mir, Sie sind nicht die erste Studierende, die hier in Tränen ausbricht. Das Uni-Leben kann sehr belastend sein. Viele tun sich schwer damit. Aber wer Hilfe sucht, findet welche. Ich gebe Ihnen die Nummer von jemandem beim Psychologischen Beratungsdienst, den Sie anrufen können.« Ich ging hinter meinen Schreibtisch und notierte die Nummer auf einem Post-it-Zettel. Claire O'Rourke, eine Psychologin auf dem Campus, war eine alte Bekannte von mir. Während ich schrieb, fragte ich mich kurz, was sie von der Behauptung der jungen Frau halten würde.

Ich riss den Zettel vom Block, ging zu ihr und hielt ihn ihr hin, doch sie nahm ihn nicht. Sie schaute ihn nicht mal an.

Ich kehrte hinter meinen Schreibtisch zurück. »Ihre Entscheidung, wenn Sie die Nummer nicht wollen«, sagte ich. Die Situation fing an, mir lästig zu werden. Ich musste arbeiten.

»Ich biete Ihnen gern Hilfe an, aber ich kann Sie nicht zwingen, sie anzunehmen.«

Ich erweckte meinen Computer zum Leben, indem ich auf die Leertaste tippte. Der Monitor wurde hell, und das Bild von Robbie und Holly löste sich auf.

»Meine Mutter hieß Linda«, sagte sie, und meine Hand ließ die Maus los. »Linda Barry.«

Linda Barry ... Als ich ihren Namen hörte, fühlte es sich an, als würde eine unverheilte Wunde aufbrechen. Ich hatte ihn so lange nicht gehört, dass es mir vorkam, als würde ich träumen, oder als würde die Zeit mir einen Streich spielen. Mein Mund wurde trocken.

»Linda Barry?«, sagte ich, und wurde jäh in eine andere Zeit, an einen anderen Ort katapultiert, als wäre ihr Name ein geheimes Passwort zur Vergangenheit – zu meiner Vergangenheit, zu einem jüngeren, verantwortungsloseren und leidenschaftlicheren Mann und der damit verbundenen Zeit. Ein Passwort, das auch Kummer barg. Mir stockte der Atem, und ich wurde plötzlich sehr wachsam.

Ich suchte nach irgendeiner Ähnlichkeit in ihrem Gesicht, doch da tauchte die Gestalt eines Studenten in der offenen Tür auf.

»Dr. Connolly?«

»Jetzt nicht«, sagte ich gereizt. »Ich bin in einer Besprechung.« Ich schaltete den Monitor aus. »Kommen Sie später wieder.«

»Vor etwas über einem Jahr hat sie mir von Ihnen erzählt«, flüsterte sie kaum hörbar.

»Sie hat Ihnen von mir erzählt?«

»Sie fand, ich sollte es wissen«, sagte Zoë Barry und zupfte an den Fäden ihres Ärmels.

Ich sah ihr an, dass sie auf eine Reaktion von mir wartete,

während ich anfing zu überlegen, ob an ihrer Behauptung etwas dran sein könnte.

»Sie hat mir erzählt, dass Sie ihr Tutor waren, als sie an der Queen's studiert hat«, sagte sie. »Sie hat mir erzählt, wie Sie beide Freunde wurden und dann eine Zeitlang ein Liebespaar waren.«

Es fühlte sich falsch an – von einer Studentin zu hören, wie sie über mich und Linda sprach, uns als *Liebespaar* bezeichnete. Konnte das stimmen? Hatte Linda ein Kind bekommen?

Ich dachte an das Wochenende, das wir in Donegal verbracht hatten, bevor wir uns trennten. Drei Tage auf dem Lande. Ich hatte mich gefühlt, als würde ich mein vorheriges Leben, die Jahre des Studiums abstreifen, meine Hingabe an die akademische Welt vergessen, aus einem langen Traum erwachen. Unter der Oberfläche war das Wissen um unsere bevorstehende Trennung spürbar gewesen. Bald würde ich nach Dublin zurückkehren, um eine Stelle an der Uni anzunehmen, an der ich drei Jahre zuvor Examen gemacht hatte. Das Leben, das ich in Belfast geführt hatte, an der Queen's, würde zu Ende gehen. Und diese Beziehung, diese Liebesgeschichte – ich ahnte nicht, wie viel sie mir bedeutete –, auch sie würde enden. Wir wussten es beide, obwohl keiner von uns es ausgesprochen hatte.

Zoë Barry hob eine Hand an den Mund, und plötzlich bemerkte ich in der gerundeten Form ihres Gesichts eine Ähnlichkeit. Eine Schlichtheit, die reizlos hätte sein können, wären da nicht ihre lebendigen Augen gewesen – Lindas Augen, oder vielleicht doch nicht? Ich war mir nicht ganz sicher.

»Aber wie ...«, stammelte ich. »Ich versteh nicht ...«

»Sie hat gesagt, die Affäre mit Ihnen wäre kurz gewesen. Anschließend ist sie ins Ausland gegangen, um ihren Master zu machen. Da hat sie erst gemerkt, dass sie schwanger war.«

Ich war inzwischen promoviert und zurück in Dublin. Ich hatte Caroline wiedergetroffen, und wir hatten unsere Beziehung – die während meiner drei Jahre in Belfast auf Eis gelegen hatte – wieder aufgenommen. Nach Linda, nach der Achterbahnfahrt der Gefühle, wollte ich etwas Solides, Stabiles und Verlässliches. »Aber sie hat nichts gesagt. Sie hat mir nie erzählt ...«

Ich weiß noch, was für eine Erleichterung es war zu heiraten, die sichere, feste Struktur der Ehe um mich herum zu spüren. Aber durch dieses Mädchen in meinem Büro war ich plötzlich wieder auf hoher See, und das Tosen der Wellen in meinen Ohren übertönte vieles von dem, was sie mir erzählte. Ich musste immerzu an Linda mit einem Baby denken – einem Baby von *mir*. Wieso hatte sie mir nichts gesagt? Wieso hatte sie das alles allein durchgestanden?

»Das muss schwer für Sie sein«, sagte sie mit neugewonnener Fassung. »Das ist bestimmt nicht leicht zu verkraften.«

Mit der schmächtigen Statur – knochige Handgelenke und Knie, dünne Beine in einer hautengen Jeans, schwere, ochsenblutrote Stiefel – hatte sie etwas Verletzliches an sich, auch wenn sie gerade ihre Granate geworfen und mich ins Taumeln gebracht hatte. »Nicht leicht zu verkraften? Ja, das können Sie laut sagen.«

»Ich weiß«, sagte sie mit einem gequälten Lächeln. »Aber damit Sie's wissen, ich will nichts von Ihnen.«

»Nein?«

»Nichts!«, sagte sie und lachte nervös. »Ich dachte bloß, Sie sollten es wissen.«

»Und das ist alles? Mehr wollen Sie nicht?«, fragte ich.

Sie zuckte mit den Schultern und begann wieder, an ihren ausgefransten Ärmelbündchen zu zupfen. »Bloß reden.«

»Reden?«

Sie schien sich innerlich zu winden, ihr Gesicht verdunkelte sich. Der Haarvorhang war ihr wieder vors Gesicht gefallen, und sie machte keinerlei Anstalten, ihn zurückzuschieben. Leise sagte sie dahinter versteckt: »Ich wollte Sie bloß ein bisschen kennenlernen.«

Der Wunsch war eigentlich durchaus nachvollziehbar, aber ich blieb skeptisch. »Hat Linda Sie darauf gebracht?«, fragte ich. »Weiß sie, dass Sie mich aufsuchen? Hat sie Ihnen gesagt, Sie sollen herkommen?«

Im Rückblick ist mir klar, wie töricht ich war – wie albern es sich angehört haben muss – zu denken, eine Exfreundin hätte die letzten achtzehn Jahre einen Plan ausgeheckt, wie sie mein Leben ruinieren könnte.

»Meine Mutter ist tot.«

Tot? So nüchtern und so bestimmt ausgesprochen, dass kein Raum für Zweifel blieb. Dennoch hatte ich zunächst den irrationalen Impuls, ihr zu widersprechen, obwohl ich in all der Zeit keinerlei Kontakt zu Linda gehabt hatte. Linda, meine alte Flamme, tot. Ich konnte es nicht fassen. Gegen meinen Willen musste ich an unseren ersten Kuss denken: Sie hatte mich förmlich herausgefordert, sie zu küssen. »Na los«, hatte sie an dem Abend gesagt, als ich sie nach einer Gastvorlesung nach Hause brachte. »Du weißt, dass du es willst.«

Ich stellte mich dumm, trat aber die ganze Zeit näher auf sie zu und sie auf mich, bis ihre Hände meine Jackentaschen packten und meine Hände ihre Taille umfassten. Es war kein langer Kuss gewesen. Sie war rasch zurückgewichen, und ich war ihr in dem Gefühl gefolgt, kurz davor zu sein, einen schrecklichen Fehler zu begehen, aber ohne zu wissen, ob der Fehler darin bestand, ihr zu folgen oder sie mir entgleiten zu lassen.

Und jetzt war sie tot? Die Vorstellung schockierte mich, machte mich sprachlos. Es ist seltsam und unwirklich zu erfahren, dass ein Mensch, den man mal geliebt hat, gestorben ist. Der Gedanke, dass die Zeit zu zweit keine gemeinsame Erinnerung mehr ist, keine von Übereinstimmung und Auseinandersetzung geprägte Erfahrung, kein Raum für umstrittene, aber kostbare, längst vergangene Augenblicke – wie der aufsteigende Rauch eines Lagerfeuers, an dem wir an einem Halloween-Abend in Belfast zusammen standen. Längst vergangen – wie das schwindende Herbstlicht bei Sonnenaufgang. Es ist ein plötzliches Ziehen im Herzen, ein kurzes Erwachen und die Erkenntnis, dass Lindas Leben die ganze Zeit, die wir getrennt waren, weitergegangen ist, die ganze Zeit, die sie vergessen war. Sie existierte weiter, schuf ihre eigene Geschichte. Eine jähe Explosion von Erinnerungen, das Aufflackern alter und zärtlicher Gefühle, dann ist es wieder vorbei.

»Das tut mir sehr leid«, sagte ich zu ihr. »Was ist passiert?«

»Eierstockkrebs. Vor knapp einem Jahr.«

Jetzt ergab das alles mehr Sinn für mich: Eine junge Frau, deren Mutter unlängst gestorben ist, sucht eine Art Ersatz, um ihren Verlust auszugleichen. Es war möglich. Psychologen würden vermutlich von Übertragung sprechen, und auf diesem Campus waren weiß Gott schon seltsamere Dinge passiert. Aber ich war neugierig. »Und wann hat Linda Ihnen von mir erzählt?«, fragte ich.

Sie strich sich das Haar wieder nach hinten. »Als es mit ihr langsam zu Ende ging.«

»Haben Sie sich deshalb an dieser Universität eingeschrieben?«

Sie wurde rot, rutschte in ihrem Sessel hin und her. »Keine Ahnung. Kann sein. Geschichte hat mich schon immer interessiert, und nach Mams Tod wollte ich einfach weg, verstehen Sie. Irgendwo neu anfangen.«

Ob sie mir die Wahrheit erzählte oder nicht, ich konnte nicht anders, als sie ein wenig zu bewundern, ihr neugierig gerecktes Kinn, ihren tapferen Optimismus.

Sie fuhr zusammen, als es plötzlich an der offenen Tür klopfte. Sie stand rasch auf. Ein weiterer Student erschien.

»Dr. Connolly?«

»Einen Moment bitte«, sagte ich.

Sie schlang sich bereits den Riemen ihrer Umhängetasche über eine Schulter. »Ich geh besser«, sagte sie.

Unter dem Blick des Studenten an der Tür verabschiedeten wir uns förmlich voneinander. Ich wandte mich ab und ging zum Fenster und wartete, bis der junge Mann Platz genommen hatte. Unten im Hof saßen Kollegen und Studierende an Tischen zwischen den Birken; ihre Gespräche drangen als kaum hörbares Raunen herauf. Schatten bewegten sich am Himmel, der Tag wurde dunkel. Der Student hinter mir räusperte sich.

»Warten Sie bitte kurz?«, sagte ich und ging zur Tür. »Ich bin gleich wieder da.«

Sie war schon fast an der Treppe, als ich sie einholte. Das Haar fiel ihr über die Schulter, während sie den Korridor hinunterschlenderte. Ich rief ihren Namen, und sie drehte sich um. Eine Tür ging auf, und eine Schar Studierende strömte heraus, drängte lärmend an uns vorbei.

»Ich wollte Sie fragen«, sagte ich, »ob Sie es schon jemandem erzählt haben. Irgendwelchen Freunden? Jemandem in der Vorlesung?«

»Nein«, sagte sie.

»Darf ich Sie bitten, es vorerst dabei zu belassen? Bitte. Damit ich etwas Zeit habe, das zu verarbeiten.«

»Keine Sorge«, sagte sie, der Tonfall ausdruckslos und schwer zu deuten. In ihren Augen schien so etwas wie Mitleid auf. Auch in mir regte sich etwas: Scham vielleicht. Es mochte naiv sein, aber ich glaubte noch immer, ich könnte das, was da losgetreten worden war, aufhalten.

»Ich werde nichts verraten«, sagte sie und mischte sich dann unter den Strom von Studierenden. Ich blieb stehen, mit verschwitzten Händen, hielt mich am Treppengeländer fest und wusste auf einmal, dass ich von etwas mitgerissen werden würde, das mächtiger war, als ich ermessen konnte, von etwas Gefährlichem, das sich meiner Kontrolle entzog.

3 | CAROLINE

ICH WEISS noch, wann es anfing. Eines Nachmittags im Frühherbst erhielt ich einen Anruf im Büro. Es hatte einen Zwischenfall mit Davids Mutter Ellen gegeben, und ich sollte unverzüglich kommen. Ich hatte ihr gerade ein Tablett mit Tee und einer Kleinigkeit zu essen ins Wohnzimmer gebracht und den Fernseher für sie eingeschaltet, als mein Handy klingelte, und Davids Nummer auf dem Display erschien.

»Caroline?«
»Ich wollte dich gerade anrufen.«
»Wieso?«, fragte er. »Ist was passiert?«
Ein Unterton in seiner Stimme: eine leichte Gereiztheit oder eine Spur Besorgnis.
»Wer ist dran?«, fragte Ellen, deren Stimme noch immer vor Aufregung bebte.
»David.« Ich stellte den Fernseher lauter, schloss dann leise die Tür hinter mir. In der Diele setzte ich mich auf die Treppe und spürte den Teppichboden, aus dem ein muffiger Geruch aufstieg, rau hinten an den Beinen. »Deine Mum«, sagte ich zu ihm. »Sie hat wieder die Orientierung verloren.«
»O Gott.«
»Es geht ihr gut –«
»Was ist passiert?«
Ich erzählte ihm von dem Anruf, den ich bekommen hatte – Ellens Nachbarin Marion, die atemlos und gehetzt klang: *Ich sollte Sie doch anrufen, wenn irgendwas ist.* Dann erzählte sie

mir, dass sie Ellen bei Tesco in der Tiefkühlabteilung entdeckt hatte, weinend, weil sie nicht wusste, wo sie war oder wie sie nach Hause kommen sollte. Das war nicht der erste Vorfall dieser Art. »Ich hab sie vor den Fernseher gesetzt«, sagte ich, »und ihr Tee und Toast mit Baked Beans gemacht.«
»Soll ich rüberkommen?«
Ellen hatte gerade begonnen, sich zu beruhigen. Wenn ihr Sohn jetzt käme, würde sie das Ganze für ihn noch einmal durchleben. »Warte bis zum Wochenende, David. Lass ihr Zeit, sich zu erholen.«
»Okay«, sagte er, und dann: »Caroline?«
»Ja?«
Er zögerte. »Nichts. Das kann warten.«
Aber da war irgendwas in seiner Stimme – ein Tonfall, den ich nicht deuten konnte.
Ich wusste sofort: Irgendwas war passiert.

Sie kam in unser Leben, in unser Haus, zu einer für mich schwierigen Zeit, einer Zeit, die aus heutiger Sicht von Nervosität und Selbstzweifeln bestimmt war. Ich hatte nach einer fünfzehnjährigen Unterbrechung wieder in der Werbeagentur angefangen, wo ich aufgehört hatte, als Robbie geboren wurde. Alles kam mir anders vor, wie ein fremdes Territorium, das ich einmal betreten hatte, an das ich mich aber nicht mehr erinnern konnte. Nichts war vertraut.
Die Entscheidung, meine Karriere an den Nagel zu hängen, um für die Kinder da zu sein, bedauerte ich keineswegs, obwohl die Langeweile, die Einsamkeit mitunter belastend gewesen waren. Ich hatte das tiefe Bedürfnis, für meine Kinder ein warmes und liebevolles Umfeld zu schaffen, wo immer jemand war, der darauf achtete, dass sie ihre Hausaufgaben machten, der das Essen auf den Tisch brachte, nach ihnen sah, wenn sie

schliefen. Ich tat das gern. Mein einziger bleibender Kontakt zur Agentur beschränkte sich auf den Kalender, den ich jedes Jahr zu Weihnachten geschickt bekam und der für jeden Monat ein Hochglanzbild von einem Auto oder einem alkoholischen Getränk oder irgendeinem anderen Produkt zeigte, dessen Vermarktung angekurbelt werden sollte. Ich gebe zu, wenn der Kalender kam und ich all die Namen der Mitarbeiter las, die auf der dazugehörigen Grußkarte unterschrieben hatten, gab mir das einen Stich, der in Richtung Neid ging. Flüchtig, aber ich spürte ihn trotzdem – einen Anflug von Unsicherheit oder Bedauern, der aufkam, wenn ich daran erinnert wurde, was ich aufgegeben hatte. Als ich Peter zufällig über den Weg lief und er erwähnte, dass eine Mitarbeiterin demnächst für zehn Monate in Mutterschaftsurlaub ging, setzte sich die Idee in meinem Kopf fest. Meine Kinder waren alt genug. Ich hatte Zeit zur Verfügung. Ich war zwar schon sehr lange aus dem Geschäft, aber ich spürte das Verlangen danach, den Sog einer fernen Sehnsucht. Ich hatte nicht mit Zoë gerechnet. Ich hatte nicht mal von ihrer Existenz gewusst.

Als ich an dem Abend von Ellen durch dichten Verkehr nach Hause fuhr, hatte ich noch immer lebhaft das Bild vor Augen, wie meine alte Schwiegermutter im Supermarkt bitterlich weinend vor Kühlschränken mit Fischstäbchen und Tiefkühlerbsen stand. Ich öffnete die Haustür und hörte Geräusche aus dem Wohnzimmer, Bewegung oben. Ich zog in der Diele meine Schuhe aus und verharrte kurz, um das Wohlgefühl zu genießen. Nachdem ich meine Jacke an die Garderobe gehängt hatte, ging ich ins Wohnzimmer.

Robbie saß im Schneidersitz auf der Couch. Im Fernsehen schluchzte eine Frau vor einem Studiopublikum, einen beschämt dreinblickenden Mann neben sich.

»Hallo, Schätzchen«, sagte ich. »Entschuldige, dass ich so spät komme.«

»Hey, Mum«, antwortete er.

»Ich war bei Oma«, sagte ich, obwohl er gar nicht um eine Erklärung gebeten hatte. »Wo ist dein Dad?«

»Oben.«

Er trug noch immer seine Schuluniform, und nachdem er ein rasches Lächeln in meine Richtung geworfen hatte, starrte er wieder gebannt auf den Bildschirm, dessen flackernde Bilder die einzige Lichtquelle im ansonsten dunklen Raum waren. Das Studiopublikum pfiff und buhte, während der Moderator durch die Sitzreihen ging. Robbie rutschte unter meinem Blick unruhig hin und her, und dann bemerkte ich eine leere Chipspackung, die er neben sich in die Couchritze gestopft hatte.

»Du hast doch wohl nicht die ganze Tüte aufgegessen, oder?«

Er lächelte wieder und verzog das Gesicht. »Sorry, ich hatte Hunger.«

»Robbie ...«

»Sorry!«, sagte er wieder, noch immer lächelnd. Mit seinen fünfzehn Jahren war er in einer schwierigen Übergangsphase, gefangen im hormonellen Niemandsland zwischen Kind und Erwachsenem. In Augenblicken wie diesem, wenn er mich schelmisch angrinste, war er wieder mein kleiner Junge. Ich ließ es dabei bewenden.

Auf dem Weg nach oben hörte ich Musik aus Hollys Zimmer kommen – irgendein blecherner Popsong –, und die süße, stockende Stimme meiner Tochter, die mitsang. Ich ging an ihrer Tür vorbei, öffnete leise die zu unserem Schlafzimmer und sah David ausgestreckt auf dem Bett, die Augen geschlossen, ein Glas Wein in einer Hand auf der Brust. Ich betrachtete ihn einen Moment, sein attraktives Gesicht, das ernst war, selbst wenn er ruhte, die Lach- und Konzentrationsfalten, die sich allmählich dauerhaft eingruben. Er bewegte sich leicht.

»Achtung, dein Wein.«

Seine Augen öffneten sich jäh, und er setzte sich rasch auf. Ich streckte die Hand aus und rettete das Glas, hob es an die Lippen und trank einen Schluck.

»Ich hab dich gar nicht reinkommen hören«, sagte er blinzelnd und fuhr sich mit einer Hand übers Gesicht.

Der Wein wärmte mir die Kehle. Ich stellte das Glas auf den Nachttisch und setzte mich neben ihn aufs Bett. Er legte sich wieder hin, verschränkte die Hände im Nacken, und ich spürte zu meiner Überraschung, wie sich kurzes Begehren in mir regte. Ich könnte mich neben ihn aufs Bett legen, und während das Abendessen im Backofen verbrutzelte, könnten wir uns ausziehen und die Sorgen des Tages für eine Weile vergessen. Es war eine gewagte Vorstellung, Sex um diese Zeit am Abend, mit den Kindern im Haus, während unten der Fernseher lief. Ich legte eine Hand vorn auf sein Hemd, fuhr mit einem Finger bis hinunter zu seinem Gürtel. Eine solche Spontaneität kam mir noch immer unnatürlich vor nach dem, was zwischen uns passiert war. Er schloss die Augen und bewegte sich unter meiner Berührung, stimmte meinem unausgesprochenen Vorschlag stillschweigend zu.

Hollys Zimmertür ging auf, dann waren ihre Schritte draußen auf dem Flur zu hören. Meine Hand verharrte, und David öffnete die Augen.

»Was denkst du?«, fragte ich.

Er setzte sich auf und schwang die Füße auf den Boden. Der Moment war vorüber. Er nahm sein Weinglas vom Nachttisch und sagte: »Komm. Gehen wir nach unten und essen.«

In der Küche schaltete er das Radio ein, und ich nahm den Salat aus dem Kühlschrank. Irgendeine Moderatorin, deren forsche Stimme den Raum zwischen uns füllte, stellte einem Politiker kritische Fragen zu seinem gescheiterten Versuch, Abtreibung bei fetalen Missbildungen zu legalisieren. Vor gut einem Jahr hatten wir unser Haus umfangreich renovieren lassen. Wir hatten den Dachboden ausgebaut und durch einen Anbau die Küche vergrößert, wodurch wir zusätzlich Platz für ein Sofa und einen Ofen sowie einen großen Esstisch und eine Kücheninsel hatten. Die Umbauarbeiten waren kostspielig gewesen, und ohne die kleine Erbschaft von meinen Eltern, die einige Jahre zuvor verstorben waren, hätten wir sie uns nicht leisten können. Ein Darlehen von der Genossenschaftsbank hatte die noch fehlende Summe abgedeckt.

Meistens, wenn David abends müde von der Arbeit kam, warf er sich aufs Sofa und plauderte mit mir, während ich das Abendessen zubereitete. An diesem Abend jedoch lehnte er sich gegen die Arbeitsplatte und erkundigte sich nach Ellen, während ich den Salat in der Spüle wusch. Ich war müde, beantwortete aber seine Fragen, und er hörte mit verschränkten Armen zu. Es war klar, dass wegen des sich verschlechternden Geisteszustands seiner Mutter irgendetwas geschehen musste, und wir diskutierten verschiedene Ideen, obwohl wir beide das Thema lieber gemieden hätten.

Es gab noch etwas anderes, das ich ihm erzählen musste. Ich überlegte, ob ich es jetzt zur Sprache bringen oder lieber warten sollte, bis die Kinder im Bett waren. David wirkte abgelenkt, und ich hatte leichte Kopfschmerzen. Ich bat ihn, mir ein Glas Wein einzuschenken, während ich den Salat schleuderte. Als er Robbie und Holly zum Essen rief, beschloss ich, die Sache rasch zur Sprache zu bringen, ehe die Kinder hereinkamen.

»Die Schule hat eine E-Mail geschickt«, sagte ich, nahm die

Teller aus dem Schrank und stellte sie nebeneinander auf die Arbeitsplatte. »Der Elternsprechtag für Robbie ist nächsten Dienstag. Hast du da Zeit?« Er stellte die leere Weinflasche in die Kiste neben der Tür.
»Nächsten Dienstag?«
»Ja, am Nachmittag.« Ich nahm die Lasagne aus dem Backofen, stellte sie auf den Untersetzer und teilte sie in Portionen auf. David stand neben mir und wartete darauf, die Teller zum Tisch zu bringen.
»Kannst du nicht hingehen?«, fragte er.
»Das dauert nicht lange. Höchstens eine Stunde. Die da kannst du schon hinstellen.« Ich deutete auf die ersten zwei Teller, und er nahm sie, rührte sich aber nicht von der Stelle. Er wartete darauf, dass ich noch etwas sagte, das spürte ich. Ich gab Lasagne auf die anderen Teller, öffnete dann den Backofen und stellte die Form wieder hinein, um den Rest warm zu halten.
»Caroline –«
»Bitte, David. Es ist nur ein Nachmittag.«
»Darum geht's nicht. Das weißt du.«
Ich spürte, wie meine Wangen rot wurden. Ich nahm die anderen Teller und wartete darauf, dass er mich vorbeiließ.
»Es ist ein Jahr her«, sagte er, mit sanfter, aber nachdrücklicher Stimme. »So kann das nicht weitergehen. Du kannst dich nicht ewig von der Schule fernhalten.«
Im Radio gab die Moderatorin einen übertrieben lauten Seufzer von sich, wie immer, wenn sie das Ende eines Interviews signalisierte. Die Küchentür öffnete sich.
»Bitte, verlang das nicht von mir«, sagte ich, als ich an ihm vorbeiging. Ich stellte die Teller mit einem Knall auf den Tisch.
Beim Essen erzählte Holly von einem für Ende Oktober geplanten Schulausflug in den Burren-Nationalpark. Begeistert sprach sie von Tropfsteinhöhlen und Kalksteinablagerungen,

Sumpfgebieten und deren abwechslungsreicher Pflanzenwelt. Robbie lümmelte auf seinem Stuhl, einen Ellbogen auf dem Tisch, und stocherte in seinem Essen herum. David war still. Die Kinder führten das bestimmt auf seine Arbeit zurück. Wir machten immer Witze darüber, die Kinder und ich. »Dad ist wieder auf der dunklen Seite«, sagten wir zum Beispiel, wenn er zerstreut und abwesend wirkte. An dem Abend schien er noch schweigsamer als sonst, was ich auf den Elternsprechtag zurückführte. Ich wusste, dass er daran dachte, was ein Jahr zuvor passiert war, dass die ganze peinliche Geschichte an der Schule wieder ihre hässliche Fratze zeigen würde. Um ihn auf andere Gedanken zu bringen, erzählte ich von dem Drama meines Nachmittags, dem Anruf in der Arbeit, dem verwirrten Zustand, in dem ich Ellen angetroffen hatte.

»Morgen früh ruf ich als Allererstes Dr. Burke an«, sagte ich.

»Die arme Oma«, sagte Holly und trank einen Schluck von ihrem Wasser, die Augen hinter ihrer Brille entgeistert.

»Sie wird schon wieder«, sagte David zu ihr, in der Stimme eine Bestimmtheit, die wie eine Warnung klang.

Er war verärgert wegen der Schulsache, was ich ihm nicht verübeln konnte, aber trotzdem. Ich hatte mich den ganzen Nachmittag um seine Mutter gekümmert und bislang noch kein Wort des Dankes von ihm gehört. »Isst du das nun oder nicht?«, fragte ich Robbie.

Müde drückte er mit der Gabel auf das Stück Lasagne, das auf seinem Teller kalt wurde. »Ich hab keinen Hunger.«

David ließ sein Besteck klappernd auf den Teller fallen, und wir schauten alle erschrocken auf. »Wenn du nicht eine ganze verdammte Tüte Doritos in dich reingestopft hättest, dann hättest du vielleicht noch Platz im Magen«, fauchte er.

Robbie öffnete den Mund, als wollte er etwas sagen, brachte aber kein Wort heraus.

»David, bitte«, sagte ich scharf.
Er starrte mich über den Tisch hinweg an.
Mein Mann geht nicht in die Luft, er zieht sich zurück. Er macht mich mürbe mit seinem hartnäckigen Schweigen. Wir stritten aus Prinzip niemals vor den Kindern – nicht mal, als unsere Ehe in der Krise war. In dieser Phase hatten wir die Streitereien auf die Zeiten beschränkt, wenn wir allein waren, und im Beisein der Kinder eine angestrengte Höflichkeit bewahrt. Diesmal war sein Unbehagen anders, und ich begriff, dass es gar nichts mit der Schule zu tun hatte.
»Lasst uns einfach essen«, sagte er.
Er widmete sich wieder seinem Teller und spießte ein Stück Pasta mit der Gabel auf. Wir hatten den Salat ganz vergessen, der noch neben der Spüle stand, aber keiner von uns machte Anstalten, ihn zu holen. Die Abspannmusik der Radiosendung schallte fröhlich aus den Lautsprechern, und wir saßen schweigend am Tisch, bis wir mit dem Essen fertig waren.

Immer, wenn ich versuche, mich daran zu erinnern, wie alles anfing, denke ich nicht an den Morgen, an dem ich es erfuhr, oder an das erste Mal, als ich die blonde Haarmähne, den katzenartigen Blick sah. Ich denke an David an dem Abend, die extreme Anspannung in ihm, seine unstete Gereiztheit. Ich wusste nicht, dass sie der Grund war – Zoë. Ich wusste nicht mal, dass sie existierte. Aber da spürte ich zum ersten Mal ihren Schatten über mich fallen. Spürte zum ersten Mal die Schwingungen einer neuen Präsenz in meinem Zuhause, wie ein Farbstoff, der sich in Wasser ausbreitete, seine Chemie bereits veränderte.

4 | DAVID

ALS ICH am nächsten Morgen aufwachte, war mein erster Gedanke: *Sie ist tot.* Linda ist tot.

Ich spürte keine richtige Trauer. Wie auch? Sie war schon lange aus meinem Leben verschwunden. Aber trotzdem war ich traurig, und durch den Schock war ich irgendwie neben der Spur, innerlich aufgewühlt. Ich stand auf, klatschte mir Wasser ins Gesicht, rasierte mich, duschte und riss mich zusammen, so gut ich konnte. Beim Frühstück stabilisierte sich meine Welt wieder um mich herum. Robbie und Holly waren ganz auf ihre Cornflakes konzentriert, während Caroline für sie die Lunchpakete fertig machte. Ich frühstückte rasch zu Ende, beugte mich zu Caroline, um ihr einen Abschiedskuss zu geben, und spürte ihre warmen Lippen auf meinen. Ich sagte mir: Alles wird gut.

Ich stieg aufs Rad und fuhr los, meine Lunge füllte sich mit Luft, und als ich an dem zähfließenden Verkehr vorbeistrampelte, versuchte ich, mir einzureden, dass sich Zoë Barry, selbst wenn Linda gestorben war, bloß einen Scherz mit mir erlaubte, einen ausgeklügelten Streich. Studierende machen oft verrückte Sachen, lassen sich irgendwelche Gags und Dreistigkeiten einfallen. Und deshalb gab es keinen Grund, meiner Frau zu erzählen, was sie gesagt hatte. Vielleicht hatte jemand sie dazu angestiftet. Vielleicht war ich gar nicht ihr Vater.

Auf dem Campus verbrachte ich die erste Stunde damit, meine E-Mails durchzusehen. Mir fiel zunächst auf, wie viel

Arbeit ich mir aufgehalst hatte, die nichts mit der Uni zu tun hatte: Medienverpflichtungen, Interviews, Zeitungsartikel, Buchrezensionen, Verwaltungsrats- und Ausschusstätigkeiten. Ich beantwortete so viele E-Mails, wie ich konnte, ehe ich zu einem Tutorenkurs für Drittsemester hetzte, anschließend Kaffee, dann Seminare bis um eins. Meine Vorlesung für Erstsemester war gleich nach der Mittagspause, und als sich der Zeitpunkt näherte, wurde ich kribbelig. Meine Handflächen wurden feucht, und mir war flau im Magen. Ich ermahnte mich, mit der Paranoia aufzuhören, und betrat den Hörsaal, ging die Stufen hinunter, legte meine Tasche schwungvoll auf den Tisch und schloss meinen Laptop an den Projektor an. Als ich dann ins Auditorium blickte, schlug mir das Herz bis zum Hals. Stille breitete sich im Saal aus. Während ich redete, suchte ich die Sitzreihen nach ihr ab, vergeblich. Zweimal kamen Nachzügler herein. Doch ein Blick hinauf zur Schwingtür verriet mir, dass sie es nicht war. In den letzten paar Minuten der Vorlesung stellte ich mich eventuellen Fragen, was mir wieder Gelegenheit bot, das Meer von Gesichtern abzusuchen. Als die Zeit um war, hatte ich keinen Zweifel mehr: Sie war nicht da.

An jenem Tag und auch am nächsten dachte ich trotz aller gegenteiligen Bemühungen fast ständig an sie. Carolines neue Stelle und unsere Diskussion, wie es mit meiner Mum weitergehen sollte – Betreuung zu Hause oder Heimunterbringung –, brachten mich vorübergehend auf andere Gedanken. Aber Zoë Barry war da, in meinem Kopf, die ganze Zeit.

Ich unternahm nichts weiter in Bezug auf die ganze Angelegenheit. Dann kam der Freitag. Ich saß mit meiner vielversprechendsten Doktorandin, Niki Angsten, und ihrer Zweitbetreuerin, Dr. Anne Burke, zusammen, um über Nikis Dissertation zu reden. Ihr Thema war die Rolle von Frauen während des

Ersten Weltkriegs, und sie erzählte uns, worauf sie bei ihren jüngsten Recherchen gestoßen war. »Ich war im Gerichtsarchiv«, sagte sie. »Und in einer Prozessakte aus dem Jahr 1918 habe ich Folgendes entdeckt.«

Anne und ich hörten zu, während sie eine Zeugenaussage vorlas, in der ausführlich beschrieben wurde, wie eine Frau ein Kind zur Welt brachte und es anschließend tötete. »Es ist seltsam«, sagte Niki, »aber seit ich das gelesen habe, muss ich immerzu an sie denken. Sie hat versucht, ihr eigenes Baby mit einem Strumpf zu erdrosseln. Als das nicht klappte, hat sie ein Schiebefenster auf das Neugeborene fallen lassen. Wieso hat sie gedacht, ihr Baby am Leben zu lassen wäre so viel schlimmer, als seinen Tod auf dem Gewissen zu haben?«

Anne gab irgendeine Antwort, aber ich bekam sie gar nicht richtig mit, weil meine Gedanken plötzlich zu sehr mit meiner eigenen Geschichte beschäftigt waren. Auf einmal hatte ich ein Bild vor Augen: Linda in einem Badezimmer zusammengekauert, die Wangen vor Hitze gerötet, den Test in der Hand, ein Strich auf dem Stäbchen. Meine Phantasie ging mit mir durch. Ich dachte an die Panik, die sie empfunden haben mochte, die Einsamkeit. Wieder fragte ich mich, warum sie mir nichts gesagt hatte. Vorausgesetzt natürlich, die Behauptung des Mädchens stimmte, was ich noch immer nicht wusste. Und falls sie stimmte, was das für meine Beziehung zu Caroline bedeuten würde, für die Probleme, mit denen unsere Ehe ohnehin schon zu kämpfen hatte, ganz abgesehen von den Folgen für unsere Kinder. Zu viele Was-wenns jagten mir durch den Kopf, und zu viele unbeantwortbare Fragen machten es mir unmöglich, mich zu konzentrieren.

»David?« Anne wartete auf eine Antwort.

Was würde sie denken, wenn ich ihr von Linda erzählte, von Zoë?

»Entschuldigung, was?«
»Nächsten Donnerstag – einverstanden?«
»Ja«, sagte ich. »Ja, natürlich.«
Sie gingen. Ich stand auf und dachte darüber nach, dass ich die Behauptung der Studentin abgetan hatte, sie in einen Witz umgemünzt hatte, auf einen Studentenschabernack oder die Auswüchse eines kranken Geistes reduziert hatte. Ich erkannte, dass es etwas Verzweifeltes hatte, wie ich versuchte, diese Worte auszulöschen. *Zoë Barry* auszulöschen.

Ich setzte mich an den Schreibtisch, erweckte den Computer zum Leben und ging ins Internet. Ich wurde auf Anhieb fündig. Dennoch war ich überrascht. DNA-Tests kamen mir so exotisch vor, eher das Produkt einer Gesellschaft, die prozessfreudiger war als die irische, aber da stand es schwarz auf weiß: Eine Firma in Dublin führte Vaterschaftstests durch, 99-prozentige Genauigkeit und Diskretion garantiert.

Was benötigte ich? Eine Speichelprobe von der Wangeninnenseite war am besten, aber es gab noch andere Möglichkeiten: ein Haar (möglichst mit Haarwurzel), eine Zahnbürste. Ich dachte bestimmt zwanzig Minuten darüber nach, auf welche Weise ich mir ihre DNA verschaffen könnte, ohne dass sie es merkte.

Während ich die DNA-Seiten durchstöberte, überlegte ich die ganze Zeit, ob ich mit Zoë über den Vaterschaftstest sprechen sollte oder nicht. Ich erwog, sie um Erlaubnis zu fragen, ihr zu sagen, dass es mir wichtig war, den Test machen zu lassen, aber jedes Mal, wenn ich mir das Gespräch mit ihr vorstellte, malte ich mir aus, wie chaotisch und kompliziert es ablaufen könnte. Die Minuten verstrichen. Meine Gedanken gerieten noch mehr durcheinander: Die plötzliche Einsicht, wie verrückt die ganze Situation war, veranlasste mich, die DNA-Seite, auf der ich gerade war, zu schließen. Reiß dich zusammen, beschwor ich mich. Als Alan den Kopf zur Tür hereinsteckte und fragte, ob ich mit ihm einen Kaffee im Dozentenzimmer trinken würde, war ich mehr als erleichtert.

Alan, eine kluge Seele mit rauer Schale, ist mein Freund und Mentor seit meinem Studium. Nach meiner Promotion an der Queen's hatte er mir meine erste Stelle angeboten. Ich verdanke ihm viel und empfinde trotz all unserer Differenzen eine tiefe Zuneigung für ihn. Er ist ein Historiker alter Schule, und mein historischer Ansatz ist ihm mitunter ein Rätsel. Meine Präsenz in den Medien ärgert ihn besonders. Als wir an dem Nachmittag zum Dozentenzimmer spazierten, nahm er meinen neuesten Artikel aufs Korn.

»Die Sportbeilage!«, sagte er. »Wie kommst du dazu, über Sport zu schreiben?«

Ich lachte. »Findest du etwa, Sport hat keine historische Relevanz? Was ist mit den Olympischen Spielen 1936?«

»Ach, hör mir auf. Er ist ja wohl kein Jesse Owens, oder?«

»Fällt dir eine umstrittenere Gestalt im irischen Sport ein?«

»Ich verstehe einfach nicht, wieso du deine Zeit damit vertust, dich mit Polemikern anzulegen und Artikel über so –«

»Na los, sag's schon. Über so einen Quatsch zu schreiben, wolltest du sagen.«

»Journalistisches Thema, wollte ich sagen.«

»Wolltest du nicht.«

Er lachte.

»Sport, Kunst, Popkultur, das alles prägt unser nationales Bewusstsein«, sagte ich. »Es macht uns als Nation aus. Es ist gelebte Geschichte.«

Wir nahmen unseren Kaffee und setzten uns. Alan schmunzelte über meine Äußerungen. Ich sah ihm an, dass er heute nicht in Stimmung für fachliche Diskussionen war. »Ich soll nächsten Monat zu dem Kongress in East Anglia«, sagte er, beugte sich vor und starrte seine Tasse an. »Soll da einen Vortrag halten … Ich hab mir gedacht, dass du an meiner Stelle hinfahren könntest.«

»Im Ernst?«

»Es wäre gut für dich«, erwiderte er. »Und für deinen Lebenslauf.«

Wie oft war mir gesagt worden, dass es meiner Karriere irgendwann zugutekäme, wenn ich jemandem einen Gefallen täte? Ich hatte nichts dagegen, für Alan einzuspringen, aber es sah ihm nicht ähnlich, sich vor einer Verpflichtung zu drücken.

»Klar, Alan. Ist alles in Ordnung?«

»Ich hab in letzter Zeit viel nachgedacht«, sagte er ernst. »Ich bin gesundheitlich nicht auf der Höhe – Herzprobleme. Mein Arzt hat mir zu einer OP geraten, aber ich weiß nicht, ob ich das will. In meinem Alter …«

»Du bist erst zweiundsechzig.«

»Ja, genau. Darauf will ich hinaus. Ich will noch was vom Leben haben, solange es geht. Deshalb habe ich beschlossen, in den Vorruhestand zu gehen.«

»In den Vorruhestand?«

»Was denn? Hast du gedacht, ich bleibe ewig hier, David?«

»Ja«, sagte ich. Eine gewisse Traurigkeit erfasste mich. Ich konnte noch nie gut mit Abschieden umgehen.

»Diesmal meine ich es wirklich ernst«, sagte er.

Er musste es nicht aussprechen. Es war mir auch so klar. Mit Alans Fortgang würde eine neue Professorenstelle frei werden. Das war meine Chance. Eine leichte Erregung durchströmte mich. Die Art, wie er mich ins Spiel brachte, kam mir fast wie Vetternwirtschaft vor. Seine Freundlichkeit, so schien es, war schon immer über rein professionelle Fürsorgepflicht hinausgegangen.

Die Aussicht auf einen Lehrstuhl beschäftigte mich auf dem ganzen Weg zurück ins Büro. Mein Kopf sprudelte über vor Ideen, meine Gedanken eilten ein paar Monate weiter, zur Berufungskommission und den Vorträgen der Kandidaten. Ich fing an, im Geiste eine Liste der Arbeiten zu machen, die ich in dem Jahr hoffentlich veröffentlichen würde, einschließlich des Buches, das ich bald fertig haben würde, und ich fragte mich, ob mein Forschungsoutput dem Vergleich mit dem anderer Kandidaten standhalten würde. Der Gedanke nahm mich so in Beschlag, dass ich fast den Zettel auf dem Fußboden übersehen hätte, als ich mein Büro betrat. Als ich die Tür hinter mir schloss, flatterte der Zettel im Luftzug. Ich bückte mich, hob ihn auf und las ihn rasch.

Schlagartig war meine Aufregung wie weggeblasen. Mein Herz fühlte sich wieder schwer wie Blei an.

Es war eine kurze Notiz in einer eleganten Handschrift, schwungvoll unterschrieben, ihr Name schräg auf dem Papier.

Treffen heute Abend? Im Madigan's, nach der Arbeit. Sagen wir um 18.30 Uhr.
Zoë

Ich steckte den Zettel sorgfältig in mein Portemonnaie.

Freitagabend, und es lag eine erwartungsvolle Atmosphäre in der Luft. Die kollektive Erleichterung darüber, dass das Wochenende erreicht war, offenbarte sich in einer hektischen Betriebsamkeit auf Straßen und Gehwegen. Der Wind hatte aufgefrischt, und ich radelte gemächlich nach Donnybrook. Der Verkehr war stark, die Menschen hatten es eilig, die Arbeitswoche, ihre Schreibtische, Chefs und Verpflichtungen hinter sich zu lassen.

Als ich ankam, war der Pub rappelvoll: Büroangestellte, Studierende, Mechaniker vom nahe gelegenen Busdepot, deren lautstarke Unterhaltungen zu einem dichten Stimmengewirr verschmolzen. Ich entdeckte sie im hinteren Teil, wo sie allein mit einer Flasche Bier vor sich saß. Einen Ellbogen auf dem Tisch, den Kopf in die hohle Hand gestützt, das Gesicht ausdruckslos, während sie an ihrem Handy herumspielte. Für einen kurzen Moment, ehe sie mich sah, wirkte sie so jung, so harmlos, dass sie mir einfach leidtat.

»Da sind Sie ja.« Sie lächelte und stand auf.

»Zoë«, sagte ich.

»Ich hab Ihnen einen Platz freigehalten.« Sie deutete auf einen Hocker. »Ich bin so froh, dass Sie da sind. Ich war mir nicht sicher, ob Sie kommen würden. Ich hol Ihnen was zu trinken.«

»Nein«, sagte ich.

»Bitte. Das ist das Mindeste, was ich tun kann.«

»Ich zahl lieber selbst«, sagte ich und fing den Blick des Barmanns auf. Ich bestellte ein Glas Bier für mich und noch eine Flasche für Zoë.

Sie legte die Arme auf den Tisch, eine Hand um ihr Bier, das Gesicht offen und erwartungsvoll. Rings um uns herum wurden die Stimmen lauter. Gelächter erschallte, und Blechinstrumente spielten übermütigen Ragtime aus versteckten Lautsprechern. Wir mussten fast schreien, um uns gegenseitig verstehen zu können.

»Ich hatte keine Ahnung, dass es hier so voll sein würde«, sagte sie. »Sonst hätte ich ein ruhigeres Lokal vorgeschlagen.«

In Wahrheit fühlte ich mich durch den Krach und den Stimmenlärm geschützt. Irgendwie wollte ich nicht mit einer Studentin, einer Fremden, in einer abgeschiedenen stillen Ecke sitzen. Und von Gott weiß wem gesehen werden.

»Ich fand diesen Pub bloß günstig, weil er so nah an der Uni ist.«

Unsere Getränke kamen, und ehe das Glas meinen Mund erreicht hatte, hob sie ihre Flasche. »Cheers.«

»*Sláinte*«, sagte ich und dachte kurz, dass ich mit Robbie irgendwann in so einen dunklen Pub hätte gehen können, um ihm sein erstes Bier zu spendieren und unsere Vater-Sohn-Bindung zu vertiefen. Stattdessen saß ich hier mit einer jungen Frau, die ich kaum kannte.

»Ich wollte mich entschuldigen«, begann sie, »für neulich. Dass ich Sie so überrumpelt hab. Das war unfair. Es tut mir echt leid«, sagte sie, und kleine Fältchen erschienen in ihren Augenwinkeln.

Sie trug einen schlichten roten Pullover, und ich fragte mich kurz, ob sie wohl die roten Armeestiefel noch an den Füßen hatte. »Sie machen sich doch nicht über mich lustig, Zoë, oder?«

»Gott, nein!« Ihre Augen wurden rund, aber das ängstliche Lächeln umspielte weiter ihren Mund. »Ich fand bloß, wir hatten einen schlechten Start.«

»Was Sie da von mir behaupten ... dass ich Ihr Vater sein soll, das ist eine sehr ernste Angelegenheit.«

»Ich weiß, ich weiß.« Sie blickte nach unten auf den Tisch, schüttelte den Kopf.

Ich trank einen kräftigen Schluck und wartete. Ich hatte mir zurechtgelegt, was ich sagen wollte, aber ich wollte es gut hinkriegen. Sie kam mir jedoch zuvor, und was sie sagte, überraschte mich: »Ich möchte Ihnen versichern, dass Sie keine Angst zu haben brauchen ...«

»Angst?«, sagte ich.

»Vor mir«, sagte sie kleinlaut. »Ich will Ihnen nicht schaden. Ich will Sie nicht in Schwierigkeiten bringen.«

»In was für Schwierigkeiten könnten Sie mich denn bringen? Ich habe nichts Falsches getan.«

»Nein, ich weiß. Ich hab gemeint, ich will nicht, dass Sie meinetwegen irgendwelche Probleme an der Uni kriegen oder mit Ihrer Frau.«

»Meiner Frau?«

»Ja«, sagte sie. »Haben Sie ihr von mir erzählt?«

Es war fast eine Woche vergangen. Keine lange Zeit insgesamt gesehen, aber es war eine anstrengende Woche voller Heimlichtuerei und Vorsicht gewesen. Die ganze Zeit hatte ich es Caroline verschwiegen, mir eingeredet, ich wollte sie schützen, doch in Wirklichkeit wollte ich mich selbst schützen. Ich hasste Geheimniskrämerei. Tatsächlich hatte ich geglaubt, dass wir als Paar über so etwas hinweg wären. Die Vergangenheit hatte mich bereits eines gelehrt: Geheimnisse kommen irgendwann ans Licht, und Geheimnistuerei hat immer ein Nachspiel, doch ich hatte meine eigene bittere Lektion missachtet. In diesem Moment wusste ich, dass es ein großer Fehler gewesen war, Caroline nicht einzuweihen.

»Ich habe ihr nichts von Ihnen erzählt, nein«, gab ich zu. »Noch nicht. Ich wollte erst sicher sein ...«

»Sicher sein?«, fragte sie nach. »Dass ich mir die ganze Sache nicht ausgedacht habe?«

»Das ist doch wohl verständlich. Es ist ein Schock, und ich muss mich erst noch von der Richtigkeit überzeugen.«

»›Von der Richtigkeit überzeugen‹«, wiederholte sie leise und griff nach ihrer Tasche. Für einen Moment dachte ich, sie wollte gehen. Stattdessen kramte sie in der karierten Segeltuchtasche, bis sie einen zerknitterten Briefumschlag fand. Sie griff hinein und legte ein Dokument auf den Tisch. »Meine Geburtsurkunde.«

Ich fuhr mit den Fingern darüber. Das Datum lautete

»3. März 1995«. Meine Augen suchten nach den Angaben über die Vaterschaft, doch da stand lediglich der Vermerk: »Vater unbekannt«.

Ehe ich einwenden konnte, dass das Dokument kein Beweis war, sagte sie: »Vielleicht erinnern Sie sich an die hier.« Sie legte einen Streifen Passfotos auf die Urkunde. »Die wurden im Mai 1994 gemacht. Schauen Sie auf die Rückseite, da sehen Sie Lindas Handschrift.«

Vier Passfotos von einem Automaten in einem Bahnhof. Mein jugendliches Gesicht strahlte mich an. Auf jedem Bild eine andere Pose – ein Studentenpärchen, das herumalberte. Ich hatte mir in dem Jahr einen Bart wachsen lassen und kam mir damit selbst fremd vor. Aber nicht nur der Bart war anders: Meine Augen wirkten größer, mein Gesicht offener. Es lag etwas Humorvolles und Lustiges darin, und für eine Sekunde war ich wieder in dem Automaten, Linda auf meinem Knie, meine Arme spürten, wie sie bebte vor Lachen, während sie sich halb zu mir umdrehte, ihr Gesicht an meinem, mich ermahnte, endlich ernst zu sein. Ich erinnerte mich, wie sie mich fest an sich drückte, wie unser Lächeln eingefroren wurde, als der Blitz uns erschreckte, wie wir uns aneinanderklammerten, fast verzweifelt.

»Natürlich erinnere ich mich ... Aber das Ganze fällt mir nun mal nicht leicht«, sagte ich, traute mich kaum, die Fotos anzufassen. Ich wollte etwas anderes sagen. Ich wollte ihr sagen, falls sie wirklich meine Tochter war, würde alles gut werden. Wir würden irgendeine Lösung finden. Aber die Worte wollten mir einfach nicht über die Lippen kommen. Stattdessen hörte ich mich an wie der verklemmte Akademiker, der ich nicht sein wollte, eine hochnäsige Vaterfigur. Mein Handy klingelte. Es war Caroline. Ich hatte ihr nicht gesagt, dass ich später nach Hause kommen würde. Ich würde sagen müssen, ich hätte

Überstunden gemacht oder den externen Prüfer auf einen Drink eingeladen.

Zoë sagte: »Gehen Sie ruhig ran, wenn Sie möchten. Ich muss sowieso zum Klo.«

Mir behagte die Aussicht nicht, Caroline anzulügen. Mildernde Umstände, sagte ich mir, ließ das Handy klingeln, bis es aufhörte, und steckte es wieder in die Tasche.

In dem staubigen Dämmerlicht sah ich ein goldblondes Haar auf Zoës Jacke schimmern. Ohne nachzudenken, griff ich danach. Ich fuhr mit der Hand über Rückseite und Ärmel, meine Finger zogen ein paar blonde Haare unter dem Kragen hervor, und einfach so, ohne vorherige Überlegung oder Planung, wickelte ich mir die Haare um die Finger und steckte sie in die Tasche.

Ich spürte einen Adrenalinstoß, die Aufregung, etwas Verbotenes zu tun, und dann kam Zoë zurück, lächelte mich fragend an und wollte wissen, warum ich ihre Jacke in der Hand hielt.

»Ich dachte, ich bring Sie zum Bus, oder womit Sie gekommen sind ...«, sagte ich und wollte ihr in die Jacke helfen.

»Gehen wir denn schon?«

»Ich muss los«, sagte ich. »Tut mir leid ... Es gibt zu Hause einen kleinen Notfall.«

»Oh«, sagte sie enttäuscht. »Hoffentlich nichts Ernstes?«

»Nein, nein, aber ich muss wirklich gehen ...«, sagte ich und warf noch einen Blick auf die Fotos.

Ich zog meine Jacke an und streckte meine Hand aus. Zoë übersah die Geste und umarmte mich, schlang fast verzweifelt die Arme um meinen Hals. Ich stand linkisch da, hatte nur den Wunsch, dass sie zurücktrat.

Wir konnten gesehen werden: Eine Frau am Nebentisch blickte in unsere Richtung, der Barmann fing meinen Blick auf und grinste. Wer hatte uns sonst noch alles gesehen?, fragte ich mich mit wachsendem Unbehagen. Ich fasste ihre Arme und zog sie mit Gewalt nach unten.

Sie wirkte so enttäuscht, so verletzt, aber ich musste los.

»Gute Nacht«, sagte ich und ging.

5 | CAROLINE

ICH BIN nicht die Erste, deren Ehe durch eine Affäre ins Wanken geraten ist. Tag für Tag betrügen Millionen Leute auf der ganzen Welt ihren Partner oder ihre Partnerin. Ich weiß also nicht, warum ich dermaßen überrascht war, als es mir passierte. Aber eine der Lehren, die ich aus der Krise gezogen habe, ist die, dass man auf unterschiedlichen Wegen zueinander zurückfinden kann. Nicht jede Reise verläuft gleich. Für mich war eine Therapie die einzige Möglichkeit, um all die Emotionen wie Kränkung, Wut und Groll zu verarbeiten. Über alles zu reden, mein Leben und einige Entscheidungen, die ich getroffen hatte, unter die Lupe zu nehmen, half mir, mit dem, was passiert war, ins Reine zu kommen. David befürwortete die Therapie, sperrte sich aber gegen meinen Vorschlag, die eine oder andere Sitzung mit mir gemeinsam zu besuchen. Das soll nicht heißen, dass er sich nicht bemüht hat, unsere Beziehung zu kitten, aber seine Reaktion war anders als meine. Ich hatte das Bedürfnis, alles gründlich zu besprechen, die Vergangenheit zu analysieren, um zu begreifen, was geschehen war. Davids Reaktion war die Anschaffung einer neuen Küche. Es irritierte mich, dass ein Mann, der damit Karriere gemacht hat, die Vergangenheit zu durchleuchten und zu verstehen, sich weigerte, die Geschichte unserer Ehe zu ergründen, um sie zu retten. Das soll nicht heißen, dass ich die Liebe, die dem Renovierungsprojekt zugrunde lag, nicht gesehen hätte. Es war bloß ein weiteres Beispiel dafür, dass mein Mann nach über zwanzig gemeinsamen Jahren für mich mitunter noch immer ein großes Rätsel ist.

Die Krise in unserer Ehe kam plötzlich – wie ein Blitzschlag –, doch sie löste sich nur langsam auf, versickerte, wie Wasser, das eine Abflussmöglichkeit findet. Ich habe gelernt, dass es auf dem Weg zur Versöhnung mehrere Schritte – wichtige Stationen – gibt. Das erste Mal Sex nach Entdeckung der Untreue (bei uns war es vier Monate später). Das erste gemeinsame Lachen über einen Witz, und zwar unbelastet von den Streitereien und Verhandlungen im Zusammenhang mit der Entscheidung zusammenzubleiben. Das erste Mal, dass er nach Hause kommt und dich mit einem Kuss begrüßt, der sich innig anfühlt und nicht nur pflichtschuldig. Ganz allmählich setzen sich die verschiedenen Elemente des Zusammenlebens wieder durch, rücken wieder dahin, wo sie hingehören. Es fühlt sich mitunter schwierig an, unbeholfen, sogar falsch, wie die Inszenierung einer Ehe. Dann wieder fügen sich die Teile ganz selbstverständlich zusammen, und das macht Hoffnung.

Als Zoë in unser Leben kam, lag die Affäre ein Jahr zurück. Obwohl wir auf dem besten Weg waren, beziehungsmäßig wieder auf die Beine zu kommen, war der Riss in unserer Ehe noch da. Heute frage ich mich, ob vielleicht alles anders gekommen wäre, wenn es diese Bruchlinie nicht gegeben hätte. Hätten wir uns gegen Zoë wehren können, wenn unsere Ehe stärker gewesen wäre?

Die meisten unserer Freunde wissen nichts von der Affäre. Wir haben es nur Chris und Susannah erzählt, aber die anderen haben sich garantiert gewundert, warum wir uns fast ein ganzes Jahr lang rargemacht haben. Es fiel uns leichter, anderen aus dem Weg zu gehen, statt ihnen etwas vorzumachen. Wir sagten alle möglichen Einladungen ab – zum Abendessen, auf einen Drink im Pub, ins Theater –, entschuldigten uns per E-Mail, wenn wir nicht zu Weihnachtsfeiern, vierzigsten Geburtstagen, Einweihungspartys erschienen. Wir selbst luden auch nicht mehr zu irgendwelchen Anlässen ein, was den anderen ungewöhnlich vorgekommen sein muss – vor der Affäre hatten wir regelmäßig Gäste bei uns. Wir schoben die Renovierung als Entschuldigung vor, aber der wahre Grund war natürlich, dass keiner von uns beiden sich in der Lage fühlte, den choreografierten Tanz von Gastgeber und Gastgeberin aufzuführen, während wir noch gewissermaßen auf Zehenspitzen umeinander herumschlichen.

An besagtem Freitagabend – der Freitag, an den ich mich erinnere – hatten wir zum ersten Mal, seit unsere Ehe ins Schleudern gekommen war, wieder Freunde eingeladen. Eine wichtige Station im Sanierungsprozess unserer Beziehung. Ich hatte Peter, meinen liebenswerten Chef, und seine Frau Anna eingeladen, die ich nicht sehr gut kannte. Chris und Susannah waren auch dabei.

An dem Abend regnete es in Strömen, das Wasser prasselte gegen die Fensterscheiben, und der Schirmständer in der Diele füllte sich, als alle eintrafen. David verspätete sich. Die Gäste waren im Wohnzimmer, und ich bereitete in der Küche Drinks vor, als er hereinkam und seine Regenkleidung auszog. »Tut mir leid, bin in der Uni aufgehalten worden«, sagte er zu mir, während er seine Klamotten zu einem triefend nassen Haufen zusammenknüllte und auf mich zukam, um mir einen Begrüßungskuss zu geben. »Sarah hatte heute ihre mündliche Prüfung, und der Externe ist noch länger geblieben.«

»Hast du getrunken?« Ich konnte das Bier in seinem Atem riechen.

»Bloß ein Glas im Dozentenzimmer.«

Ich öffnete eine Dose Tonic und goss es in die Gläser mit Gin.

»Ich musste den Mann auf einen Drink einladen – aus Höflichkeit, Caroline. Er ist extra aus England angereist, um die Prüfung abzunehmen, als Gefälligkeit.«

»Ich hab versucht, dich anzurufen.«
»Ja? Ich hatte das Handy auf lautlos gestellt.«
Er ging an mir vorbei zur Spüle, füllte ein Glas mit Wasser und trank es in einem Zug leer.
»Du hast die Einladung vergessen, nicht?«
Er stellte das leere Glas aufs Abtropfbrett. »Ich lauf nach oben und zieh mich um.«

Für ein Freitagabendessen hatte ich mich für etwas recht Deftiges entschieden – Miesmuscheln in Weißwein als Vorspeise, dann Lammkoteletts und Fenchelsalat mit knusprigem Brot. Eine Käseplatte und als Dessert warme Brioche mit Feigen und Pistazieneis.

Während des Essens ging die Unterhaltung nahtlos von einem Thema zum anderen über: die Wasserkosten, Lokalpolitik, Klatsch und Tratsch über einen gemeinsamen Bekannten, dessen lüsterne Übergriffe vor kurzem Schlagzeilen gemacht hatten. David, der seine Verspätung vergessen hatte oder sie vielleicht wiedergutmachen wollte, plauderte munter und angeregt, lenkte das Gespräch, sorgte dafür, dass es nicht erlahmte. Er und Chris überboten sich gegenseitig in Schlagfertigkeit, und auch Peter stand ihnen zwischendurch in nichts nach. Die Konversation war alles in allem stark männlich dominiert. Anna war anscheinend der Typ Mensch, der lieber zuhörte und zustimmte, immer an den richtigen Stellen lachte, statt auch mal ihre eigene Meinung beizusteuern. Susannah war ungewöhnlich still. Chris ist immer die Stimmungskanone – spöttisch, großspurig –, und wenn es gut zwischen ihnen läuft, ist Susannah seine perfekte Partnerin, die sich von ihm mitreißen lässt, auf seine Bonmots mit ebenso spitzen Bemerkungen reagiert, stets abgeschwächt von einer gewissen Selbstironie. Sie sind die idealen Dinnergäste – witzig, einnehmend, interessant. Doch an dem Abend verriet mir Susannahs angespanntes Gesicht, die Art, wie sie Chris mit zusammengekniffenen Augen über ihr Glas hinweg musterte, dass es diesmal nicht so sein würde. Es fing an mit der einen oder anderen beiläufigen Stichelei, nichts Ernstes, aber im Verlauf des Essens, mit jedem weiteren Glas, das sie leerte, schien sie sich mehr und mehr in bedrücktes Schweigen zurückzuziehen.

Nach dem Kaffee, bei Whiskey und Portwein, kam das Gespräch auf einen aktuellen Fall: Fotos von Schulmädchen in Nordirland waren auf einer voyeuristischen Website gelandet, die regelmäßig von Pädophilen durchforstet wurde. Annas Nichte war eines der Mädchen, deren Fotos gestohlen worden waren. »Echt empörend«, sagte sie. »Eine Fünfzehnjährige, die erleben muss, dass ein Foto von ihr derart missbraucht wird.«

»Was war denn auf dem Foto«, sagte Chris, »wenn ich fragen darf?«

»Nichts Besonderes! Mädchen, die herumspielen, herumalbern. Kindlich harmlos.«

»Hmm.« Chris blickte skeptisch, und ich sah, wie Annas Hals rot anlief.

»Warum? Was willst du damit sagen?«

»Na ja«, sagte er achselzuckend. »Junge Mädchen, die herumalbern? Für dich mag das ja kindlich harmlos sein, aber seien wir doch mal ganz ehrlich. Viele Mädchen sind mit fünfzehn alles andere als kindlich harmlos. Du siehst sie in Cliquen herumhängen – und sie sind sich ihrer Macht durchaus bewusst –«

»Ihrer Macht?«

»Ja! Ihnen ist instinktiv klar, was für eine Macht sie über Jungs und Männer haben. Was sie besitzen – jugendliche Körper, aufkeimende Sexualität –, das ist ungemein mächtig. Mein Gott, man muss sich doch bloß angucken, wie sie sich anziehen, es zur Schau stellen. Und wieso auch nicht?«

»Ein junges Mädchen, das auf der O'Connell Street im

Minirock herumläuft«, entgegnete Anna, »ist doch wohl ganz was anderes als ein Perverser, der ihr Foto klaut und es auf seiner schmuddeligen kleinen Website hochlädt, damit seine Freunde sich dran aufgeilen können.«

»Weißt du, was mich nervt?«, sagte Chris und beugte sich mit einer neuen Intensität vor. »Mich nerven diese Leute, die mit ihren Smartphones Fotos von sich machen und sie auf Facebook oder sonst wo posten, sie ihren Freunden schicken und dann jammern, wenn jemand anders sie sich anschaut.«

»Jetzt mach aber mal halblang.« Anna setzte sich ein wenig aufrechter hin.

»Das ist wie mit den Promis und ihren Nacktfotos. Ehrlich, wie kann einer so blöd sein, solche Aufnahmen von sich zu posten, und sich dann darüber aufregen, wenn die Fotos in der Öffentlichkeit auftauchen?«

»Das ist wohl kaum das Gleiche«, sagte Peter vernünftigerweise.

»Nein, aber passt mal auf«, sagte Chris, der sich jetzt für sein Thema zu erwärmen schien. »Caroline, hat Holly ein Smartphone?«

»Ja, aber wir kontrollieren, was sie damit macht«, fügte ich rasch hinzu. »Sie weiß, dass wir jederzeit Zugriff darauf haben, ihre SMS lesen können, ihre Chats, ihre Facebook-Posts, alles.«

»Okay. Und macht sie auch schon mal Fotos mit ihrem Smartphone?«

»Klar, aber ganz harmlose. Menschenskind, sie ist elf. Und sie stellt sie auch nicht online – sie darf keine Fotos auf irgendwelchen sozialen Netzwerk-Sites posten.«

»Jetzt nicht, vielleicht. Aber wie lange könnt ihr das noch kontrollieren?«

»So lange, wie wir ihre Handyrechnung bezahlen«, warf David mit einem Grinsen ein und trank einen Schluck Whiskey.

»Was, wenn sie bei einer Freundin übernachtet?«, sprach Chris weiter. »Das kommt doch vor, oder?«

»Ja«, bestätigte ich widerwillig, weil ich mir denken konnte, worauf er hinauswollte.

»Eine Pyjamaparty mit einer Mädchenclique. Es wird herumgealbert. Der Ton der Unterhaltung verändert sich. Sie fangen an, über Jungs zu reden, die sie süß finden. Eine holt ihr Smartphone raus. Es werden Fotos gemacht. Eine von ihnen – ein Mädchen, dessen Eltern nicht so wachsam sind wie ihr – postet sie auf Facebook. Und zack, kursiert ein Foto von eurer Tochter im Nachthemd im Internet.«

»Verdammt«, sagte David kopfschüttelnd.

»Und was willst du damit sagen? Dass das unvermeidlich ist?«, fragte ich.

Er zuckte die Schultern. »Vielleicht ist es das ja.«

»Meine Nichte wurde nicht im Nachthemd fotografiert«, fügte Anna hinzu. »Nur damit das klar ist.«

»Ich hab gehört, auf den Fotos war nackte Haut zu sehen«, entgegnete Chris.

»Das heißt nicht, dass sie eine Kissenschlacht in Unterwäsche veranstaltet haben!«

»Na, wäre aber eine nette Vorstellung«, grinste Chris und zwinkerte Peter zu.

Peter erstarrte. Ich sah Chris an und fragte mich, wie viel er getrunken hatte. Es war einige Monate her, seit ich ihn zuletzt gesehen hatte, und er wirkte jetzt aufgedunsen, hatte dunkle Ringe unter den Augen, Anzeichen dafür, dass er gesundheitliche Probleme hatte oder unglücklich war. Seine Gewichtszunahme und die ungesunde Blässe ließen ihn irgendwie angeschlagen wirken. Er hatte immer einen gewissen halbseidenen Charme gehabt, eine lässige Attraktivität und ein durch Humor belebtes Gesicht, doch im weichen Licht der

Lampen und Kerzen sah er heruntergekommen, ungepflegt, verlebt aus.

»Ich finde, du übertreibst«, sagte David in einem betont freundlichen, vernünftigen Tonfall zu ihm. »Es waren wahrscheinlich Fotos von Mädchen in ihrer Hockeymontur oder irgendwas ähnlich Harmloses. Fakt ist, dass die Trolle und Perversen, die das Internet und solche Websites durchforsten, sogar das harmloseste Foto in ein erotisches Bild verfälschen, aber diese Perversion findet in deren Köpfen statt, sie wird nicht von den Mädchen vermittelt.«

Chris lachte auf, ein ungläubiges Prusten. »Ach, jetzt hör aber auf, Dave!«, sagte er und schlug mit der flachen Hand auf den Tisch, noch immer scherzhaft, aber in seine Stimme, seinen Blick hatte sich eine gewisse Härte geschlichen. »Hörst du dir eigentlich selbst zu?«

»Wieso?«

»Du stellst sie alle als kleine Engel dar! Gerade du solltest doch wissen, wie durchtrieben diese jungen Dinger sein können!«

David stockte, nur einen Moment, sein Glas auf halbem Weg zum Mund. Dann lachte er. »Was zum Teufel soll das denn heißen?«

Aber irgendetwas war in diesem Stocken spürbar gewesen. Ein Hauch Unsicherheit. Ein kalter Zweifel, den ich in letzter Zeit gespürt hatte.

Chris legte jetzt los und erklärte, dass David als Universitätsdozent ja schließlich jeden Tag mit jungen Frauen in Kontakt kam. Er beschrieb sie eher als Huren, die mit den Wimpern klimperten, wenn sie in sein Büro kamen, damit er ihnen bessere Noten gab oder sie von einem Tutorium freistellte oder Ähnliches. Bloße Neckerei, vermute ich, aber das meiste bekam ich gar nicht richtig mit. Ich konnte den Blick nicht von David abwenden. Die Veränderung war so subtil, dass nur eine Ehefrau sie bemerken konnte. Seine vom Alkohol leicht geröteten Wangen waren blass geworden, weil ihm das Blut aus dem Gesicht gewichen war. Seine Lippen waren eine Spur schmaler geworden, und in seinen Augen lag eine neue Schärfe. Er wirkte argwöhnisch, sogar erschüttert. Ich starrte ihn an, und auf einmal wurde mir klar, dass mein Mann mir etwas verheimlichte.

Wie lange dauerte dieser Moment, während die Erkenntnis sich in mir ausbreitete, alles einen Sinn ergab: sein Verhalten in letzter Zeit, die Schweigsamkeit, die jähen Ausraster, die Vergesslichkeit. Ich hatte es mir damit erklärt, dass er an der Uni unter Druck stand, seine Leidenschaft für Geschichte ihn zu stark in Anspruch nahm. Jetzt wurde mir klar, dass es etwas anderes war. Ich kannte die Symptome von Heimlichkeiten – wir hatten das schon einmal erlebt. Ich sah es und spürte plötzlichen Zorn heiß in mir auflodern. Ich hatte keine Angst – da noch nicht. Die kam später, als ich Zoë kannte, als ich spürte, wie sich ihre heimtückische Präsenz in unser Leben schlich. Was ich vor allen Dingen empfand, war Schock.

Ich weiß nicht, was Chris als Nächstes sagte – es entging mir in meinem eigenen privaten Gefühlsturm –, aber was immer es war, es ließ Susannah aus der Haut fahren.

»Herrgott nochmal«, sagte sie. »Was redest du denn da, Christopher? Hast du auch nur die geringste Ahnung, wie lächerlich du dich anhörst? Wie jämmerlich und widerwärtig du rüberkommst?«

»Das nennt man Aufrichtigkeit, meine Liebe«, erwiderte er laut und mit einem harten Lächeln im Gesicht. »Was in deinem Metier sicherlich ein Fremdwort ist.«

Susannah ist Unternehmensanwältin, die eigentliche Brötchenverdienerin der beiden, wie alle wissen. Chris, der als Zeitungsredakteur arbeitet, ein Job, der zu seinem launenhaften

Wesen passt, sagt häufig über sich selbst, er ließe sich von seiner Frau aushalten, und witzelt gern, die Arbeit sei für ihn eher ein Hobby. An dem Abend gab es solche Scherze nicht.

An Peter und Anna gerichtet, denen sichtlich unbehaglich zumute war, sagte er: »Ja, ich weiß, sie sieht aus wie eine Frau, aber in Wirklichkeit ist Susannah ein Hai.«

Susannah ist sehr attraktiv, mit starken, dunklen Gesichtszügen und einer schicken, asymmetrischen Frisur. An dem Abend wirkten ihre Züge noch markanter als sonst, dunkelroter Lippenstift, der Mund ein grimmiger Schlitz in ihrem Gesicht. »So, wie du über blutjunge Frauen redest, bist du auch bloß ein betrunkener geiler Bock«, sagte sie. »Gott, wenn ich dich solche Sachen sagen höre, bin ich heilfroh, dass wir keine Kinder haben.«

Seine Augen wurden schmal. »Wir haben keine Kinder, Susannah, weil ich keine wollte. Weil ich wusste, ein Kind mit dir könnte mit einer Rückenflosse und mehreren Zahnreihen auf die Welt kommen.«

Für einen Moment trat Stille ein, als würden alle die Luft anhalten, dann stand Susannah so abrupt auf, dass ihr Stuhl nach hinten kippte, und Peter ihn festhalten musste, damit er nicht auf den Boden knallte. Ohne ein Wort verließ sie den Raum.

Chris brach das Schweigen. »Dumm gelaufen«, sagte er und versuchte zu lachen, aber es kam nur ein Keuchen heraus.

»Alles in Ordnung?«, fragte David.

Chris nahm den Dessertlöffel von seinem Teller, drehte ihn um, legte ihn dann wieder hin. In der Diele knallte die Haustür zu.

»Einer von uns sollte ihr hinterhergehen«, sagte ich.

Ohne von seinem Teller aufzublicken, sagte Chris: »Tu dir keinen Zwang an.«

Der Regen hatte aufgehört, auf dem Asphalt hatten sich

Pfützen gebildet. Ich sah Susannah mit schnellen Schritten die Straße hinuntergehen und rief ihr nach, sie solle stehen bleiben, doch sie wurde nicht mal langsamer, und ich musste rennen, um sie einzuholen.

»Bitte komm wieder rein«, sagte ich, als ich schließlich bei ihr war.

Sie ging weiter, hielt sich mit einer Hand den Mantel zu, mit der anderen umklammerte sie ihre Handtasche. Es lag etwas Schreckliches in ihrer geballten Wut, ihrer Weigerung zu sprechen, bis sie die Ecke erreichte, wo unsere Allee auf die Hauptstraße trifft. »Es tut mir so leid, Caro«, sagte sie. »Wir haben euch den Abend ruiniert, nicht?«

Ihre Augen glitten von mir weg zu einem Taxi, das langsamer wurde, als es näher kam, und sie trat auf die Straße, hob eine Hand in die Luft.

»Bitte bleib«, sagte ich, doch sie hatte sich entschieden.

Ich schaute dem Taxi nach, sah die deutliche Silhouette ihrer Frisur durch die Heckscheibe und wusste, dass das, was zwischen ihr und Chris passiert war, nicht mehr ungeschehen gemacht werden konnte.

Als ich zurückkam, standen Peter und Anna schon an der Haustür. Sie hatten bereits ihre Mäntel angezogen und bedankten sich überschwänglich für einen wunderbaren Abend, um sich dann hastig zu verabschieden. David ließ sich nicht blicken. Ich schaute ihnen nach, wie sie in die Nacht davoneilten, schloss dann die Tür vor der Dunkelheit und ging zurück in die Küche. Chris hatte den Kopf in die Hände gelegt, David goss ihm noch einen Whiskey ein.

»Chris schläft heute Nacht bei uns«, sagte er zu mir.

Normalerweise bin ich fürs Trostspenden, für die richtigen Worte zuständig. »Dann richte ich mal das Gästezimmer her«, sagte ich.

Als ich die Tür schloss, sah ich, wie sie mit ihren Gläsern anstießen, doch die Geste wirkte eher ernst als fröhlich. Gleichzeitig spürte ich, wie sich meine Kiefermuskulatur anspannte. Eine Idee hatte ihre Krallen in mich geschlagen, nämlich dass David eine Affäre haben könnte. Mit einer Kollegin oder einer Postdoktorandin. Irgendeiner dummen jungen Frau, die sich etwas Spannendes mit einem älteren Mann erhoffte, ihn gedankenlos in seiner Midlife-Crisis bestärkte.

Den Sturm einer solchen Krise hätten wir vielleicht überstehen können, aber was uns bevorstand – die langsame Erosion durch Zoës destruktive Präsenz –, erwies sich als unendlich viel schlimmer, ein dunkles Loch, das sich auftun und jeden von uns in sich hineinziehen würde.

6 | DAVID

»WER IST Zoë?«

Ich drehte mich um und sah, dass Caroline mich anstarrte. Ich war dabei, die Weingläser vom Vorabend zu spülen, hundemüde und verkatert. Chris war gerade gegangen. Ihre Worte hatten mich aus einem Tagtraum gerissen – eine Erinnerung an Linda, die ein Hemd von mir trug, mit nackten Füßen auf dem harten Fliesenboden der Küche in unserem Cottage in Donegal vor vielen Jahren. Dieselben Füße hatten sich in der Nacht zuvor in mein Kreuz gedrückt, die sanfte Wölbung ihrer Fersen. Unsere gemeinsame Zeit näherte sich rasend schnell ihrem Ende. Ich fuhr ihr mit einem Finger über die Schläfe, an der Rundung der Wange entlang, und versprach ihr, dass alles gut werden würde. Ich zog sie an mich, um ihren Körper an meinem zu spüren, gebannt vom grünen Schleier ihres Blicks. Ich küsste sie, spürte ihre weichen Lippen auf meinen. Ein Gefühl von Gewissheit hatte mich erfasst – das unzweifelhafte Wissen, dass wir behütet waren, dass uns nichts Böses widerfahren konnte. Ich war vierundzwanzig, hatte das ganze Leben noch vor mir.

»David?«, sagte Caroline. In der Hand hatte sie ein Stück Papier, das sie mir hinhielt. »Das hier war in deinem Portemonnaie.«

Es war der Zettel, den Zoë unter meine Bürotür geschoben hatte, auf dem sie mich bat, ins Madigan's zu kommen.

»Was hast du in meinem Portemonnaie zu suchen?«

»Der Zettel ist rausgefallen. Als ich die Wäsche zusammengesucht hab.«

Ich legte das Geschirrtuch, das ich mir über die Schulter gehängt hatte, auf das Abtropfbrett und holte tief Luft. »Mach die Tür zu«, sagte ich. »Ich muss mit dir reden.«

Caroline blickte verwirrt und aufgebracht zugleich. Sie schloss die Tür, und die Stimmen aus dem Fernseher nebenan wurden zu einem undeutlichen Gemurmel. Ich blickte hinaus in den Garten, wo sich alles für einen Moment in Zeitlupe zu bewegen schien – die rostbraunen Blätter, die von den Bäumen fielen, und darüber eine dichte Wolkenbank, die in Wellen vorbeizog. In der Ferne ertönte das dumpfe Geräusch eines anspringenden Automotors.

»Ich hab dir doch damals von Linda Barry erzählt, weißt du noch?«

Caroline schien sich innerlich zu wappnen. »Ja klar.«

»Zoë ist ihre Tochter.«

»Ihre Tochter?«, wiederholte sie.

Ich zupfte an meinem Ohrläppchen. »Sie ist auch eine Studentin von mir. Sie war bei mir, weil sie glaubt, dass ich ihr Vater bin.«

Caroline legte den Zettel auf den Tisch, jedoch ohne den Blick von mir abzuwenden. »Das hat sie gesagt?«

»Sie hat gesagt, sie wäre sich ganz sicher, weil ihre Mutter ihr von mir erzählt hätte, und sie hatte ihre Geburtsurkunde dabei.«

Caroline zog einen Stuhl unter dem Tisch hervor und setzte sich. »Ihre Geburtsurkunde?«, sagte sie.

Ihre entschiedene Ruhe und Nervenstärke entwaffneten mich. Es wäre nachvollziehbar gewesen, wenn sie laut geworden wäre, sich aufgeregt hätte. Stattdessen reagierte sie kühl und gefasst. Es hätte mich nicht überraschen sollen. Caroline hatte schon immer eine gewisse Stärke und Entschlossenheit an den Tag gelegt.

»Auf der werde ich nicht ausdrücklich als Vater genannt ...«

»Wie kannst du dir dann sicher sein, dass sie deine Tochter ist?«

»Kann ich nicht, jedenfalls nicht eindeutig. Aber sie hat Ähnlichkeit mit Linda, würde ich sagen, und die Daten kommen hin. Sie hat mir Fotos gezeigt ...«

»Fotos?«

»Von mir und Linda.«

Caroline schaute sich um, als wollte sie sich vergewissern, sicherstellen, dass sie da war, wo sie zu sein glaubte – dass die Küche, mit der Stereoanlage auf der Arbeitsplatte, der gläsernen Obstschale, dem Sortiment an Büchern und Computerspielen von den Kindern, den gerahmten Schwarzweißfotos von uns als Familie an der hinteren Wand, dass das alles da war. Für einen Moment dachte ich, sie würde die Hand ausstrecken, um einen dieser Gegenstände zu berühren – ihr Bedürfnis danach schien so real.

»Und wo ist Linda jetzt?«, fragte sie ruhig.

»Sie ist tot«, sagte ich, und es klang wie eine Rechtfertigung, obwohl das nicht meine Absicht gewesen war.

Carolines Augen weiteten sich. »Tot?«

Ich nahm auf dem Stuhl ihr gegenüber Platz und erzählte ihr, was ich über Lindas Ableben wusste.

Sie nahm eine Serviette aus dem Halter auf dem Tisch. »Wann war das? Wann hat dieses Mädchen dir das alles erzählt?«, fragte sie.

»Anfang der Woche.«

»Anfang der Woche? Wieso hast du kein Wort gesagt?«, fragte Caroline, jetzt ein wenig empörter, verärgert. »Wieso erzählst du mir das erst jetzt?«

»Ehrlich gesagt, ich brauchte etwas Zeit.«
»Etwas Zeit?«
»Es war ein Schock, als sie in mein Büro kam und mich mit der Behauptung überrumpelte. Ich brauchte Zeit, um es zu verarbeiten, bevor ich es dir erzählen wollte.« Ich blieb ruhig, pragmatisch. »Ich wollte es nicht vor dir verheimlichen.«
»Du hättest es mir sofort sagen sollen«, sagte Caroline.
»Ich wollte mir selbst erst über die Dinge klarwerden.«
»Und ist dir das gelungen?«
Ich zögerte. Vor meinem geistigen Auge sah ich ein Bild von weißer Gischt, die vom Wind hochgepeitscht wurde, am Strand von Holywood, wo sich Welle um Welle unaufhaltsam brach, und Linda und ich Hand in Hand standen.
»Ich weiß nicht«, antwortete ich. »Was sie sagt, klingt ganz überzeugend …« Ich sprach von Zoë, doch in Gedanken war ich bei Linda und mir, wie wir abends die Botanic Avenue hinunterliefen, auf dem Weg in den Pub oder zu einer Lesung in einem Oxfam-Laden.
»Aber wir müssen absolut sicher sein«, sagte Caroline. »Wir müssen hundertprozentig wissen, ob sie deine Tochter ist oder nicht.«
»Ich weiß«, sagte ich. »Ich hab schon darüber nachgedacht, und es gibt mehrere Möglichkeiten, das herauszufinden.«
»Was denn? So was wie einen Vaterschaftstest?«, fragte sie mit einem bitteren Lachen.
»Wieso nicht?«, antwortete ich und griff nach ihrer Hand, um sie zu beruhigen, doch ihre Hand blieb reglos.
»All die Jahre …«, sagte sie.
Ich wollte sagen, was für eine Erleichterung es für mich war, ihr endlich alles erzählt zu haben, aber ich tat es nicht. Irgendetwas bremste mich – die seltsam gemischten Gefühle, die ich empfand, beängstigend und schmerzhaft zugleich.

»Und du hast nie was geahnt?«, fragte Caroline.

»Nein ... nie.« Während ich ihre Reaktion beobachtete, bemerkte ich etwas anderes, etwas in mir, Zweifel an meinen eigenen Worten, weil sie schlichtweg nicht der Wahrheit entsprachen. *Ich hatte es geahnt.* Aber es war eine vergrabene, unbewusste Ahnung. Seit dem Wochenende in Donegal hatte ich nämlich die Möglichkeit nie ausgeschlossen. *Haben wir aufgepasst?*, hatte mich Linda damals gefragt. Ja, bis dahin hatten wir immer aufgepasst. Aufpassen war praktisch das Motto unserer Beziehung gewesen. Wir mussten aufpassen und vorsichtig sein. Niemand wusste, dass wir in Donegal waren. Niemand wusste, dass wir zusammen waren. Niemand wusste, dass wir ein Liebespaar waren. Sie war schließlich meine Studentin.

»Es ist schwer zu glauben ...«, sagte Caroline und holte mich damit in die Gegenwart zurück. »Was machst du, wenn es stimmt? Was machen wir, wenn sie wirklich deine Tochter ist?«

»Wenn sie meine Tochter ist, dann ist das eben so. Es muss nicht alles verändern. Es muss unser Leben nicht aus den Fugen bringen. Wir stellen uns drauf ein, wir lernen sie kennen, versuchen, ihr einen Platz in unserer Familie zu geben.«

»So einfach?«

Ich sagte: »Wieso nicht?«

»Hast du mal darüber nachgedacht, was das für Auswirkungen für Robbie und Holly haben könnte, wenn es stimmt?«, sagte sie. »Wenn sie erfahren, dass sie eine Halbschwester haben?«

Ich hatte darüber nachgedacht. Ich machte mir Sorgen, wie sie reagieren könnten. Ihr Leben war schon einmal reichlich aus den Fugen geraten, und ich wollte weiß Gott nicht, dass sie irgendwie Schaden nahmen. Aber ich glaubte wirklich, dass wir das hinkriegen könnten.

»Wir schaffen das, aber immer schön eins nach dem anderen.«

Caroline dachte darüber nach, was ich gesagt hatte. »Wie ist sie so?«

»Sie ist jung ... intelligent, ein bisschen schüchtern. Sie ist linkisch wie alle in dem Alter, traut sich aber gleichzeitig, in mein Büro zu marschieren und sich als meine Tochter vorzustellen ... Ob das nun wahr ist oder nicht, ich muss es ernst nehmen.«

Caroline hörte aufmerksam zu, versuchte, das alles zu verarbeiten. »Ein DNA-Test«, sagte sie. »Das hast du doch mit ›Vaterschaftstest‹ gemeint, oder?«

»Ja.«

»Und wie willst du das anstellen?«

Ich dachte an mein Treffen mit Zoë im Pub, daran, wie meine Hand die losen Haare von ihrer Jacke gezupft und sie eingesteckt hatte. »Eine Haarwurzel.«

»Einfach so?«

»Ich hab's schon getan.«

»Was hast du schon getan?«

»Zoë weiß nichts davon. Ich hab ein paar lose Haare von ihrer Jacke genommen.«

»Machst du Witze?«

»Nein.«

»Aber das ist unmoralisch.«

»Mag sein. Aber in dem Moment hielt ich es für richtig«, sagte ich mit unsicherer Stimme.

»Nein, David, das ist unaufrichtig – das ist hinterhältig«, sagte sie, appellierte an meine Vernunft.

»Und du bist auf einmal Expertin in Sachen Aufrichtigkeit?«, zischte ich. Caroline war eher enttäuscht als gekränkt. Ich entschuldigte mich sofort, aber die betretene Distanz war wieder da, ebenso wie eine weitere Sorge, eine weitere Furcht, die ich noch nicht benennen konnte.

»Wäre es nicht besser, offen und ehrlich zu Zoë zu sein, ihr zu sagen, dass es ein Schock für dich war, und ob sie mit einem DNA-Test einverstanden wäre, nur um Gewissheit zu haben?«

»Ich weiß, das mit den Haaren ist als erste Maßnahme nicht optimal«, sagte ich. »Aber ich habe drüber nachgedacht, Caroline. Zoës Behauptung könnte reine Erfindung sein. Wir müssen wissen, ob sie die Wahrheit sagt.«

»Und wann hat das hier stattgefunden?« Sie deutete auf den Zettel, den sie auf den Tisch gelegt hatte – *18.30 Uhr im Madigan's.*

»Gestern. Ich hab mich nach der Uni mit ihr im Pub getroffen.«

»Du hast doch gesagt, du warst mit einem externen Professor was trinken.«

»War ich aber nicht. Ich hab mich mit Zoë getroffen.«

»Wieso hast du das nicht gesagt? Wieso musstest du lügen?«

»Wir hatten nebenan Gäste sitzen, Caroline. Glaubst du im Ernst, das wäre der richtige Moment gewesen, dir alles zu erzählen?«

Ihre Finger trommelten auf dem Tisch. »Und du willst ihr wirklich nichts von dem Test sagen?«

»Nein.«

»Verstehe. Ich wünschte bloß, du hättest mich früher eingeweiht«, sagte sie. »Dein ganzer Plan … ich hab kein gutes Gefühl dabei.«

Ich sagte nichts. Wozu auch? Ich hatte keinen Plan, aber irgendwas war in Gang gesetzt worden. Caroline hob die Hände ans Gesicht. Sie war tief in Gedanken – wägte alles ab. Ich stand auf und schaute zur Spüle, wo die Weingläser das Morgenlicht brachen. Ich dachte an den Morgen in Donegal, und sofort war sie wieder da, eine geisterhafte Präsenz im Hintergrund, meine alte Flamme, Linda. Wenn ich sie vermisst hatte, wenn ich mich gefragt hatte, was hätte sein können, wenn ich mit einer anderen zusammen gewesen war oder wenn ich mit meiner Frau zusammen war, schien sie noch immer da zu sein, irgendwo im Schatten, und – das war mehr als einmal passiert – wenn ich mit einer anderen schlief, fühlte es sich auf eine seltsame Art noch immer so an, als würde ich mit ihr schlafen.

»Lass den Test machen«, sagte Caroline. »Besorg dir das vorläufige Ergebnis. Aber versprich mir, dass du von dir aus keinen Kontakt zu ihr aufnimmst und nur dann Zeit mit ihr verbringst, wenn es nicht anders geht. Jedenfalls, bis wir Klarheit haben.«

»Versprochen«, sagte ich.

Das Radio lief im Hintergrund: Ein Hörer beschwerte sich über die drohenden Wassergebühren. In der Stadt war eine weitere Demonstration geplant, fügte er hinzu, und während er redete, kam mir der Gedanke, dass hier in diesen vier Wänden, innerhalb unseres Zuhauses, eine reale und nicht aufzuhaltende Krise im Gange war, die unseren Familienverbund fraglos auf eine Zerreißprobe stellen würde, während draußen, vor unserer Tür, das Leben weiterging – Menschen empörten sich über Wassergebühren, über Arbeitslosigkeit, über Politik und Korruption, aber genau dieselben Menschen gingen auch ihren Alltagsgeschäften nach. Das Leben ging weiter – ganz gleich, was passierte.

»Worüber redet ihr zwei?«, fragte Holly, die mit angezogener Jacke in der Tür stand. Ich wusste nicht, wie lange sie da schon stand oder wie viel sie mitbekommen hatte.

»Ich komm gleich«, sagte Caroline, und Holly ging zurück ins Wohnzimmer. »Kein Kontakt zu diesem Mädchen«, sagte sie zu mir. »Solange wir nicht mehr wissen.«

»Abgemacht«, sagte ich.
Sie stand steif auf, als ob der Waffenstillstand, den sie mit mir geschlossen hatte, nicht zufriedenstellend wäre, sie ihn aber wohl oder übel akzeptieren müsste.
Ohne mich noch einmal anzusehen, rief sie: »Holly, Schätzchen. Wir müssen los.«
Holly küsste mich kurz auf die Wange, bevor sie aus dem Haus ging, und erst da fiel mir auf, dass ich Caroline etwas versprochen hatte, was ich unmöglich halten konnte.

7 | CAROLINE

MEIN MANN ist kein rachsüchtiger Mensch. Doch als er mir an jenem Samstagmorgen von dieser Tochter, von Zoë, erzählte, und ich dasaß und zuhörte, wie er von DNA-Tests und Vaterschaft sprach, kam mir immer wieder ein Gedanke in den Sinn: Das war Davids Art, sich zu revanchieren.

Es war alles so verwirrend, so beunruhigend. Wer war die junge Frau? Was wollte sie von uns? Ich konnte nicht absehen, wie sich diese Geschichte auf unser aller Leben auswirken würde. Hatte keine Ahnung, in welchem Maße diese Zoë Teil unserer Familie werden wollte. Würde sie erwarten, dass David sie genauso behandelte wie Robbie und Holly? Würde sie erwarten, dass wir sie finanziell unterstützten? Ihre Studiengebühren bezahlten? Ihre Miete?

Natürlich erzählte ich Holly nichts davon, während wir aus der Stadt herausfuhren, sondern ließ sie fröhlich drauflosplappern, während sie am Senderknopf des Radios drehte, übersprudelnd vor lauter Vorfreude auf unseren Einkaufsbummel bei Ikea. Seit sie elf geworden war, hatte sie den Drang entwickelt, ihren eigenen Geschmack durchzusetzen, und ich hatte versprochen, neue Möbel für ihr Zimmer zu kaufen. Es war kurz vor Mittag, als wir die Ausstellungsräume endlich geschafft hatten, und ich war unten in der SB-Halle, ein bisschen müde und in Gedanken schon bei einer Tasse Kaffee und einem Stück Kuchen, als es passierte.

Holly war noch einmal zurück in die Bettwäscheabteilung gegangen, weil ihr das Muster, das sie sich ausgesucht hatte, doch nicht mehr so gut gefiel, daher war ich allein in dem Gang und suchte die mit braunen Paketen gefüllten Regale nach dem Artikel ab, den ich brauchte. Endlich wurde ich fündig, zog das Paket aus dem Regal und hob es auf meinen Einkaufswagen. Als ich mich wieder aufrichtete, kam eine Frau auf mich zu und rammte ihren Einkaufswagen gegen meinen. Instinktiv umklammerte ich den Griff und sah zu der Frau hoch. Mit wutlodernden Augen starrte sie mich an. Ehe ich etwas sagen konnte, ließ sie ihren Einkaufswagen ein weiteres Mal gegen meinen knallen, und ich schrie auf. Durch die Wucht des Aufpralls fielen einige ihrer Sachen auf den Betonboden. Ich rührte mich nicht, war wie gelähmt vor Schock über die jähe Aggression gegen mich. Die Frau war in meinem Alter, trug Jeans und einen grauen Rollkragenpullover und hatte ihr dunkles Haar zu einem Pferdeschwanz nach hinten gebunden. Ich hatte sie gelegentlich am Schultor gesehen, vor meiner Affäre, aber seitdem nicht mehr. Jetzt fixierte sie mich böse, als wollte sie mich mit ihrem Einkaufswagen gegen das hohe Regal schieben und zusehen, wie mir die gestapelten Möbelpakete auf den Kopf krachten. Unser Augenduell war regelrecht elektrisiert, als würden Stromstöße zwischen uns hin und her jagen. Es dauerte höchstens eine Minute. Schließlich wich sie zurück, drehte ihren schweren Einkaufswagen um und verschwand halb im Laufschritt damit um die nächste Ecke. Die Artikel, die von ihrem Wagen gerutscht waren – ein Set Rührschüsseln und ein paar Stehordner –, blieben auf dem Fußboden liegen.

Völlig aufgewühlt blickte ich mich um, besorgt, dass jemand diese merkwürdige Attacke beobachtet hatte, und da war Holly, mit einem anderen Bettwäscheset unter dem Arm. Sie kam näher und legte die Packung auf unsere anderen Einkäufe. Dann – und das ist der Teil, der mich wirklich fertigmacht – sagte sie leise und ausdruckslos, ohne mich anzusehen, ohne ein Wort über den Vorfall zu verlieren, den sie beobachtet hatte: »Ich glaube, wir haben alles«, und ging Richtung Kassen.

Holly war schon immer die Robustere von meinen beiden Kindern, obwohl sie die Jüngere ist. Ihr fehlt die Sensibilität ihres älteren Bruders, der schon als Kleinkind besorgniserregend empfindsam war. Manchmal unterschätze ich ihre Willensstärke, ihren Scharfsinn, vermutlich, weil sie das Nesthäkchen der Familie ist. Aber hin und wieder verblüfft sie mich mit ihrer Reife. Wusste sie irgendwie, was ich getan hatte? Wer diese Frau war?

»Holly«, sagte ich im Auto. »Was da vorhin passiert ist –«

»Bitte, Mum«, fiel sie mir ins Wort. »Ich will nicht darüber reden.«

Während der ganzen Fahrt nach Hause schwiegen wir, aber ich musste immerzu an ihre Reaktion denken – ihre Gleichgültigkeit. War es möglich, dass sie Bescheid wusste? Ich fragte mich, wie viel sie mitbekommen hatte, meine Tochter, mit ihrem ruhigen Blick, dem kühlen Gebaren ihres Vaters. Wieder regten sich Schuldgefühle in mir. Sie waren nie weit weg.

Über ein Jahr bevor Zoë in unser Leben kam, hatte ich mich mit einem Mann eingelassen, dessen Sohn mit Robbie in dieselbe Klasse ging. Das Wort »Affäre« kommt mir eigentlich falsch vor – eine unzutreffende Bezeichnung für das, was da zwischen uns war. Von einer richtigen Affäre kann doch eigentlich nicht die Rede sein, wenn man nie richtig Sex hatte, oder? Ein »Seitensprung« vielleicht, obwohl das nach ex und hopp klingt, als ob ich die Sorte Frau wäre, die aus einer Laune heraus ihr Ehegelübde vergisst, wann immer ihr danach ist. So bin ich nicht. Sein Name war Aidan – *ist* Aidan, denn er ist nicht gestorben, er ist bloß nicht mehr Teil meines Lebens. Wir lernten uns im Elternbeirat der Schule kennen. Dieser »Seitensprung« – ein besseres Wort fällt mir nicht ein – dauerte drei, höchstens vier Monate. Es hatte nichts mit Liebe zu tun, absolut nicht. Als die Sache endete, nahmen Aidan und seine Frau ihren Sohn von der Schule und zogen in einen anderen Stadtteil von Dublin. David und ich entschieden, Robbie auf der Schule zu lassen. Im Nachhinein glaube ich, dass das ein Fehler war.

Ich dachte, David hätte mir verziehen, aber nachdem er mir von Zoë erzählt hatte, beschlich mich der Verdacht, dass er nur auf den rechten Moment, die passende Gelegenheit gewartet hatte, um es mir heimzuzahlen. Seine Rache kam anders, als ich gedacht hätte: in Gestalt einer jungen Studentin.

Ich sprach ihn nicht darauf an. Wie auch? Früher hatte ich David immer alles um die Ohren hauen können. Ich hatte nie Angst vor Konfrontationen. Aber nach meinem Techtelmechtel war irgendwas passiert – eine Veränderung in der Dynamik zwischen uns. Ja, er hatte mich zurückgenommen, ohne mich zu bestrafen oder mir Vorwürfe zu machen. Aber unser Zuhause war seitdem irgendwie verkrampft. Alles war durchdrungen von einer unterschwelligen Spannung. Wir hatten den Kindern nicht erzählt, was passiert war, was ich getan hatte, aber wir konnten sie unmöglich vor der Stimmung schützen, die sich zwischen uns entwickelte. Sie beobachteten mich argwöhnisch, als fürchteten sie, ich könnte sie wieder in eine Zeit der Unsicherheit stürzen. David verhielt sich nach außen hin genauso gelassen und besonnen, wie ich es von ihm gewohnt war. Wir machten weiter. Wir standen es durch. Aber ich hatte etwas von meiner Macht verloren. Sie war mir entglitten, ein Verzicht meinerseits als Gegenleistung für seine Vergebung.

An jenem Samstagmorgen trafen wir eine Vereinbarung, David und ich. Wir würden die Angelegenheit mit Zoë auf Eis legen, bis wir einen hundertprozentigen Beweis hätten. Für die zwei Wochen, die es dauerte, die DNA-Stränge zu dekodieren, ein Muster zu erkennen, eine Ähnlichkeit zwischen Davids Genen und denen von Zoë – oder keine –, würden wir versuchen, unser Leben, so gut wir konnten, weiterzuführen. Alles würde weitergehen wie gewohnt – Arbeit, die Kinder, das Haus, unsere Freundschaften. Bloß für diese zwei Wochen.

Leichter gesagt als getan.

Die ganze erste Woche hatte ich ein Surren im Schädel, einen leichten Kopfschmerz. Ich schob es auf zu wenig Schlaf. Ich versuchte, es mit Paracetamol zu bekämpfen, um mich auf meinen Job konzentrieren zu können, doch es hielt an. Wieder in der Agentur anzufangen, in der ich schon vor meiner langen Kinderpause gearbeitet hatte, war nicht die triumphale Rückkehr, die ich mir insgeheim erhofft hatte. Es war verwirrend, wie viel sich in den letzten fünfzehn Jahren verändert hatte, so dass ich das mir einst so vertraute Metier kaum wiedererkannte. Ich zwang mich, die Herausforderung anzunehmen, so schwer es mir auch fiel. Und die ganze Zeit über war da dieses Surren im Hinterkopf: *Zoë*.

Ich glaube, ich sah sie damals noch nicht mal als Person, sondern vielmehr als ein Problem, das es zu lösen galt, obwohl ich nicht wusste, wie. Die Arbeit ermöglichte es mir, das Surren in meinem Schädel auszublenden. Doch abends, nach dem Essen, wenn die Kinder mit Schularbeiten beschäftigt waren oder vor dem Fernseher saßen, wenn David und ich allein waren, wurde das Geräusch lauter.

»Wie sieht sie aus?«, fragte ich ihn.

Es war Nacht, und wir lagen wach im Bett, das Zimmer dunkel. Irgendwo auf unserer Straße ging eine Autoalarmanlage los.

Sein Blick glitt vom Fenster zur Zimmerdecke, und ich spürte, wie er das Federbett um sich herum glattstrich. »So ziemlich wie jede andere Studentin auch«, sagte er mit ausdrucksloser Stimme.

»Ach komm schon, David. Die sehen ja nun nicht alle gleich aus. Sie wird doch wohl irgendwas Besonderes haben.«

»Ihr Haar«, sagte er daraufhin, und ich merkte, wie ich mich innerlich anspannte. »Sie hat so auffällig blondes Haar. Lange federnde Locken – fast weißblond.«

»Das kann sie nicht von dir haben.«

»Lindas Haar.«

Linda. Ihr Name, ausgesprochen in unserem dunklen Schlafzimmer. Ich dachte an sie, vor all den Jahren, und stellte mir vor, wie David mit den Händen über diese blonden Locken strich, seine Finger darin vergrub, sie bestaunte, sie liebte. Ich hatte das Bild heraufbeschworen und wünschte prompt, ich hätte es nicht getan.

»Und Stiefel«, sagte er dann.

»Stiefel?«

»Sie trägt so militärisch aussehende Stiefel. Doc Martens, glaub ich. Ochsenblutrot. An ihren dünnen Beinen sehen die Dinger absolut klobig aus. Sie ist so ein zartes Wesen. Schüchtern.«

Die Art, wie er es sagte, ließ mich unwillkürlich vermuten, dass er Zuneigung für sie empfand.

Er lag einen Moment still da und starrte ins Dunkel. Draußen war die Alarmanlage verstummt, und Stille drang ins Zimmer, jäh und indiskret. Dann rollte er sich auf die Seite und schloss die Augen.

Aber ich schlief nicht. Es war, als wäre jeder von uns auf seine eigene individuelle Weise zurück in die Vergangenheit gestürzt. Alte Erinnerungsfetzen kamen in unerwarteten Augenblicken zurück. Während Davids Atmung tiefer und ruhiger wurde, fragte ich mich, ob er gerade mit seinen letzten wachen Gedanken bei Linda war. Ich dagegen driftete noch weiter zurück in eine andere Zeit, zu einer anderen Begegnung. Einer getroffenen Entscheidung. Deren Schwere auf meinen jungen Schultern lastete. *Du musst nicht mitkommen*, hatte ich zu ihm gesagt. *Ich kann allein gehen.* Ich versuchte, tapfer zu klingen, obwohl ich innerlich starb. Erinnerte er sich an dieses Gespräch, mein schlafender Mann? Stieg etwas davon auch in ihm wieder hoch? Alte Geister, die von dieser neuen jungen Frau zum Leben erweckt wurden und sich wütend regten, wie ein Wespennest, in das sich ein Stock bohrt.

Es war wie ein Leuchtsignal in meinem Kopf – ihr blondes Haar. Wohin ich auch schaute, überall sah ich junge Frauen mit blondem Haar, das ihnen auf den Rücken und über die Schultern fiel, das als Pferdeschwanz schwang oder mit einer schnellen Kopfbewegung aus der Stirn geworfen wurde. Ich merkte, dass ich Teenager anstarrte, ihr Alter taxierte, bang abschätzte, ob sie Ähnlichkeit mit David, mit Holly hatten. Jede von ihnen hätte Zoë sein können.

Ich hatte nicht vorgehabt, Kontakt zu ihr zu suchen. Doch eines Morgens, als ich die Morehampton Road hochfuhr, um für Peter eine Besorgung zu machen, fiel mir ein, dass es nur ein Katzensprung bis zum Campus des University College Dublin wäre.

Ich rief vom Auto aus im Sekretariat des Historischen Instituts an und sagte, meine Nichte würde im ersten Semester Geschichte studieren; sie hätte mich am Abend zuvor besucht und ihr Handy bei mir zu Hause vergessen, und da ich sie nicht erreichen könnte, würde ich ihr das Handy gern zur Uni bringen.

Ich wollte bloß mal einen Blick auf sie werfen. Ich hatte nicht die Absicht, sie anzusprechen. Die Erstsemester hatten an dem Morgen eine Vorlesung über amerikanische Geschichte in Hörsaal J, wurde mir gesagt. Ich musste sie einfach nur sehen. Danach würde sich meine Angst legen oder, wenn nicht meine Angst, so doch wenigstens meine Neugier.

Die Möglichkeit, David auf dem Weg von seinem Büro zu einer Veranstaltung in die Arme zu laufen, war mir durch den Kopf geschossen. Falls ich ihn sah, würde ich mir irgendwas einfallen lassen. Wie er wohl reagieren würde, fragte ich mich.

Studierende strömten bereits aus Hörsälen, als ich die Treppe hoch und ins Gebäude der Geisteswissenschaften lief, wo in den Fluren und Foyers vorübergehend dichtes Gedränge herrschte. Als ich zu Hörsaal J kam und nur noch leere Plätze sah, die auf den nächsten Ansturm warteten, spürte ich einen Anflug von Enttäuschung.

Was machst du denn?, fragte ich mich. *Du dumme Kuh.*

Draußen auf dem Flur trotteten Studierende träge dahin, als wären sie völlig verkatert. Ich fühlte mich auffällig unter ihnen, mit meinem schwarzen Hosenanzug und den Pumps, dem schulterlangen braunen Haar mit der geföhnten Außenwelle. Ich sah nicht aus wie eine Dozentin, geschweige denn eine Studentin. Für die jungen Leute sah ich wohl eher aus wie eine Betriebswirtin oder Unternehmensberaterin, die auf dem Campus einen Vortrag halten wollte. Ich würde David einen Besuch abstatten. Ihn überraschen. Einen ernsthaften Anlauf machen, um die Kluft zu überbrücken, die wir beide zwischen uns spürten, seit er mir von Zoë erzählt hatte. Ich drehte mich um, wollte Richtung Treppenhaus gehen, und in dem Moment sah ich sie.

Blondes Haar, genau wie er gesagt hatte, leuchtend unter den Neonlampen. Das Gesicht klein und blass. Eine magere junge Frau, nicht besonders groß, aber sie hatte eine gute Haltung, Schultern nach hinten, ein langer, gerader Hals, die Tasche über eine Schulter gehängt – eine lockere, entspannte Pose. Und die

Stiefel, die David erwähnt hatte, gaben ihrer ansonsten verloren wirkenden Erscheinung etwas Standfestes und Unbeugsames.

Sie stand mit einer Freundin neben einer Skulptur aus Marmor und Kalkstein, die bei Generationen von Studierenden als *Der Klecks* bekannt war. Ich hatte nur mal einen Blick auf dieses Mädchen werfen wollen, mehr nicht. Also, gesehen hatte ich sie ja nun, dennoch rührte ich mich nicht von der Stelle. Sie hatte nicht die entfernteste Ähnlichkeit mit einem meiner Kinder. Wir vier waren alle eher der dunklere Typ, und ihr helles Haar und die milchweiße Haut waren so völlig anders. Ich musterte sie von oben bis unten und spürte, wie mir Zweifel kamen.

Sie verabschiedete sich von der Freundin und ging durch das lichter werdende Gedränge Richtung Ausgang. Ich betrachtete ihren schmalen Rücken, die dünnen Beine, den gemessenen Gang – bei ihr gab's kein lässiges Latschen, kein Schlurfen. Die Vernunft riet mir, sie gehen zu lassen, doch ein innerer Drang ließ mich ihr folgen, und gleich darauf war ich wieder draußen, spürte die frische Luft, folgte ihr den gepflasterten Gehweg hoch zu dem Teich am Gebäude der Ingenieurwissenschaften. Die ganze Zeit blieb ich auf Abstand, versuchte, wie jemand zu wirken, der ein Ziel hatte, nicht wie eine Stalkerin.

Sie setzte sich auf eine leere Bank direkt am Teich. Als ich näher kam, klapperten meine Absätze auf dem Holzdeck, und ich verlangsamte meine Schritte. Sie hatte die Augen geschlossen, das Gesicht zum Himmel gehoben, um den letzten Rest Wärme aufzusaugen. Sie saß völlig reglos da, wie eine Katze, die sich in der Sonne aalte. Ich blieb vor ihr stehen, schaute auf sie hinab, und sie öffnete langsam die Augen. Grüne Augen, ein wenig zu weit auseinander, kurze, dichte Wimpern. Sie blickte abschätzend zu mir hoch, sagte aber nichts.

»Sie sind Zoë«, sagte ich.
»Kennen wir uns?«
Noch immer so gefasst, so unbeeindruckt. Ein nordirischer Tonfall in ihrer Stimme.
»Ich bin Caroline«, sagte ich. »Davids Frau.«
Sofort veränderte sich ihr Gesicht: Die Augen wurden einen Tick schmaler, flackerten dann leicht, während sie mich betrachtete, plötzlich interessiert. Sie lächelte, ein langsames, träges Lächeln und, wie mir schien, ein wenig verschlagen. »Er hat es Ihnen also erzählt.«
Zorn regte sich in mir. Natürlich hat er es mir erzählt, wollte ich sagen. Ich bin schließlich seine Frau. »Darf ich mich zu Ihnen setzen?«
»Klar.«
Die Bank fühlte sich kalt an meinen Beinen an. Mein Blick folgte dem geschlängelten Weg eines Sumpfhuhns, das durchs Schilf glitt. Den Teich hatte es noch nicht gegeben, als ich hier studierte. Ich konnte spüren, dass Zoë mich mit einem süffisanten Lächeln ansah.
»Sie haben sich gedacht, Sie kommen her und nehmen mich mal selbst in Augenschein«, sagte sie.
Eine Feststellung, keine Frage, und mir wurde klar, wie es zwischen uns ablaufen würde. Sie hatte nicht die Absicht, sanft mit mir umzugehen. Ganz gleich, welchen Charme sie bei David hatte spielen lassen, jetzt würde sie ihn ganz sicher nicht einsetzen.
»Dass ich neugierig bin, ist ja wohl nachvollziehbar«, erwiderte ich.
»Stimmt.«
Sie drehte das Gesicht in die Sonne, zog die Schultern nach hinten und schloss wieder die Augen. Ich betrachtete ihr Gesicht, suchte nach irgendeiner Spur von David, konnte aber

nichts entdecken. Sie wirkte völlig fremd auf mich. Davids Worte gingen mir wieder durch den Kopf: *So ein zartes Wesen. Schüchtern.* Sah er sie wirklich so? Verletzlich und verloren? Ihre unbeeindruckte Ruhe ließ sie extrem selbstsicher, unnahbar, nervenstark wirken, wohingegen ich starr und verkrampft war.

»Was hat Sie veranlasst, jetzt den Kontakt zu David zu suchen?«

»Keine Ahnung. Ich hatte schon immer vor, mich bei ihm zu melden.«

»Aber wieso jetzt? Wieso nicht schon früher?«

»Jetzt, früher, später, was spielt das für eine Rolle?« Sie zuckte mit den Schultern, fügte dann hinzu: »Ich studiere schließlich hier. Wäre doch idiotisch gewesen, die Sache noch länger hinauszuschieben.«

»Es war ein ganz schöner Schock«, sagte ich, »für David und für mich.«

»Hmm.«

Das hörte sich so zerstreut, so gleichgültig an, dass ich wütend wurde. Ich hatte nicht den Eindruck, dass sie die Sache ernst nahm – das Ganze war für sie ein Spiel.

»Ich schätze, ich wollte Sie kennenlernen, um herauszufinden, was Ihre Position ist.«

»Meine Position!« Sie lachte dünn, ein hohler Klang, ohne Überzeugung, obwohl ihre Stimme scharf und deutlich war.

»Jawohl, Ihre Position. Ich wollte sehen, wo Sie in dieser Sache stehen.«

»Ich bin doch keine Politikerin.«

»Tja ...« Ich verstummte. Die Wahrheit war, dass ich nicht wusste, was ich von ihr wollte. Außer vielleicht, dass sie mir auf einmal sagte, das Ganze sei ein dummer Witz gewesen, dass nichts davon wahr sei. Als ich die Entscheidung getroffen hatte, mich neben sie zu setzen, dachte ich noch immer, wenn ich einfach mit ihr sprach – sie zur Rede stellte, genauer gesagt –, würde sie einknicken, zusammenbrechen. Es würden Tränen fließen, und sie würde zugeben, dass es ein alberner Schwindel, irgendein verzweifelter Schrei nach Aufmerksamkeit gewesen war. Doch als ich sah, wie sich diese Katze in der Sonne räkelte, war ich selbst kurz vor dem Zusammenbruch.

»Weiß David, dass Sie hier sind?«

Ich sah sie scharf an. »Ja«, log ich spontan.

Es war instinktiv, dieses Bedürfnis, mich in den Augen dieses Mädchens mit meinem Mann zu verbünden. Irgendetwas sagte mir, wenn sie die Wahrheit wüsste, wäre sie fähig, sie als Munition zu verwenden.

»Verstehe.«

»Er ist mein Mann«, sagte ich. »Ich will nicht, dass er verletzt wird.«

Sie warf ihr Haar nach hinten, öffnete die Augen, beugte sich vor, um ihre Tasche zu nehmen, und erhob sich von der Bank. Sie blieb kurz vor mir stehen, verdeckte die tiefstehende Sonne, und obwohl ihr Gesicht im Schatten lag, konnte ich die kalten Augen sehen, mit denen sie auf mich herabschaute. Wortlos hängte sie sich ihre Tasche über die Schulter und ging.

»Meine Position«, hörte ich sie noch einmal mit einem belustigten Ton in der Stimme sagen.

Ihr spöttisches Lachen war zu hören, als sie zurück zum Gebäude der Geisteswissenschaften ging. Ich blieb auf der Bank sitzen und spürte, wie mir ein nervöser Schauder über die Schultern lief. All die Jahre hatte ich an Linda gedacht und mich gefragt, wie sie wohl gewesen war, hatte versucht, sie mir vorzustellen, und jetzt hatte ich das Gefühl, sie endlich kennengelernt zu haben. Und ich konnte sie nicht leiden. Sie verunsicherte mich.

Ich sagte mir, dass ich albern war. Zoë war noch jung. Ein Teenager. Sie war keine Geistererscheinung gewesen. Und dennoch hatte mich die Begegnung aufgewühlt – erschüttert.

In meinem Blickfeld stand eine Bronzeskulptur von zwei Figuren, die einander zuzustreben schienen, beide hoch aufgerichtet, die Arme im Sprung gereckt – ein Mann und eine Frau –, schlank, jugendlich, athletisch, die Finger gespreizt, als wollten sie nach der Sonne greifen. Ich schaute zu der Skulptur hinüber, jetzt, wo Zoë gegangen war, und las darin Energie, Vitalität, Freude. Sie vermittelte Optimismus und grenzenlose Möglichkeiten, was mich ein wenig traurig machte, weil ich nichts davon empfinden konnte, nicht in dem Moment. Als ich an jenem Tag die Bronzefiguren in der kühlen Oktobersonne betrachtete, fühlte ich mich innerlich hohl, als wäre mir etwas genommen worden. Zoë war eine Diebin, die gekommen war, um mir alles zu stehlen, was ich liebte. Auf einmal wusste ich: Ich würde mich vor ihr hüten müssen.

Ich wünschte, ich hätte sie nicht angesprochen. Ich hatte einen Eindruck von ihr gewonnen, und der gefiel mir ganz und gar nicht. Ich hätte ihn am liebsten ungeschehen gemacht.

Als David an dem Abend von der Arbeit nach Hause kam, und ich ihn in der Diele hörte, spürte ich, wie sich unter meinen Rippen etwas verkrampfte, während ich die Spaghetti im Topf rührte. Robbie übte oben in seinem Zimmer Cello, und ein langgezogener Ton, wie ein Flehen, drang herunter. David kam zu mir in die Küche und fragte: »Gibt's was Neues?«

Ich hätte es ihm da erzählen können. Stattdessen hob ich das Gesicht, um mir von ihm einen Kuss geben zu lassen, und lächelte ihn an. »Nein. Nicht das Geringste.«

8 | DAVID

NACH MEINEN Berechnungen mussten die Ergebnisse jeden Tag kommen, und so radelte ich am nächsten Morgen besonders schnell zum Campus. Satte Herbstluft füllte meine Lunge, und eine Mischung aus Furcht und Aufregung durchströmte mich.

Als ich am Wasserturm und am Sportzentrum vorbeikam, sah ich Studierende, die sich zu einer Demo versammelten. Ich fuhr an ihnen vorbei zum geisteswissenschaftlichen Gebäude, schloss mein Rad ab, lief die Treppe hinauf und ging in mein Büro. Ich fuhr den Computer hoch und schaute meine E-Mails durch. Es waren etliche, darunter mehrere Anfragen von der Verwaltung, der Zulassungsstelle und vom Studierendenwerk. Nachdem ich alle so knapp und bündig wie möglich beantwortet hatte, aber noch bevor ich mich an die Vorbereitung meiner nächsten Veranstaltung machte, ging ich ins Dozentenzimmer, um mir einen Kaffee zu holen. Ich brauchte einen Schuss Koffein. Alan und John McCormack, ein Kollege von uns, saßen in der Ecke, tranken Tee und plauderten.

»Guten Morgen, Gentlemen«, sagte ich. »Wieder dabei, die Welt zu verbessern?«

»Was sonst?«, sagte McCormack.

Er war vier oder fünf Jahre jünger als ich: produktiv, brillant, mit einem beneidenswert internationalen Profil. In Historikerkreisen galten seine Bücher über die Belle Époque und die Dichter der Russischen Revolution als sexy, falls sich so ein Adjektiv überhaupt auf irgendwas in der Geschichtswissenschaft anwenden ließ. Er veröffentlichte nicht bei akademischen Verlagen, sondern bei kommerziell ausgerichteten. Er hatte einen Agenten, und seine Bücher hatten die Shortlist-Nominierung für Preise geschafft, die normalerweise eher an literarische Titel vergeben wurden. Als Historiker war er ein aufsteigender Stern, wie es ein anderer Kollege ausdrückte.

»Setz dich doch zu uns«, sagte Alan, und ich nahm Platz. »John hat mir gerade von dem Kongress in Birkbeck Ende dieses Monats erzählt.«

»Sind Sie auch dabei?«, fragte McCormack.

Ich erzählte ihnen, dass ich dieses Jahr nicht vorhatte hinzufahren. McCormack erwähnte ein paar von den Rednern auf dem Kongress und sagte, dass es ein sehr ausgefülltes, aber auch erfüllendes Wochenende werden würde. McCormack war in vielerlei Hinsicht alles, was ich nicht war – wir waren beide ehrgeizig, aber auf unterschiedliche Weise: Er bahnte neue Wege, während ich Gräben aushob. Mir gefiel sozusagen die Drecksarbeit, und mein pädagogischer Schwerpunkt lag eindeutig auf den Studierenden. Ich wusste nicht, welches Gewicht McCormack den Studierenden in seinem Gesamtplan einräumte – die Lehre war für ihn ein notwendiges Übel, etwas, wozu er verpflichtet war, damit er das tun konnte, was er wirklich wollte, nämlich seine von der Kritik gefeierten Bücher schreiben. Ich war im Jahr zuvor gebeten worden, ein paar seiner Veranstaltungen zu übernehmen, damit er mehr Zeit für seine Forschung hatte. Mir machte das nichts aus. Ich beneidete McCormack auch nicht um seinen Erfolg – aber ich machte mir, ehrlich gesagt, Sorgen um seine professionelle Integrität.

Solche Dinge beschäftigten mich damals noch.

Wir unterhielten uns ein Weilchen über den Kongress, dann stand Alan auf. »Tut mir leid, ich muss zu einer Besprechung. Die Pflicht ruft«, sagte er und verabschiedete sich.

McCormack kam auf den Vorschlag des Dekans zu sprechen, ein einwöchiges Lehr- und Lernfestival zu veranstalten. »Für wen soll das gut sein?«, wollte er wissen.

»Unsere Studierenden könnten davon profitieren«, sagte ich, aber McCormack meinte, dass es nur auf mehr Arbeit für uns hinauslaufen würde und wir obendrein zusätzliche verwaltungstechnische Aufgaben übernehmen müssten.

»Übrigens«, sagte er in einem vertraulichen Flüsterton, »ich dachte, Sie hören es vielleicht lieber von jemandem, den Sie kennen, als von sonst irgendwem, aber eine Kollegin hat mir erzählt, sie hätte Sie neulich mit einer Studentin im Pub gesehen. Sie meinte, es hätte wie ein *kompromittierend intimes Treffen* gewirkt.«

»Wer hat mich gesehen?«

»Es ist unwichtig, wer Sie gesehen hat, David, entscheidend ist, *dass* Sie gesehen wurden.«

Ich senkte die Stimme. »Es ist nicht, was Sie denken.«

»Was ich denke, ist unerheblich.«

»Sie wollte nur einen Rat von mir.«

Er lächelte, als wollte er sagen: Dafür ist dein Büro da, nicht der Pub. »Ich schätze, heutzutage muss man einfach vorsichtig sein«, sagte er.

Ich spürte, wie es in mir brodelte.

»Wie gesagt, ich dachte, ich erzähl's Ihnen lieber. Solche Sachen können sich rumsprechen, wenn man sie ... eskalieren lässt.« Er stand auf und klopfte mit seiner Zeitung auf den Tisch. »Ich muss los.«

Ich versuchte, mich nicht von McCormacks Bemerkungen beunruhigen zu lassen, aber als ich aufstand und ohne den Kaffee, den ich hatte holen wollen, zurück in mein Büro ging, fragte ich mich, welche Kollegin mich mit Zoë gesehen hatte. Mussten Leute in anderen Jobs sich auch wegen so was Sorgen machen? Der Gedanke brachte mich ins Grübeln: Wie wäre ich wohl außerhalb der akademischen Welt klargekommen? Im wirklichen Leben, wie man sagte? Früher hatte ich die Beschreibung der Universität als Elfenbeinturm immer strikt abgelehnt. Doch je älter ich wurde, desto mehr dachte ich darüber nach. Einmal hörte ich, wie ein Lyriker, der an der Uni zu Gast war, Alan auf einem der verschlungenen Korridore des geisteswissenschaftlichen Gebäudes begrüßte. »Sie sind noch immer hier?«, sagte der Dichter freundlich zu Alan.

»Ich? Ich habe lebenslänglich«, erwiderte der mit einem breiten Lächeln in meine Richtung, als wollte er sagen: genau wie du.

Der Gedanke, dass meine Anstellung so etwas wie einer Zwangseinweisung gleichkommen sollte, machte mir ernsthaft Angst, auch wenn es sich bei der Einrichtung um eine Universität handelte. Es kam mir so vor, als würde ich mehr und mehr Zeit in Sitzungen hocken, als für meine Bücher zu recherchieren oder, Gott bewahre, zu lehren.

Als ich zu meinem Postfach kam, sah ich erleichtert, dass er da war – ein diskreter Brief, unauffällig, abgesehen von dem Stempelaufdruck »Privat und vertraulich« vorne auf dem Umschlag, der zwischen dem Unimagazin und anderen belanglosen Unterlagen steckte. Ich nahm den Stapel, schob den Brief in meine Jacketttasche und machte mich auf den Rückweg zu meinem Büro, wobei mir leichte Panik durch die Adern rauschte. Während ich über den Flur hastete, stellte ich mir den möglichen Inhalt des Briefes vor, spielte verschiedene Szenarien im Kopf durch. Als ich durch die Schwingtür und um die letzte Ecke im zweiten Stock ging, sah ich sie. Sie wartete auf mich, stand an die Wand gelehnt und hielt ein Smartphone in der Hand, dessen Kabel sich über ihre Schultern zu den pinken Ohrhörern wand. Ein Fuß wippte zu der Musik, die sie sich anhörte.

»Hallo«, sagte sie zu laut und beeilte sich, die Ohrhörer abzunehmen. »Ich hab eine Frage zu meiner Hausarbeit.«

»Gern«, sagte ich und schloss meine Bürotür auf. Sie folgte mir hinein, und ich bot ihr einen Sessel an. Als sie ihre Tasche abstellte und Platz nahm, sah ich deutlich, dass Linda ihre Mutter war. Sie waren einander so ähnlich – das Haar, die Augen.

Ich dachte an den Brief mit den DNA-Ergebnissen in meiner Jacketttasche und spürte einen Anflug von Reue, als wäre der Test ein Verrat an Linda und an unserer gemeinsamen Liebe damals. Linda hatte offensichtlich geglaubt, dass ich der Vater war, wieso also sollte ich daran zweifeln?

»Worüber genau wollten Sie mit mir sprechen?«

»Es tut mir leid, aber ich bin nicht rechtzeitig fertig geworden. Mit der Hausarbeit.«

»Oh«, sagte ich ein wenig verärgert. »Wieso nicht?«

»Mir ging es nicht gut«, antwortete sie. »Und das Buch, das ich brauchte, war nicht in der Bibliothek. Es stand nicht im Regal, und ausgeliehen war es auch nicht. Es ist bis jetzt nicht aufgetaucht«, endete sie ziemlich niedergeschlagen.

»Sie hätten früher zu mir kommen sollen.«

»Aber ich war krank ...«

Sie fing an, sich zu rechtfertigen, aber ich bremste sie. »Es spielt keine Rolle, was Sie gemacht oder nicht gemacht haben. Ich sage Ihnen, was Sie hätten machen sollen.«

Sie schaute zu Boden. Ich hatte sie aus der Fassung gebracht, weil ich zu barsch gewesen war. Sie tat mir leid, und ich schlug einen sanfteren Ton an: »Wir haben für so was ein Prozedere. Sie können ein Formular ausfüllen und mildernde Umstände anführen.«

»Mildernde Umstände?«

»Es ist alles andere als ideal, aber wir versuchen, uns eine Lösung einfallen zu lassen.«

Mein Friedensangebot erntete ein schüchternes Kopfschütteln. Darin lag etwas von mir, eine Andeutung oder eine Spur von dem, der ich war, meiner Vaterschaft, meiner Abstammungslinie. Ich fürchtete, dass sie den Tränen nahe war. »Es ist kein Weltuntergang«, sagte ich.
»Es ist mir einfach total schwergefallen, mich zu konzentrieren.«
»Solche Dinge passieren. Sie dürfen das nicht so tragisch nehmen.«
So geknickt, so zerbrechlich, wie sie wirkte, fragte ich mich, ob sie nicht noch etwas anderes bedrückte. »Haben Sie irgendwelche anderen Probleme?«, fragte ich.
»Ähm ... Nein, nein.«
»Zoë«, sagte ich so beruhigend wie möglich. Wenn sie das Bedürfnis hatte, sich mir anzuvertrauen, wollte ich sie dazu ermuntern. »Sie können es mir sagen.«
»Es geht um Caroline«, sagte ich.
»Caroline? Meine Frau?«
»Sie hat mich angesprochen ...«
»Wovon reden Sie?«
»Auf dem Campus ...«
»Caroline war auf dem Campus? Aber wann?«, fragte ich.
»Am Dienstag. Sie hat gesagt, Sie wüssten Bescheid.«
Ich schloss die Augen, rieb sie mit Daumen und Zeigefinger, versuchte, mich zu beruhigen.
»Sie wussten das gar nicht?«, fragte sie arglos.
»Nein«, gab ich zu. Caroline hatte mir nichts davon gesagt, dass sie an der Uni gewesen war. Aber wieso nicht? Wir hatten uns doch jeden Tag gesehen – wir lebten schließlich nicht aneinander vorbei. Was hatte sie zu verbergen?
Ich muss auf der Hut sein, dachte ich. Ich kannte dieses Mädchen überhaupt nicht, wusste nicht, ob das mit Caroline wahr

war oder ob sie überhaupt die Wahrheit sagte. Es war nach wie vor möglich, dass ihre Behauptung völlig aus der Luft gegriffen war.

»Oh«, sagte Zoë, noch immer aufgewühlt.

Ich musste sie beruhigen. Sie sollte mein Büro auf gar keinen Fall wütend und aufgewühlt verlassen, schon gar nicht nach McCormacks Bemerkung. Ich konnte es mir nicht leisten, dass über mich geredet wurde. »Bei uns zu Hause war es in letzter Zeit ganz schön hektisch«, sagte ich. Ich dachte an Robbies Cello, das durchs Haus vibrierte, an Hollys ausgeprägte Verschlossenheit – den normalen Trubel des Familienlebens. »Vielleicht ist es Caroline entfallen.«

»Vielleicht«, sagte Zoë bekümmert.

Irgendwo draußen wurde das Geräusch eines Bohrers mal lauter, mal leiser. Sein helles Brummen schien den Raum zu erfüllen. Ich war mir noch nicht sicher, wer Zoë wirklich war. Ich wusste nicht, ob ich mit meiner Tochter sprach oder mit einer Wildfremden, und das machte mich vorsichtig und zögerlich. Ich dachte an die Haarprobe, die ich ohne ihr Wissen an das DNA-Labor geschickt hatte, und natürlich an den Brief in meiner Tasche. »Ich verstehe nicht, was sie veranlasst hat, herzukommen und mit Ihnen zu reden«, sagte ich und verriet damit meine Verwirrung.

»Vielleicht wollte sie mich warnen.«

»Sie warnen?«

»Ich hab draußen auf einer Bank an dem Teich bei den Ingenieurwissenschaften gesessen, und sie ist einfach zu mir gekommen. Zuerst wusste ich nicht, wer sie ist. Die Art, wie sie mit mir geredet hat, hat mir Angst gemacht.«

»Was hat sie denn gesagt?«

Ich merkte ihr an, dass sie versuchte, die Ruhe zu bewahren, während sie mir erzählte, was passiert war, doch ihre Stimme zitterte immer noch. Ich wusste nicht, ob ich mich entschuldigen oder ihre Glaubwürdigkeit anzweifeln sollte. So oder so, die Vorstellung, dass Caroline heimlich hinter meinem Rücken handelte, ohne mein Wissen auf dem Campus herumschlich, machte mich fassungslos. Ich dachte an das Gespräch, das ich später mit ihr haben würde. Es würde nichts bringen, wütend zu werden, aber ich musste ihr klarmachen, dass ihr Verhalten inakzeptabel war. Wenn sie Zoë kennenlernen wollte, hätte sie mich fragen müssen: Das wäre eine reife und verantwortungsvolle Vorgehensweise gewesen.

»Ich hab doch gedacht, ich hätte alles ... korrekt gemacht«, sagte Zoë. »Ich hab gedacht, ich wäre die Sache richtig angegangen.«

»Hat sie gesagt, warum sie mit Ihnen sprechen wollte?«

»Sie hat gefragt, was ich wollte und wie lange ich vorhätte, Ihnen hinterherzulaufen, und wann ich Sie in Ruhe lassen würde. Und ob ich daran gedacht hätte, was ich Ihren anderen Kindern und ihr zumuten würde.«

»Du liebe Zeit.«

»Und sie wollte wissen, ob ich mir klargemacht hätte, welche Konsequenzen mein Verhalten haben könnte, und was meine Forderungen wären.«

»Forderungen?«

»So hat sie sich ausgedrückt. Ich will nichts, David, ich fordere nichts. Ich hatte auch nicht vor, irgendwem zu schaden, weder Ihnen noch Ihrer Frau noch Ihren zwei Kindern.« Sie sprach klar und ruhig, aber ich merkte ihr an, dass es sie Anstrengung kostete. »Sie hat gesagt, sie wäre mit Ihrem ausdrücklichen Einverständnis gekommen und ...«

»Und was, Zoë?«

»Und sie wollte nicht, dass Sie verletzt werden ... als ob ich ... als ob ich ...«

Die Tränen kamen. Ich war hin- und hergerissen zwischen Mitgefühl und Misstrauen. Hier waren wir wieder, zu zweit – nicht in einem überfüllten Pub, aber allein und, was noch besorgniserregender war, in meinem Büro.

»Ich weiß, dass Sie mich nicht verletzen wollen«, sagte ich. Plötzlich ertönte ein kurzes Klopfen. Ich blickte auf und sah, zu spät, dass ich versehentlich die Tür hinter mir geschlossen hatte. Das war ein Verstoß gegen eine der wichtigsten Grundregeln. Die Tür ging auf, und McCormacks Gesicht erschien.

»Tut mir leid, ich sehe, Sie haben zu tun«, sagte er und zog beim Anblick von Zoë überrascht eine Augenbraue hoch. »Rufen Sie mich doch bitte an, wenn Sie Zeit haben. Ist nicht dringend ... eine Fakultätssache, mehr nicht.«

Er lächelte und ließ die Tür ostentativ einen Spalt offen. Zoë wischte sich die Tränen ab, putzte sich die Nase und nahm ihre Umhängetasche. »Ich geh mal besser«, sagte sie. »Tut mir leid, dass ich Sie damit so überfallen habe. Ich hatte gedacht, Sie wüssten Bescheid.«

Sie verließ das Büro, und ich hatte schon wieder das unangenehme Gefühl, eine unschöne Nachricht bekommen zu haben, etwas, was mich erneut daran erinnerte, wie unberechenbar und verblüffend das Leben sein konnte.

Diesmal lief ich ihr nicht nach. Stattdessen griff ich zum Telefonhörer, um McCormack anzurufen, legte aber wieder auf. Er konnte warten. Ich zog den Briefumschlag aus der Tasche und schlitzte ihn mit einem Brieföffner auf, der griffbereit auf meinem Schreibtisch lag. Ich überflog das Dokument und fand das Resultat in fettgedruckten Großbuchstaben unten auf der Seite. Mir wurde schwer ums Herz. Es war das schlimmstmögliche Ergebnis. Weder das eine noch das andere. Es verriet mir nicht, ob ich Zoës Vater war oder nicht. Über einer Flut von Erläuterungen und Kleingedrucktem starrte mich das Wort »uneindeutig« an.

Ein weiterer Test wäre erforderlich, hieß es im Bericht, gefolgt von einer Fülle von Informationen, warum das Ergebnis so und nicht anders ausgefallen war. Die eingeschickten Haare hatten für einen eindeutigen Nachweis nicht ausgereicht.

Was nun?

Ich faltete den Bericht zusammen, steckte ihn zurück in den Umschlag und legte ihn in meine Schreibtischschublade. Ich überlegte bereits, was ich Caroline sagen würde, wenn sie danach fragte. Den Bericht selbst würde ich ihr nicht zeigen. Das hatte ich direkt beschlossen. Ich könnte ihr sagen, die Sache hätte sich verzögert. Oder, und das führte mir vor Augen, dass eine Täuschung zur nächsten führt, ich könnte ihr sagen, was sie nicht hören wollte, was ich da aber bereits für die Wahrheit hielt: dass Zoë, ob es Caroline nun gefiel oder nicht, meine Tochter war. Auch wenn mir diese neue Täuschung wie eine Art Bestrafung für Caroline vorkam, nun ja, dachte ich flüchtig, nach ihrem Einschüchterungsversuch bei Zoë, nach ihrer Affäre mit Aidan, hatte sie es vielleicht verdient.

9 | CAROLINE

KÖNNTE ICH die Zeit zurückdrehen, würde ich sie nicht wieder ansprechen. Hätte ich gewusst, was für ein kaltes Herz in ihrer Brust schlug, hätte ich sie allein an dem Teich sitzen lassen, mit der wärmenden Sonne im Gesicht. Wenn ich gewusst hätte, was passieren würde, wie brutal die Folgen sein würden, hätte ich kein Wort gesagt. Ich tat es aus Neugier. Aus Neugier auf eine tote Frau. Linda. Eine Frau, die ich nie kennengelernt hatte. Doch es wäre eine Lüge, wenn ich behaupten würde, ich hätte nie an sie gedacht. In all den Jahren unserer Ehe war sie in irgendeinem Teil meiner Phantasie lebendig. Die Wahrheit ist, sie war von Anfang an da.

David sprach nie gern über Linda. Immer, wenn ich bei ihm nachbohrte, um mehr über sie zu erfahren, reagierte er übellaunig. Er habe sie nicht geliebt, sagte er, wenn ich nicht lockerließ. Es sei nie Liebe gewesen, behauptete er, und lange Zeit glaubte ich ihm.

Aber das war eine Lüge. Er hatte sie geliebt. Ich fand es schließlich heraus, an meinem vierzigsten Geburtstag. Ein Wochenende in einem Ferienhaus in Crookhaven, atemberaubende Aussicht auf die Küste westlich von Cork – es hätte perfekt sein können. David und ich, Chris und Susannah. »Das ist wie russisches Roulette, mit den beiden wegzufahren«, hatte David im Auto gesagt, aber mit einem heiteren Unterton. Wir waren beide bester Stimmung, freuten uns auf die Auszeit, zwei Tage ohne die Kinder.

Es geschah am zweiten Abend. Dinner in einem noblen Restaurant auf dem Land, reichlich Wein, und eine anzügliche Bemerkung von Chris über die attraktive Kellnerin zu viel – und Susannah tickte aus. Im Nu waren sie mitten in einem heftigen Ehekrach, in dem sich Leidenschaft und Sturheit böse und gehässig ineinander verbissen. David und ich wechselten Blicke über die weiße Tischdecke hinweg. Wir hatten keine Lust, uns einzumischen, wollten aber auch nicht unbedingt hautnah dabei sein. Die Taxifahrt zurück zu unserer Unterkunft verlief in eisigem Schweigen. Susannah ging schnurstracks nach oben ins Bett, und ich tat es ihr gleich, die beiden Männer blieben mit einer offenen Flasche Whiskey unten.

Irgendwann in der Nacht hörte ich ihre Stimmen. Der Alkohol hatte sie nicht nur entspannter gemacht, sondern auch redselig – offenherzig. Ich stand auf, um zur Toilette zu gehen, blieb dann aber oben an der Treppe stehen und lauschte.

»Ich weiß nicht, wie du das aushältst«, sagte David mit vom Alkohol langsamer und schleppender Stimme. »Die ständige Zankerei. Die dauernden Streitereien. Macht dich das nicht fertig?«

»Total.«

»Ich kapier das nicht. Wie erträgst du das?«

»Ich liebe sie nun mal.«

»Und das genügt?« Ungläubigkeit schlich sich in Davids Stimme.

»Ehrlich, Dave, manchmal denke ich, es ist aus zwischen uns – dass es mir reicht. Du kannst dir nicht vorstellen, wie oft ich schon beschlossen habe, sie zu verlassen. Aber«, Chris' Stimme wurde sanft, »ich habe immer nur Susannah geliebt. Seit ich sie das erste Mal gesehen hab. Ich kann nicht nicht mit ihr verheiratet sein. Sie ist meine große Liebe.«

»Vielleicht ist es ja besser, wenn man seine große Liebe nicht heiratet.«

So wie er das sagte, nachdenklich und leise, wusste ich, dass es für ihn etwas sehr Persönliches war, etwas, über das er nachgedacht hatte.

»Willst du damit sagen, dass du es bereust, Caroline geheiratet zu haben?«

»Ich rede nicht von Caroline«, entgegnete er rasch, und ich spürte, wie ich mich innerlich anspannte.

»Ah«, sagte Chris, als der Groschen fiel. »Linda.«

Ihr Name schien vor mir in der Luft aufzublühen – eine plötzliche Explosion Rot –, und ich spürte, wie ich kalte Hände bekam. Dann verstand ich: David hatte Chris von ihr erzählt, hatte ihm Dinge anvertraut, die er mir noch nie anvertraut hatte. Von was für Intimitäten hatte er gesprochen? Was für Eingeständnisse von Liebe und Bedauern hatte er gemacht? Dass er das ohne mein Wissen, hinter meinem Rücken getan hatte, war für mich ein Beweis dafür, dass in unserer Ehe etwas gewaltig schiefgelaufen war. Aber schlimmer als das – viel, viel schlimmer – war die Erkenntnis, wie tief Linda in ihm verwurzelt war. *Seine große Liebe.*

»Hörst du noch von ihr?«, fragte Chris.

»Nein.«

»Fragst du dich schon mal, wo sie ist? Mit wem sie zusammen ist?«

»Manchmal. Gelegentlich, wenn ich an sie erinnert werde.«

»Verrat mir eines«, fuhr Chris fort, und seine Stimme wurde eindringlicher, »fragst du dich manchmal, was geworden wäre, wenn ihr zwei zusammengeblieben wärt?«

Die Frage ließ mich frösteln. Ich wandte mich unwillkürlich ab, weil ich die Antwort nicht hören wollte.

David stieß ein hohles Lachen aus. »Es wäre wie bei dir und Susannah – eine endlose Reihe von Streitereien und Versöhnungen. Dafür hätte ich nicht die Energie.«

»Aber ihr hättet Leidenschaft«, entgegnete Chris.

»Ja«, sagte David mit einem wehmütigen Tonfall. »Die hätten wir wirklich.«

»Mehr als du und Caroline?«

»Ja.« Die Antwort kam prompt. Er musste nicht mal darüber nachdenken. »Caroline ist anders. Sie ist verlässlich, sicher.«

Ich hatte genug gehört. Angewidert von diesem neuen Wissen ging ich zurück ins Schlafzimmer, wünschte, ich hätte es nie verlassen. Ich legte mich wieder ins Bett, und als David später hereinkam, blieb ich still liegen und stellte mich schlafend. Er machte keine Anstalten, mich zu berühren.

Wie soll ich die stille Verzweiflung erklären, die diese Worte auslösten? Jedes Mal, wenn ich mich an die Wehmut in seiner Stimme erinnerte, als er sich seiner verlorenen Leidenschaft entsann, öffnete sich etwas Dunkles in mir. Als würde sich ein schattenhafter neuer Farn entrollen, spürte ich, wie sich der Zweifel in mir ausbreitete. War alles ein Fehler gewesen? Unsere Ehe, das Leben, das wir uns zusammen aufgebaut hatten, unsere Kinder? Alles, was ich schätzte und liebte, alles, wofür ich so hart gearbeitet hatte, war auf einem Fundament aus Bedauern errichtet, wie ich jetzt erkannte. David hatte seine große Liebe aufgegeben. Mit der kühlen Distanziertheit, zu der er, wie ich wusste, fähig war, hatte er seine Optionen abgewogen: Leidenschaft und Instabilität gegen die sichere Geborgenheit einer Ehe mit mir. Sosehr ich es auch versuchte, ich konnte die Erkenntnis nicht leugnen, dass ich nicht die große Liebe seines Lebens war. Dieser Titel gehörte einer Frau, die ich nie kennengelernt hatte, einer Frau, deren Gesicht ich einmal auf einem Foto gesehen hatte, das ich versteckt zwischen Davids Sachen fand.

Ich glaube, in jener Nacht, als ich oben an der Treppe das Gespräch belauschte, fing es für mich an. Das war der Moment, als die Dinge aus dem Ruder liefen. Das Gefühl, unglücklich zu sein, brach so plötzlich über mich herein, wie die jähe Ankunft des Herbstes an einem Septembertag. Ich versuchte, vernünftig zu bleiben, redete mir ein, dass David betrunken gewesen war, als er das sagte, dass er es nicht so gemeint hatte. Aber die Wahrheit nagte weiter an mir. Ich beschwor mich, mit dem, was ich hatte, zufrieden zu sein: einen guten Ehemann, wunderbare Kinder, ein behagliches Zuhause. Das war mehr, als viele Leute hatten – ein beneidenswertes Leben. Aber die Fäulnis hatte eingesetzt. Mein Mann empfand keine Leidenschaft für mich. Durch die Heirat mit mir hatte er sich für ein ruhiges Leben entschieden. Eine verkniffene, gehässige Stimme in mir flüsterte: *Wenn du nicht seine große Liebe bist, wieso bist du dir dann so sicher, dass er deine ist?* Ich hatte mich nie für eine Frau gehalten, die eine Affäre haben würde. Doch als ich Aidan kennenlernte, hatte sich in mir etwas verändert. Als hätte sich ein Stein tief in meinem Innern gelöst, spürte ich, dass die Struktur meines Seins zu bröckeln begann.

Nach dem Ende meiner Affäre machten David und ich eine schwierige Phase durch. Unser Schlafzimmer, einst unser Refugium und ein Ort der Geborgenheit – der Liebe –, wurde zur Arena für unsere gezischelten Streitereien, das Hin und Her von geflüsterten Vorwürfen, von Verleugnungen und Schuldzuweisungen. Wir versuchten, es von den Kindern fernzuhalten, und gingen in ihrem Beisein anständig miteinander um, eine verkrampfte Herzlichkeit, die aufgesetzt und förmlich wirkte. Erst allmählich besserte sich die Situation. Die Atmosphäre wurde lockerer. Dennoch fühlte ich mich nach wie vor verpflichtet zu erklären, wo ich gewesen war, wenn ich wegging, auch wenn die Anlässe völlig harmlos waren. Ich achtete auf mein Verhalten in Davids Gegenwart. Ich merkte, dass ich meine Kommentare zensierte, wenn ich von anderen Männern – Freunden, Kollegen – sprach. Ich versuchte, wieder Glück in meiner Ehe zu finden, in meinem Familienleben. Der Stein, der sich in meinem Innern gelöst hatte, rutschte wieder an Ort und Stelle. Ich kehrte zu mir selbst zurück. Normalität setzte wieder ein. Doch dann kam Zoë.

Ich dachte ständig an sie. Bei der Arbeit, zu Hause, abends, wenn ich joggen ging, stets war sie bei mir, verdunkelte meine Gedanken, trübte meine Emotionen. Ich überlegte, jemandem von ihr zu erzählen, mich einer Freundin anzuvertrauen, aber der einzige Mensch, dem ich es hätte erzählen können, war Susannah, und die steckte mitten in ihrem eigenen Ehedesaster. Jedes Mal, wenn ich mit ihr telefonierte, klang sie den Tränen nahe. Bei einer sonst so souveränen Frau wie ihr war das besorgniserregend. Sie hatte sich von Chris getrennt, war endlich ausgezogen, und unter diesen Umständen wollte ich sie nicht auch noch mit meinem häuslichen Chaos belasten. Also behielt ich es für mich.

»Was ist, Mum?«, fragte Holly eines Abends beim Essen. David und Robbie blickten von ihren Tellern auf. »Wieso starrst du mich dauernd an?«

»Tu ich gar nicht.«

»Doch! Jedes Mal, wenn ich hochgucke, starrst du mich an: Das macht mich wahnsinnig.«

Ich suchte im Gesicht meiner Tochter nach Spuren von Ähnlichkeit mit Zoë. Vielleicht war da ein wenig in den leicht flachen Wangen, der kleinen Nase, dem breiten, schmallippigen Mund mit der geraden Reihe kleiner Zähne?

»Iss einfach«, sagte ich.

Während wir auf das Ergebnis des DNA-Tests warteten, verhielten David und ich uns, als hätten wir einen unausgesprochenen Streit. Wir gingen freundlich miteinander um, aber wir legten bei unseren Gesprächen eine gewisse Vorsicht an den Tag, hüteten uns beide, das Thema auch nur zu streifen. Wir sprachen über die Kinder, über die Arbeit, was eingekauft oder erledigt werden musste, was es zu essen gab. Jegliche Gedanken oder Zweifel behielt ich für mich, und falls er irgendwelche Befürchtungen hatte, so erzählte er mir nichts davon. Eines Abends kam er von der Arbeit nach Hause, und ich spürte auf Anhieb eine Veränderung in ihm. Als er vom Garten hereinkam und schon seine Jacke auszog, während er noch die Tür hinter sich schloss, spürte ich seinen unterdrückten Zorn in der Art, wie er meinen Blick zu meiden schien.

»Ein Glas Wein?«, fragte ich, und er sagte, gern, ging dann an mir vorbei, um seine Jacke auf den Haken an der Tür zu hängen.

Aus dem Wohnzimmer kam eine Lachsalve – Holly und zwei ihrer Freundinnen guckten den Film über die Band One Direction. Draußen vor dem Fenster tropften die Bäume nach einem Regenguss, aber in der Küche war es warm, und aus dem Radio kamen die weichen Trompetenklänge von Kenny Durham.

»Cheers«, sagte ich. Wir stießen mit unseren Gläsern an, ich setzte mich aufs Sofa, und er ließ sich auf einem Barhocker mir gegenüber nieder. Ich fragte mich, was ihm auf den Nägeln brannte. »Geht's dir gut?«, fragte ich besorgt, fürsorglich.

»Wieso hast du mir nicht erzählt, dass du mit Zoë gesprochen hast?«, fragte er leise.

Mir stockte der Atem. »David, tut mir leid. Ich hätte es dir sagen sollen. Ich weiß auch nicht, warum ich das nicht getan habe.«

Er sah mich lange an, einen fassungslosen Ausdruck im Gesicht.

»Wahrscheinlich hab ich gedacht, wenn ich sie einfach mal sehen könnte, einen Blick auf sie werfen –«

»Wie hast du sie überhaupt gefunden?«

»Ich hab bei euch im Sekretariat angerufen«, gab ich zu, und bei dem Geständnis beschlich mich ein Gefühl der Scham. Mir wurde klar, dass meine Methoden, mein raffiniertes Vorgehen, zu einer misstrauischen Ehefrau passten, die ihren Mann in flagranti beim Ehebruch erwischen will. Falls David die Ironie des Ganzen sah, so sagte er es nicht. Er drehte sich mit dem Barhocker leicht hin und her, kanalisierte einen Teil seines Zorns in die Bewegung.

»Findest du das nicht ein bisschen gruselig?«, fragte er. Ich hatte den Eindruck, dass er seine Worte sorgsam wählte. Doch trotz seiner Vorsicht konnte ich den Vorwurf heraushören.

»Du hast recht«, sagte ich beschwichtigend, obwohl das Bedürfnis nach einer Aussprache noch da war, alles mit seinem wütenden Puls durchströmte. »Entschuldige. Es war eine spontane Reaktion. Ich hab nicht richtig drüber nachgedacht.«

Er trank einen Schluck, drehte sich um und stellte das Glas auf die Arbeitsplatte. Ich dachte, er würde es dabei bewenden lassen. Doch dann blickte er auf und sagte: »Ist dir eigentlich klar, wie verstört sie war?«

Ein brennendes Streichholz, das auf Zunder fiel. Das plötzliche Aufflammen, seine Sorge um das Mädchen, die Art, wie er meine Entschuldigung überging, mein Unbehagen. Die Wut, die ich mühsam beherrscht hatte, brach sich in mir Bahn. »Wie verstört *sie* war?«

»Ja. Sie war richtig mitgenommen, als sie heute in mein Büro kam, hat geweint wegen dem, was du zu ihr gesagt hast –«

»Was hab ich denn gesagt? Verrat's mir. Was hab ich gesagt, was sie so fertiggemacht hat?«

Er antwortete noch immer leise: »Sie hat gesagt, du hast sie gefragt, was sie von mir will. Sie fühlte sich bedroht, eingeschüchtert –«

»Ich hab sie nicht eingeschüchtert. Du stellst sie dar, als wäre sie ein kleines Mimöschen.«

»Sie ist noch fast ein Kind.«

»Sie ist alt genug, um dich zu manipulieren, David. Glaub mir. Sie weiß genau, wie du tickst, verdrückt ein paar Tränen, damit du sie bedauerst.«

»Weißt du, wie du dich anhörst, Caroline? Wie hart und zynisch du klingst?«

»Tja, was erwartest du denn von mir?«

Er schwenkte jetzt fester mit dem Barhocker hin und her, wurde immer wütender.

»Na los, David. Sag du mir, wie das deiner Meinung nach funktionieren soll. Soll ich einfach die Zähne zusammenbeißen? Sagen: ›Ist ja gut, Schatz, das kriegen wir schon hin‹, mein Haus und mein Herz diesem Mädchen – dieser Fremden – öffnen, ohne vorher zu überprüfen, ob sie echt ist, ob sie die Wahrheit sagt?«

Der Hocker verharrte, und David sagte: »Du hättest es mir sagen sollen.«

»Stimmt, das hätte ich, ich weiß, und ich habe mich dafür entschuldigt.«

»Wir hatten abgemacht zu warten, oder? Bis das Testergebnis da ist.«

»Ja«, sagte ich, mit kühler und fester Stimme. »Das hatten wir. Und du hattest dich einverstanden erklärt, dich außerhalb der Uni von ihr fernzuhalten – richtig?«

»Sie ist in mein Büro gekommen. Was hätte ich denn machen sollen?«

»Ihr sagen, du hättest keine Zeit. Dass sie einen Termin machen soll.«

»Das konnte ich nicht. Sie war verstört –«
»Ach, David, bitte. Sie vergießt ein paar Krokodilstränen, und schon schmilzt du dahin.«
»Sei nicht so«, sagte er.
»Wie bin ich denn?«
Er überlegte einen Moment, entschied sich dann für ein Wort. »Hart.«
Ich stand auf, ging an ihm vorbei zur Spüle und schüttete den Wein aus meinem Glas mit einem burgunderroten Schwall über die weiße Keramik. »Der Wein schmeckt zu sauer.«
Ich drehte den Wasserhahn auf und sah zu, wie das Rot im Abfluss verschwand, hielt dann den Spüllappen unters Wasser, drehte den Hahn zu und wrang den Lappen aus. Ich fing an, den Abfluss, die Armaturen, den Bereich um die Spüle herum zu säubern.
»Warum bist du wütend auf mich, Caroline?«
Ich wischte die Granitarbeitsplatte ab.
»Ich hab dir nichts getan«, fuhr er fort. »Ich war dir nicht untreu.«
Er musste wohl gesehen haben, wie ich mich verkrampfte, denn er sprach in einem eher gereizten als entschuldigenden Tonfall weiter: »So hab ich das nicht gemeint. Ich wollte damit sagen, dass die Sache vor langer Zeit passiert ist, als ich unabhängig und Single war. Ich habe nicht hinter deinem Rücken mit Linda geschlafen – wir waren damals nicht zusammen. Ich hatte keine Ahnung, dass sie schwanger war.«
»Ach nein?«
»Natürlich nicht!«, sagte er mit lauterer Stimme, in der jetzt zum ersten Mal richtiger Zorn mitschwang. »Sie hat mir nie was gesagt. Ich wusste nicht, dass sie ein Kind bekommen hatte. Bis Zoë in meinem Büro aufgetaucht ist. Caroline, nichts von

all dem ist passiert, um dir weh zu tun. Es ist einfach passiert, mehr nicht.«

Er war so unerträglich rational. Ich war fast am Ende der Arbeitsplatte angelangt und hob den Mörser mit dem Stößel darin an, sah darunter einen Fleck. Ich attackierte ihn mit dem Lappen, den perfekten schwarzen Kreis, der sich deutlich von der Maserung des Natursteins abhob.

»Ich hab das Gefühl, du gibst mir die Schuld an allem«, sagte er, »und es ist nicht meine Schuld.«

»Ich weiß, dass es nicht deine Schuld ist.«

»Es war bloß ein Fehler.«

»Ich weiß.«

»Du scheuerst noch ein Loch in den Granit, wenn du so weitermachst.«

Ich knallte den Lappen in die Spüle. »Es ist wegen des Babys.«

»Welches Baby?«

Ich drehte mich um, lehnte mich gegen die Arbeitsplatte und sah ihn an. »Unser Baby, David. Das Baby, das wir nicht bekommen haben.«

Es dauerte einen Moment, bis sich Begreifen auf seinem Gesicht abzeichnete, und ich erkannte schockiert, dass er die ganze schmerzliche Episode in unserer gemeinsamen Geschichte verdrängt hatte. Einfach hinter sich gelassen hatte.

»Ach so.«

»Du hast es vergessen, nicht?«, fragte ich.

Seine Finger griffen nach dem Stiel seines Glases – es war noch etwas Wein im Kelch, und er begann, ihn langsam, nachdenklich kreisen zu lassen. »Ich hab's nicht vergessen. Ich denke bloß nicht mehr daran. Es ist so lange her, Caroline.«

Ich spürte die Arbeitsplatte im Rücken, ihre harte Kante gab mir Halt. »Sie wäre jetzt einundzwanzig«, sagte ich. »Oder er.«

Er stellte das Glas hin, runzelte gequält die Stirn.

Ich blieb, wo ich war – ich würde nicht zu ihm gehen –, und dann stand er vom Barhocker auf, kam zu mir und legte die Arme um mich, zog mich an sich. Ich weiß nicht, wie lange wir dastanden, einander hielten, und die ganze Zeit versuchte ich, die Wärme seiner Umarmung zu spüren – die Aufrichtigkeit darin –, aber ich dachte immerzu: Er will bloß, dass ich still bin. Will das Thema beenden.

Er wich ein Stück zurück, sah mich an, unsere Gesichter noch immer nah beieinander. »Geht's wieder?«

»Ja. Alles in Ordnung.«

Er hielt mich noch einen Moment länger in den Armen, dann griff er nach der Weinflasche und wandte sich ab.

»War's das?«, fragte ich.

»Was meinst du?«

»Mehr hast du dazu nicht zu sagen?«

Er stand am anderen Ende der Arbeitsplatte, füllte sein Glas erneut, und ich hätte am liebsten geschrien, als ich den nachsichtigen Ausdruck in seinem Gesicht sah. Geduldig sagte er: »Das ist lange her. Ich dachte, wir hätten damit abgeschlossen.«

»Du erzählst mir von diesem Mädchen – der Tochter, die du gezeugt hast, als du Student warst –, und du denkst kein einziges Mal an unser Baby? Das wir haben wegmachen lassen?«

Meine Stimme brach, und ich musste mich bremsen, spürte die steigende Erregung in mir. Ich wollte ihm sagen, dass ich, als ich mit Zoë sprach, sie ansah, an nichts anderes denken konnte als an die Schwangerschaft, die ich abgebrochen hatte. Nachdem ich das Erlebnis so viele Jahre beiseitegedrängt, kontrolliert hatte, immer verhindert hatte, dass es seinen Schatten auf mein Leben warf, tauchte es plötzlich in Gestalt dieses Mädchens vor mir auf. Sämtliche Erinnerungen an das, was geschehen war, schienen in Zoë gebündelt zu sein. Ich hatte sie angesehen und förmlich gespürt, wie ich zurück in eine Zeit gezogen wurde, als ich krank vor Angst und Unsicherheit war, überfordert von dem Fehler, den wir gemacht hatten, und von der Entscheidung, der wir uns hatten stellen müssen. Im Sonnenschein neben ihr auf der Bank hatte ich mich wieder gefühlt wie damals in dem Wartezimmer, auf den Knien ein Klemmbrett mit einem Formular, der hochflorige Teppich unter den Füßen, die forsche Empfangssekretärin hinter ihrer Plexiglaswand, und die ganze Zeit hörten meine Beine nicht auf zu zittern. Zwanzig Jahre alt, im letzten Semester an der Uni, das ganze Leben noch vor mir. Ich hatte gedacht, dass ich mich hinterher erleichtert fühlen würde. Dass ich es vergessen könnte. Und so war es auch. Aber da war trotzdem das Grauen, das langsam aus diesem leeren Raum nach oben kroch, das unangenehme Rumoren des Gewissens.

»Egal«, sagte ich und schüttelte mich, als könnte ich so die Kälte aus der Vergangenheit vertreiben. »Es sind bloß die Nerven. Die Warterei – das macht mich kribblig.«

Er warf mir einen skeptischen Blick zu.

»Sobald das Testergebnis da ist, können wir die ganze leidige Sache ad acta legen.« Ich erinnere mich noch an den gezwungenen Optimismus, mit dem ich das sagte.

»Caroline«, sagte er bedächtig, und plötzlich wurde mir klar, wie fest ich damit gerechnet hatte, dass das alles falsch war, dass ihre wilde Behauptung sich als die gestörte Phantasie einer Wichtigtuerin herausstellen würde. Die lange, schreckliche Zeit der Ungewissheit näherte sich ihrem Ende, und meine Kehle wurde trocken und starr.

»Sag's mir«, drängte ich.

Er musste es nicht mehr aussprechen. Die bittere Wahrheit stand ihm ins Gesicht geschrieben. »Es tut mir leid«, sagte er. »Ich weiß, du hast dir ein anderes Ergebnis erhofft ...«

Ich hörte ihn kaum. Mir gingen immer wieder die Worte

durch den Kopf, mit denen er sich verteidigt hatte. *Es ist nicht meine Schuld.* Wie ein Schuljunge, der seine Unschuld beteuert. *Es war ein Fehler.*

Ein Fehler, den er zweimal gemacht hatte. Und genau das war so unverzeihlich. Denselben Fehler, den wir zusammen gemacht hatten – die ungewollte Schwangerschaft –, hatte er mit einer anderen Frau wiederholt. Wie unsäglich dumm von ihm. Wie unglaublich leichtfertig. Zu einem Mann, der so selbstbeherrscht, ruhig und fast bis zur Gefühlskälte besonnen war, schien das überhaupt nicht zu passen. Seine Achillesferse, vielleicht. Aus unbedachter Leidenschaft war er ein zweites Mal in die gleiche Falle getappt. Aber Linda hatte ihr Baby behalten, und keiner von uns hätte die Folgen ihrer Entscheidung vorhersehen können.

Er redete über das Testergebnis – die wissenschaftlichen Aspekte –, benutzte kalte, sterile Begriffe, und ich dachte an diese DNA-Stränge und stellte mir vor, sie wären Fäden, die sich von ihren Garnrollen lösten. Zoë war ein Faden, der durch den Stoff unserer Familie lief. Ebenso wie jedes meiner Kinder ein Faden war – einschließlich des Kindes, das nie geboren worden war –, eingewebt in einen komplexen Bildteppich. Liebe, Vertrauen, Treue: Das waren die Stränge, die uns zusammenhielten.

Familien fallen nicht auseinander, weil sich ein Faden gelöst hat. Wenn der Bruch kommt, ist er jäh, brutal. Der Bildteppich lässt sich nur mit viel Kraft zerreißen und durchtrennen.

TEIL | ZWEI

10 | DAVID

ICH HATTE keinen Grund, mich zu schämen. Das sagte ich mir damals. Die Tochter, die wie aus dem Nichts in meinem Leben gelandet war, musste nicht verheimlicht oder mit kleinlauter Verlegenheit erklärt werden. Wenn ich einen Fehler gemacht hatte, dann war es der Fehler eines jungen Mannes. Unbesonnenheit ist nun mal ein Vorrecht der Jugend. Entscheidend war, wie ich jetzt damit umging, rief ich mir jedes Mal in Erinnerung, wenn mich Zweifel befielen. Die Situation verlangte Umsicht und Reife. Ich musste offen und ehrlich sein und keine Abbitte leisten: Es gab nichts, wofür ich mich hätte entschuldigen müssen.

Nicht jeder sah das so. Caroline zum Beispiel reagierte entsetzt, als ich ihr sagte, dass ich die Kinder einweihen wollte.

»Was?«, fragte sie sichtlich entgeistert.

»Sie haben ein Recht darauf, es zu erfahren«, sagte ich. »Und ein Recht darauf, ihre Halbschwester kennenzulernen.«

»Moment mal. Ihnen von Zoë zu erzählen ist eine Sache, aber sie kennenlernen? Was versprichst du dir davon?«

»Ich finde, sie sollten eine gewisse Beziehung zu ihr haben«, argumentierte ich. »Ein eigenständiges Verhältnis zu ihr aufbauen.«

»Hast du mal daran gedacht, wie sich das auf sie auswirken könnte?«

»Natürlich«, antwortete ich, leicht verärgert über ihre Reaktion. »Sie sind keine Kleinkinder mehr, Caroline. Robbie ist fünfzehn, und Holly war schon immer reif für ihr Alter. Ich glaube, du erweist ihnen einen schlechten Dienst, wenn du ihnen das Gefühl gibst, sie kämen damit nicht klar.«

»Darum geht's nicht«, sagte sie. »Es geht darum, was sie von dir halten werden, wenn sie es erfahren. Das bereitet mir Sorge.«

Sie hatte nicht ganz unrecht. Obwohl ich ihre Bedenken vordergründig abtat, spürte ich ein innerliches Zittern angesichts meines anstehenden Geständnisses, als ich mich schließlich unter Carolines wachsamen Augen mit den Kindern zusammensetzte. Im Kopf hatte ich meine kleine Ansprache wieder und wieder geprobt. Ich wollte so behutsam wie möglich von einer Beziehung erzählen, die ich gehabt hatte, bevor sie geboren wurden, und deren Folgen sich jetzt erst zeigten, doch obwohl ich genau die Worte benutzte, die ich mir zurechtgelegt hatte, klangen sie dann doch kälter und nüchterner, als mir lieb gewesen wäre. Obwohl ich mir selbst gesagt hatte, dass ich mir keine Vorwürfe machen musste, dass es ein Fehler gewesen war, der praktisch jedem hätte passieren können, hörte ich mich an, als wollte ich mich vor meinen Kindern verteidigen.

»Eine Halbschwester?«, fragte Robbie mit einer Mischung aus Belustigung und Ungläubigkeit.

»Ja. Sie heißt Zoë. Sie ist achtzehn.«

»Ach du Scheiße«, rief er lachend, um seinen Schock zu überspielen.

»Robbie«, sagte Caroline teils ermahnend, aber vor allem, um ihn zu beruhigen.

»Wieso hast du uns nie von ihr erzählt?«, fragte er mich.

»Weil ich bis vor wenigen Wochen selbst nichts von ihr gewusst habe.«

»Du hast nichts von ihr gewusst?«

»Ihre Mutter und ich hatten keinen Kontakt mehr.«

»Wer ist denn ihre Mutter?«, fragte er.
»Das spielt keine Rolle«, erwiderte ich rasch. Die Richtung, in die seine Fragen gingen, kam mir ungelegen. »Ich war nicht lange mit ihr zusammen. Es ist nicht wichtig.«
Sofort bedauerte ich meine Antwort. Zum einen schien sie zu implizieren, dass ich als junger Mann munter durch die Betten gehüpft war, ohne an die Folgen zu denken – nicht die Botschaft, die ich meinen Kindern vermitteln wollte. Zum anderen wurde ich das Gefühl nicht los, dass Linda mich irgendwie beobachtete, dass ihr Geist im Raum präsent war und mitbekam, wie ich gleichgültig eine Liebesaffäre herunterspielte, die heftig und kostbar zugleich gewesen war.
Caroline blickte aus dem Fenster. Holly rutschte unruhig auf der Couch hin und her.
»Und jetzt?«, fragte Robbie. »Zieht sie bei uns ein?«
»Nein, nein«, beruhigte ich ihn. »Aber ich möchte, dass ihr sie kennenlernt. Ich hab mir gedacht, wir laden sie mal sonntags zum Essen ein. Wie fändet ihr das?«
»Ja, okay«, sagte Robbie.
»Und du, Hols?«, fragte ich.
Holly sagte nichts, zuckte nur unverbindlich die Schultern. Sie hatte die ganze Zeit still und wachsam dagesessen und jedes Wort von mir aufgesogen. Jetzt jedoch sah ich ihre Augen über mich hinwegshuschen, mit einem taxierenden Blick, den ich an ihr noch nie bemerkt hatte. Schlagartig sah ich ein, dass Caroline recht gehabt hatte. Diese Neuigkeit, die ich unbedingt normal rüberbringen wollte, hatte unsere Familienstruktur bereits verändert. Unter den Augen meiner kleinen Tochter spürte ich, wie ich mich selbst verwandelte, eine andere Art von Vater wurde als der, den sie gekannt und auf den sie sich bislang verlassen hatte.

Ich grübelte noch immer über all das nach, als ich später in der Woche mit Alan über den Förderantrag für ein Forschungsprojekt sprach, das sich mit dem Friedens- und Versöhnungskomitee befassen sollte. Alan befürwortete die Idee und war bereit, seinen Namen unter den Antrag zu setzen. »Auch wenn ich bei der Umsetzung nicht mehr hier sein werde«, sagte er in Anspielung auf seinen geplanten Ruhestand. Ich erwiderte nichts. Er war an dem Tag in guter Verfassung, munter und beschwingt, und sobald wir das Berufliche erledigt hatten, steckte er die Kappe auf seinen Stift, klappte sein Notizbuch zu und erwartete offensichtlich, dass ich das Gleiche tun würde.

»Eigentlich wollte ich noch was anderes mit dir besprechen«, sagte ich.

»Ja?«

»Es geht um eine Studentin von mir. Erstes Semester. Sie heißt Zoë Barry.«

Es fiel mir nicht leicht, mich ihm anzuvertrauen. Mir war, als wäre ich drauf und dran, eine Verfehlung zu gestehen, die gerade erst passiert war und nicht schon vor fast zwanzig Jahren.

»Die Sache ist die, Alan, wie es aussieht, bin ich ihr Vater.«

Er legte den Stift hin, den er noch in der Hand hielt, da ihm klarwurde, dass unser Gespräch länger dauern würde, als er geplant hatte.

»Als ich damals an der Queen's war – da hatte ich eine Beziehung zu der Mutter des Mädchens. Ich wusste nicht, dass sie ein Kind bekommen hat. Das war alles vor meiner Heirat ... Ich hab es jetzt erst erfahren.«

»Gütiger Himmel«, sagte Alan.

»Ich wollte, dass du es weißt – dass die Fakultät es weiß. Sie ist schließlich meine Studentin, und ich möchte nicht, dass es da irgendein ...«, ich suchte nach dem richtigen Wort, »... Missverständnis gibt.«

»Verstehe«, sagte er und klang doch einigermaßen verdattert. Seine Augen huschten über mein Gesicht, und ich fragte mich, ob er im Kopf eine Art Neubewertung vornahm, Spekulationen über mein Privatleben anstellte. Eine Schweißperle lief mir den Rücken herab.

»Hast du das schon jemand anderem in der Fakultät erzählt?«

»Noch nicht«, antwortete ich und überlegte, ob ich ihm erzählen sollte, was McCormack gesagt hatte.

»Da sie eine Studentin von dir ist, müssen wir auf einen Interessenskonflikt hinweisen, wenn es um die Benotung von Hausarbeiten geht, um Beurteilungen, Prüfungen ... die einschlägigen Vorschriften beachten.«

»Vorschriften?«

»Das Studiensekretariat muss informiert werden, die Ethikkommission, und mal überlegen, wer noch alles ...«

»Die Ethikkommission?«

»Es muss einfach nur vermerkt werden. Kein Grund zur Beunruhigung.«

»Was ist mit Diskretion?«

»Die wird vorausgesetzt.«

Er nahm Notizbuch und Stift und stand auf. Ich begriff, dass die Besprechung vorbei war. An der Tür zu seinem Büro sagte er ein paar beruhigende Worte, was mir noch mehr das Gefühl gab, etwas Falsches getan zu haben. Ja, das bürokratische Minenfeld, das ich betrat, war, wie Alan es ausdrückte, durchtränkt von einem Moralkodex, gegen den ich offenbar unwissentlich verstoßen hatte.

Ich hatte es Caroline gebeichtet, meinen Kindern alles erklärt, die Universität informiert, aber wo blieb die Befreiung von meinen Schuldgefühlen? Wann würde die Last der Vergangenheit von meinen Schultern genommen? Der Schock meiner

Frau und die Überraschung meiner Kinder waren eine Sache. Diesen doppelten Druck würde ich mit der Zeit bewältigen, aber die Art, wie die Universität mich bestrafte, war etwas ganz anderes – die vielen Formalitäten, die erledigt werden mussten, die Ethikkommission, die Protokolle und Vorschriften, die eingehalten werden mussten – das alles war niederschmetternd, wirkte wie ein symbolischer Denkzettel für mich, wie Asche auf mein Haupt, wie ein scharlachroter Buchstabe.

Der Sonntagmorgen verging mit den üblichen Aktivitäten, aber diesmal waren die Abläufe in unserer Familie irgendwie angespannt, ließen bereits das Licht des frühen Nachmittags und die damit einhergehende Energie ahnen. Zoë hatte meine Einladung zum Mittagessen angenommen, und je näher die vereinbarte Uhrzeit rückte, desto stärker spürte ich eine nervöse Erwartungsstimmung im Haus.

Es klingelte an der Haustür.

Ich rief, dass ich aufmachen würde. Hinter der Milchglasscheibe war die Silhouette einer schmächtigen Gestalt mit Kapuze zu sehen, wartend, erwartungsvoll. Ich öffnete die Tür. Sie hatte sich zum Garten gewandt, betrachtete die Hortensienbüsche, die weinroten Ahornsträucher, und als ich ihren Namen sagte, drehte sie sich um und sah mir in die Augen. Ein unheimliches Déjà-vu-Beben durchlief mich, und zugleich kam eine kurze Erinnerung an Linda, wie sie an einem der trägen Abende in Belfast vor meiner Tür auftauchte, und ich hörte ihre Stimme aus der Vergangenheit: *Du hast gesagt, ich könnte vorbeischauen*, spürte wieder, wie mein Herz einen Sprung tat.

»Ich hoffe, ich komme nicht zu spät«, sagte Zoë mit einem nervösen Lächeln. »Ich war in der Stadt und hab die Zeit ganz vergessen.«

»Nein, überhaupt nicht.« Ich trat zurück und ließ sie hereinkommen.

Ich schloss die Tür, und als ich mich ihr zuwandte, sah ich, dass sie sich in der Diele umschaute, die Augen nach oben gleiten ließ. Ihr Gesicht war ein bisschen gerötet. In einer Hand hielt sie eine Flasche Wein, in der anderen einen kleinen Blumenstrauß. Als wäre ihr beides ganz plötzlich wieder eingefallen, hielt sie mir die Geschenke hin. Ich nahm sie ihr ab und bedankte mich. Einen Moment lang standen wir stumm da.

»Zoë, hallo«, sagte Caroline munter. Sie war aus der Küche gekommen und trocknete sich die Hände an einem Geschirrtuch.

Sie gaben sich die Hand, tauschten ein paar Höflichkeiten aus, die ich nicht ganz mitbekam. Ich war noch immer ein bisschen mitgenommen von meinem Déjà-vu-Erlebnis. Mir war, als hätte ich nicht nur Zoë in unser Leben gelassen, sondern auch die schemenhafte Aura von Linda.

»Ich hoffe, du hast Hunger«, sagte Caroline, hängte Zoës Jacke an die Garderobe und führte sie in die Küche. »David steht schon den ganzen Vormittag am Herd.«

»Sie übertreibt maßlos. Es gibt Gulasch«, sagte ich, aber die Wahrheit war, dass ich mir wirklich extra viel Mühe mit dem Kochen gegeben hatte. Irgendwann hatte Holly eine belustigte Bemerkung über den Aufwand gemacht, den ich betrieb.

Caroline bedeutete Zoë, auf einem der Barhocker Platz zu nehmen, und fing an, die Metallfolie vom Hals einer Weinflasche zu schneiden. »Rot oder Weiß?«, fragte sie Zoë.

»Weiß, bitte.«

Falls Caroline angespannt war, kaschierte sie es gut. Mir fiel auf, dass sie sich mit ihrem Äußeren Mühe gegeben hatte – sie trug ein schickes tailliertes Kleid, Pumps, und unter ihrem gekonnt gewellten Haar glänzten Diamantohrringe. Obwohl sie unbestreitbar attraktiv war, wirkte sie neben Zoës lässiger Schönheit übertrieben formell und gestylt. Sie goss den Wein in drei Gläser.

Im Radio lief Jazz – *Easy Listening*, nichts, was uns davon ablenken konnte, einander kennenzulernen, aber falls doch mal eine längere Gesprächspause eintreten sollte, würden wir nicht in peinlicher Totenstille dasitzen. Die leise Melodie wurde von polternden Schritten auf der Treppe übertönt. Robbie kam herein.

»Zoë, das ist Robbie«, sagte ich. Er hob eine Hand zu einer Geste, die nur Teenager zustande bringen – eine Art Salutieren. Den ganzen Morgen hatten die Klänge seines Cellos das Haus erfüllt. Nicht die schönen melodischen Töne wie bei einer Aufführung, sondern die schrilleren Missklänge, wenn er sich beim Üben verspielte. Dennoch hatten sie etwas Vertrautes und Beruhigendes vermittelt.

»Hi«, sagte Zoë ein wenig ängstlich und stand vom Hocker auf. Lächelnd trat sie einen zaghaften Schritt zurück, als wollte sie ihren Halbbruder in voller Größe begutachten.

Dann kam Holly in die Küche, stellte sich aber hinter einen der Stühle, bevor sie hallo sagte. Sie war ungewohnt zurückhaltend gewesen, seit ich ihr die Nachricht von ihrer Halbschwester beigebracht hatte, nicht wie sonst übersprudelnd und selbstbewusst. Ich fühlte mich plötzlich verunsichert. Wir alle wirkten irgendwie gehemmt, wussten nicht, wie wir die Bedingungen dieses neuentdeckten Beziehungsgeflechts aushandeln sollten. Im Grunde griffen wir auf die zugeknöpfte Verlegenheit höflicher Konversation zurück, die unsere Zeit nach Carolines Affäre geprägt hatte, als wir im Beisein der Kinder mit gezwungener Freundlichkeit miteinander redeten, ihnen zuliebe den Schein wahrten, unsere Ehe wäre stabil. Ich stellte mir vor, dass entfernte Verwandte so miteinander redeten, nachdem sie einander zum ersten Mal vorgestellt worden waren – verlegen, zurückhaltend und absolut gekünstelt. Gleichwohl blieb Caroline souverän. Sie übernahm das Kommando, bat Holly, ihr beim Servieren des Essens zu helfen, sagte uns allen, wo wir sitzen sollten.

»Euer Haus ist sehr schön«, sagte Zoë höflich, wenn auch mit bebender Stimme. Ihre Augen glitten durch die Küche und das angrenzende Wohnzimmer. Die Sonne fiel durch die Glastüren und das Oberlicht herein. Das Wetter war ungewöhnlich schön für Oktober.

Robbie fragte Zoë, wo sie wohnte, und errötete ein wenig, als sie antwortete.

»In einer kleinen Mietwohnung in Rathmines. Eigentlich bloß ein möbliertes Zimmer.«

»Wieso bist du nach Dublin gekommen?«, fragte er.

Sie zuckte mit den Schultern: »Ich mochte Dublin schon immer, schon als Kind.«

»Bist du oft hier gewesen?«

»Ich habe Verwandte in Greystones, und auf der Fahrt dahin, um sie zu besuchen, haben wir manchmal in Dublin Station gemacht. Mam und ich sind immer gern auf der Grafton Street shoppen gegangen.«

Ich versuchte, es mir vorzustellen: Linda, an der Hand ein kleines Mädchen, vor den Schaufenstern von Brown Thomas oder Marks & Spencer. Dublin ist eine kleine Großstadt. Hätte da nicht die Möglichkeit bestanden, dass ich Linda irgendwann mal über den Weg gelaufen wäre? Und hätte sie mir dann ihre Tochter vorgestellt? Hätte sie mir die Wahrheit gesagt oder so getan, als wäre Zoë nicht meine Tochter? Hätte sie überhaupt etwas gesagt?

»Wie gefällt es dir an der UCD?«, fragte Caroline, sobald wir mit dem Essen angefangen hatten. Ich fürchtete, durch die vielen Fragen würde Zoë sich wie bei einem Verhör vorkommen. Sie war ohnehin schon nervös genug.

»Gut. Obwohl ich mich noch immer nicht so ganz zurechtfinde«, sagte sie und lächelte schüchtern. »Aber ich fühle mich wohl.«

Es folgten weitere Fragen nach ihren Vorlesungen und Seminaren, was sie in ihrer Freizeit machte, nach ihrem Nebenjob im Laden des Studierendenwerks. Sie beantwortete sie alle geduldig und höflich, obwohl etwas Zögerliches in ihrer Stimme lag, als ob sie sich selbst nicht ganz zutraute, das zu sagen, was ihrer Meinung nach von ihr erwartet wurde. Wir nutzten das Essen als Ablenkung, reichten Brot weiter und verteilten den Salat. Allem Anschein nach lief es gut, doch unter dem Smalltalk lag noch etwas anderes, eine unausgesprochene Anspannung – eine Art latentes Misstrauen, so dass ich, egal, was Zoë gefragt wurde, immer unterschwellig das hörte, was eigentlich gemeint war: *Warum bist du hier? Was willst du?*

Ich war erleichtert, als sie schließlich selbst eine Frage stellte und damit ein wenig von der intensiven Begutachtung ablenkte, der sie sich zweifellos ausgesetzt sah. »Wer spielt das Cello?«, fragte sie.

Sie war mit dem Essen fertig und legte ihr Besteck säuberlich auf den Teller. Das Cello lehnte an der Wand neben dem Sofa.

»Das gehört mir«, sagte Robbie.

»Er ist im Landesjugendorchester«, sagte Caroline stolz. »Du solltest ihn irgendwann mal spielen hören.«

»Er hält sich für Yo-Yo Ma«, sagte Holly mit einem Grinsen.

Robbie sagte, sie solle den Mund halten, und sie schob sich die Brille wieder höher auf die Nase. Es war das erste Mal, dass sie etwas gesagt hatte, seit Zoë ins Haus gekommen war.

»Ich liebe Cello«, sagte Zoë zu ihm. »Kannst du das bekannte Stück von Elgar spielen?«

Robbie stützte die Ellbogen auf den Tisch und lächelte sie an. »Nicht wirklich. Ich versuch, es zu lernen, aber es ist echt superschwer.«

»Wir haben es auf der Beerdigung von meiner Mam spielen lassen – nicht live, bloß von der Stereoanlage. Trotzdem, es war wunderschön.«

Niemand sagte etwas. Ich hatte ein abgründiges Gefühl bei dem Gedanken an Linda tot in einem Sarg, während der melancholische Klang der Streicher den Raum erfüllte.

»Das mit deiner Mum tut mir leid«, sagte Robbie leise.

»Danke.«

»Muss echt scheiße gewesen sein«, schob er nach.

»War es auch«, sagte sie bekümmert, »aber ich hatte seitdem viel zu tun, bin hierhergezogen und hab mit der Uni angefangen.«

»Was ist mit deiner Familie in Belfast?«, fragte Caroline.

Zoë strich sich die Haare aus der Stirn: »Da ist bloß noch Gary – mein Stiefvater.«

»Er vermisst dich bestimmt.«

»Wohl eher nicht.«

»Nein?«, sagte ich, verblüfft über die Veränderung in ihrem Ton. »Wieso sagst du das?«

»Wir verstehen uns nicht besonders.«

»Warum nicht?«

Sie dachte darüber nach, spürte zweifellos die Intensität unserer Blicke. »Ich weiß nicht, warum. Wir sind irgendwie nie miteinander klargekommen.«

»Wann haben er und deine Mutter geheiratet?«, fragte Caroline.

Zoë beugte sich vor: »Als ich sechs war.« Sie nahm ihre Gabel und spielte damit herum. Nach kurzem Zögern fuhr sie fort: »Am Anfang war er nett zu mir – hat mir Süßigkeiten und

Spielsachen und so gekauft. Aber nach einer Weile wurde ich ihm einfach langweilig.«

»Das ist scheußlich«, sagte ich.

Caroline fragte: »Er und Linda hatten zusammen keine Kinder?«

»Nein. Ich glaube, Gary wollte unbedingt eigene Kinder, aber als das nicht passierte, ist ihm das aufs Gemüt geschlagen. Er war auch irgendwie eifersüchtig.«

»Eifersüchtig?«, fragte ich.

»Auf mich und Mam. Unsere Nähe. Vor allem gegen Ende, als sie krank war.«

»Das muss sehr schwierig für dich gewesen sein«, sagte Caroline, doch mich interessierte mehr die Eifersucht, von der sie gesprochen hatte. Unter der angestrengten Höflichkeit lag irgendetwas, was sie nicht aussprach und was mich beunruhigte: Das mit Gary gefiel mir gar nicht.

»Dein Stiefvater«, sagte ich, »lässt er oft von sich hören?«

Sie schüttelte den Kopf. »Nicht, seit ich hier bin. Ich schätze, er ist froh, dass er mich los ist.« Dann schob sie nach: »Ich bin auch froh, ihn los zu sein.«

»Wirklich?«, fragte ich.

»So, wie er manchmal drauf war, seine aufbrausende Art ...«

»Aufbrausende Art, inwiefern?«

Die Frage erschreckte Zoë, als hätte sie nicht gemerkt, dass sie laut gedacht hatte. »Vielleicht ist ›aufbrausende Art‹ nicht die richtige Beschreibung. Es war subtiler. Ach, keine Ahnung«, sagte sie und winkte ab.

»Passiv-aggressiv?«, schlug ich vor.

Sie machte eine Bemerkung über das köstliche Essen. Es war klar, dass sie nicht weiter darüber reden wollte.

Caroline stand auf, um Kaffee zu machen, während Robbie den Tisch abräumte. Das Thema war beendet, aber ich vergaß es nicht, auch nicht, als das Gespräch wieder in harmlosere Gefilde zurückkehrte: Zoë und Robbie unterhielten sich über verschiedene Bands, die sie gut fanden, über Filme, die sie mochten, und Holly zählte ihre Lieblingsfächer in der Schule auf. Scheinbar alles ein nettes Geplauder, doch noch immer durchströmte eine fast greifbare Anspannung das Gespräch, als wäre es irgendwie vergiftet. Nichts, so schien es, weder der Wein noch unbeschwerter Smalltalk, ja nicht einmal das Dessert konnte sie vertreiben. Aber vielleicht kam es mir auch nur so vor, weil mir ihre Bemerkung über Garys Eifersucht nicht aus dem Kopf ging und in mir dadurch ein gewisser Schutzinstinkt für sie ausgelöst wurde, den ich nicht erwartet hätte.

Als wir mit dem Kaffee fertig waren, sagte Robbie: »Dürfen wir rüber ins Wohnzimmer?«, und die Kinder standen auf.

Caroline fing an, das Kaffeegeschirr abzuräumen, und griff über den Tisch, um Zoës Tasse zu nehmen. Dabei stieß sie mit der Hand an mein Weinglas, das ich gerade aufgefüllt hatte. Es kippte um, und ein Schwall Rotwein landete auf Zoës Bauch, der Rest spritzte über den Tisch und tropfte ihr auf den Schoß. Sie sprang auf.

»Ach, verdammt!«, schrie Caroline. »Entschuldigung!«

»Da«, sagte ich und reichte Zoë eine Papierserviette.

»Kein Problem«, sagte sie und tupfte an ihrem T-Shirt herum.

»Gott, ich bin so ungeschickt«, sagte Caroline. »Moment, ich hol Sodawasser.«

»Halb so schlimm«, sagte Zoë lachend, um zu zeigen, dass sie es auch so meinte. Ihre Wangen waren rot angelaufen, und sie legte die Serviette auf den Tisch.

»Soll ich dir ein T-Shirt leihen?«, fragte Caroline.

»Ach nein, danke«, sagte Zoë, zeigte dann auf die Tür zur

Diele. »Ich geh es rasch im Bad ein bisschen auswaschen. Das reicht.«

Sie verließ die Küche. Ich nahm die Serviette, um den verschütteten Wein aufzuwischen. Auch auf dem Fußboden war eine kleine Pfütze, und ich bückte mich und tupfte sie auf.

»Ich weiß gar nicht, wie mir das passieren konnte«, sagte Caroline halb amüsiert.

Ihre Reaktion ärgerte mich. Es war fast, als ob sie sich über das Malheur auch noch freuen würde. Als wäre es ein kleiner Triumph für sie.

»Sehr bedauerlich«, sagte ich.

»Soll ich eine neue Flasche aufmachen?«, fragte sie, ohne meine Gereiztheit wahrzunehmen.

Ich trat an ihr vorbei und warf die aufgeweichte Serviette in den Mülleimer. »Lohnt sich jetzt ja wohl nicht mehr, oder?«

»O Gott. Du bist doch nicht etwa sauer, weil ich deinen Wein verschüttet habe, oder?« In ihrer Stimme lag noch immer dieser leicht spöttische Ton.

»Sie ist das erste Mal bei uns … Ich will sie nicht dadurch vergraulen, dass wir Wein über sie kippen.«

»Das ist doch kein Weltuntergang, David. Es gibt Schlimmeres als verschütteten Wein.«

Carolines Versuch, die Situation zu entschärfen, regte mich noch mehr auf. »Ich seh lieber mal nach ihr. Vielleicht braucht sie ja was.«

Caroline stieß einen leisen genervten Laut aus. »Du bleibst hier und räumst auf«, wies sie mich an. »Ich sehe nach Zoë.«

Sie verschwand aus der Küche, und Holly setzte sich zu Robbie auf die Couch. Der Fernseher lief, und die zwei blickten gebannt auf den Bildschirm. Ich räumte weiter die Küche auf, bis ich Schritte auf der Treppe hörte. Ich ging in die Diele und sah Zoë von oben herunterkommen. Als sie mich sah, lächelte sie übers ganze Gesicht. »Vielen Dank, David«, sagte sie, sobald sie unten war, und nahm ihre Jacke von der Garderobe. »Es war sehr nett bei euch.«

»Du willst doch nicht schon gehen?«

»Ich muss leider«, sagte sie munter. »Morgen ist Abgabe für eine Hausarbeit, mit der ich noch nicht fertig bin.«

Caroline kam hinter ihr die Treppe herunter.

»Ich fahr dich nach Hause«, sagte ich, während ich Zoë in ihre Jacke half.

»Ich kann doch zu Fuß gehen«, sagte sie und lachte über mein Angebot. »Ich will dir keine Umstände machen.«

»Machst du nicht«, sagte ich, und sie belohnte mich mit einem dankbaren Lächeln.

Als Zoë sich umdrehte, um Caroline für das Essen zu danken, steckte ich den Kopf ins Wohnzimmer und sagte den Kindern, dass Zoë gehen würde. Robbie kam in die Diele, um sich zu verabschieden, aber Holly blieb auf der Couch. Ich beschloss, deshalb kein Theater zu machen.

»Das mit dem Wein tut mir leid«, sagte ich, sobald wir allein im Auto waren. »Caroline ist normalerweise nicht so ungeschickt.«

Sie erwiderte, es sei wirklich nicht schlimm, und tat es mit einem Lachen ab.

Ich war wirklich beeindruckt von der Stärke, die sie bewiesen hatte: Es war keine Kleinigkeit, das Haus einer anderen Familie zu betreten und sich in die gewohnten Rhythmen ihres Lebens so nahtlos einzufügen, wie sie das getan hatte. Das bewies echte Reife. »Das war sicher nicht einfach für dich«, sagte ich.

»Es war wirklich nett, alle kennenzulernen.«

»Ich hoffe, du hattest nicht das Gefühl, dass wir dich zu sehr ausfragen.«

»Überhaupt nicht«, erwidert sie. »Es war schön, mal eine andere Seite von dir kennenzulernen.«
»Wie meinst du das?«
Sie zuckte mit den Schultern. »Wie du außerhalb der Uni bist, als Privatmensch, mehr nicht. Dich im Kreis deiner Familie zu erleben.«
»Na, ich hoffe, du kannst uns alle noch besser kennenlernen.«
»Das würde ich gern. Holly und Robbie sind toll. Robbie ist dir total ähnlich.«
Ich fragte mich, ob sie gehofft hatte, sich selbst in seinem oder Hollys Gesicht wiederzufinden, irgendwelche verbindenden Züge, die die zwei als ihre Geschwister kennzeichneten.

Wir schwiegen einige Minuten, und Stille breitete sich im Wagen aus, während wir durch das Dorf Rathgar in Richtung Rathmines fuhren. Obwohl der Nachmittag gut verlaufen war, nagte immer noch ein Gefühl von Traurigkeit an mir. Es hatte eingesetzt, als Zoë Lindas Beerdigung erwähnte. Ich dachte kurz darüber nach, wie anders unser Leben verlaufen wäre, wenn Linda sich gemeldet hätte: ein Anruf, ein Brief – mehr wäre nicht erforderlich gewesen. Stattdessen hatte sie beschlossen, Zoë allein großzuziehen. Was war so schrecklich an mir, dass sie gedacht hatte, sie könne sich nicht bei mir melden?

Wir fuhren durch Rathmines, vorbei an den Geschäften mit ihren in der Dunkelheit blinkenden Neonschildern, den Imbisslokalen, dann an einem Secondhandshop und der Kirche mit ihrer Kupferkuppel. Zoë dirigierte mich in eine Seitenstraße mit georgianischen Reihenhäusern, die schon bessere Tage gesehen hatten. Ich hielt am Bordstein.

»Kann ich dich was fragen?«, begann ich zögerlich. »Hat Linda je von mir gesprochen?«

Sie dachte lange nach, als würde sie sich an etwas Schwieriges und Schmerzhaftes erinnern: »Gegen Ende, als sie schon todkrank war.«

»Aber vorher nie?«

»Eigentlich nicht«, sagte Zoë zögernd. Sie schaute aus dem Fenster, eine Hand am Türgriff, und ich spürte, dass sie aussteigen wollte. Die vielen Fragen, die ihr an diesem Tag gestellt worden waren, hatten sie sicherlich erschöpft. Aber ich wollte sie trotzdem noch nicht gehen lassen, wollte irgendeine Antwort auf das Rätsel finden, das mir zu schaffen machte, seit sie in mein Büro gekommen war und sich als meine mögliche Tochter vorgestellt hatte: Warum hatte Linda mir nichts erzählt?

»Na ja, da fällt mir eine Sache ein«, sagte sie schüchtern, als würde sie die Information nur ungern preisgeben. »Ich muss acht oder neun gewesen sein. Wir waren in Greystones bei unseren Verwandten, und Mam hat mit mir einen Ausflug gemacht, einen besonderen Ausflug, sagte sie, als wäre es irgendwas Geheimes, wovon nur wir zwei wissen sollten und sonst niemand. Sie hat sich das Auto von ihrer Cousine geliehen, und wir sind nach Dublin gefahren, nach Belfield auf den Campus. Das war das erste Mal, dass ich an einer Uni war.«

»Sie ist mit dir zur UCD gefahren?«, fragte ich verwirrt.

»Ja.«

»Aber warum?«

»Keine Ahnung. Wir haben uns auf eine der Bänke in der Nähe dieser Skulptur gesetzt, dem *Klecks*. Ich weiß nicht, wie lange wir da gesessen haben – eine Stunde vielleicht. Sie hat mir gesagt, sie würde jemanden kennen, der da arbeitet – jemanden, der mal wichtig für sie gewesen war. Und sie hat sich die ganze Zeit umgesehen, als würde sie auf jemanden warten. Irgendwann ist sie dann aufgestanden, als ob sie die Hoffnung aufgegeben hätte. Wir sind zurück zum Auto und weggefahren. Sie hat nie wieder davon gesprochen.«

Ich hatte das Gefühl, dass sie mir das erzählt hatte, damit ich mich besser fühlte, doch wie ich so dasaß, eine Hand noch immer am Lenkrad, empfand ich einen ungeheuren Verlust. Die verpasste Gelegenheit, grausames Schicksal. Hunderte, nein, Tausende Male war ich an der Stelle vorbeigegangen. Wenn ich es doch nur an dem Tag getan hätte, wenn ich sie da zusammen entdeckt hätte, das Gesicht gesehen hätte, das mir so vertraut gewesen war, das ich so geliebt hatte, wäre vielleicht alles anders gekommen. Alles.

Vielleicht sah sie meine Reaktion auf ihre Geschichte. Verlegenheit machte sich im Auto breit, und Zoë zog am Türgriff, ließ kühle Luft herein.

»Falls es was hilft«, sagte sie, ein Bein schon aus dem Wagen, »ich hab ihr angemerkt, dass sie dich nie ganz vergessen hatte.«

Sie stieg aus, schlug auf dem Bürgersteig den Jackenkragen hoch und ging die düstere Straße hinunter. Ich schloss die Augen und atmete die letzten Spuren ihrer Gegenwart ein. Als ich wieder auf die Straße sah, war alles still, nur orangefarbene Lichtkreise schimmerten in der Dunkelheit.

Ich ließ den Wagen an, fuhr los, und über das Motorengeräusch hinweg vernahm ich aus dem tiefen Wirrwarr meiner Gedanken einen Satz, der alle anderen ausstach, mich erschauern ließ: *Ich hab ihr angemerkt, dass sie dich nie ganz vergessen hatte.*

11 | CAROLINE

»IST DOCH gut gelaufen. Findest du nicht?«
Es war kurz vor Mitternacht. Seit er Zoë nach Hause gebracht hatte, waren Stunden vergangen, und noch immer klang seine Stimme beschwingt, genauso optimistisch wie schon den ganzen Nachmittag.
»Ja. Doch.«
Ich war schon im Bett und las noch ein bisschen, während er im Zimmer herumging, seinen Pyjama anzog, seine Sachen für den nächsten Morgen herauslegte. Er verströmte eine Energie, als ob der Tag seine Stimmung beflügelt hätte, während ich mich ausgelaugt fühlte. Ich versuchte, mich auf die Wörter vor mir zu konzentrieren, doch seine Unruhe lenkte mich ab. Ich ließ das Buch sinken und sah zu, wie er ganz hinten in seinem Schrank nach irgendetwas suchte, das er nicht finden konnte.
»Was machst du da?«, fragte ich leicht gereizt.
»Ich suche meine Kletterausrüstung. Weißt du, wo die ist?«
»David, du bist seit Jahren nicht geklettert.«
»Ich weiß. Aber ich dachte, ich geh morgen mal wieder ins Sportzentrum und probier mein Glück an der Kletterwand.«
»Wieso?«
»Wieso nicht?«, erwiderte er munter, ohne irgendein Anzeichen dafür, dass er meine Verärgerung mitbekommen hatte.
»Wahrscheinlich ist sie oben auf dem Dachboden.« Er verschwand in den Flur.
Ich saß einige Minuten da, das aufgeschlagene Buch in der Hand, und hörte ihn über mir herumkramen. Woher kam der

plötzliche Wunsch, wieder einen Sport aufzugreifen, den er lange aufgegeben hatte? Zoë natürlich. Ich dachte wieder daran, wie die beiden die Einfahrt hinunter in den Abend verschwunden waren. Seit seiner Rückkehr war er aufgekratzt, fröhlich, auf eine Art, wie ich ihn lange nicht mehr erlebt hatte.

»Hast du deine Ausrüstung gefunden?«, fragte ich, als er zurück ins Zimmer kam.

»Ja. Sie ist ein bisschen verstaubt, aber noch ganz brauchbar.« Er machte sich daran, die Ordnung in seinem Schrank wiederherzustellen.

»Wie ist sie so?«, fragte ich. »Zoës Wohnung.«

»Keine Ahnung. Ich war nicht drin.«

»Ich dachte, du wärst noch mit reingegangen. Du warst ziemlich lange weg.«

»Tatsächlich? War viel Verkehr.«

»Wie sieht's von außen aus?«

»Die Straße ist ziemlich ruhig – alte Reihenhäuser in Rathmines, hinter der Badeanstalt.«

»Die Miete kann nicht billig sein.«

»Ein winziges kaltes Zimmer unterm Dach, Caroline. Mehr wird sie sich kaum leisten können.«

»Ich stell es mir voll mit Räucherstäbchen und Morrissey-Postern vor«, sagte ich und zupfte an der Ecke meines Buches.

»Ihr Geschmack ist ein bisschen retro. Was hat sie Robbie noch mal erzählt, welche Gruppen sie gern hört? The Cure und Massive Attack. Ich meine, die fanden wir damals zu unserer Zeit gut.«

»Du sagst das, als wäre das im finsteren Mittelalter gewesen!«, sagte ich und spürte, wie das Eis in mir langsam taute. Seine Formulierung – *damals zu unserer Zeit* – erinnerte mich an unsere gemeinsame Geschichte und an all die Freude, die in diesen Erinnerungen lag, eine Freude, der Zoë nichts anhaben konnte. Ich legte das Buch beiseite, schlug die Bettdecke zurück und rutschte über die Matratze zu ihm an die Kante, wo er saß, schlang die Arme um seinen Hals und schmiegte meine Wange an seine. Er griff nach meinem Handgelenk, und ich konnte an seinem Gesicht spüren, dass er lächelte.

»Ich weiß noch, wie du in deiner Studentenbude zu The Smiths getanzt hast«, murmelte ich.

Er lachte. »Ich auch.«

Es war schön, die Wärme zwischen uns – die plötzliche Intimität. Nach dem Tag, der hinter uns lag, gab es mir Kraft, ihn in den Armen zu halten, seinen Körper an meinem zu spüren, als würde ich meinen Mann zurückgewinnen.

»Ich muss demnächst mal ein paar von meinen alten CDs aus der Mottenkiste holen«, sagte er. »Vielleicht will Zoë sie ja haben.«

Kaum hatte er ihren Namen ausgesprochen, da löste sich die Stimmung zwischen uns in Luft auf. Während ich mich der Wärme einer alten Erinnerung hingab, dachte er an eine Zukunft, mit der keiner von uns beiden gerechnet hatte. In seiner Stimme lag eine prickelnde Vorfreude. Dezent, aber ich hörte sie dennoch heraus. Sie verriet mir, wie sehr ihm diese Tochter gefiel, wie stolz er auf ihre Originalität war, auf ihren Wunsch, sich von der Masse abzuheben. Durch die Erwähnung ihres Namens war es, als hätte sie sich irgendwie in unser Schlafzimmer geschlichen.

»Sie ist sehr schön«, sagte ich zögerlich.

Das stimmte. Sie hatte die kühle Schönheit eines spiegelglatten Sees an einem kalten Tag – man wollte diese Schönheit ansehen, studieren, aber man wollte sie nicht berühren. Eine Kälte, die beißend wirkte. Ich sagte das, um ihn zu testen, vermute ich. Aus einem kindischen Bedürfnis heraus, von ihm zu hören, dass er es abstritt oder einen Vergleich anstellte. Nicht so schön wie Holly. *Nicht so schön wie du.*

»Sie ist wie ihre Mutter.« Sein Tonfall war sachlich, aber seine Antwort versetzte mir dennoch einen Stich.

»Du magst sie. Stimmt's?«, sagte ich. »Ich meine, als Mensch.«

Er drehte sich in meiner Umarmung um, so dass er mich ansehen konnte, und ich ließ die Arme sinken. Er hielt mein Handgelenk weiter fest, streichelte es mit dem Daumen. »Sie hat irgendwas an sich«, begann er vorsichtig. »Ich finde, es war mutig von ihr, dass sie heute hergekommen ist, um uns alle kennenzulernen. Das muss beängstigend gewesen sein.«

»Beängstigend?«

»Aus ihrer Sicht müssen wir doch wie eine eingespielte Maschine, eine feste Einheit wirken«, erklärte er. »Ich bin sicher, sie ist extrem nervös gewesen.«

Ich dachte zurück an den Moment kurz nach Zoës Ankunft. Daran, wie sie mir zur Begrüßung mit einem schüchternen Lächeln die Hand gegeben und gesagt hatte: *Ich hoffe, wir können Freundinnen werden, Caroline.*

Damit hatte ich nun nicht gerechnet.

Das Lächeln war strahlend, der Handschlag dagegen schwach. Es war, als wollte man Wasser greifen. Ich wurde das Gefühl nicht los, dass sie die Worte sorgsam gewählt, gründlich einstudiert hatte. *Ich hoffe, wir können Freundinnen werden.* David hatte mit hoffnungsvoller Miene zugesehen. Die Worte waren an mich gerichtet, aber für seine Ohren bestimmt gewesen. In der Formulierung hatte etwas sehr Erwachsenes gelegen, in ihrem Tonfall eine Spur Durchtriebenheit. Ganz anders, als bei jeder anderen Achtzehnjährigen, die ich kennengelernt hatte. Vor ihrem Besuch hatte ich mich gefragt, ob unsere Begegnung an der Uni zur Sprache kommen würde, ob ich das Thema anschneiden, mich vielleicht sogar bei ihr entschuldigen sollte. Doch sobald sie diesen Satz ausgesprochen hatte, war mir klar, dass das ihre Art war, auf das Thema anzuspielen und es zugleich zu beenden. Es war, so schien mir, eine überaus subtile Abfuhr.

»Sie tut mir leid«, sagte er und riss mich damit aus meinen Gedanken.

»Ja?«

»Wie sie über Lindas Krankheit geredet hat. Sie muss sich sehr einsam gefühlt haben. Und ihr Stiefvater ... der hört sich übel an.«

»Wir kennen ja nur ihre Sicht der Geschichte«, sagte ich und dachte daran, wie sie den Kopf gesenkt und mit ihren großen Augen zu David hochgeschaut hatte. Die Koketterie darin – die gespielte Schüchternheit, die künstliche Verletzlichkeit. Wie bereitwillig er ihr das abkaufte. Robbie und Holly bissen bei ihm auf Granit, wenn sie an sein Mitgefühl appellierten, und mussten ihm häufig beweisen, dass ihre Klagen berechtigt waren.

»Was willst du damit sagen? Dass wir ihr nicht glauben sollten?«

»Sie ist noch ein Teenager. Die biegen sich die Wahrheit gern zurecht, um sie ihrem Weltbild anzupassen.«

»Ich finde, das ist ein bisschen hart, Caroline.«

»Hast du das Gleiche nicht schon öfter über Robbie gesagt?«

»Das ist was anderes«, sagte er und ließ mein Handgelenk los.

»Inwiefern anders?«

»Weil Robbie noch seine beiden Eltern hat.«

Ich hielt meine Wut im Zaum. »Okay. Sie trauert offensichtlich um Linda, aber das tut Gary sicher auch. Manche Menschen können nicht gut mit anderen kommunizieren, wenn sie einen Verlust verarbeiten müssen.«

Er nahm seine Armbanduhr ab und legte sie auf den Nachttisch. Als er sich umdrehte, um sich hinzulegen, sagte er nicht unfreundlich: »Rück mal ein Stück«, und ich rutschte auf meine Bettseite, während er sich gegen sein Kopfkissen lehnte. »Die Kinder schienen ganz gut damit umzugehen, meinst du nicht?«

»Ja«, sagte ich verhalten. Ich dachte an Robbies schüchterne Begeisterung, daran, wie Zoë ihn aus der Reserve gelockt hatte, mit Themen wie Musik und Film, mit gemeinsamen kulturellen Interessen. Aber Holly hatte während des ganzen Essens nur wenig gesagt, und ihre schmalen Lippen, ihre Blicke in meine Richtung hatten mir verraten, dass sie sich von dieser neuen Halbschwester gestört fühlte, vielleicht sogar ein wenig bedroht.

»Robbie war großartig«, fuhr David fort. »Sie hatten sofort einen Draht zueinander – er und Zoë. Hast du das bemerkt?«

»Holly kam mir still vor.«

»Hast du mit ihr geredet, nachdem Zoë weg war?«

»Ich hab's versucht, aber sie war ausweichend. Du kennst ja Holly. Sie verarbeitet Sachen lieber erst mal.«

»Ist wahrscheinlich normal, dass sie schmollt. Bis jetzt war sie die einzige Tochter.«

Sie ist immer noch *meine* einzige Tochter, dachte ich, und wie aus dem Nichts stieg eine Welle der Wut in mir auf. »Du solltest behutsam mit ihr umgehen«, warnte ich ihn sanft.

»Könnte sein, dass sie das Gefühl hat, verdrängt zu werden.«

»Mach ich. Danke für heute, Schatz«, sagte er. »Ich weiß, das ist nicht leicht für dich – das alles. Das war erst ein kleiner Schritt, aber ich denke, alles wird gut. Als sie das erste Mal in mein Büro kam und diese Bombe platzen ließ, war ich sicher, das würde unser Leben umkrempeln. Aber nach heute bin ich zuversichtlich. Optimistisch.«

Das war der Moment, um mit der Sprache rauszurücken, die Gelegenheit, meine Zweifel zum Ausdruck zu bringen, ihm zu sagen, wie skeptisch ich in Bezug auf dieses Mädchen war, wie misstrauisch. Irgendetwas daran, wie die Situation sich entwickelte, kam mir falsch vor. Ich hätte es ihm sagen sollen – und das hätte ich auch getan, wäre da nicht dieser Ausdruck in seinen Augen gewesen, als er sich mir zuwandte.

»Ich glaube, wir könnten alles durchstehen«, sagte er, »du und ich.«

Eine stille Überzeugung in den Worten, die augenblicklich die schwierige Arbeit heraufbeschwor, die erforderlich gewesen war, um den Riss zwischen uns zu kitten. Ich spürte den Druck seiner Hand und erwiderte ihn.

Er ließ mich kurz los, um das Licht auszumachen, und dann war er wieder bei mir, schmiegte sich unter der Bettdecke an mich. Für einige Augenblicke löste sich alles um uns herum auf, die Welt verengte sich auf dieses Zimmer, dieses Bett, diesen Atem, diese Berührung.

Danach schlief er, seine Arme noch um mich geschlungen. Ich wartete eine Zeitlang, dann schob ich mich vorsichtig von ihm weg. Er bewegte sich leicht, schlief aber weiter.

Ich blieb wach, lauschte auf die Geräusche des Hauses um mich herum – das Knarren des Windes in den Giebeln, das Ticken von Rohren irgendwo tief im Haus und das leise Atmen meines Mannes neben mir. Ich dachte an Zoë, an ihren schwachen Händedruck, ihr Verhalten mir gegenüber. Zu den anderen war sie herzlich und charmant und interessiert gewesen, mir gegenüber jedoch höflich unterkühlt. Sie hatte mich kaum angesehen, war meinen Blicken stets ausgewichen. Als ich jetzt darüber nachdachte, wurde mir klar, wie raffiniert und hinterhältig das war.

Der Vorfall mit dem verschütteten Wein hatte ein Nachspiel gehabt, das mich zutiefst verstörte. Ich erinnerte mich wieder, wie sie lachend mein Angebot abgelehnt hatte, ihr ein T-Shirt zu leihen, wie sie meine Entschuldigungen mit einem freundlichen Schulterzucken abgetan, die Sache heruntergespielt hatte. »Halb so schlimm«, hatte sie über ihr rot bespritztes T-Shirt gesagt, wie das Beweisstück einer Gewalttat, während sie lächelte und lachte und dann sagte, sie würde den Fleck auswaschen gehen. David wischte den Wein auf, während ich die Spülmaschine einräumte. Gemeinsam brachten wir die Küche wieder in Ordnung. Zoë war mindestens zehn Minuten weg, und wir beide nahmen an, sie wäre immer noch dabei, den Weinfleck auszuwaschen.

»Ich sehe nach Zoë«, sagte ich zu David.

Die Gästetoilette in der Diele war leer, und als ich die Treppe hochging, hörte ich das Geräusch von fließendem Wasser aus dem Badezimmer. Ich klopfte an die Tür und rief ihren Namen.

»Herein«, lautete die Antwort, und als ich die Tür aufdrückte, sah ich sie am Waschbecken stehen, wo sie versuchte, den Fleck aus dem T-Shirt zu waschen, das sie noch immer anhatte. Es wirkte irgendwie umständlich, und sie schaute nicht auf, den Mund zu einer dünnen, entschlossenen Linie zusammengepresst. Als sie das Wasser aus dem Saum wrang, hob sich ihr T-Shirt ein wenig von der Taille, und ich konnte einen blassen Streifen Bauch sehen, so dünn, dass er fast konkav war.

»Ich wollte nur fragen, ob du Hilfe brauchst«, sagte ich.

»Geht der Fleck raus?«

»Nein.«

»Sollen wir Salz draufstreuen?«

Sie ließ ihr T-Shirt los und wandte sich mir zu, das Gesicht eine kleine verkniffene Maske. »Das Teil kann ich wegschmeißen, verdammt nochmal«, sagte sie.

Die Worte schienen von den kalten Flächen des Raums abzuprallen.

»Zoë, ich –«

»Lass stecken«, zischte sie, schob sich an mir vorbei und eilte die Treppe hinunter.

Ich blieb im Bad und versuchte zu verstehen, was da gerade passiert war. Ihre heftige Reaktion hatte mir die Sprache verschlagen, und ich war perplex, wie schnell sie von freundlich auf feindselig umgeschwenkt war.

Ich hörte Stimmen in der Diele, und als ich die Treppe herunterkam, sah ich, wie David ihr in die Jacke half.

»Ich kann doch zu Fuß gehen«, sagte sie gerade. »Ich will dir keine Umstände machen.«

»Machst du nicht«, antwortete er, und sie strahlte ihn an.

Dann, als sie mich auf der Treppe sah, lächelte sie mich an, als wäre zwischen uns nichts vorgefallen. Als wäre die unschöne Begegnung im Badezimmer nie passiert.

»Vielen Dank für das tolle Essen, Caroline«, sagte sie herzlich. »Ich fand es sehr schön.«

Ich werde wohl irgendwas zum Abschied gemurmelt haben, obwohl ich mich beim besten Willen nicht erinnern kann, was. Es war unglaublich, wie sie im Beisein von David auf charmant schalten konnte und ihre kühle Feindseligkeit für die Augenblicke reservierte, in denen sie und ich allein waren.

Ich hätte es David erzählen sollen – aber was eigentlich? Dass sie mich angeschnauzt hatte? Zu mir gesagt hatte, dass sie ihr T-Shirt wegschmeißen könne? Er würde sagen, dass ich die Sache überbewertete, ihren Tonfall missverstanden hatte. Für ihn war sie die ganze Zeit in unserem Haus höflich und freundlich gewesen – sogar charmant. Er würde mich für ungerecht halten. Dennoch bedauerte ich, dass ich es kommentarlos hingenommen hatte.

Ich lag im Bett und lauschte, wie der Regen aufs Dach prasselte, der Wind zunahm. Schon bald heulte er um die Traufen, peitschte gegen die Fenster. David bewegte sich im Schlaf, wurde aber nicht wach. Ich lag in der Dunkelheit und starrte an die Zimmerdecke, noch lange nachdem der Sturm sich ausgetobt hatte.

Mein Unbehagen nach ihrem ersten Besuch legte sich im Laufe der Woche. Ich ging zur Arbeit, hatte eine Kontrolluntersuchung beim Zahnarzt, machte den Haushalt. Im Nu war Sonntag, und Zoë war wieder bei uns. Ich hatte mit ihrem erneuten Erscheinen nicht so bald gerechnet, aber als David ihr sagte, sie sei jederzeit willkommen, hatte sie sich das wohl nicht zweimal sagen lassen.

Wie von selbst wurde daraus ein Muster – ein fester Bestandteil unserer Sonntage. Der November verging, durchsetzt mit diesen seltsamen Besuchen. Seltsam, weil sie zwar entspannter abliefen, je besser wir Zoë kennenlernten, ich aber trotzdem das Gefühl nicht loswurde, dass sie etwas Inszeniertes an sich hatten.

Jede Woche war jetzt auf den Sonntag hin ausgerichtet, als ob die anderen Tage nur eine Art Warteschleife wären. Und dieser Tag, diese Besuche, gewannen eine Bedeutung, die bei mir ein mulmiges Gefühl auslöste. Ich konnte es am Verhalten der anderen sehen. Jeden Sonntagmorgen wirkte Robbie frischer und munterer, und gleichzeitig sah ich, wie sich Hollys Gesicht verkrampfte. Und was David betraf, der war sonntags immer gern allein in den Pub gegangen, um ein Bier zu trinken, und hatte nachmittags meist ein oder zwei Stunden die

Zeitung gelesen. Aber seit Zoës Auftauchen hatte er diese Gewohnheiten völlig abgelegt. Stattdessen fuhr er jetzt immer nach Rathmines, um sie abzuholen, und nach dem Lunch kutschierte er sie wieder zurück, wie ein geschiedener Vater, der sein Sorgerecht ausübt. Nur dass Zoë kein Kind mehr war. Und falls David dieses Arrangement irgendwie lästig war, ließ er es sich jedenfalls nicht anmerken. Im Gegenteil, er wirkte glücklich.

Und da war noch etwas: Wenn Zoë sich sonntagabends verabschiedet hatte und wir alle ins Bett gegangen waren, streckte David im Dunkeln die Arme nach mir aus und zog mich an sich, erkundete mit den Fingern die Landschaft meines Körpers, zeichnete gewundene Linien über meine Haut. Wenn wir dann miteinander schliefen, war es irgendwie anders. Es war erregender, intensiver. Ich erklärte mir das mit einer Art Entspannung. Der Sex in diesen Nächten war eher wie Sex nach einem langen und wütenden Streit – das süße Loslassen unserer Körper, die einander fanden, die unausgesprochene Versöhnung in der Dunkelheit. So wohltuend das einerseits war, es beunruhigte mich auch ein wenig. Ich fürchtete, dass vielleicht nur ich es als entspannend empfand, dass es für David aber etwas ganz anderes bedeutete.

Früher glaubte ich, wenn du eine Affäre anfängst, verlierst du das Interesse an Sex in deiner Ehe. Aber ich habe selbst erlebt, dass sexuelle Lust etwas Blindgieriges sein kann. In den Monaten meiner Affäre mit Aidan fiel ich häufig mit wilder Leidenschaft über meinen Mann her; das Verlangen in mir war wie eine kleine elektrisierte Kugel, aufgeladen und ziellos und ständig auf der Suche nach einem Ventil. Wenn ich mit David schlief, dann mit einer Mischung aus Begehren und Schuld, Lust und Gewissensbissen, und hinterher musste ich dem Impuls widerstehen, mich möglichst weit weg von ihm unter der

Bettdecke zusammenzurollen, das Gesicht abgewandt, damit er meine Scham nicht sehen konnte.

In jenen Nächten, wenn Zoë gegangen war, wenn David im Dunkeln nach mir griff und ich seine Begierde spürte, schoss mir mehr als einmal der Gedanke durch den Kopf, dass er sich verhielt wie ein verliebter Mann.

12 | DAVID

TIMING IST alles, oder? Wäre Zoë früher in mein Leben getreten, als sie noch ein Kind war, und ich die Chance gehabt hätte, ihr ein richtiger Vater zu sein, wäre dann alles anders gekommen? Paradoxerweise hielt ich das Timing, als sie tatsächlich in mein Leben trat, für perfekt. Meine Mutter war dem Tode nahe. Es gab zwar keine offizielle Diagnose, aber es war nicht zu übersehen, wie steil es mit ihr bergab ging, wie sehr die unaufhaltsame Zersetzung ihrer Gedanken und Erinnerungen mit einer Entkräftung ihres Körpers einherging. Im Verlauf dieser wenigen Wochen war es, als könnte ich dabei zusehen, wie sie innerlich schrumpfte, wie nicht bloß ihr Gehirn porös wurde, sondern ihr ganzer Körper in einem beängstigenden Maße weniger wurde. Wenn ich ihr ins oder aus dem Auto half, bemerkte ich mit Schrecken ihre dünner werdenden Arme und Beine. Ich begann, mich mental auf das Unvermeidliche vorzubereiten. So traurig mich der Zerfall meiner Mutter machte, ich fand einen gewissen Trost in der enger werdenden Bindung zu einer Tochter, von deren Existenz ich nicht gewusst hatte. Dass Zoë ausgerechnet zu der Zeit in mein Leben getreten war, kam mir vor wie ein natürlicher Stabwechsel: Ein Licht erlosch, und ein anderes hatte begonnen zu leuchten.

Sie kam jeden Sonntag zu uns, und im Laufe der Wochen bemerkte ich mit Freude, wie sie lockerer wurde, sich mit jedem Besuch ein wenig mehr öffnete. Und ich selbst wurde auch entsprechend lockerer. An der Uni blieb es schwierig, und unser

Umgang dort wurde weiterhin von einer gewissen professionellen Distanz bestimmt. Aber zu Hause konnte ich ganz ich selbst sein, und ihr erging es ebenso. Unter der Woche ertappte ich mich dabei, dass ich mich auf Sonntag freute.

Ich wusste, dass Caroline nicht glücklich mit der Situation war. Sie hatte Andeutungen gemacht, Robbie und Holly würden sich beiseitegedrängt fühlen, aber ich konnte mich des Eindrucks nicht erwehren, dass sich hinter ihren Worten eine gewisse Kleinkariertheit verbarg, eine Art Eifersucht auf die Zeit und Aufmerksamkeit, die ich Zoë widmete. Wann immer wir die Sache ansprechen wollten, drohte die Situation in einem Streit zu eskalieren. Meistens drehten wir uns dann im Kreis, mieden alles, was zu einem handfesten Krach führen konnte. Ich versprach, etwas nur mit *unseren* Kindern zu unternehmen, und schaffte es einige Male in jenen Herbstwochen, Zeit mit Robbie und Holly zu verbringen. Diese Gelegenheiten verliefen einigermaßen friedlich, doch ich wurde das nagende Gefühl nicht los, dass derlei Gesten gegenüber Caroline und den Kindern nur ein lahmer Versuch waren, notdürftig den Riss zu kitten, den ich verursacht hatte, indem ich Zoë in unser Leben geholt hatte.

Sie kam nicht jeden Sonntag zu uns nach Hause. Manchmal ging ich mit ihr zum Lunch in meinen Pub, nur wir zwei – teils um Carolines Laune aufzubessern, teils weil ich es wichtig fand, dass wir ein wenig Zeit unter vier Augen verbrachten, um einander besser kennenzulernen.

»Wie läuft's mit dem Studium?«, fragte ich eines Sonntags.

Wir saßen an einem Ecktisch, die Holztäfelung um uns herum mit Lametta geschmückt, vor uns zwei Teller mit Lasagne. Im Fernseher über der Bar lief ein Rugbyspiel.

»Ganz gut.« Sie schob sich eine Gabel Pasta in den Mund und spuckte sie sofort wieder aus, weil sie sich die Zunge verbrannt hatte. »Gott, ist das heiß!« Sie lachte, sah frisch und jung aus.

»Da, trink was.« Ich schob ihre Flasche zu ihr rüber und nahm selbst einen Schluck von meinem Glas, während sie ihr Bier an die Lippen hob.

»Ich bin heilfroh, wenn die Prüfungen vorbei sind«, gab sie zu. »Kannst du mir einen kleinen Tipp für die Klausur bei dir geben?«, fügte sie im Scherz hinzu.

»Netter Versuch«, sagte ich trocken, freute mich über ihren Humor. »Du weißt, dass ich deine Klausur nicht korrigieren werde. Fehlende Objektivität und so weiter.«

»Klar. Ich weiß.«

Ich war erleichtert, dass sie keine Einwände erhob: Ich hatte keine Lust, ihr einen Vortrag über die Regeln einer Ethikkommission zu halten. Außerdem war mir nicht wohl dabei, auf McCormack zu sprechen zu kommen. Er war damit betraut worden, einen Teil meiner Klausuren zu benoten, einschließlich Zoës, und im Gegenzug hatte ich mich bereit erklärt, ihm einige von seinen abzunehmen. Es war ein unangenehmer Moment gewesen, aber Alan hatte die Sache beim Prüfungsausschuss routinemäßig abgehandelt. Mehr musste Zoë nicht wissen.

»Du freust dich bestimmt schon auf Weihnachten, oder?«, fragte ich.

»Auf die Ferien ja, auf Weihnachten weniger.«

»Ha, bist du etwa ein kleiner Ebenezer Scrooge?«, witzelte ich, und sie lachte.

»Nein, eigentlich liebe ich Weihnachten. Aber es ist jetzt einfach komisch, ohne Mam.«

»Natürlich. Entschuldige, das war gedankenlos von mir.«

»Kein Problem«, sagte sie.

»Was hast du vor? Rechnet Gary mit dir?«

»Gary«, erwiderte sie mit Verachtung in der Stimme. »Wer weiß, womit der rechnet?«

Ich hatte schon eine Weile darüber nachgedacht, obwohl ich noch nicht mit Caroline gesprochen hatte. Die Vorstellung, dass Zoë Weihnachten in der unterkühlten Gesellschaft eines Stiefvaters verbrachte, der nur wenig Zuneigung für sie empfand, machte mir zu schaffen. Ich hatte nicht vorgehabt, das Thema an dem Tag anzusprechen, aber da es mir durch den Kopf ging, traf ich eine spontane Entscheidung.

»Vielleicht musst du Weihnachten ja nicht bei Gary verbringen«, sagte ich vorsichtig.

»Wie meinst du das?«

»Du könntest zu uns kommen.«

»David, das geht nicht, aber danke.«

»Wieso nicht?«

Sie legte ihr Besteck hin und wischte sich den Mund mit einer Serviette ab. Ich hatte den Eindruck, dass sie Zeit schinden wollte. »Ihr solltet Weihnachten zu viert verbringen«, sagte sie schließlich. »Ich würde mir vorkommen wie ein Eindringling.«

»Sei nicht albern. Wir hätten dich gern dabei.«

»Caroline auch?«

»Hör mal«, sagte ich, »Caroline hat nichts dagegen. Ich klär das mit ihr.«

Sie blickte stirnrunzelnd auf ihren Teller, der noch halbvoll war. »Ich weiß nicht. Sie kann mich wirklich nicht leiden. Ich will nicht, dass du Probleme bekommst – schon gar nicht an Weihnachten.«

Ich hätte ihr sagen können, sie sollte Carolines vermeintliche Kälte ihr gegenüber nicht persönlich nehmen, doch sie war so niedergeschlagen, dass die Worte hohl geklungen hätten. Ich wägte Für und Wider ab – im Nachhinein hätte ich vielleicht vorsichtiger sein sollen –, und dann sagte ich: »Als ich Caroline von dir erzählt habe, im Oktober, war das schwierig für sie, aber nicht aus den Gründen, die du vielleicht vermutest.«

Sie hörte jetzt zu, ihre Niedergeschlagenheit war Neugier gewichen.

»Sie wurde schwanger, weißt du, als wir zusammen studiert haben. Das war, bevor ich deine Mutter kennenlernte.«

Ich erzählte ihr alles. Von der Schwangerschaft, der Abtreibung, unserer anschließenden Trennung. Sie hörte aufmerksam zu. Erst als ich fertig war, lehnte sie sich zurück. »Jetzt wird mir einiges klarer.«

»Es ist schwer für Caroline. Sie bereut noch immer, was damals passiert ist. Und als du aufgetaucht bist ...«

»Hab ich schmerzliche Erinnerungen ausgelöst«, beendete sie meinen Satz. »Hast du es je bereut?«

»Nein. Nein, hab ich nicht. Wir waren jung. Es ist passiert. Ich denke eigentlich nicht mehr darüber nach.«

»Wäre es dir lieber, wenn Linda das Gleiche gemacht hätte?«

Ihre Frage schockierte mich. Sie saß bewegungslos da, während sie auf meine Antwort wartete.

»Natürlich nicht«, sagte ich. Instinktiv griff ich nach ihrer Hand, hielt sie auf dem Tisch fest. Plötzlich musste ich an den Tag denken, an dem ich Linda im Oarsman-Pub erzählt hatte, dass ich eine Dozentenstelle an der UCD angenommen hatte. *Du gehst weg aus Belfast?*, hatte sie gesagt, leise und fassungslos. Just an dem Tag hatte sie ihr Referat über Walter Benjamins »Engel der Geschichte« gehalten. Ein zum Scheitern verurteiltes Geschöpf, hatte sie den Engel genannt: »Er will zusammenfügen, was zerschlagen worden ist.« Ich dachte an Klees Gemälde *Angelus Novus*, das an die Wand des Hörsaals projiziert worden war. Wie schön es war, wie schön Linda war. Ich dachte daran, dass sie mich genau so angesehen hatte wie

Zoë gerade eben, mit ihrer Hand in meiner, und dass mir auch damals das Herz gesunken war.

Die Rugbyfans jubelten – das Leinster-Team hatte Punkte erzielt. Ich ließ Zoës Hand los, und wir lehnten uns beide zurück.

»Komm Weihnachten zu uns, Zoë.«

Sie dachte eine Weile darüber nach. Dann lächelte sie mich an und sagte mit einem verlegenen Ausdruck im Gesicht, der ihre Freude nicht verbergen konnte: »Also gut, ich komme.«

»Was ist das?«, fragte Caroline.

Es war Weihnachtsmorgen; Robbie und Holly waren nebenan und beschäftigten sich noch immer mit ihren frisch ausgepackten Geschenken, während ich Kaffee kochte und erste Vorbereitungen fürs Weihnachtsessen traf. Caroline war in einem festlichen roten Wickelkleid und schwarzen Pumps nach unten gekommen, das Haar sanft gewellt, und jetzt stand sie mit einer kleinen silbernen Schachtel in der Hand vor mir.

»Ein Geschenk für Zoë«, antwortete ich und gab Zucker in meine Tasse. »Kaffee?«

»Bitte.« Sie drehte die Schachtel in den Händen. »Darf ich mal sehen?«

»Nur zu.«

Ich goss ihr Kaffee ein, während sie den Deckel aufklappte und sich die Ohrringe ansah. Ein Paar Süßwassersaatperlen, umschlungen von Silberfäden in Form von gewundenen Blütenblättern. Ich hatte sie im Schaufenster eines Juweliers im Shopping-Center Powerscourt entdeckt und sofort an Linda denken müssen, an unser einziges gemeinsames Weihnachten, die Fenster ihrer Wohnung mit Lametta behängt, ein Santa Claus aus Plastik auf dem Kaminsims, daran, wie sie die Ohrringe, die ich ihr in die hohle Hand gelegt hatte, begutachtet und dann gesagt hatte: »Mach du das.« Die Erinnerung war noch immer unglaublich lebendig: meine Knöchel, die ihre Wange streiften, die Muschel ihres kleinen Ohrs an meiner Hand, das Gefühl des weichen, fleischigen Ohrläppchens, als ich mit angehaltenem Atem die Spitze hineindrückte. Dieser Augenblick kam mir intimer, erotischer vor als die halbe Stunde, die wir davor miteinander unter der Bettdecke getobt hatten.

»Sehr hübsch«, sagte Caroline mit leiser und nachdenklicher Stimme, die einen Anflug von Unmut verriet, das spürte ich. Sie klappte den Deckel zu und stellte die Schachtel zurück auf die Arbeitsplatte, während ich ihr die Tasse Kaffee reichte und hoffte, sie würde nicht fragen, wie viel die Ohrringe gekostet hatten.

»Was hast du ihr gesagt, wann sie hier sein soll?«, fragte sie.

»Um eins.«

Der Gedanke, dass Zoë am Weihnachtsmorgen allein in ihrer Studentenbude aufwachte – während wir alle zusammen als Familie zu Hause waren –, hatte mir gar nicht gefallen, aber es wäre ein Schritt zu viel gewesen, sie schon gleich morgens kommen zu lassen. Es hätte unsere über die Jahre eingespielten Abläufe zu sehr gestört.

Nach dem Kaffee gingen wir vier in den Weihnachtsgottesdienst, dann ließ ich Caroline und die Kinder zu Hause und fuhr meine Mutter abholen. Sie machte an jenem Morgen einen fast normalen Eindruck, wirkte rüstiger als in letzter Zeit, aber die Unsicherheit war noch immer da, während sie sich im Haus umschaute, als versuchte sie, sich an etwas zu erinnern, was sie unbedingt mitnehmen wollte. Was immer es auch war, es fiel ihr nicht mehr ein, und so bugsierte ich sie mit gutem Zureden sanft ins Auto. Bei uns zu Hause angekommen, setzten wir sie gemütlich in einen Sessel am Kamin, und während Holly mit ihr plauderte, ging ich zu Caroline in die Küche.

Sie trug eine Schürze über ihrem Kleid, und ihre Absätze klackerten über den Küchenboden, während sie mit hochroten Wangen hin- und herlief.

»Kann ich dir helfen?«, fragte ich.

»Schäl die Kartoffeln«, sagte sie knapp. »Aber vorher sei so lieb und gieß mir ein Glas Wein ein. Dann geht mir das mit der Gans leichter von der Hand.«

Ich nahm eine Flasche aus dem Regal – einen Margaux, den ich extra für diese Gelegenheit aufgespart hatte – und schenkte ihr ein. Ohne ein Wort hob Caroline das Glas an die Lippen und trank. Sie stieß einen Seufzer aus, und es war, als ob die Spannung zwischen uns verflog, als hätten wir vorübergehend einen Waffenstillstand geschlossen. Meine Hoffnung war, dass es über den Tag selbst hinaus so bleiben würde – dass sich wieder so etwas wie Normalität einstellen würde, eine sanfte Umgestaltung unserer Familie mit Platz für das neueste Mitglied. Ein Blick auf die Küchenuhr verriet mir, dass es halb eins war. Zoë würde in einer halben Stunde da sein. Ein nervöses Kribbeln lief mir über den Nacken.

»Wir sind im Zeitplan«, sagte Caroline. Sie streifte sich einen Ofenhandschuh über.

Holly kam herein und deckte den Tisch, und ich setzte mich für einen Moment zu meiner Mutter ins Wohnzimmer. *My Fair Lady* lief im Fernseher, und Mum guckte lächelnd und mit glasigen Augen zu. Ich schielte immer wieder auf meine Uhr und wurde zunehmend unruhig, als es ein Uhr durch war und der Zeiger beharrlich Richtung zwei Uhr kroch.

Caroline steckte den Kopf zur Tür herein. »Wo bleibt Zoë denn?«

»Keine Ahnung.«

»Vielleicht rufst du sie mal an. Die Gans ist bald fertig.«

Ich wählte Zoës Nummer und lauschte auf den Rufton, bis

die Mailbox ansprang. Ich hinterließ eine Nachricht und schickte sicherheitshalber noch eine SMS hinterher, die ich möglichst locker formulierte.

Robbie kam nach unten und erklärte, er habe einen Riesenhunger. »Ist Zoë immer noch nicht da?«, fragte er.

»Sie muss jeden Moment kommen«, sagte ich mit einem Optimismus, den ich nicht empfand.

In der Küche fragte ich Caroline, ob wir noch ein bisschen warten könnten. Sie rührte weiter die Bratensoße, sah aber nicht glücklich aus.

Ich ging nach oben und versuchte es erneut auf Zoës Handy. Wieder ohne Erfolg. Ich überlegte, zu ihrer Wohnung in Rathmines zu fahren, da ich aber schon etwas getrunken hatte, entschied ich mich dagegen. Ich trat ans Schlafzimmerfenster und reckte den Kopf, um unsere Straße hinunterschauen zu können, hoffte, Zoës blondes Haar über die Hecken und Gartentore hinweg zu entdecken.

Um halb drei war sie immer noch nicht da.

»Wir müssen ohne sie anfangen«, sagte Caroline.

Widerwillig stimmte ich zu, und wir setzten uns an den Tisch und ließen uns die Pastete schmecken, die Caroline zubereitet hatte. Sie hatte alles festlich gedeckt: weihnachtlicher Tischläufer, Stumpenkerzen, Stechpalmen- und Efeuzweige. Aus den Boxen drang dezente Musik. Ich wusste, dass ich ein Glückspilz war. Ich saß im Kreis meiner Familie in unserem komfortablen Haus, genoss die Annehmlichkeiten und Privilegien harter Arbeit und eines guten Gehalts. Dennoch war ich in Gedanken halb in der schäbigen Wohnung in Belfast, bei dem Santa Claus aus Plastik, bei Linda und mir, wie wir zusammen von Tellern aßen, die wir auf den Knien balancierten, und wenn ich so richtig darüber nachdachte, schien es mir, als wäre ich damals viel glücklicher gewesen. Ich war unbelastet gewesen, hatte fast das ganze Leben noch vor mir und war beseelt von der Freude über diese neue Liebe, die mich auf eine Weise erfüllte, die ich nicht ermessen konnte. Ich aß die Pastete fast lustlos und mit schlechtem Gewissen, bis mein Teller leer war. Wir tranken den Margaux aus, und ich entkorkte einen Châteauneuf-du-Pape. Nach der Gans gab es noch Dessert, und danach waren wir alle zu satt, um noch einen Käsegang draufzusetzen. Draußen vor dem Fenster war der Himmel dunkel geworden. Niemand sprach es aus, aber es war klar, dass Zoë nicht mehr kommen würde.

»Hast du sie noch immer nicht erreicht?«, fragte Caroline, als wir den Tisch abräumten.

»Nein. Ich kann mir das gar nicht erklären.«

»Vielleicht ist sie ja doch nach Belfast gefahren.« Caroline legte einen Tab in die Spülmaschine und schloss die Klappe.

»Dann hätte sie doch bestimmt angerufen«, sagte ich.

Caroline warf mir einen müde sarkastischen Seitenblick zu, sagte aber nichts. Schon den ganzen Tag schien sie etwas Bestimmtes auszustrahlen – eine Art Erleichterung, dass Zoë nicht gekommen war. Natürlich sprach sie das nicht direkt aus, ich hatte bloß den Eindruck, dass sie den Tag ohne Zoë entspannt genoss.

»Ich hoffe bloß, dass bei ihr alles in Ordnung ist«, schob ich nach, weil ich doch sehr beunruhigt war. Es sah Zoë nicht ähnlich, egal, was Caroline ihr unterstellte.

»Ach, da mach dir mal keine Sorgen«, lautete ihre scharfe Erwiderung. Sie trocknete sich die Hände am Geschirrtuch, warf es dann mit Schwung auf die Arbeitsplatte. »Sie wird sich schon melden, wenn sie was braucht.«

Letztlich war es nicht Zoë, die sich meldete, sondern jemand anders.

Der Weihnachtstag verging, und ich brachte meine Mutter am nächsten Morgen nach Hause. Anschließend gingen Caroline und ich mit den Kindern am Three Rock Mountain wandern. Das machten wir immer am Tag nach Weihnachten. Ich hatte mein Handy in der Tasche auf Vibration gestellt, um zu spüren, wenn ein Anruf oder eine SMS von Zoë kam, irgendeine Erklärung für ihre Abwesenheit. Ich hatte ihr etliche Nachrichten hinterlassen, in zunehmend besorgtem Ton, doch sie meldete sich einfach nicht.

Wieder zu Hause ging ich schnurstracks in die Küche und setzte Teewasser auf, Hände und Füße noch immer gefühllos von der bitterkalten Bergluft. Ich bekam nicht mit, wie das Telefon in der Diele klingelte. Erst als ich Caroline sagen hörte: »Geht es ihr gut? Was ist passiert?«, alarmierte mich die Eindringlichkeit ihrer Stimme und ihr höflicher, aber betroffener Tonfall. Ich ging zur Küchentür, sah sie telefonieren, und meine Angst wuchs, als sie sagte: »Natürlich. Ich sag's ihm sofort. Er macht sich unverzüglich auf den Weg.«

Meine Mutter, dachte ich.

Aber es ging nicht um meine Mutter.

»Zoë«, sagte Caroline zu mir, sah mir in die Augen und suchte nach Worten: »Sie ist im Krankenhaus.«

»*Was?*«

»Es geht ihr gut, David. Sie ist außer Gefahr.«

»Was ist passiert?«

Mit leiserer Stimme, damit die Kinder nebenan es nicht mitbekamen, sagte sie: »Sie hat eine Überdosis genommen.«

Meine Knie wurden weich. Die Taubheit wich aus meinen Extremitäten, und ich spürte den stechenden Schmerz wie von Nadelstichen überall an Füßen und Händen, als das Blut in sie hineinströmte. »Sie hat versucht, sich umzubringen?«

Caroline antwortete nicht. Stattdessen nannte sie mir das

Krankenhaus und die Station, auf der Zoë lag. Ich schnappte mir die Schlüssel vom Tisch in der Diele und eilte nach draußen. Mit zitternden Händen ließ ich den Motor an – er war noch warm.

So etwas möchte keine Mutter, kein Vater jemals sehen – das eigene Kind hilflos in einem Krankenhausbett. Obwohl Zoë noch vor wenigen Monaten eine Fremde für mich gewesen war, obwohl ich alle Geburtstage und Weihnachtsbescherungen ihrer Kindheit verpasst hatte, ihren ersten Schultag, die Hockeymatches und Schultheateraufführungen, sobald ich sie da liegen sah, mit Infusionsschläuchen im Arm, empfand ich einen so starken Ansturm von Beschützerinstinkt und Liebe, dass ich mich beherrschen musste, damit die emotionale Flut nicht ungehemmt aus mir herausbrach.

Sie lag auf der Seite, unter einer Decke. Sie war nicht ganz wach – sediert vielleicht oder in einer tiefen Depression. Auf dem Handrücken, wo eine Infusionsnadel eingeführt worden war, hatte sie einen blauen Fleck. Ich hätte sie gern berührt, wollte sie aber nicht stören.

Als ich mich dem Bett näherte, wandte sie den Kopf. Sobald sie mich sah, fiel die Maske ab, und ihr Gesicht verzerrte sich vor Tränen, die ihren Körper förmlich durchschüttelten, wild und rau.

»Zoë«, sagte ich leise und rückte einen Stuhl neben sie. Sie versuchte, ihr Gesicht zu verdecken, ihre Zerrissenheit vor mir zu verbergen, doch ihr bebendes Schluchzen verriet, wie zerbrechlich sie war. »Es tut mir so leid«, wimmerte sie stockend, sog nach jedem Wort gierig die Luft ein.

»Ist ja gut«, flüsterte ich. »Du musst dich nicht entschuldigen. Ich bin einfach froh, dass dir nichts passiert ist.«

Sie weinte weiter, doch das Schluchzen wirkte nicht mehr

ganz so verzweifelt, und obwohl sie noch immer aufgewühlt war, sah ich, dass sie ruhiger wurde. Ich betrachtete sie und bemerkte, wie blass und hager sie war, knochig im harten Neonlicht. Sämtliche Farbe war aus ihr gewichen – sogar ihr Haar sah trist und leblos aus. Sie trug ein Krankenhaushemd, und ihre nackten Arme ragten aus der bedruckten Baumwolle hervor. Ich war es so gewöhnt, sie in schlabberigen Pullovern oder langärmeligen T-Shirts zu sehen, die Ärmel bis über die Hände gezogen. Jetzt sah ich entsetzt die Narben und Wunden auf der Innenseite ihrer Arme – eine Reihe von bösen kleinen Schnitten, als wäre sie von einer Katze gekratzt worden. Einige sahen ziemlich neu aus, wie frisch verschorft, während andere zu feinen rosa Linien verheilt waren, und ein paar waren fast vollständig verblasst. Als ich das sah, wallten in mir Emotionen auf, und vor Schock und Mitleid kamen mir die Tränen. Ich schluckte sie herunter, nahm Zoës Hand.

»Was ist denn passiert?«, fragte ich sanft. »Du kannst es mir erzählen.«

»Dir wäre es bestimmt lieber, du hättest mich nie kennengelernt«, sagte sie heiser.

»Unsinn. Ganz im Gegenteil.« Ich war überrascht, wie ernst es mir damit war. »Bitte erzähl's mir, Zoë. Ich verspreche dir, ich werde dich nicht verurteilen. Ich will es nur verstehen.«

Sie drehte sich auf den Rücken, starrte an die Decke. Ihr Gesicht wirkte ausdruckslos, die Augen stumpf. Sie hatte meine Hand losgelassen, aber ich saß noch immer dicht bei ihr, zu ihr gebeugt, wartend.

»Es war mir einfach alles zu viel«, begann sie. »Ich hab das alles nicht mehr geschafft. Ich hatte das Gefühl zu ertrinken.«

Ich nickte aufmunternd. Als sie nicht weitersprach, hakte ich nach. »Meinst du das Studium? Viele Studierende haben zu Anfang Probleme. Das ist ganz normal.«

»Ja«, pflichtete sie bei, aber ich konnte spüren, dass sie sich innerlich sträubte, und wusste, dass da noch mehr war.

»Du hast noch reichlich Zeit, um Stoff aufzuholen«, sagte ich. »Du bist gerade mal im ersten Semester.«

»Zeit«, sagte sie trocken. Die Tränen waren versiegt, und sie wirkte jetzt nur ausgehöhlt und leer. »Das ist Teil des Problems. Ich habe keine Zeit.«

Ich wusste, dass sie nebenbei jobbte, um finanziell über die Runden zu kommen, doch als sie mir schilderte, wie viele Stunden dafür draufgingen, wurde mir klar, unter was für einer Belastung sie stand, und wie wenig Zeit ihr fürs Studium blieb.

»Was ist denn mit Gary?«, fragte ich etwas verlegen. »Ich dachte, dass er dich finanziell unterstützt, zumindest die Studiengebühren bezahlt?«

Noch während ich das aussprach, kam ich mir verlogen vor. *Ich* war Zoës Vater, nicht Gary. Wieso erwartete ich von einem Mann, dem ich nie begegnet war, dass er für die Ausbildung meiner Tochter bezahlte?

»Gary hat klargemacht, dass er mit mir nichts mehr zu tun haben will.«

Sie sagte das laut und deutlich, und ihre Stimme wurde hart. Eine Warnung an mich, nicht noch tiefer in der Wunde herumzubohren. Ich beschloss, es vorläufig dabei bewenden zu lassen.

»Wie hast du das bisher geschafft?«, fragte ich. »Bei der ganzen Jobberei bleibt dir doch kaum Zeit, zur Uni zu gehen, geschweige denn, zu Hause zu lernen.«

Mit einer Stimme, die noch kratzig war von dem Schlauch, den sie im Hals gehabt hatte, erzählte sie mir, dass sie nur dank diverser Aufputschmittel die halbe Nacht wach bleiben konnte, wenn sie lernen musste, und anschließend Beruhigungspillen nahm, um schnell einzuschlafen. Es war deprimierend, sich das anzuhören, das trockene Geräusch wahrzunehmen, das ihre

Zunge am Gaumen machte, ihren ausgemergelten Körper, der in dem großen Bett noch kleiner wirkte, den strengen Geruch von Desinfektionsmittel in meiner Nase.

»Also, das muss aufhören«, sagte ich väterlich und ein bisschen belehrend. »So kannst du nicht weitermachen. Sieh doch, was du deinem Körper damit antust.«

»Ich weiß.«

»Zoë, was war denn der Auslöser, es gerade jetzt zu tun?«, fragte ich so ruhig wie möglich. »Bitte, sag's mir.«

Sie versuchte, sich aufzustützen, hatte aber kaum die Kraft dazu. Sie griff nach der Flasche Wasser auf dem Beistelltisch, trank einen Schluck und ließ sich dann wieder gegen das Kissen sinken. Sie wirkte mürrisch oder vielleicht ein bisschen beschämt. »Ich bin bescheuert«, sagte sie. »Das ist so ein Klischee. Selbstmordversuch an Weihnachten. Die Psychotante, die sie zu mir geschickt haben, meinte, an Weihnachten würden mehr Menschen versuchen, sich umzubringen, als zu jeder anderen Zeit im Jahr.«

»Kann ich mir vorstellen. Für viele Leute ist Weihnachten schwer.«

»Ja. Und ohne Mam, da ist es irgendwie ...« Ihre Stimme erstarb.

»Was ist mit uns, Zoë? Wir wollten dich an Weihnachten bei uns haben. Wir haben auf dich gewartet. Robbie war sehr enttäuscht –«

»Du sagst ihm doch nichts, oder?«, fragte sie rasch, Panik in den Augen.

»Zoë –«

»Bitte? Das könnte ich nicht ertragen.« Sie fing wieder an zu weinen, und ich legte ihr zur Beruhigung eine Hand auf den Arm.

»Keine Sorge, Schätzchen«, sagte ich, und das Kosewort kam

mir so mühelos über die Lippen, als läge Holly in dem Bett und bräuchte Trost.

Sie lehnte sich zurück, die Furcht wich aus ihren Augen, doch sie wirkte unbehaglich. »Ich hab dich enttäuscht«, sagte sie.

»Nein, hast du nicht.«

»Es war nett von dir, mich zu Weihnachten einzuladen. Aber als der Zeitpunkt näher rückte, da wusste ich, ich konnte nicht kommen. Du hast mich bloß eingeladen, weil ich dir leidgetan hab.«

»Das ist nicht wahr«, entgegnete ich mit einem Anflug von Verärgerung. »Du hast dir selbst leidgetan. Ich habe dich eingeladen, weil ich dich dabeihaben wollte. Weil du meine Tochter bist und damit zu meiner Familie gehörst.«

»David, du kennst mich doch gar nicht. Ich habe Dinge getan ...«

Sie sprach nicht weiter und drehte das Gesicht von mir weg. Bei ihrer letzten Bemerkung hatte sie klarer gewirkt als zu Beginn meines Besuchs. Die Worte ließen mich frösteln.

»Hör mal«, sagte ich. »Sobald du entlassen wirst, möchte ich, dass du bei uns einziehst. Wir haben ein Gästezimmer unterm Dach. Du würdest dich da wohl fühlen. Geborgen.«

Sie antwortete nicht. Ihre Augen schlossen sich bereits, als wollte sie mich aussperren, wieder mit ihren qualvollen Gedanken, ihren schuldbelasteten Geheimnissen allein sein.

»Bei uns wohnen? Ist das nicht ein bisschen voreilig?«, sagte Caroline.

»Sie hat versucht, sich umzubringen. Ich bin ihr Vater – das ist das Allermindeste, was ich tun kann.«

Sie machte das Abendessen, und ich sah zu, wie sie eine Aubergine kleinschnitt, jedes Stück in ein Sieb legte und mit

Salz bestreute. »Ich weiß«, sagte sie leise. »Es ist nur so schwer zu begreifen. Was sie getan hat. Es ist irgendwie unfassbar.«

»Ich bin der Überzeugung, dass es besser für alle ist, wenn wir sie herholen, ihr etwas Stabilität und Unterstützung bieten, ihr helfen, wieder auf die Beine zu kommen.«

Caroline drehte den Wasserhahn auf und spülte sich die Hände ab. »Was sollen wir den Kindern sagen?«

»Zoë will nicht, dass sie erfahren, was sie getan hat.«

»David –«

»Bitte. Sie schämt sich.«

»Sollen wir die Kinder anlügen?«

Ich zuckte mit den Schultern, und ein gehässiger Gedanke ging mir durch den Kopf: *Du hast sie doch schon mal angelogen. Du hast uns alle angelogen.*

»Mir ist sehr unwohl dabei – bei der ganzen Sache«, sagte sie und trocknete sich die Hände ab. »Sie ist eindeutig labil und verletzlich, und ich bin mir nicht sicher, ob sie einen guten Einfluss auf Robbie und Holly ausübt. Ich meine, was, wenn sie es noch einmal versucht?«

»Ich glaube nicht, dass das passiert.«

»Und wenn doch?«

»Weißt du, was, Caroline? Wenn es um jemand anderen ginge – die Tochter von Freunden, einen von Robbies Schulkameraden –, dann würdest du die Türen weit aufreißen, den roten Teppich ausrollen.«

Sie drehte sich um und hängte das Geschirrtuch über den Griff der Backofenklappe. Sie hielt mir weiter den Rücken zugewandt und sagte: »Sie löst bei mir ein mulmiges Gefühl aus.«

Ihr Geständnis schien die Atmosphäre zwischen uns zu entkrampfen, die Anspannung zu lösen.

Ich stellte mich hinter sie, legte meine Hände auf ihre Schultern und beugte mich mit dem Gesicht dicht neben ihres. »Sie braucht uns, Schatz«, sagte ich sanft. »Sie hat nichts, niemanden. Nur uns.«

Ein kurzes Zögern, dann hob sie die Hand und legte sie auf meine.

»Ich geh nach oben und mach ihr Zimmer fertig«, sagte sie.

Ich stand im Korridor an den Aufzügen und wartete auf Zoë. Durch ein Fenster waren die Baumwipfel zu sehen, die Dächer vom Merrion und vom Ballsbridge Hotel. Der Abend draußen war kalt und still. Ich spürte eine nervöse Regung in der Brust. Der Himmel war strahlend blau, so klar, dass die Halbinsel Howth Head jenseits der Bucht zu sehen war. Möwen schrien laut und schrill. Meine Finger trommelten ungeduldig auf die Fensterbank.

Da war es wieder, das Déjà-vu – die nervöse Energie, die durch meinen Körper sprudelte. Irgendetwas hatte sich zwischen uns verändert, und obwohl ich all die freudige Erwartung eines jüngeren Mannes empfand, lag der solide Kern unserer Verbundenheit viel tiefer. Ich hatte in den letzten paar Tagen stundenlang an ihrem Bett gesessen, ihre Hand gehalten, ihr zugehört, sie getröstet, und die ganze Zeit hatte ich diese Verbundenheit so stark gespürt, dass mir unbegreiflich war, wie ich sie je hatte in Frage stellen können. Ich dachte an den DNA-Test, den ich hatte machen lassen, an die Hinterlist, mit der ich dabei vorgegangen war, und ich schämte mich dafür.

Eine Tür wurde geöffnet, und als ich mich umdrehte, sah ich sie mit ihrer Tasche in der Hand, die Schultern in einem grauen Hoodie nach vorne gesackt, aber sie lächelte zaghaft, als sie mich erblickte, und Hoffnung keimte in mir auf.

»Hallo«, sagte sie schüchtern, und ich nahm ihr die Tasche ab.

»Ganz viel Ruhe, hat der Arzt gesagt«, ermahnte ich sie, als ich den Knopf des Aufzugs drückte.

Ich legte einen Arm um ihre Schultern. Sie fühlte sich so schmächtig an, eingeschlossen in meiner Umarmung, als die Aufzugtüren aufglitten, aber ich konnte uns im Spiegel der Kabine sehen, und sie lächelte. Zumindest fürs Erste war sie in Sicherheit.

13 | CAROLINE

AN JENEM ersten Abend blieb David lange in ihrem Zimmer. Ich hörte seine tiefe, sonore Stimme über die schmale Dachbodentreppe herunterkommen, während ich im Flur stand und zu der geschlossenen Tür hinaufschaute. Ich musste immerzu an die dunklen Schatten um ihre Augen und ihren Mund denken, die ihrer Schönheit eine strenge Anmut verliehen. Die tragische Prinzessin. Als er schließlich herunterkam, sagte er nicht, worüber sie gesprochen hatten.
»Sie ist ruhig.« Das war alles, als wäre das seine größte Sorge.
Nacheinander gingen wir zu Bett.
Ich lag wach, starrte an die Decke und stellte sie mir in dem Zimmer über uns vor. Ich konnte nicht sagen, ob David neben mir schlief. Vielleicht lauschte er auch auf Geräusche da oben, leichte Schritte über die Dielen, das leise Quietschen des Bettes, wenn sie sich umdrehte. Ich lauschte aufmerksam, jeder Nerv kribbelig von dem Gefühl, diese Fremde in meinem Haus zu haben.
Irgendwann vor Mitternacht hörte ich ihre Stimme, Worte gedämpft auf ihrem Weg durch Fußboden und Decke. Sie war allein da oben, und ich malte mir aus, wie sie auf dem Bett saß, die Knie bis unters Kinn angezogen, und mit einer Freundin telefonierte oder mit ihrem Freund, falls sie einen hatte, über diese neue Wendung in ihrem Leben redete. Ich dachte an das Zimmer, das sie umgab – die Dachschrägen, der Anstrich noch neu und glänzend nach dem Ausbau im letzten Jahr. Ich dachte an die gestreifte Bettwäsche, die Lampe auf dem Boden, die

Wand aus Plastikboxen mit alten Spielsachen und Kleidungsstücken der Kinder. Nostalgieboxen, Sachen, die wegzuwerfen ich nicht übers Herz gebracht hatte und die mir lieb und teuer waren, jetzt Teil ihres Reichs. Ich redete mir ein, dass das ja nur eine vorübergehende Regelung war, ein kurzer Aufenthalt, bis sie sich erholt hatte. Doch als ich ihre Stimme hörte, ihr hohes, heiteres Lachen, das da oben unter dem Dach ertönte, da kamen mir leise Zweifel. Sie klang für mich nicht wie jemand, der seinem Leben ein Ende setzen wollte. Sie klang entspannt, als wäre sie dabei, sich bei uns einzunisten. »Fühl dich wie zu Hause«, hatte ich zu ihr gesagt, dabei wollte ich nichts weniger als das.

Am ersten Morgen nach den Weihnachtsferien wurde ich früh wach, stand auf, duschte und zog mich an, bevor einer von den anderen sich rührte. David kam irgendwann später nach unten, die Augen noch ganz verschlafen, und machte wortlos eine Kanne Kaffee, während ich an der Küchentheke saß, Toast aß und eine Liste in meinem iPhone machte.
»Sind die Kinder wach?«, fragte ich, nachdem er den ersten Schluck getrunken hatte.
»Es regt sich was. Robbie ist im Bad. Zoë geht nicht zur Uni, daher werden wir sie wohl erst heute Abend zu Gesicht kriegen.«
Es war beunruhigend – er schloss sie bereits in den Sammelbegriff »Kinder« mit ein.
Holly kam nach unten, gefolgt von ihrem Bruder, und sogleich wurde es in der Küche lauter durch das Geklapper von Löffeln und Schüsseln, das gedämpfte Nörgeln. Im Nu war es halb neun, und wir versammelten uns in der Diele, packten die Lunchpakete in Schultaschen und zogen unsere Jacken an.
»Sollen wir nach ihr sehen?«, fragte ich David, als er mit sei-

ner Tasche herunterkam und den Fahrradhelm von der Garderobe nahm.

»Nach dem, was sie durchgemacht hat, braucht sie Ruhe, Caroline.«

Die Kinder gingen schon nach draußen und stiegen ins Auto, während David sein Rad zur Straße schob. Ich stand da, schaute mit einem mulmigen Gefühl die Treppe hoch. Der Gedanke, sie allein im Haus zu lassen, behagte mir nicht. Ich stellte mir vor, wie sie sich vom Dachboden herunterschlich, sobald wir losgefahren waren, in unserem Schlafzimmer herumschnüffelte, meine Sachen durchsah.

Ich stieg mit absichtlich geräuschvollen Schritten die Treppe hinauf. Ich klopfte laut an, und als sie »Herein« rief, drückte ich die Tür auf.

Sie lag im Bett, auf einen Ellbogen gestützt, den Kopf in die Hand gelegt, und las *Madame Bovary*.

»Hast du gut geschlafen?«

»Ja.«

»Schön«, sagte ich, als sie von ihrem Buch aufblickte, mit einem vagen Ausdruck im Gesicht, als wäre ihre Aufmerksamkeit noch bei dem Roman: »Ich wollte dir nur sagen, dass wir jetzt gleich alle weg sind.«

»Okay.«

Sie wirkte blass und schmächtig, hatte die langen Ärmel ihres Nachthemds über die Handgelenke gezogen. Ich stutzte einen Moment, als mein Blick auf die Tagesdecke fiel, die über das Bett gebreitet war. Dann erkannte ich sie – eine Patchwork-Decke, blaue und graue Baumwolldreiecke, die zu geometrischen Mustern zusammengenäht waren. Ich hatte sie vor Jahren in Thailand gekauft, nicht lange nach meinem Studium. Zoë musste sie in einer der Aufbewahrungsboxen gefunden haben, was bedeutete, dass sie in unseren Sachen herumgestöbert hatte. Nicht, dass wir irgendwas Geheimnisvolles oder Wertvolles darin versteckt hätten, aber es machte mich trotzdem ärgerlich und verzagt zugleich. Es war ein weiterer Übergriff in unser Leben, eine weitere Anmaßung ihrerseits zu glauben, sie wäre berechtigt, alles, was sie fand, an sich zu nehmen. Ich überlegte, ob ich etwas sagen sollte, beschloss aber instinktiv, dass es die Sache nicht wert war.

»Wie fühlst du dich?«

Sie antwortete nicht, zuckte bloß mit den Schultern, wieder ganz auf das Buch konzentriert.

»Also, wenn du mal reden willst«, begann ich, »darüber, was passiert ist ... was dich veranlasst hat ...«

Sie blickte jäh auf.

»... dann bin ich für dich da«, beendete ich den Satz.

»Okay«, sagte sie zerstreut, ehe sie sich wieder ihrem Roman zuwandte und träge eine Seite umblätterte.

Ich schloss die Tür, gekränkt durch ihre Zurückweisung. Ich hatte zwar nicht damit gerechnet, dass sie mein Angebot annehmen würde, aber eine kleine Dankesbekundung wäre nett gewesen. Mir kam der Gedanke, dass sie durch den Suizidversuch genau das bekommen hatte, was sie wollte – einen Fuß in der Tür –, und das machte mich skeptisch, ob sie überhaupt vorgehabt hatte, sich umzubringen. Als ich wieder nach unten kam, war David schon weg, also legte ich einen Schlüssel auf den Dielentisch, warf einen letzten Blick die Treppe hinauf und zog die Haustür hinter mir zu.

Der Regen begann an jenem Morgen und hielt die ganze Woche über an – sintflutartige Wolkenbrüche von unerbittlicher Heftigkeit. In der Diele roch es stark nach feuchten Klamotten. Fenster beschlugen, auf den Straßen stauten sich die Autos, mit Laub verstopfte Regenrinnen liefen über.

Jeden Tag, wenn wir das Haus verließen, war Zoë oben in ihrem Zimmer. Wenn ich abends von der Arbeit kam, fand ich sie zusammengerollt auf dem Sofa mit ihrem Buch, eine Möhre knabbernd, oder sie saß mit den anderen vor dem Fernseher. Sie blickte kurz auf, wenn ich hereinkam, begrüßte mich mit einem matten Lächeln, richtete ihre Aufmerksamkeit dann wieder auf das, womit sie gerade beschäftigt war. Sie war mir gegenüber nicht feindselig oder auch nur kalt, aber sie strahlte eine Lethargie, eine Unverbindlichkeit aus, die mich wahnsinnig machte. Soweit ich das sagen konnte, hatte sie sich von ihrem Aussetzer an Weihnachten einigermaßen erholt. Nichts deutete auf eine anhaltende Depression hin, auf eine düstere Stimmung. Sie wirkte so fügsam, so bemüht, mit dem Hintergrund zu verschmelzen, dass ich mich irgendwann fragte, ob sie überhaupt den Wunsch oder die Absicht hatte, sich wieder eine eigene Bleibe zu suchen. Natürlich sprach ich das Thema nicht an. Auch als sie wieder zur Uni ging, stellte David klar, dass sie noch immer zu labil sei, um wieder allein zu leben.

Der Monat verging im raschen Wechsel von Unwettern und für die Jahreszeit ungewöhnlich warmen Perioden. Als würden die meteorologischen Gegebenheiten das unsichere Klima bei uns zu Hause irgendwie widerspiegeln. Im Verlauf der Wochen spürte ich, dass sich Zoës Position im Haus verfestigte, ihre Anwesenheit zunehmend selbstverständlich wurde. Sie versuchte mehr, sich nützlich zu machen, und war größtenteils unauffällig, könnte man wohl sagen. Sie war ordentlich und still, aber sie war nun mal da. Und wenn die anderen unterwegs waren – wenn wir zwei allein waren –, ließ sie die Maske fallen, und ihr höflicher Charme wich kühler Unnahbarkeit.

Wie problematisch unsere Situation war, wurde mir eines Abends unter der Woche klar, als es zu unserem ersten richtigen Streit wegen ihr kam. Wir waren dabei, den Tisch abzuräumen. David schabte Essensreste von den Tellern in den Abfalleimer und reichte sie an Holly weiter, als Zoë aufstand und ohne ein Wort zu irgendwem den Raum verließ. Kaum war sie weg, hörte ich, wie die Salatschüssel mit einem dumpfen Knall auf die Arbeitsplatte gestellt wurde. »Wieso muss sie nicht mithelfen?«, fragt Holly.

»Sobald es ihr wieder bessergeht –«, begann David, doch Holly fiel ihm ins Wort.

»Der fehlt doch gar nichts! Wieso fasst du sie immer mit Samthandschuhen an?«

David stellte den Teller ab, den er in der Hand hielt.

Von oben drangen die schrillen Klänge von Robbies Cello herunter. Auch er war von der Mithilfe im Haushalt befreit worden, aber das interessierte Holly nicht. »Wie lange soll sie denn noch hierbleiben?«, fragte sie, ihr ganzer Körper steif vor Anspannung. Ich konnte ihr ansehen, wie genervt sie war.

»Schätzchen –«, begann ich, wollte sie beruhigen.

»Ich hab die Nase voll von ihr!«, kreischte Holly bitterböse.

»Holly!«, sagte David scharf, doch sie wandte sich schon von ihm ab, und Sekunden später hörten wir ihre Schritte die Treppe hinaufpoltern, dann ihre Zimmertür knallen. Wir blickten einander an.

»Und?«, sagte ich.

»Was, und?«

»Sie hat nicht ganz unrecht.«

Er drehte sich von mir weg, nahm wieder einen Teller und schabte Essensreste ab, aber jetzt waren seine Bewegungen resoluter.

»Können wir nicht mal darüber reden?«, fragte ich. »Holly ist nicht glücklich.«

»Holly benimmt sich wie eine verwöhnte Göre.«

»Ich finde, du bist unfair, David. Sie ist hier zu Hause, und sie fühlt sich an den Rand gedrängt.«

»Ich sage ja nicht, dass Zoë für immer hierbleiben soll«, erwiderte er, stellte den Teller ab und legte das Messer hin, »aber es ist erst wenige Wochen her, seit sie versucht hat, sich umzubringen. Mir ist nicht wohl bei dem Gedanken, sie schon wieder allein leben zu lassen.«

»Hast du mit Zoë darüber gesprochen? Wie sie sich jetzt fühlt, psychisch?«

»Ein bisschen. Ich meine, es geht ihr besser, aber sie ist noch immer labil. Ich denke, sie braucht unsere Unterstützung.«

»Sollte sie nicht professionelle Hilfe bekommen?«

»Die kann sie sich nicht leisten.«

»Was ist mit der Uni? Habt ihr da keine Therapeuten?«

»Das halte ich für keine gute Lösung, Caroline.«

Ich merkte, dass ich nicht weiterkam. Ich wandte mich wieder der Arbeitsplatte zu und fing an, übriggebliebenes Essen in eine Tupperdose zu füllen.

»Ich werde was mit Holly unternehmen«, sagte er, um mich zu beschwichtigen. »Nur mit ihr, damit sie merkt, dass sie mir wichtig ist.«

»Schön.« Ich stellte die Dose in den Kühlschrank. Noch immer spürte ich seinen Blick auf mir. Als ich zu ihm hinüberschaute, sah ich ihm an, dass er noch etwas anderes auf dem Herzen hatte. »Was ist?«, fragte ich.

»Ich hab über Zoës Studiengebühren nachgedacht«, begann er. Schlagartig ging ich innerlich auf Abwehr. »Sie hat zwar selbst nichts gesagt, aber es ist offensichtlich, dass sie nicht viel Geld hat. Gary ist ihr keine große Stütze, und von ihren Jobs kann sie gerade mal die Miete bezahlen. Ich hab den Eindruck, das könnte mit zu ihrem Selbstmordversuch geführt haben.«

»Worauf willst du hinaus?«, fragte ich, unfähig, die Kälte aus meiner Stimme herauszuhalten.

Er stand mir gegenüber und sah mich direkt an. »Ich möchte ihre Studiengebühren bezahlen.«

Ein Lachen entfuhr mir, und ich sah ihm an, wie perplex er darüber war. »Womit denn?«, fragte ich. »Ein großer Batzen von deinem Gehalt geht schon für die Hypothek drauf. Hast du das Darlehen vergessen, das wir aufgenommen haben, um das alles hier machen zu können?« Ich deutete mit einer ausladenden Handbewegung auf die neue Küche, den Anbau mit der Fensterwand, die einen Ausblick in den Garten bot. Trotz des Erbes von meinen Eltern war die Hausrenovierung – die Renovierung unserer Ehe – eine finanzielle Belastung.

»Wir schaffen das schon«, sagte er mit Überzeugung.

»Und was ist mit all den anderen Ausgaben? Autoraten, Schulgebühren, Krankenkasse, ganz zu schweigen von den Cellostunden, Klavierstunden und den anderen Schulaktivitäten? Das läppert sich, David. Wie sollen wir da auch noch Zoës Studiengebühren bezahlen?«

Sein Blick wurde vielsagend.

»Du arbeitest ja schließlich auch wieder?«

Ich sagte nichts, starrte ihn bloß an.

»Mit deinem zusätzlichen Verdienst könnten wir uns die Studiengebühren leisten.«

Ich konnte kaum glauben, was er da sagte. »Ich soll Zoë das Studium finanzieren?«

»So hab ich das nicht –«

»Darauf läuft es aber hinaus.«

»Verdammt nochmal, Caroline. Ist das so schlimm? Die ganzen Jahre hab ich die finanzielle Last allein geschultert. Ist es zu viel verlangt, dass du endlich was dazu beisteuerst?«

Wut schoss mir durch jeden Muskel und jede Faser meines

Körpers. Was er da sagte, war empörend. Ich hatte mich schließlich all die Jahre um den Haushalt und um die Kinder gekümmert, dafür gesorgt, dass zu Hause alles reibungslos lief und er ungehindert seine Karriere verfolgen konnte, stets in dem Gefühl, dass zwischen uns ein Abkommen bestand, die gegenseitige Anerkennung unserer jeweiligen Bemühungen. Jetzt wertete er mit nur wenigen Worten all die Jahre ab, die ich in unsere Familie investiert hatte, unser Zuhause, als müsste ich ihm eine Art Schuld zurückzahlen. Sein Vorschlag, dass ich praktisch Zoës Ausbildung mitfinanzierte – denn genau das verlangte er von mir, auch wenn er das nicht zugeben wollte –, war für mich wie ein Schlag ins Gesicht.

»Ich bezahle diesem Mädchen nicht die Ausbildung«, sagte ich mit Nachdruck.

»Jetzt hör doch mal –«

»Nein, David.«

Ich ging rasch an ihm vorbei, weil ich keine Lust hatte, noch eine Sekunde länger über das Thema zu diskutieren, und auf dem Weg in die Diele spürte ich es, eine kaum wahrnehmbare Luftbewegung vom oberen Ende der Treppe, das kaum hörbare Knarren eines Dielenbrettes über mir. Ich trat in die Mitte der Diele und schaute nach oben, in der Hoffnung jemanden beim Lauschen zu ertappen.

Vielleicht hatte ich es mir bloß eingebildet. Die Zimmertüren oben auf dem Flur waren alle geschlossen. Robbies Cello war verstummt. Ich meinte, Lachen aus seinem Zimmer zu hören. Dennoch wurde ich das Gefühl nicht los, dass irgendwer unser ganzes Gespräch in der Küche belauscht hatte.

Nur wenige Tage später erhielt ich im Büro aus heiterem Himmel einen Anruf von Robbies Schule: Ich sollte auf der Stelle kommen, es sei etwas vorgefallen.

»Was ist los? Ist Robbie was passiert?«

»Es geht ihm gut«, beruhigte mich die Schulsekretärin. »Er ist jetzt in Mrs Campbells Büro.«

Ich hatte Mrs Campbell, die Schulleiterin, seit der Sache mit Aidan nicht mehr gesehen, und schon beim Klang ihres Namens kribbelte mir die Haut, als würden Tausende Nervenenden sich vor Angst aufrichten.

»Ich bin bei der Arbeit«, sagte ich nervös. »Ich meine, ist er verletzt?«

»Oh, nein. *Er* ist nicht verletzt«, sagte sie, und mir wurde schwer ums Herz, als sie vorschlug: »Wenn es für Sie ein Problem ist, könnte vielleicht Robbies Vater herkommen. So oder so, Mrs Campbell möchte die Angelegenheit umgehend klären.«

Ich konnte David unmöglich darum bitten. Er hatte nach dem Elternsprechtag im September unmissverständlich klargemacht, dass ich meine Scham überwinden musste.

»Ich bin in einer halben Stunde da«, sagte ich.

Wenig später parkte ich meinen Wagen vor der Schule und ging die Granitstufen hoch. Mir graute davor, die Schule zu betreten, und gleichzeitig nagte ein tiefer Groll an mir. Wieso hatte ich mich damals nicht durchgesetzt, darauf bestanden, dass Robbie die Schule wechselte? Der ganze Lehrkörper wusste, was ich getan hatte. War das für David eine Art Genugtuung? Diese kleinliche Rache, die er häppchenweise an mir vollzog, mit jedem Elternsprechtag in den kommenden drei Jahren? Mit jedem Schultheaterstück, jedem Sportfest, jeder Jahresabschlussfeier? Genoss er jedes Mal still und heimlich meine Demütigung?

»Ich mache es kurz«, sagte Mrs Campbell zu mir.

Ganz die Schulleiterin saß sie hinter ihrem Schreibtisch und berichtete mir von der Aggressionskampagne, die mein Sohn gegen seine Französischlehrerin Miss Murphy führte. Das ging anscheinend schon eine ganze Weile so, aber Miss Murphy – frischgebackene Lehrerin von gerade mal Mitte zwanzig – hatte Stillschweigen bewahrt und gehofft, die Sache würde sich irgendwann von selbst erledigen.

Anfangs waren es kleine Albernheiten: Robbie hielt seine Armbanduhr so, dass sie das Sonnenlicht vom Fenster genau in Miss Murphys Augen spiegelte; er machte jedes Mal, wenn sie einen Satz beendete, ein Knallgeräusch; er summte ununterbrochen und bestritt dann, dass er es war. Blöde Sachen, Flegeleien, wie sie jeden Lehrer wahnsinnig machen, aber nicht gravierend genug, um ernsthafte Disziplinarmaßnahmen zu rechtfertigen. In letzter Zeit jedoch war das Ganze eskaliert. Er hatte angefangen, mit Stiften nach ihr zu werfen, wenn sie der Klasse den Rücken zudrehte. Kürzlich hatte jemand ein barbusiges Porträt von ihr an die Tafel gemalt, mit einer Sprechblase dazu, in der die Worte »Los, holt's euch, Jungs!« standen. Sie konnte nicht beweisen, dass die Zeichnung von Robbie war, aber sie hatte ihn in Verdacht.

Zu dem Vorfall, der sie endlich veranlasst hatte, Mrs Campbell zu informieren, war es an diesem Morgen gekommen. Aus Ärger über seine ständigen Provokationen hatte sie Robbie dazu verdonnert, für die gesamte Dauer des Unterrichts neben der Tafel an der Wand zu stehen, aber als sie dann mit dem Stoff weitermachte, schob er sich allmählich immer näher an sie heran. Sie merkte es zuerst gar nicht, bis ein paar von den anderen Jungs anfingen zu kichern, woraufhin sie sich umdrehte und sah, dass Robbie fast auf Tuchfühlung neben ihr stand. Sie fuhr ihn an, sofort zurück an die Wand zu gehen, und legte eine Hand auf seine Schulter, um ihm einen kleinen Schubs zu geben. Robbie schlug ihre Hand sofort weg und stieß Miss Murphy dann grob mit beiden Armen nach hinten. Sie stolperte über ein Tischbein, fiel unglücklich hin und schlug mit dem Kopf auf die Sitzfläche eines Stuhls. Sie war noch immer im Krankenzimmer und wirkte sichtlich aufgewühlt.

»Selbstverständlich«, fuhr Mrs Campbell fort, »ist ein körperlicher Angriff auf eine Lehrkraft absolut unhaltbar und muss äußerst ernste Konsequenzen nach sich ziehen.«

»Natürlich«, sagte ich ganz mitgenommen von dem, was sie mir erzählt hatte.

»An dieser traurigen Angelegenheit beunruhigt mich besonders, dass der Angriff so gezielt war«, sagte sie. »In allen anderen Fächern benimmt Robbie sich tadellos. Keiner der anderen Lehrer hat sich je über sein Verhalten beklagt.«

»Ich verstehe das nicht«, sagte ich. »Ich kann mir nicht erklären, warum das passiert ist oder was er gegen seine Französischlehrerin hat. Er ist sonst so ein freundlicher Junge.«

Ihre Augen verengten sich, und ihre Stimme wurde sanfter. »Ist zu Hause alles in Ordnung? Wenn ein Schüler sich im Unterricht aufsässig verhält, hängt das häufig mit familiären Problemen zusammen.«

Keine von uns beiden erwähnte meine Affäre oder die Tatsache, dass ich ein Jahr lang keinen Fuß in die Schule gesetzt hatte. Aber ich bin sicher, dass sie darauf angespielt hat.

»Alles bestens«, sagte ich rasch.

Robbie wurde für eine Woche vom Unterricht suspendiert.

Was für ein seltsames Gefühl das gewesen war, wieder in dem Schulgebäude zu sein. Das Gebäude allein hatte ausgereicht, um alte Erinnerungen zu wecken, und während wir schweigend nach Hause fuhren und mein Sohn mit mürrischer Miene aus dem Fenster schaute, dachte ich unwillkürlich an diese Zeit zurück.

Aidan war groß und schlaksig, mit einem schmalen Gesicht

und blauen Augen – nicht unbedingt attraktiv, aber umgänglich und bescheiden. Sein Sohn war in Robbies Klasse, und wir waren beide im Elternbeirat. Es war keine Liebe auf den ersten Blick, aber wir waren uns auf Anhieb sympathisch. Manchmal gingen ein paar von uns nach einer Elternbeiratsversammlung noch auf einen Drink in den Pub um die Ecke. Hin und wieder waren wir zwei allein. Wir unterhielten uns bloß, aber es waren tolle Gespräche! Über kleine und große Dinge, vom neuesten Schultratsch bis zu unseren jeweiligen Erziehungsproblemen. Nichts Weltbewegendes, aber vergnüglich und ohne verlegene Pausen.

Wir hatten schon eine Zeitlang miteinander geflirtet – ganz harmlos –, doch eines Abends, als wir noch auf ein Glas länger blieben, nachdem die anderen gegangen waren, wurde es ernster. Er erzählte mir, dass seine Frau ein extrem ordentlicher und gut organisierter Mensch war – völlig ausgeschlossen, dass sie einander auf dem Weg ins Schlafzimmer vor Leidenschaft die Klamotten vom Leib rissen, nein, es musste alles ordentlich aufgehängt und zusammengefaltet werden, ehe sie miteinander schlafen konnten. »Ich wette, du bist da anders«, sagte er und sah mich lange über den Rand seines Glases an.

Draußen wartete er, bis ich mein Fahrradschloss aufgeschlossen hatte, und als ich mich umdrehte, um gute Nacht zu sagen, küsste er mich lange und fest auf den Mund, und ich ließ es zu. Ich weiß noch, wie ich kurze Zeit später in der Küche stand, die Hände an die heißen Wangen gelegt, entsetzt über das, was ich getan hatte, und doch gleichzeitig auch erregt.

Am nächsten Tag kam ich mir albern vor und schämte mich. Ich hatte die Sache zu weit gehen lassen und beschloss, sie zu beenden, ehe sie aus dem Ruder lief. Aber als am späten Nachmittag eine SMS von Aidan kam, war ich dumm genug zu antworten. Von da an simsten wir uns jeden Tag, und schon bald trafen wir uns nicht mehr nur an Elternbeiratsabenden, sondern auf einen Kaffee tagsüber und, wenn wir es deichseln konnten, auch abends. Wir verabredeten uns in schmuddeligen Pubs, von denen ich nie gehört hatte, in übleren Gegenden der Stadt. Wir saßen in der letzten Reihe in Programmkinos, knutschten wie die Teenager, fummelten diskret im Dunkeln.

Wir hatten nie richtig Sex, obwohl wir wahrscheinlich irgendwann miteinander geschlafen hätten, wenn wir nicht erwischt worden wären. Und ja, ich hatte ein schlechtes Gewissen dabei, ein furchtbar schlechtes Gewissen, aber irgendetwas trieb mich weiter an, ließ nicht zu, dass ich aufhörte. Die Saat des Zorns, die in mir gepflanzt worden war – *Sie war seine große Liebe, nicht ich*. Irgendwie ging sie auf und keimte, ließ Triebe ranken, die nach verbotenen Gelüsten griffen. Was für eine berauschende Zeit. Zwischen der Euphorie der heimlichen Romanze und den Heulkrämpfen im Badezimmer, wenn die Kinder in der Schule waren, mein Mann bei der Arbeit, dachte ich darüber nach, was ich da machte, und wurde ängstlich und niedergeschlagen.

Eines Abends nach einer Elternbeiratsversammlung, als die anderen die Kaffeetassen abräumten, schob Mrs Campbell ihre Unterlagen zu einem ordentlichen Stapel zusammen und sagte: »Caroline, Aidan, kann ich Sie bitte noch kurz in meinem Büro sprechen?«

Sie hatte es gut kaschiert – das muss ich ihr lassen. Während der ganzen Sitzung hatte sie sich so verhalten, als hätte sie keine Ahnung, dass zwei Mitglieder des Elternbeirats etwas miteinander hatten. Erst als wir in ihrem Büro waren, und Aidan die Tür hinter uns geschlossen hatte, wandte sie sich mit eisiger Wut in der Stimme und vor Abscheu glühenden Augen an uns. »Ich würde gern erfahren, was genau da zwischen Ihnen läuft.«

Zuerst stellten wir uns dumm, lachten sogar über die Unterstellung, gaben uns empört, als sie sich nicht von ihrem Verdacht abbringen ließ.

»Man hat Sie gesehen!«, sagte sie, und mich packte die nackte Angst.

Aidan weigerte sich, klein beizugeben, stellte ihre Behauptungen in Frage, verlangte Einzelheiten über die Hintergründe der Beschuldigung – wollte wissen, wo wir angeblich gesehen worden waren (im Conway's auf der Parnell Street), wann (am Abend vor drei Tagen), von wem (das wollte sie nicht verraten).

»Sie haben Kinder!«, sagte sie aufgebracht. »Wie konnten Sie so rücksichtslos mit deren Glück umgehen? So selbstsüchtig und dumm?«

Danach konnte ich ihn nicht mehr ansehen. Wir wussten beide, dass es zu Ende war.

Dennoch dachte ich, ich könnte die Sache geheim halten, vor David, vor meinen Kindern.

In den folgenden Tagen bemerkte ich am Schultor, wenn ich die Kinder absetzte, wie andere Eltern sich unauffällig gegenseitig anstießen und mich anstarrten, wie sie sich im Flüsterton unterhielten, ohne mich mit einzubeziehen. Dann kam ein Anruf von einer anderen Frau aus dem Elternbeirat.

»Haben Sie schon gehört? Aidan ist nicht mehr dabei. Er nimmt seinen Sohn von der Schule.«

Meine Gedanken überschlugen sich, und es dauerte einen Moment, bis die Nachricht richtig bei mir ankam.

»Was ist mit Ihnen?«, fragte sie.

»Mit mir?«

»Haben Sie vor, weiter im Elternbeirat zu bleiben?«

»Wie meinen Sie das, Olivia?«

Die ganze Zeit hatte sie in ihrem üblichen munteren Tonfall

gesprochen. Jetzt wurde ihre Stimme leise und vertraulich. »Ich denke, Sie wissen, wie ich das meine, Caroline.«
In dem Moment wurde mir klar, dass ich es David würde sagen müssen. Und als ich es ihm sagte, später am selben Abend, konnte ich förmlich sehen, wie sich eine Kälte über ihn legte, als würde eine dünne Eisschicht seine Haut überziehen. Ich hatte mit einem Wutausbruch gerechnet, mit Entrüstung, irgendeiner explosiven Reaktion. Stattdessen saß er einfach nur da, atmete immer schwerer, während ich meine jämmerliche, beschämende Beichte ablegte. Dann sagte er mit ruhiger Stimme, als würde er seine Worte an den Tisch und nicht an mich richten: »Die Kinder dürfen es nie erfahren.«

Robbie sagte auf dem ganzen Nachhauseweg kein Wort. Ich unternahm etliche Versuche, ihm Informationen zu entlocken, doch er weigerte sich zu antworten, und irgendwann gab ich es auf. Die Fahrt dauerte länger als sonst, weil in der Nähe gerade ein Rugbymatch zu Ende gegangen war und zahllose Autos die Straßen verstopften. Als die Räder des Wagens über den Schotter in unserer Einfahrt knirschten, fühlte ich mich erschöpft und bedrückt. Alle Bücher und Zeitschriftenartikel, die ich zum Thema Jungen in der Pubertät gelesen hatte, warnten vor Aggressionsausbrüchen, aber ich hatte das nicht ernst genommen. Mein Robbie doch nicht. Nicht mein lieber Junge. Hatte ich ihn aus Arroganz so falsch eingeschätzt? Aus blinder Mutterliebe? Er war immer sanfter gewesen als andere Jungs, schnell gekränkt. Ich hatte befürchtet, er könnte zum Mobbingopfer werden. Zu erfahren, dass er gewalttätig geworden war, machte mich fassungslos. Ich stellte den Motor aus.

»Robbie«, begann ich vorsichtig. »Ich weiß, in letzter Zeit sind die Dinge anders als früher. Ich bin oft nicht zu Hause, weil ich wieder arbeite. Wenn ich nicht für dich da war, dann tut es mir leid. Vielleicht fühlst du dich von mir im Stich gelassen, aber –«

»Überhaupt nicht. Ich find's gut, dass du einen Job hast.«

»Was ist denn dann los mit dir, Schatz?«

Er schüttelte den Kopf, drückte ihn nach hinten gegen die Kopfstütze, und Traurigkeit machte sich in seinem Gesicht breit.

»Was du mit der Lehrerin gemacht hast … Das sieht dir gar nicht ähnlich. Was war der Grund? Ist irgendwas passiert?«

Er antwortete nicht.

Ein Gedanke schoss mir durch den Kopf. All die Abende, die beiden allein in seinem Zimmer, wo sie redeten, flüsterten.

»Hat es irgendwas mit Zoë zu tun?«

Er hob einen Finger an den Mund, kaute am Nagel.

»Robbie, ich weiß, ihr zwei versteht euch gut. Aber ich denke, es wäre besser, wenn du nicht mehr so viel Zeit mit ihr verbringst. Sie ist älter als du. Eure langen Gespräche in deinem Zimmer – ich finde das nicht so gut.«

Er stieß einen kleinen, genervten Seufzer aus und warf mir einen angewiderten Blick zu. »Miss Murphy hat euch zusammen gesehen – dich und Jacks Dad. Sie war es, die euch verpfiffen hat.«

Irgendetwas Hartes blieb mir in der Kehle stecken, als hätte sich ein kalter Stein dort verklemmt. Der Schock über sein Geständnis und all die Erkenntnisse, die damit einhergingen. Er wusste, was ich getan hatte. *Er wusste es.* Ich spürte es wie eine Faust, die mein Herz umklammerte.

»Ach, Robbie …« Ich wollte es ihm erklären, damit er sich besser fühlte. Aber ich wusste, dass das nicht ging, ebenso wie ich wusste, dass er die ganze Zeit mit diesem Wissen gelebt hatte. David und ich hatten uns insgeheim beglückwünscht, dass es uns gelungen war, unsere Kinder gegen das alles abzuschirmen, und die ganze Zeit hatte Robbie es gewusst.

Er öffnete die Beifahrertür und stieg aus. Ich saß da und schaute ihm nach, wie er zur Tür ging, den Schlüssel ins Schloss steckte und im Haus verschwand. Ich dachte an meine vielen kleinen Triumphe als Mutter – dass ich ihm Lesen beigebracht hatte, bevor er in die Schule kam, dass ich als Erste sein musikalisches Talent erkannte und das Instrument fand, das seinem Temperament am besten entsprach, ich erinnerte mich an das stolze Gefühl, als die Bibliothekarin mir sagte, dass er für einen so kleinen Jungen erstaunlich viele Bücher pro Woche las. Ich dachte an all diese Dinge und spürte, wie oberflächlich, wie belanglos sie angesichts des Kummers waren, den ich verursacht hatte.

Es dauerte eine Weile, bis ich aus dem Wagen steigen konnte. Dann schloss ich ihn ab, richtete mich auf und folgte Robbie langsam ins Haus.

14 | DAVID

DER ZUFALL wollte es, dass ich etwa um diese Zeit eingeladen wurde, auf einem Kongress an meiner alten Alma Mater, der Queen's University in Belfast, einen Vortrag zu halten. Am Morgen meiner Abreise stand ich früh auf, ehe Carolines Wecker klingelte, und tappte nach unten. Es war einer dieser überraschenden Februarmorgen, wenn der Frost im harten Sonnenlicht glitzert, Krokusse aus der gefrorenen Erde lugen und man tatsächlich spürt, dass der Frühling nicht mehr weit ist. Ich nahm meinen Kaffee und die Notizen für meinen Vortrag und setzte mich im Garten auf die Holzbank hinten an der Mauer. Ich las meine Notizen, doch die Worte verschwammen auf der Seite, weil ich mit den Gedanken abdriftete. Es war Jahre her, seit ich in Belfast gewesen war, und obwohl ich mich über die Einladung freute, wühlte die Vorstellung, an die Queen's zurückzukehren, vergrabene Erinnerungen auf und weckte alte Geister.

Ein paar Tage zuvor hatte ich mir erlaubt, die Telefonnummer von Zoës Stiefvater Gary herauszufinden. Natürlich hätte ich Zoë fragen können, aber da sie immer, wenn sein Name fiel, verschlossen und abwehrend und fast verängstigt reagierte, hatte ich mich dagegen entschieden und lieber die Univerwaltung kontaktiert. Am Ende war alles ganz unkompliziert. Ein kurzer Anruf mit dem Vorschlag, dass wir uns treffen, den er auf Anhieb akzeptierte, obwohl ich die Verwunderung in seiner Stimme wahrnahm. Ich sagte mir, dass ich ihm bloß meine Absicht unterbreiten wollte, mich als Zoës Vater aktiv einzubringen, indem ich ihre Studiengebühren bezahlte und sie bei mir wohnen ließ. Ich war unsicher, ob ich ihm von ihrem Suizidversuch erzählen sollte oder nicht, sah einerseits sein Bedürfnis, davon zu erfahren, und andererseits ihren Wunsch nach Diskretion. Mir war nicht klar, inwieweit Gary sich nach Lindas Tod noch für Zoë verantwortlich fühlte. Aus diesem Grund hatte ich ein Treffen unter vier Augen vereinbart, anstatt die Sache am Telefon zu besprechen.

Außerdem beschäftigte mich die Frage, ob ich Zoë von meinem geplanten Besuch bei Gary erzählen sollte. Es behagte mir nicht, sie zu hintergehen. Mein Wunsch, mit Gary zu sprechen, beruhte zum Teil – zu einem großen Teil – auf der Hoffnung, dass er mir vielleicht helfen könnte, der Frage auf den Grund zu gehen, die mich seit Zoës Auftauchen beschäftigte: Warum hatte Linda mir nichts gesagt? Jedes Mal, wenn ich Zoë darauf ansprach, reagierte sie ausweichend und einsilbig. Ich hatte den Eindruck, dass sie es nicht wusste.

Ich war so in Gedanken versunken, meine Notizen auf der Bank neben mir, dass ich Robbie erst bemerkte, als er direkt vor mir stand.

»Mum meint, du verpasst noch deinen Zug«, sagte er, die Hände in den Taschen seiner Schulhose. Ich bemerkte neue Pickel an seinem Kinn. Er wirkte an diesem Morgen besonders trübsinnig.

Ich sah auf meine Uhr. »Ein bisschen Zeit hab ich noch. Komm, setz dich einen Moment zu mir, ja?«

Die Bank war groß genug für zwei oder drei Personen, aber statt neben mir Platz zu nehmen, hockte er sich ein Stück entfernt auf die Armlehne – eine unbequeme Lösung, die mir vor Augen führte, wie sehr er seit seiner Suspendierung vom Unterricht in der Woche zuvor zu uns anderen auf Distanz gegangen war.

»Wie läuft's in der Schule?«, fragte ich, und er zuckte wortlos die Schultern.

»Alles in Ordnung?«, hakte ich nach.

»Ja. Wieso?«

»Du wirkst angespannt.«

»Bin ich aber nicht.«

Wahrscheinlich hätte ich seine Abwehrhaltung auf die Pubertät schieben können. Doch seitdem Caroline betreten zugegeben hatte, aus welchem Grund Robbie sich an der Schule so danebenbenommen hatte, fürchtete ich, dass sein innerer Rückzug tiefere Ursachen hatte als bloß die übliche Übellaunigkeit eines Teenagers. Es bestürzte mich, dass mein Sohn von dem amourösen Abenteuer seiner Mutter erfahren hatte, dass er dieses belastende Wissen über ein Jahr lang insgeheim mit sich herumgeschleppt hatte. Ich hatte versucht, mit ihm darüber zu reden, ihn gefragt, ob er irgendwelche Auswirkungen gespürt hatte – Mobbing in der Schule? Hänseleien? Verhaltensveränderungen von Lehrern ihm gegenüber? Doch jedes Mal, wenn ich das Thema ansprach, machte er dicht. Zu Hause war die Stimmung gereizt. Robbie sprach kaum noch mit uns, mit keinem von uns, und obwohl dieser Vorfall meinen Zorn auf Caroline und ihre Affäre anheizte, hielt ich es dennoch für meine Pflicht als Vater, ihn zur Ordnung zu rufen, weil er im Umgang mit seiner Mutter fast so etwas wie Verachtung an den Tag legte.

»Hör mal, sei bitte anständig zu deiner Mutter, während ich weg bin, ja?«

»Klar«, sagte er mit deutlichem Desinteresse.

»Ich weiß, du bist sauer auf sie, aber sie ist deine Mutter, Robbie. Sie liebt dich. Sie will nur das Beste für dich.«

Er stand auf und ging Richtung Haus.

»Robbie.«

Er drehte sich mit einem vernichtenden Blick um. »Wie hältst du das aus?«, fragte er. »Nach dem, was sie gemacht hat?«

»Eine Ehe ist kompliziert«, sagte ich, aber er marschierte bereits weiter, wollte meine Antwort gar nicht hören.

Das also sah er in mir: einen gehörnten Ehemann, einen Schlappschwanz, rückgratlos und schwach.

Zurück im Haus stellte ich meine Kaffeetasse aufs Abtropfbrett und packte meine Notizen ein. Ohne ein Wort zu irgendwem nahm ich meine Sachen und ging.

Der Kongress war gut besucht und erfüllte die Universität mit einer angeregten, lebhaften Atmosphäre, weil die Vorträge nicht nur Studierende anlockten, sondern auch Nichtakademiker, die sich für die Geschichte der Weltkriege interessierten. Zufällig war auch ein alter Freund von mir aus meiner Zeit an der Queen's – Giancarlo – zum Kongress gekommen. In seiner Heimat Italien war er unter Akademikern längst so was wie ein Star, aber für mich war er noch derselbe verschmitzte, respektlose Student, als den ich ihn zwanzig Jahre zuvor gekannt hatte. Am ersten Abend des Kongresses besuchten wir zusammen ein paar von unseren alten Stammlokalen in Belfast, und es war schon spät, als ich leicht angetrunken wieder in meinem Hotel ankam. Ich hatte einen verpassten Anruf von Caroline, rief sie aber nicht zurück. Ich war noch immer angefressen wegen meines Gesprächs mit Robbie am Morgen im Garten, und ich glaube, ich machte Caroline dafür verantwortlich, weil ich seinen Groll auf ihr Techtelmechtel zurückführte.

Mein Vortrag fand am zweiten Vormittag statt und verlief gut. Anschließend ging ich mit einigen von meinen alten Professoren zum Lunch in die Mensa. Ich genoss ihre Gesellschaft, und wir sprachen nicht nur über die vergangenen Jahre, sondern diskutierten auch angeregt über den wachsenden islamischen Fundamentalismus im Westen, so dass ich mich nur ungern verabschiedete, draußen vor dem Haupteingang in ein Taxi stieg und dem Fahrer eine Adresse in Holywood, außerhalb der Stadt, nannte.

Während das Taxi aus Belfast hinausfuhr, blickte ich durch das Seitenfenster auf die riesigen gelben Kräne der Werft Harland & Wolff, die Betonbrücken, unter denen die Straße hindurchführte, auf die Umgebung, die allmählich frühlingshaft grün wurde. Ich dachte an Linda und war gespannt, wie, wo und mit wem sie all die Jahre ohne mich gelebt hatte. Ich konnte mir kaum vorstellen, dass die Linda, die ich erinnerte – eigenwillig, voller Verachtung für formelle Verpflichtungen und mit einer starken Aversion gegen jede Art von fester Bindung – sich auf eine Ehe eingelassen hatte, eine Institution, die sie in den berauschenden Tagen unserer Liebe kategorisch abgelehnt hatte. Ich war ein wenig nervös, unsicher, was ich mir von dem Treffen versprach. Ich wollte einige Dinge klarstellen, wollte Gary vermitteln, dass ich jetzt mit von der Partie war, und die Situation sich geändert hatte, ganz gleich welcher Art seine Beziehung zu Zoë gewesen war, welche vaterähnliche Rolle er auch gespielt haben mochte.

Das Taxi hielt am Ende einer Reihe von Einfamilienhäusern mit Rauputzfassaden und kleinen Gärten, die an eine Grünfläche grenzten. Einige der Gärten waren gepflegt, andere dagegen voll mit Kinderfahrrädern, Plastikrutschen und Mülleimern vor Betonmauern. Eine Gruppe mürrisch dreinblickender Teenager saß auf einer Mauer und starrte das Taxi an. Ich versuchte, mir vorzustellen, wie Zoë als Kind hier gespielt hatte, die Straße entlanggeradelt war.

Ich bezahlte den Fahrer und stieg vor einem Haus mit lilafarbenen und blauen Hortensienbüschen im Garten aus. Ein grüner VW-Golf stand in der Einfahrt. Ich stellte mir vor, wie

Linda jeden Tag von der Arbeit kam, einen Buggy über den Fußweg schob, jeden Morgen die Haustür öffnete, um die Milch hereinzuholen.

Ich wusste, dass Holywood ein wohlhabender Ort war, zu Ulsters sogenannter Goldküste gehörte, aber diese Straße wirkte leicht heruntergekommen. Es waren zwar keine britischen Fahnen zu sehen, weder an Laternenpfählen gehisst noch auf Bordsteine gemalt, aber so nett und adrett sich die Siedlung ausnahm, sie wirkte dennoch ärmlich. Früher hatte ich gedacht, ganz Belfast sei ein bisschen zu klein, um Linda Raum zu bieten, aber in diesem engen Vorort musste ihr doch die Luft zum Atmen gefehlt haben.

Ich drückte die Türklingel, und kurz darauf tauchte hinter der Milchglasscheibe ein Schatten auf. Die Tür öffnete sich, und vor mir stand ein großer, hagerer Mann. Ich schätzte ihn auf Anfang fünfzig. Er trug eine braune Cordhose, schwarze Strickjacke und Hornbrille und wirkte auf mich wie ein Geographielehrer.

»David«, sagte er und schüttelte mir die Hand.

Er hatte eine tiefe Stimme und einen kräftigen Händedruck. Er bat mich ins Haus, und wir gingen durch eine schmale Diele in eine Küche im hinteren Teil des Hauses. »Kaffee?«, fragte er.

»Gern.«

Die Küche war lang und schmal. Weiße Schränke hingen an den Wänden, und eine Arbeitsfläche aus Holz neben der Spüle war fast gänzlich leer von irgendwelchen Geräten bis auf eine rote Espressomaschine, an der Gary zu hantieren begann.

»Bitte, machen Sie es sich bequem«, sagte er und deutete in einen lichtdurchfluteten Raum, der von der Küche abging.

Was ich bisher von dem Haus gesehen hatte, war mir ziemlich banal – sogar nichtssagend – erschienen, doch als ich den Wintergarten betrat, wurde mir klar, dass er das Herzstück war.

Fenster vom Boden bis zur Decke eröffneten den Blick in einen wunderbar gepflegten Garten, und selbst an diesem trüben Nachmittag ergoss sich Licht durch die Oberlichter auf den honigfarbenen Holzboden. An den Wänden reihten sich Regale, auf denen Taschenbücher wahllos gestapelt waren, und auf einem ordentlichen Turm von Magazinen stand eine Leselampe. Überall hingen gerahmte Fotos, Bilder von Hochzeiten und Partys und Städtereisen – einige zusammen mit Gary, einige von Linda allein, und ein paar zeigten sie in einer Gruppe von Leuten, die ich nicht kannte. Meine Augen wurden von den Fotos angezogen, suchten nach Linda. Wie seltsam es war, die Frau mit ihrem vorsichtigen Lächeln, ihrer monochromen Kleidung zu sehen und zu begreifen, dass sie Linda war – *meine* Linda. Es war ein Schock, sie mit kurzen, zu einem ordentlichen Bubikopf gestutzten Haaren zu sehen, noch immer blond, aber mit dunklen Ansätzen. Vermutlich wäre sie ebenso verblüfft gewesen, wie ich gealtert war – der junge Mann, in den sie verliebt gewesen war, hatte nun angegrautes Haar, eine Stirn mit Altersfalten.

Ich nahm eines der gerahmten Fotos vom Beistelltisch: Linda in einem gelben Kleid vor dem Belfaster Rathaus, in einer Hand einen Schirm, in der anderen einen übergroßen Hut.

»Wir dachten, es würde regnen«, sagte Gary, der hereinkam und ein Tablett auf den Couchtisch stellte. »Unser Hochzeitstag. Ich hab drauf bestanden, einen Schirm mitzunehmen«, sagte er lächelnd. »Linda hält ihn hoch, weil es nicht geregnet hatte.«

»Wann war das?«

»Vor zwölf Jahren im März. Nehmen Sie sich Milch und Zucker.«

»Danke«, sagte ich und stellte das Foto wieder hin, aber nicht, ohne mich zu fragen, wo Zoë war, als das Foto aufgenommen wurde. Vor meinem geistigen Auge sah ich eine Sechsjährige mit Zöpfen in einem blauen Kleid, die zahnlückig in die Kamera lächelte. Aber sie war weder auf diesem Foto noch auf irgendeinem anderen. Ich ließ den Blick durch den Raum gleiten, ohne eine Spur von ihr zu entdecken.

»Als ich Linda das letzte Mal sah«, sagte ich zu Gary, während ich meine Tasse nahm und mich in den Sessel ihm gegenüber setzte, »hatte sie vor, nach Kanada zu gehen und ihren Doktor zu machen.«

»Ja, sie war auch in Kanada, aber aufgrund unerwarteter Umstände hat sie die Promotion abgebrochen und ist zurückgekommen.«

Unerwartete Umstände. Schwangerschaft. Mutterschaft. Ich lauschte auf einen vorwurfsvollen Unterton in seiner Stimme, aber da war keiner.

»Sie hat nicht zu Ende promoviert?«

Er schüttelte den Kopf und fügte hinzu: »Das heißt aber nicht, dass sie nie wieder studiert hat. Im Gegenteil. Sie hat immer irgendwie weitergelernt. Erwachsenenbildung, Fernstudium. Abendkurse in kreativem Schreiben oder Frauenforschung. Einmal hat sie beschlossen, Italienisch zu lernen, im Jahr darauf hat sie mit Mandarin angefangen. ›Mandarin?‹, hab ich zu ihr gesagt. ›Was willst du denn damit?‹ Ich hab ihr immer geraten, lieber den Führerschein zu machen, aber davon wollte sie nichts hören.«

Ich stutzte. »Sie hatte keinen Führerschein?«

»Nein. Sie fuhr lieber mit dem Bus. Oder sie nahm ein Taxi, wenn sie sich mal was gönnen wollte.«

Er erzählte mir die dürftigen Einzelheiten ihres gemeinsamen Lebens: Sie hatte in einem Buchladen gearbeitet. Er war Lehrer und ließ sich beurlauben, als seine Frau krank wurde. Ich dachte an Linda und all die Abendkurse, ihre verzweifelte

Suche nach einer Entfaltungsmöglichkeit für ihre rege Intelligenz, und hörte das wilde Flattern von Flügeln gegen ein geschlossenes Fenster. Ein exotischer Vogel, gefangen in einem Zimmer.

»Ich war sehr traurig, als ich von ihrem Tod erfuhr«, sagte ich zu ihm. »Es ist so tragisch. Sie war zu jung.«

Er nickte langsam, wurde ernst, und wir schwiegen einen Moment.

»Lindas Mutter ist auch gestorben, als sie in den Vierzigern war«, sagte er schließlich. »Wussten Sie das?«

»Nein.«

»Dieselbe Krebsart.«

»Dann war das erblich?«

Eine Falte auf seiner Stirn vertiefte sich, als er darüber nachdachte.

»Das konnten die Ärzte nicht eindeutig sagen. Und, na ja, unser Lebensstil ... Tja. Wir waren nicht gerade Gesundheitsfanatiker.«

Ich hörte das Kratzen von Zigaretten in seiner Stimme und dachte an Linda, wie sie mich über ihr Weinglas hinweg verschmitzt anlächelte. Die Atmosphäre im Raum hatte sich verändert, seine Traurigkeit zerrte an mir. Ich spürte das dringende Bedürfnis zu gehen und hielt es für das Beste, zur Sache zu kommen, den Zweck meines Besuchs anzusprechen.

»Es geht um Zoë«, begann ich. »Ich wollte Ihnen bloß mitteilen, dass sie jetzt bei uns wohnt – bei meiner Familie.«

»Okay«, sagte er, als ob ihm diese Information nicht sonderlich viel ausmachte.

»Dann wollte ich Ihnen noch sagen, dass ich von nun an ihre Studiengebühren bezahle, nur für den Fall, dass Sie sich in der Hinsicht verantwortlich gefühlt haben. Ich übernehme das jetzt gern.«

Er runzelte verwirrt die Stirn. »Ihre Studiengebühren? Aber dafür hat sie doch Geld.«

»Nein, ich glaube nicht.«

»Doch«, sagte er mit Bestimmtheit. »Linda hat Zoë Geld vermacht, speziell als Finanzspritze fürs Studium. Glauben Sie mir, das weiß ich. Ich habe Zoë den Scheck selbst gegeben. Sechstausend Pfund.«

Ich starrte ihn an, unsicher, was ich glauben sollte.

»Sie hat Ihnen nichts davon erzählt, was?«, sagte Gary trocken, als er meine Verwirrung bemerkte.

»Nein.«

Er stieß ein kurzes, freudloses Lachen aus. »Sie nimmt es mit der Wahrheit nicht immer so genau.«

Die Art, wie er das sagte, erinnerte mich an all die Andeutungen, die Zoë über ihren Stiefvater gemacht hatte, mit dem sie sich nicht verstand. Misstrauen regte sich in mir.

»Weiß der Himmel, was sie Ihnen alles über mich erzählt hat«, fügte er hinzu.

»Sie hat gesagt, Sie beide wären nicht gut miteinander ausgekommen.«

Ein weiteres Lachen, eher ein rasches Schnauben durch die Nase. »Das ist milde ausgedrückt.«

Die Härte, die er an den Tag legte, kam ein wenig ins Wanken, als er sich mit einer Hand über die Stirn fuhr, wie um die Anspannung dort wegzuwischen. In einem sanfteren Ton sagte er: »Es ist nicht allein ihre Schuld. Ich schätze, ich bin zum Teil mit verantwortlich. Das Timing war einfach schlecht, wissen Sie, dass sie so kurz nach Lindas Diagnose plötzlich auftauchte.«

»Entschuldigung, was meinen Sie?«, fragte ich verwirrt über die Wendung, die das Gespräch genommen hatte.

»Sie haben doch gefragt«, sagte er geduldig, »ob Lindas Krebserkrankung erblich bedingt war oder mit ihrem Lebenswandel zu tun hatte oder reines Pech war. Vielleicht alles drei. Aber noch heute bekomm ich nachts kein Auge zu, wenn ich daran denke, wie sie ihren Körper mit Hormonen vollgepumpt hat. Wir konnten keine Kinder bekommen, wissen Sie. Ungeklärte Unfruchtbarkeit. Wir haben es sieben Mal mit künstlicher Befruchtung versucht.« Er schüttelte kurz den Kopf. »Sieben Mal. All die Hormone, all die Untersuchungen und Eingriffe.«

All die Enttäuschungen, dachte ich. Ich versuchte, mir vorzustellen, wie sie das mit ihren Gehältern gestemmt hatten – eine Fruchtbarkeitsbehandlung war nicht billig. Das Haus, diese Siedlung, allmählich konnte ich mir das alles erklären.

»Sie hat so viele Hormonspritzen bekommen«, sagte er. »Ich wurde den Gedanken nicht los, dass die irgendwie mit der Auslöser waren. Davon war ich überzeugt, als die Diagnose kam. Und als Zoë dann plötzlich vor der Tür stand, das Kind, das sie vor so vielen Jahren weggegeben hatte, tja, das ganze Timing … Es kam mir vor wie grausame Ironie.«

Ich starrte ihn verständnislos an. Mir schwindelte, der Raum schien zu kippen und um mich herum zu schwanken. In der Küche nebenan lief ein Radio, und ich wünschte gereizt, er würde den Apparat ausschalten, damit ich nachdenken konnte.

»Ich versteh nicht ganz«, sagte ich. »Was meinen Sie, das Kind, das sie weggegeben hatte?«

Er musterte mich erneut, als ob er sich noch immer keine abschließende Meinung über mich gebildet hatte. »Ja. Gleich nach Zoës Geburt. Wussten Sie das nicht?«

»Nein«, sagte ich, traute meiner eigenen Stimme kaum, bei all den Emotionen und Fragen, die in mir tobten.

»Das war das Einzige, was Linda ihr ganzes Leben lang wirklich bereut hat«, fuhr Gary fort. »Sie hat sich das nie verziehen.«

Dann sprach er von einem Brief, in dem das Mädchen den Wunsch geäußert hatte, seine leibliche Mutter kennenzulernen, erzählte von dem anschließenden Treffen und von Lindas Euphorie danach, doch ich konnte die ganze Zeit nur an Zoë denken, wie sie in meinem Wagen saß, im orangefarbenen Licht der Straßenlaternen, und mir erzählte, dass Linda mit ihr, als sie klein war, zur UCD gefahren war – *mit dem Auto. Ich hab ihr angemerkt, dass sie dich nie ganz vergessen hatte*, das waren ihre Worte gewesen, und sie hatten sich mir eingebrannt. Aber Linda hatte nie den Führerschein gemacht. War alles gelogen? War überhaupt irgendetwas von dem, was Zoë gesagt hatte, wahr? Andere Sachen, die sie mir erzählt hatte, fielen mir wieder ein: die Verwandten in Greystones, Einkaufsbummel auf der Grafton Street, Chancen, die ich im Kopf abgespeichert hatte, Szenen, bei denen ich mir ausgemalt hatte, was hätte passieren können, wenn ich zufällig auf die beiden gestoßen wäre – dass ich an dem Tag an der Stelle vorbeigekommen wäre, wo *Der Klecks* stand, und Linda mit einem kleinen blonden Mädchen entdeckt hätte, dass ich auf der Grafton Street wie angewurzelt stehen geblieben wäre und Linda mit einem Kind an der Hand auf mich zugekommen wäre und »Hallo, David« gesagt hätte, die Erinnerung an ihre Stimme, die meinen Namen sagte, ein schmerzhafter Stich. Alles gelogen.

»Zuerst machte sie einen lieben Eindruck«, sagte Gary über Zoë, und seine Worte rissen mich aus meiner Verwirrung. »Sie kam immer öfter her, und die zwei saßen dann hier und haben stundenlang geredet. Irgendwie hatte ich so ein bisschen das Gefühl, als würde ich zwei Menschen beobachten, die sich ineinander verlieben.«

So schwer es mir auch fiel, ich versuchte, es mir vorzustellen: Linda und Zoë in diesen Sesseln, ganz aufeinander konzentriert, bestrebt, die vielen verlorenen Jahre wieder aufzuholen.

»Als Linda vorschlug, Zoë sollte zu uns ziehen, war ich nicht gerade begeistert. Das ging mir alles zu schnell – und Linda war ziemlich mitgenommen von der Behandlung. Sie freute sich sehr, wenn Zoë da war, aber sie war danach immer erschöpft. Trotzdem, ich konnte nicht nein sagen – Zoë war schließlich ihre Tochter. Sie zog ein, und alles lief eine Zeitlang auch ganz gut. Doch dann fing es an.«

»Was denn?«, fragte ich und trank einen Schluck von meinem Kaffee, der schon kalt geworden war.

Gary schlug die Beine übereinander und runzelte leicht die Stirn. Er sah nicht mich an, sondern starrte auf eine Stelle auf dem Fußboden, während er zurückdachte. »Kleinigkeiten zunächst – sie erzählte Linda zum Beispiel, ich hätte dies oder jenes getan, um sie zu ärgern, was gar nicht stimmte. Behauptete, ich wäre abweisend zu ihr oder würde versuchen, sie auszuschließen – Linda hat das sauer gemacht. Wenn sie mich zur Rede stellte, hab ich es abgestritten – hab versucht, ihr zu erklären, dass Zoë sich das nur einbildete oder, schlimmer noch, ausdachte. Es war grotesk – die arme Frau musste ständig zur Chemo ins Krankenhaus, war spindeldürr, und wir stritten uns über die albernen kleinen Lügen eines Teenagers.«

Ein kalter Verdacht beschlich mich: Versuchte sie das Gleiche bei Caroline und mir? Wollte sie uns gegeneinander ausspielen, einen Keil zwischen uns treiben?

»Mir waren die Hände gebunden«, fuhr Gary fort, »ich wollte Linda doch nicht unnötig belasten. Daher schob ich die Sache auf, sagte mir, ich würde mich drum kümmern, sobald es Linda wieder besserging. Aber es ging ihr immer schlechter, und die Situation zu Hause wurde schlimmer. Ich meine, auf der einen Seite tat Zoë mir leid. Sie war eine überspannte Jugendliche, die ihre Mutter kennenlernen wollte. Auf der anderen Seite hatte ich das Gefühl, sie wollte mich herausdrängen, um Linda für sich allein zu haben.«

Er beugte sich vor und stellte seine Kaffeetasse wieder aufs Tablett. »Selbst jetzt noch, wo ich es erzähle, klingt es lächerlich – als wäre ich eifersüchtig auf sie gewesen, auf dieses Schulmädchen.« Seine Stimme wurde wieder hart. »Trotzdem nehme ich ihr übel, was sie getan hat. Diese letzten Monate mit Linda – die hat sie vergiftet.«

Vergiftet? Redeten wir hier von demselben Mädchen, dessen Hand ich gehalten hatte, als es in einem Krankenhausbett lag, bleich wie der Tod? Was hatte sie noch mal zu mir gesagt? *Du kennst mich doch gar nicht. Ich habe Dinge getan ...* Obwohl diese Person, die unter meinem Dach lebte, möglicherweise meine Tochter war, hatte ich noch lange keine Ahnung, wer sie war.

Danach verlief sich das Gespräch. Ich konnte mich kaum noch an den Zweck meines Besuches erinnern, geschweige denn weitere Fragen stellen. Auch Gary wurde schweigsamer, vielleicht weil er bedauerte, so viel offenbart zu haben, und nachdem ich mich für den Kaffee bedankt hatte, standen wir beide auf, und er brachte mich zur Haustür.

Erst als ich schon draußen war und mich umdrehte, um auf Wiedersehen zu sagen, drängte sich mir wieder die eine Frage auf, die mich nicht losließ. »Warum hat sie mir nie was gesagt?«, fragte ich ihn. »Linda. Von dem Baby. Warum hat sie sich nicht gemeldet?«

Er schaute an mir vorbei auf das struppige grüne Gras, das den hügeligen Boden bedeckte und bis auf einige kahle Stellen in langen Büscheln wuchs. »Man soll die Vergangenheit ruhen lassen«, sagte er schließlich, und als er mir wieder ins Gesicht blickte, erkannte ich, dass sich hinter seiner ausdruckslosen Miene ein Urteil verbarg.

Seine Antwort befriedigte mich nicht, aber ich wusste, dass ich nicht mehr von ihm erfahren würde, also drehte ich mich um und ging.

»Passen Sie auf sich auf«, rief er mir nach.

Es war eine geläufige Floskel, was man eben zum Abschied so sagt. Doch als ich an jenem Tag vom Haus zur Straße ging, begleitete mich dieser Satz und nahm einen unangenehmen Beigeschmack an. Vielleicht lag es an dem Schock über das, was ich erfahren hatte, oder an unserem unterkühlten Abschied, aber die Worte und die Art, wie er sie gesagt hatte, wiederholten sich in meinem Kopf: *Passen Sie auf sich auf, passen Sie auf sich auf.* Als ich die Hand hob, um ein Taxi heranzuwinken, kam ich darauf, was ich daran so beunruhigend fand. Ich hatte das Gefühl, dass die Worte gar nicht als banaler Abschiedsgruß gemeint waren, sondern als Warnung.

15 | CAROLINE

DAVID WAR zwei Nächte fort, und während dieser Zeit fand zwischen uns keinerlei Kommunikation statt. Über die Entfernung von einhundert Meilen hinweg konnte ich ihn schmollen spüren.

Mir fehlte die Zeit, um mich länger damit zu befassen. Ich hatte nicht nur alle Hände voll damit zu tun, die Kinder zur Schule und zu sonstigen nachmittäglichen Aktivitäten zu kutschieren, sondern musste auch arbeiten. Die ganze Woche fand im City West Hotel eine Fachmesse statt, auf der unsere Firma einen Stand hatte, um neue Kunden zu akquirieren. Ich hatte zusammen mit zwei Kollegen Standdienst. Es waren hektische Tage, der Lärm von dem Menschengewühl hallte mir noch lange, nachdem ich das Gebäude verlassen hatte, in den Ohren, und vom stundenlangen Stehen taten mir die Füße weh. Wenn zwischendurch nichts los war, starrte ich mit trüben Augen vor mich hin, und meine Gedanken wanderten unvermeidlich zu der bedrückten Atmosphäre zu Hause. Ich dachte an Robbies Missmut, seine Probleme in der Schule und seine Weigerung, mit mir darüber zu sprechen; an Holly und ihre offensichtliche Traurigkeit darüber, wie sich alles verändert hatte. Ich dachte an David und daran, dass jedes Gespräch zwischen uns in letzter Zeit emotional aufgeladen und gefährlich gewesen war, als könnte nur ein einziges falsches Wort zum Streit führen. Und die ganze Zeit residierte Zoë weiter bei uns oben unterm Dach.

Sie war ständig präsent – beim Abendessen, abends, wenn wir Fernsehen guckten. Morgens, wenn wir herumhetzten, saß sie seelenruhig da und löffelte einen Joghurt. Selbst wenn das Haus leer war, fand ich Spuren, dass sie kurz vorher noch da gewesen war – das Badezimmer noch dampfig und warm von ihrer Dusche, eine Kaffeetasse, die auf dem Abtropfbrett trocknete. Manchmal, wenn ich an der Treppe zum Dachboden vorbeikam, drang mir schwacher Zigarettengeruch von oben in die Nase. Sie hatte sich in unserem Haus breitgemacht, und trotz meines Unbehagens fiel mir nichts ein, wie ich das ändern könnte.

»Caroline?«

Eine Stimme riss mich aus meinen Gedanken, und prompt stürmte der Lärm um mich herum wieder auf mich ein. Ich wandte den Kopf, mein Blick wurde wieder klar, und sobald ich ihn sah, schoss mir das Blut in die Wangen.

»Aidan«, sagte ich, als er sich mit einem schwachen Lächeln vorbeugte und mir einen keuschen Wangenkuss gab. »Was für eine Überraschung.«

Wir hatten uns über ein Jahr nicht mehr gesehen, das letzte Mal bei dem peinlichen Gespräch in Mrs Campbells Büro. Schon allein die Erinnerung daran löste beschämende Gefühle in mir aus. Wir plauderten eine Weile über die Fachmesse, die Agentur, für die ich arbeitete, und dann fragte er mich, ob ich Lust auf einen Kaffee hätte. Wir waren zwei Erwachsene, die nichts mehr miteinander hatten. Es wäre unhöflich gewesen, nein zu sagen.

Kurz darauf standen wir an einem Stehtisch im Cateringbereich, zwei Tassen Milchkaffee zwischen uns, und ich erzählte ihm von meiner Rückkehr in die Arbeitswelt, dem damit einhergehenden Druck und den Herausforderungen, aber auch von der Befriedigung, die ich aus der Berufstätigkeit zog. Er berichtete mir, dass er kürzlich befördert worden war. Es war seltsam, wie wir da zusammenstanden, unser Gespräch geflissentlich auf sichere Themen beschränkten, während um uns herum die Geschäfte weitergingen. Wir mussten laut sprechen, um uns zu verständigen, und uns beim Zuhören vorbeugen, und während wir plauderten, nahm ich die Veränderung an ihm wahr. Im hellen Licht der Punktstrahler wirkte sein Haar dünner, und in den Augenwinkeln hatte er Krähenfüße, die mir zuvor nicht aufgefallen waren. Er trug einen Anzug – die Krawatte hing leicht schief, und das Jackett war unterhalb der Taschen zerknittert. Kleinigkeiten, aber zusammengenommen erweckten sie den Eindruck von Müdigkeit, vielleicht Traurigkeit, was in mir die Frage aufwarf, wie es wohl um seine Ehe bestellt war.

Ich erkundigte mich nach seinem Sohn, er fragte nach Robbie. Ich erwiderte automatisch, dass es Robbie gutgehe, fügte aber nach kurzem Zögern hinzu: »Neulich gab es an der Schule einen Vorfall. Ärger mit einer Lehrerin.« Ich schilderte, was geschehen war, erzählte von seinen Unverschämtheiten, den Provokationen, dem tätlichen Übergriff. Erst als ich Robbies Beweggründe offenbarte, machte Aidan große Augen.

»Die Französischlehrerin? Die war das?« Dann grinste er. »Was zum Teufel hatte sie denn im Conway's zu suchen? In so einer Spelunke!«

»Ja genau!« Es tat gut, so reden zu können, wo die Sache selbst so lange zurücklag.

Er lächelte mich noch immer an, dann sagte er mit einem Anflug zärtlicher Erinnerung in der Stimme: »Wenn ich überlege, in was für Pubs wir uns getroffen haben. Ich meine – das Three Sisters? Um Gottes willen. Du musst mich doch für total niveaulos gehalten haben.«

Ich lachte, seine Augen schienen über mich hinwegzuhuschen, und sein Lächeln erstarb. »Du hast ein wunderbares Lachen, Caroline«, sagte er jetzt ernster. »Das fand ich schon immer.«

Der Moment war vorüber, und ich spürte, wie mich wieder ein Gefühl von Scham beschlich.

»Ich hab es vermisst«, fügte er hinzu.

»Wie läuft es bei dir so?«, fragte ich, fühlte mich unbehaglich unter seinem bedeutungsvollen Blick. »Mit deiner Frau, meine ich?«

Er drehte seine Kaffeetasse ein kleines Stück, verlagerte sein Gewicht von einem Bein aufs andere. »Mittelprächtig. So was braucht Zeit, schätze ich.«

Ich fragte mich, ob sie ihm von dem Zwischenfall bei Ikea erzählt hatte. Unvermittelt musste ich daran denken, mit welcher Wucht ihr Einkaufswagen gegen meinen geknallt war, ihr Gesicht eine einzige Maske der Wut. Fast hätte ich es ihm erzählt, überlegte es mir dann aber anders. Stattdessen berichtete ich ihm von Zoë.

»Eine Tochter?«, fragte er interessiert. »Aus einer anderen Beziehung?«

»Das war vor unserer Heirat. Sie ist achtzehn, fast neunzehn.«

Seine Augen weiteten sich ungläubig, und er pustete Luft aus dem Mundwinkel. »Das muss euch ja mächtig durcheinandergewirbelt haben.«

Mir kam der Gedanke, dass ich bisher keiner Menschenseele von Zoës Existenz erzählt hatte – keiner Freundin, keinem Verwandten, nicht mal meinen Arbeitskollegen. Es war, als versuchte ich, die Sache totzuschweigen, hoffte, dass sich das Problem irgendwie in Luft auflösen würde. Mit Aidan darüber zu reden, war eine Erleichterung, und nachdem ich einmal angefangen hatte, fand ich kein Ende mehr. Er hörte aufmerksam zu, warf zwischendurch mal eine Frage ein oder äußerte eine Meinung.

»Hat sie Ähnlichkeit mit David?«, fragte er.

»Ich kann keine entdecken. Vielleicht mit seiner Mutter ein bisschen, aber nein, eigentlich nicht.«
»Was halten die Kinder von ihr?«
»Holly kann sie nicht ausstehen. Sie kriegt fast Ausschlag, wenn Zoë im Zimmer ist.«
»Und Robbie?«
»Er ist altersmäßig näher an ihr dran, und sie haben mehr gemeinsam. Ich merke ihm an, dass er gern mit ihr zusammen ist. Bloß ...«
»Bloß was?«
»Ich mache mir Sorgen um ihn. Er ist in letzter Zeit so aufsässig – und klar, er ist ein Teenager, und so sind Teenager nun mal, aber sein Verhalten ist völlig untypisch für ihn. Sie stecken ständig zusammen, er und Zoë. Abends, an den Wochenenden. Manchmal höre ich sie beide noch spät abends in seinem Zimmer reden. Ich fürchte, sie hat einen schlechten Einfluss auf ihn.«
»Sie wohnt bei euch?«, fragte er fassungslos. »Wessen Idee war das denn?«
»Davids. An Weihnachten ist was passiert. Scheinbar hat sie versucht, sich umzubringen –«
»Scheinbar? Glaubst du ihr nicht?«
»Ich weiß nicht, was ich glauben soll, Aidan. Sie ist so schwer einzuschätzen. Nach der Überdosis wollte David, dass sie zu uns zieht, und ich hatte das Gefühl, nicht nein sagen zu können.«
»Wieso nicht? Du bist nicht für sie verantwortlich.«
»Ich vielleicht nicht, aber David fühlt sich verantwortlich. Er ist schließlich ihr Vater.«
Er blickte skeptisch.
»Hör mal, er hat ihr seine DNA gegeben, mehr nicht. Und gemessen an dem, was Elternschaft ausmacht, ist das nicht viel. Was ist mit der Mutter?«

»Sie ist tot.«
»Sonstige Angehörige?«
Ich schüttelte den Kopf. »Ein Stiefvater, aber der spielt offenbar keine Rolle.«
»Du hast also einen Kuckuck im Nest.«
Er sagte das mit einem trockenen Humor, aber sein Blick war ernst. Ein Frösteln lief mir über den Rücken, als hätte mich eine kalte Brise gestreift.
Ich nahm das Zuckertütchen, das neben meiner Tasse lag, drehte es um. »Ich traue ihr nicht«, sagte ich leise.
»Wieso nicht?«
»Sie ist immer ganz höflich zu mir, aber nur wegen David. Wir finden keinen Draht zueinander. Als ob sie das nicht will. Egal, was ich in der Richtung versuche, es scheint von ihr abzuprallen.«
»Sie lässt dich auflaufen.«
»So fühlt es sich an. David findet sie toll. Er sieht nicht, was ich sehe.«

In den letzten paar Wochen hatte es ein paar kleinere Vorkommnisse gegeben – nichts Gravierendes, aber sie hatten dennoch für Unruhe gesorgt. Einmal, als ich ihre frische Wäsche in ihr Zimmer brachte, hatte ich aus Versehen ihren Laptop gestreift und damit den Bildschirm geweckt. Genau in dem Moment war Zoë hereingekommen. Später erzählte sie David, sie hätte mich dabei erwischt, wie ich ihre E-Mails las. Ein anderes Mal war sie zum Frühstück in einem Top heruntergekommen, das mir gehörte – graue Seide, U-Ausschnitt. Es hatte ganz hinten in meinem Schrank gehangen. Ich hatte es monatelang nicht mehr angehabt.

»Du trägst meine Bluse«, hatte ich überrascht gesagt.
»Echt?«
Sie hatte an sich hinabgesehen, den Stoff zwischen die Fin-

ger genommen und so getan, als würde sie ihn inspizieren. »Stimmt«, hatte sie lachend bestätigt. »Die muss bei der Wäsche zwischen meine Sachen geraten sein. Ich hab gedacht, es wäre meine!«

Sie war ein Ausbund an Charme und Höflichkeit, während David im Hintergrund zusah. Sie hatte angeboten, nach oben zu laufen und sich umzuziehen, aber irgendwie hätte das alles nur noch schlimmer gemacht. Ich versuchte, eine Lockerheit vorzutäuschen, die ich nicht empfand, und sagte, sie solle die Bluse am Abend in die Wäsche tun, wenn sie sie nicht mehr brauchte. Ich konnte nicht so gut schauspielern wie sie, und trotz meiner Bemühungen schwang ein gewisser Argwohn in meiner Stimme. Ich konnte es nicht beweisen, aber ich wusste, dass sie in meinen Sachen gestöbert hatte.

»Danke, Caroline«, sagte sie und richtete ihre ausdruckslosen grünen Augen auf mich.

Ich erzählte Aidan den Vorfall, verschwieg ihm aber, dass ich mir, als ich sah, wie die graue Seide ihre schlanken Rundungen umschmeichelte, mit einer Spur Neid eingestehen musste, dass das Top an ihrer jugendlichen Figur wesentlich besser aussah als an mir. Ich wusste, ich würde es nie wieder anziehen.

»Hast du mit David über deine Bedenken gesprochen?«, fragte Aidan und zog meine Aufmerksamkeit wieder auf sich.

»Jedes Mal, wenn ich davon anfange, führt das bloß zum Streit.«

Sein Blick wurde mitleidig, und als er weitersprach, klang seine Stimme sanfter, aber bestimmt. »Du musst dir darüber klarwerden, was du willst, Caroline. Es ist ja durchaus löblich, sie mit offenen Armen aufzunehmen, sehr nobel, aber es sollte nicht um jeden Preis geschehen. Du bist nicht ihre Mutter. Hast du schon mal darüber nachgedacht, was für eine Beziehung du zu ihr haben willst? Was du von ihr erwartest, im Gegenzug dafür, dass du sie in deiner Familie aufgenommen hast?«

»Nicht so richtig.«

»Hör auf mich und denke gründlich darüber nach. Überleg dir genau, wie weit deine Toleranz geht und was du absolut nicht akzeptieren kannst.«

Er trank seinen Kaffee aus und stellte die Tasse mit entschlossener Miene auf den Tisch. »Und wenn du dann zu einem Ergebnis gekommen bist, setz dich durch. Du darfst dir von dieser Fremden mit ihrer Armes-Waisenkind-Nummer nicht auf der Nase herumtanzen lassen.«

Ich sah auf die Uhr und sagte, ich müsse zurück zu meinen Kollegen. Er kam um den Tisch herum, und wir umarmten uns verlegen, spürten beide die Fremdheit der Berührung nach allem, was passiert war.

Die Fachmesse ging zu Ende, und nachdem die Türen der großen Hallen geschlossen worden waren, musste ich mit den Kollegen noch die Prospekte, Muster und Plakate einpacken, den Stand abbauen und alles in unsere Autos laden, so dass ich erst nach acht Uhr zu Hause ankam. Als ich die Haustür öffnete, sah ich Davids Koffer neben der Treppe stehen. Robbie saß auf der untersten Stufe, die Arme verschränkt, das Gesicht angespannt und bang.

»Was ist los?«, fragte er.

»Da drin«, sagte er und nickte Richtung Küche. »Dad und Zoë.«

Ich konnte streitende Stimmen hinter der geschlossenen Tür hören, die Worte undeutlich. Mein Puls beschleunigte sich. Was war geschehen?

»Bleib hier«, sagte ich zu Robbie, zog meine Jacke aus und drückte die Tür auf.

»Das ist nicht wahr! So hab ich das nie gemeint!«, sagte Zoë, als ich eintrat. Sie stand mit dem Rücken zu mir, und erst als sie sich umdrehte, um zu sehen, wer da zur Tür hereinkam, sah ich, dass ihr Gesicht rot und verweint war. David stand mit verschränkten Armen an die Arbeitsplatte gelehnt und blickte ernst. Er nahm mich kaum wahr, sondern setzte das Gespräch mit seiner Tochter fort.

»Du hast mich angelogen. Du sagst, so hast du das nicht gemeint, aber du musst gewusst haben, dass ich irgendwann dahinterkomme.«

»Wieso ist das überhaupt so wichtig?«, sagte sie beschwörend. »Was macht das für einen Unterschied? Sie sind nicht meine Eltern – nicht meine richtigen.«

»Zoë, sie haben dich großgezogen.«

»Na und? Das heißt noch lange nicht, dass sie mich geliebt haben.«

»Würde mir mal bitte jemand verraten, was hier los ist?«, fragte ich, weil ich mir die Szene, die sich da vor meinen Augen abspielte, beim besten Willen nicht erklären konnte. Es war das erste Mal, dass ich so etwas wie eine Auseinandersetzung zwischen den beiden erlebte. Wenn ich ehrlich bin, spürte ich ein kleines freudiges Prickeln – die leise Hoffnung, dass David sie endlich durchschaut hatte.

Er erzählte mir mit knappen Worten, was er über ihre Adoption erfahren hatte. Er sah müde aus, fast ungepflegt, als hätte er in seinen Klamotten geschlafen oder gar nicht geschlafen. Obwohl er bewusst leise sprach, wusste ich, dass er innerlich kochte.

»Was ist mit dem Geld?«, fragte er sie.

»Ich hab kein Geld bekommen.«

»Zoë, er hat mir erzählt, dass Linda dir sechstausend Pfund

für dein Studium hinterlassen hat. Dass er dir den Scheck persönlich in die Hand gedrückt hat. Willst du das abstreiten?«

»David, es stimmt, er hat mir einen Scheck gegeben, aber er hat dir nicht erzählt, dass der Scheck geplatzt ist.«

»Was?«

»Das Konto war nicht gedeckt«, erklärte sie. »Linda hatte kein Geld. Und ich hätte auch keins von ihr haben wollen. Menschenskind, glaubst du etwa, ich hätte mich für das Geld interessiert? Alles, was ich wollte, war sie, meine leibliche Mutter, auch wenn es nur für kurze Zeit war.«

Er fuhr sich mit einer Hand übers Gesicht, und ich konnte ihm nicht ansehen, ob er ihr glaubte oder nicht. Ich dagegen glaubte kein Wort, das ihr über die Lippen kam. »Du hast uns angelogen«, sagte ich zu ihr.

»Nein, hab ich nicht.«

»Du hast uns alle in dem Glauben gelassen, Linda hätte dich großgezogen«, hielt ich ihr entgegen.

Sie hatte einen bockigen Ausdruck im Gesicht und weigerte sich, mir in die Augen zu sehen, hielt den Körper weiter David zugewandt. Irgendwie machte mich das noch zorniger.

»Wieso tust du so was?«, fragte ich. »Die Existenz von Menschen leugnen, die für dich da waren, dich großgezogen haben, dich geliebt haben –«

»Du weißt doch gar nicht, wovon du redest, Caroline. Mich geliebt? Dass ich nicht lache.«

David hörte ihr sichtlich aufgewühlt zu.

»Sie haben mich nie geliebt. Für sie war meine Adoption ein Akt der Barmherzigkeit. Aber sie wollten mich nicht so, wie ich bin. Sie gehören zu der Sorte Leute, für die Kinder so zu sein haben wie in Büchern. Ich sollte eine kleine Heidi sein oder eine Pollyanna, aber verdammte Scheiße, so bin ich nicht.«

Der Kraftausdruck war ein Zeichen dafür, dass wir sie aus dem Gleichgewicht brachten. Ich sah David überrascht blinzeln – zum ersten Mal hörte er vulgäre Worte aus ihrem Honigmund. Sie bemerkte seine Verblüffung, und als sie weiterredete, war ihre Stimme leiser, und sie ließ die Schultern ein kleines bisschen hängen.

»Sie haben mich nicht geliebt. Sie haben mich nicht wie eine Tochter behandelt, eher wie ein Dienstmädchen.«

»Das alles hättest du uns doch erzählen können«, sagte David. »Du hättest ehrlicher sein sollen.«

»Ich weiß. Aber ich hab mich geschämt.«

»Ach, hör doch auf«, sagte ich.

»Aber es stimmt«, beteuerte sie, die Augen unverwandt auf David gerichtet. »Mit meinem Dad ... da sind Sachen passiert. Ich hab gedacht, wenn ich euch das erzähle, glaubt ihr mir nicht.«

»Was für Sachen?«, fragte David.

Sie senkte den Blick, murmelte halblaut, sie sei unsicher, ob sie das erzählen sollte.

»Zoë, erzähl's mir«, beharrte er.

Sie fuhr sich mit einer Hand über den Mund. So wie sie sich sträubte, mit der Sprache herauszurücken, konnte ich mir denken, worauf das hinauslief. Sie sagte nicht direkt, dass sie missbraucht worden war, aber es deutete alles darauf hin: das Zupfen an den Ärmelbündchen, die abgedrückten Tränen, die Anspielungen auf unangemessenes Verhalten, nachdem sie sechzehn geworden war. Etwa um diese Zeit hatte sie Kontakt zu Linda aufgenommen.

David hatte die Hand an den Mund gehoben und sah sie gebannt an, war sichtlich geschockt von dem, was sie erzählte. Glaubte er ihr? Die Art, wie sie es schilderte, stockend und mit langen Pausen, kam mir einstudiert vor, jedes gestammelte

Wort, jeder vielsagende Blick clever darauf angelegt, ihn zu ködern. Sie wirkte ausgesprochen beklommen, aber es hatte etwas Aufgesetztes, Unehrliches.

»Mein ganzes Leben hab ich mich abgeschoben gefühlt«, sagte sie leise und bedrückt, »als ob keiner mich wirklich wollte. Ständig hab ich versucht, mich irgendwie anzupassen, aber es ist mir nie gelungen. Bis ich Linda fand. Da ergab auf einmal alles einen Sinn. Wir waren noch dabei, uns kennenzulernen, als sie starb, aber ich bin so dankbar für die Zeit, die wir hatten. Ihr könnt euch nicht vorstellen, wie wichtig das für mich war.« Sie biss sich auf die Oberlippe, um nicht die Fassung zu verlieren, eine Reihe kleiner Zähne presste die Farbe aus ihrem Mund. Ohne David aus den Augen zu lassen, sagte sie: »Ich bin ihr dankbar, dass sie mich zu dir geführt hat. Die letzten paar Monate, dich kennenzulernen, deine Familie kennenzulernen, ein kleiner Teil von ihr sein zu dürfen – das war für mich total wichtig.«

Frust stieg in mir auf. Die Art, wie sie ihn in meinem Beisein bearbeitete, war schamlos.

»Ich weiß, Zoë«, sagte er leise. »Und mir geht es da ja genauso. Ich will dir nur begreiflich machen, wie wichtig es ist, dass wir dir vertrauen können.« Dann sprach er über die Bedeutung von Ehrlichkeit innerhalb einer Familie, aber ich sah ihm an, dass er weich wurde. Ihre Geschichte war ihm unter die Haut gegangen. Zoë nickte, während sie brav zuhörte, spielte die Reuige, ließ schuldbewusst den Kopf hängen, und mich überkam jähe Furcht. Die mühelose Art, wie sie sich bei uns eingeschlichen hatte, ihre beunruhigende Belagerung des Dachzimmers, die Nächte, in denen ich wach lag und auf ihre tapsenden Schritte über mir lauschte, auf das Murmeln ihrer Stimme, die durch die Dielenbretter zu mir drang. Die ganze Zeit hatte ich ihr falsches Spiel geahnt, die Kälte in ihrem Verhalten mir gegenüber gespürt. Und jetzt, wo ich dachte, ihre Täuschung würde entlarvt werden und David würde endlich erkennen, dass sie nicht vertrauenswürdig war, spürte ich, wie mir die Chance entglitt. Erschöpft von der Auseinandersetzung wollte er die Sache beilegen – die verlorene Tochter, der nachsichtige Vater. Panik erfasste mich.

»Moment mal«, sagte ich und trat vor, um die Idylle der beiden zu zerstören. »Das soll's gewesen sein?«

»Wie meinst du das?«, fragte er.

»Sie hat uns in einem ziemlich wichtigen Punkt belogen. Was für Lügen hat sie uns wohl sonst noch aufgetischt?«

»Ich bin mit im Raum, Caroline«, sagte Zoë leise, was ich ganz schön frech fand, schließlich hatte sie mir nicht ein einziges Mal in die Augen gesehen, seit ich die Küche betreten hatte.

»Ich lebe ungern mit jemandem unter einem Dach, zu dem ich kein Vertrauen habe.«

»Caroline ...«, setzte David müde an.

»Wir müssen an die Kinder denken. Was für Lügengeschichten hast du ihnen erzählt?«, wollte ich von ihr wissen.

»Gar keine!«

»Du hockst stundenlang oben mit Robbie zusammen, was hast du ihm alles eingeredet?«

»Caroline, das ist nicht fair«, warf David ein.

»Ach nein? Guck dir doch sein Verhalten in der Schule an, seit sie eingezogen ist. Seine Noten sind schlechter geworden, die Lehrer beklagen, dass er im Unterricht nicht aufpasst, ganz zu schweigen von seiner Suspendierung neulich. Mir graut schon vor dem nächsten Elternsprechtag.«

»Tja, das ist ja wohl kaum Robbies Schuld«, konterte David gehässig.

Ich starrte ihn an, verletzt durch diese unvermittelte Attacke.

So eine spitze Bemerkung, eine Anspielung auf meinen Seitensprung, im Beisein von Zoë – ich konnte es kaum fassen. Ich meinte den Anflug eines süffisanten Grinsens um ihre Mundwinkel spielen zu sehen. Im Hintergrund läutete die Türglocke. Keiner von uns machte Anstalten, an die Tür zu gehen.

»Wenn ihr wollt, dass ich wieder ausziehe, kein Problem«, durchbrach sie das Schweigen.

»Himmelherrgott nochmal«, knurrte David.

»Ihr müsst es nur sagen, und ich pack meine Sachen. Ich schmeiß auch die Uni – dann seht ihr mich nie wieder.«

»Sei nicht albern«, sagte er, sichtlich genervt über die Wendung, die das Gespräch genommen hatte. »Niemand will, dass du ausziehst.«

»*Ich* will, dass sie auszieht«, entgegnete ich.

Sie sah mich kurz an, blickte dann zu Boden und ließ die Schultern wieder hängen, nahm ihre verwundbare Pose ein. »Ich hab versucht, mich mit dir anzufreunden, Caroline. Wieso kannst du mich nicht leiden?«

Ich reagierte auf die Frage mit der Geringschätzung, die sie verdiente. »Wenn sie uns anlügt, was hat sie dann wohl Robbie und Holly erzählt? Meinst du nicht, wir sollten an die Bedürfnisse der beiden denken, an ihre Sicherheit?«

»Jetzt reicht's aber«, fauchte David. »Zoë ist ihre Halbschwester, keine Soziopathin.« Die Küchentür ging auf, und seine Aufmerksamkeit war kurz abgelenkt. Zoë fing meinen Blick auf, und ich sah, wie ihre Augenbrauen sich kurz hoben, ein triumphaler Ausdruck über ihr Gesicht huschte.

»Chris ist da«, verkündete Robbie, der in der Tür stand und Zoë nervös ansah.

»Tut mir leid, komme ich ungelegen?«, fragte Chris und schob sich an ihm vorbei in die Küche. »Wir wollten ein Bier trinken gehen, weißt du noch?«

David hatte die Hände ans Gesicht gehoben und drückte die Fingerspitzen auf die Augenlider. Als er die Hände senkte, sah er müde und niedergeschlagen aus. »Sorry, Chris. Hatte ich ganz vergessen.«

Er rührte sich nicht von der Stelle, und Chris, der die Stimmung im Raum wahrnahm, sagte: »Kein Problem, holen wir demnächst nach. Wenn ihr hier was zu besprechen habt ...« Seine Augen richteten sich auf Zoë, als würde er sie erst jetzt bemerken. »Hi«, sagte er, trat vor und streckte ihr die Hand entgegen, die sie kurz schüttelte. »Ich bin Chris.«

»Zoë.«

»Macht's dir wirklich nichts aus, wenn wir das verschieben?«, fragte David halb entschuldigend. »Ich bin gerade erst aus Belfast zurück, und wir müssen noch was klären.«

»Macht gar nichts.« Chris zuckte die Schultern. »Geh ich eben allein was trinken.«

»Ich komm mit.«

Wir blickten sie alle überrascht an.

»Ernsthaft«, fuhr Zoë fort und nahm ihre Jacke, die über einer Stuhllehne hing. »Ich könnte ein Bier gebrauchen.«

»Okay, gern«, sagte Chris, und in seinem Gesicht spiegelte sich freudige Überraschung. Er trat zurück, um sie vorbeizulassen, drehte sich dann um und hob salutierend die Hand, ehe er ebenfalls die Küche verließ.

Gleich darauf hörten wir, wie Robbie ins Wohnzimmer ging und die Tür hinter sich zuknallte. David und ich blieben allein zurück.

»Weiß Chris von Zoë?«, fragte ich ihn, und er schüttelte den Kopf. »Na toll«, sagte ich ausdruckslos. »Bin gespannt, was sie *ihm* für Lügen auftischt.«

»Hörst du jetzt bitte mal auf damit?«, sagte David gereizt.

»Womit?«

»Ich bin es so satt, Caroline, deine ständige negative Haltung gegenüber Zoë, deine Abneigung.«

»Meine –«

»Wenn du mal versuchen würdest, sie kennenzulernen, statt ihr immer nur zu misstrauen, würdest du vielleicht nicht so empfinden.«

Jetzt stieg auch in mir die Wut hoch, wie ein Schmerz, aber David hatte sich bereits von mir abgewandt. Er fing an, Schränke und den Kühlschrank zu öffnen, nahm Brot, Käse, Relish heraus, klatschte alles achtlos zu einem Sandwich zusammen.

»Ich hab allen Grund, misstrauisch zu sein«, konterte ich.

»Sie belügt uns nach Strich und Faden –«

»Sie hat ein einziges Mal gelogen, mehr nicht. Und ich kann ihre Gründe verstehen.«

»Ja klar, natürlich kannst du das.«

»Erspar mir deinen Sarkasmus, ja? Ich bin müde und nicht in der Stimmung. Und noch was«, sagte er, ging an mir vorbei zum Küchentisch und stellte seinen Teller mit einem Knall ab.

»Ich fand es krass von dir, in ihrem Beisein zu sagen, sie soll ausziehen. Was ist bloß in dich gefahren? Hast du nicht gesehen, wie mitgenommen sie war?«

Ich machte große Augen. »Wie mitgenommen *sie* war?«

»Ach, komm, fang jetzt nicht so an«, sagte er, drehte mir den Rücken zu und setzte sich an den Tisch.

»Was meinst du?«

»Mach das nicht zu einem Konkurrenzkampf zwischen dir und ihr.«

»*Wie bitte?*«

Er hob die Hände in einer Geste der Kapitulation. Dann nahm er sein Sandwich und biss hinein.

Wie hatte alles so schnell außer Kontrolle geraten können?

Ich dachte an Chris und Zoë, die jetzt entspannt bei einem Bier in unserem gemütlichen Pub saßen, und spürte einen Anflug von Neid. Hier in unserer Küche herrschte Eiszeit. David saß mit versteinerter Miene über sein Sandwich gebeugt, und ich sah ihm an, dass ich einen Rückzieher machen, besonnen vorgehen müsste, wenn ich ihn überzeugen wollte.

»Hör mal«, begann ich und setzte mich ihm gegenüber, »eine Kollegin von mir wohnt mit ein paar anderen jungen Frauen zusammen, und bei ihnen ist ein Zimmer frei geworden. Alle sind Anfang zwanzig. Das Haus ist in Ranelagh, nicht weit von der Uni. Ich dachte, das wäre vielleicht was für Zoë. Was meinst du?«

»Sie könnte sich die Miete nicht leisten«, erwiderte er und nahm einen weiteren Bissen.

»Wir könnten ihr doch unter die Arme greifen.«

»Vor ein paar Tagen bist du ausgerastet, als ich vorgeschlagen hab, für sie die Studiengebühren zu bezahlen. Jetzt willst du auf einmal ihre Miete übernehmen?«

Ich überging den Seitenhieb. »Dass sie bei uns wohnt, war nie als Langzeitlösung gedacht, David. Es sollte bloß für den Übergang sein, bis sie eine neue Bleibe gefunden hat. Robbie schreibt in den nächsten Wochen wichtige Klausuren. Er muss sich aufs Lernen konzentrieren. Zoës Anwesenheit ist hier im Haus für uns alle beunruhigend – eine Ablenkung.«

»Robbie kommt schon klar.«

»Ernsthaft? Ich mache mir Sorgen um ihn.«

»Du übertreibst. Er ist fünfzehn. Jungs in seinem Alter werden schon mal aufsässig. Und ich rede mit ihm über die Schule, sag ihm, er soll sich ein bisschen mehr auf den Hosenboden setzen.«

»Tatsächlich?«

Er hatte wohl den Zweifel in meiner Stimme vernommen,

denn seine Augen verengten sich, sein Mund bildete eine verkniffene Linie. »Hab ich doch gesagt, oder?«

»Du bist in letzter Zeit so abgelenkt. Du spielst Robbies Verhalten herunter, statt ihn zur Rede zu stellen. Ich hab stark das Gefühl, dass du dich von ihm ein bisschen zurückgezogen hast – und auch von Holly. Die beiden brauchen deine Aufmerksamkeit auch, David, deine Liebe.«

»Jetzt mach aber mal halblang. Du bist doch andauernd bis spät abends unterwegs, turnst auf Fachmessen und so weiter rum, und jetzt machst du *mir* Vorwürfe, ich wäre nicht für die Kinder da?«

»Was willst du damit sagen?«, fragte ich. »Dass ich nicht wieder hätte anfangen sollen zu arbeiten?«

Die Diskussion lief aus dem Ruder. Wir rechneten uns gegenseitig vor, wie viele Stunden wir jeder mit den Kindern verbrachten im Vergleich zu der Zeit, die wir für uns selbst hatten. Und in alter Gewohnheit kritisierten wir schließlich den Erziehungsstil des anderen: Ich warf David vor, dass er die Zügel zu locker ließ, um dann in letzter Sekunde zu strengen Maßnahmen zu greifen. Er argumentierte, ich wäre einerseits zu nachgiebig und würde mich andererseits zu sehr in ihr Leben einmischen, statt ihnen den Freiraum zu lassen, Fehler zu machen und daraus zu lernen. Das Ganze war ermüdend.

David war mit seinem Sandwich fertig und stand auf.

»Also, was wird jetzt mit Zoë?«, sagte ich, entschlossen, ihn nicht aus der Küche verschwinden zu lassen, ohne dass wir eine Abmachung getroffen hatten.

Er stellte seinen Teller in die Spülmaschine, richtete sich dann auf. »Ich rede mit ihr. Ich sage ihr, sie kann bleiben, bis die Semesterabschlussprüfungen vorbei sind.«

»Das ist erst Ende Mai.«

»Das bietet sich an, Caroline. Semesterende. Sie reist in den

Ferien wahrscheinlich ohnehin mit Freunden ins Ausland – sie hat was von einem Praktikum in den USA gesagt. Wir können ihr klarmachen, dass sie nicht mehr hier wohnen kann, wenn sie nach dem Sommer wiederkommt.«

Sein Vorschlag klang einleuchtend. Dennoch hatte ich nach wie vor Bedenken.

»Bist du jetzt zufrieden?«, fragte er kalt und ging aus dem Raum, ohne meine Antwort abzuwarten.

Das Haus war leer, als ich am nächsten Morgen aufstand, weil ich abgewartet hatte, bis David und die Kinder weg waren. Die Tage auf der Fachmesse waren unerwartet anstrengend gewesen. Peter hatte uns erlaubt, an dem Morgen später anzufangen, und während ich so dalag und auf meinem digitalen Wecker die Zeit verstreichen sah, spürte ich einen dumpfen Schmerz durch den ganzen Körper wandern, und mein Nasenrücken fühlte sich empfindlich an, ein Warnzeichen dafür, dass ich mir eine Erkältung eingefangen hatte. Ich hatte mein Handy am Abend zuvor unten in der Küche liegen lassen, und es war eine Erleichterung, nicht nachsehen zu können, ob ich E-Mails aus dem Büro hatte. Schließlich stand ich auf und nahm eine lange heiße Dusche, spürte, wie die Hitze meine Haut durchdrang. Ich dachte an David und unseren Streit, der noch nicht geklärt war. Wir hatten nebeneinander im Bett gelegen, ohne ein Wort. Irgendwann nach Mitternacht hatte ich die Haustür auf- und zugehen hören, Zoës leise Schritte auf der Treppe. Ich wusste, dass er sie auch gehört hatte. Ende Mai, dachte ich und zählte im Kopf die Wochen und Monate, die bis dahin vergehen würden, bis wir sie endlich loswerden konnten.

Nach dem Duschen fühlte ich mich besser. Ich wickelte mir ein Handtuch ums Haar und ging im Bademantel nach unten, um Tee zu machen.

Zoë war in der Küche, das Haar zu einem Pferdeschwanz gebunden. Sie stand völlig reglos da und sah mich direkt an. In der Hand hielt sie mein Handy. »Entschuldige«, sagte sie. »Es hat gepiept, und ich dachte, es wäre meins.«

Es stimmte, dass unsere Telefone ähnlich aussahen und wir denselben SMS-Ton hatten, aber ich ärgerte mich trotzdem. Ich trat vor, und sie reichte mir das Handy. Ihre Tasche und ihre Jacke lagen auf der Arbeitsplatte, sie nahm beides und verabschiedete sich dann steif.

Die Küchentür schloss sich, ich warf einen Blick auf das Display und sah die SMS, die angekommen war. Sie war von Aidan, und sie war geöffnet worden. Ich las sie rasch mit wachsendem Schrecken: *Als ich gesagt habe, dass ich dein Lachen vermisst habe, hätte ich sagen sollen, dass ich deine Lippen, deinen schönen Mund, dich vermisst habe. Du bist wieder in meinem Kopf, Caroline.*

»Scheiße«, sagte ich laut.

Die Haustür stand offen, als ich in die Diele trat und sie zurückrief. Sie zog gerade ihre Jacke an und schien mich nicht gehört zu haben.

»Zoë«, sagte ich wieder und fasste ihren Arm.

Sie riss sich los, stolperte auf der Eingangsstufe und stützte sich an der Türeinfassung ab.

Dann lief sie mit schwingendem Pferdeschwanz Richtung Straße. Schwaches Sonnenlicht drang durch ein Dach aus frischem Frühlingslaub. Ich hielt den Bademantel mit einer Hand zu und rief hinter Zoë her, doch sie schaute nicht zurück, sondern wurde noch schneller, während sie die Jacke fest um sich zog. Ich stellte mir vor, wie sie die SMS gelesen hatte, und irgendetwas in mir löste sich. Ich blickte ihr ohnmächtig hinterher und sah, wie sie, bewaffnet mit diesem neuen Wissen, um die Ecke verschwand.

16 | DAVID

ES WAR spät, als Zoë an dem Abend nach Hause kam. Ich saß am Schreibtisch im Wohnzimmer, Dunkelheit hing vor dem Fenster, und das einzige Licht kam von der Anglepoise-Lampe, die die vor mir ausgebreiteten Notizen beleuchtete. Die anderen schliefen schon, als ich das Knirschen ihrer Schritte draußen auf dem Kies hörte.

Ich hätte bleiben können, wo ich war, hätte weiter meine Gedanken für das Radiointerview, das ich am frühen Morgen geben sollte, zu Papier bringen können. Die ganze Woche hatte ich mich schon darauf vorbereiten wollen, aber durch meine Reise nach Belfast war mir die Zeit davongelaufen, und trotz aller guten Vorsätze hatte ich jetzt am Vorabend des Interviews so gut wie nichts fertig. In der Rückschau muss ich oft an diesen Moment denken und frage mich, ob alles anders gekommen wäre, wenn ich nicht vom Schreibtisch aufgestanden und in die Diele gegangen wäre. So vieles von dem, was in den Tagen und Wochen danach falsch lief, nahm irgendwie mit den Ereignissen jenes Abends seinen Anfang. Aber späte Einsichten haben mir noch nie geholfen. Und sie werden es auch nie tun.

Der Streit, den wir am Abend zuvor in der Küche gehabt hatten, war mir den ganzen Tag nicht aus dem Kopf gegangen. Mir war nicht wohl damit, wie wir auseinandergegangen waren, und ich vermute, dass ich aus diesem Grund – dem Drang, die Dinge wieder ins Lot zu bringen – zu ihr in die Diele ging. Sie hängte gerade ihre Jacke an die Garderobe, mit dem Rücken zu mir, als ich ihren Namen sagte, und sie sich umdrehte.

»Um Gottes willen«, entfuhr es mir.

Ihre linke Gesichtshälfte war vom Auge bis zum Wangenknochen geschwollen, die Haut abgeschürft, mit einem dunklroten Fleck aus getrocknetem Blut. »Was ist denn passiert?«

»Ist nichts weiter«, sagte sie und ließ sich die Haare übers Gesicht fallen.

»Lass mal sehen.« Ich trat zu ihr.

Ich nahm ihr Kinn, sie ließ zu, dass ich ihr Gesicht zu mir drehte, ihre Augen glänzend und groß im grellen Licht.

»Ich bin gestürzt. Ist nicht der Rede wert.«

»Die Wunde ist dicht an deinem Auge. Wir sollten damit zum Arzt.«

»Sieht schlimmer aus, als es ist.«

»Wer war das?«, fragte ich, inspizierte geschockt den dunklen Bluterguss.

»Hab ich doch gesagt, ich bin gestürzt …«

»Ich weiß, dass das nicht stimmt.«

Ihre Augen huschten kurz zum oberen Ende der Treppe. »Können wir woanders darüber reden?«, fragte sie. »Ich will nicht, dass die anderen das mitkriegen.«

»Dann komm mit in die Küche.«

Sie folgte mir widerspruchslos und sah zu, wie ich eine Schale Eiswürfel aus dem Tiefkühlfach nahm und sie auf ein Geschirrtuch leerte.

»Da«, sagte ich und ballte das Geschirrtuch zusammen. »Drück dir das ans Gesicht. Das lässt die Schwellung etwas abklingen.«

Sie tat wie geheißen, zuckte zusammen, als die kalte Kompresse ihre Haut berührte.

»Was ist passiert, Zoë?«, fragte ich erneut, jetzt mit sanfterer Stimme, da sich der erste Schock gelegt hatte.

»Ich kann's dir nicht sagen«, antwortete sie, und dann brach sie in Tränen aus.

Behutsam bugsierte ich sie auf einen Küchenstuhl und setzte mich neben sie, nahm dann ihre Hand und versuchte, beruhigend auf sie zu wirken. »Bitte erzähl's mir, Zoë. Lass mich dir helfen.«

»Wenn ich es dir erzähle, wird sie bestimmt wieder wütend auf mich.«

»Caroline?«, sagte ich, weil ich ahnte, wen sie meinte. »Soll das heißen, *sie* war das?« Ich konnte die Ungläubigkeit in meiner Stimme nicht verbergen.

Zoë sagte nichts, starrte bloß auf die Tischplatte und drückte sich den Eisbeutel an die Wange.

Es war zwar kein Geheimnis, dass Caroline über Zoës Anwesenheit nicht glücklich war, aber sie würde sie nie im Leben körperlich angreifen. Ich kannte meine Frau. Ich wusste, wo ihre Grenzen lagen. Sofort kam mir der Verdacht, dass es sich hier um einen ungeschickten Versuch von Zoë handelte, es Caroline wegen ihrer Äußerungen am Vorabend heimzuzahlen.

»Tut mir leid, Zoë, aber es fällt mir schwer, das zu glauben.«

Sie nahm die Kompresse ab, starrte auf das Geschirrtuch, das jetzt klatschnass war, und sagte dann mit schwacher Stimme: »Ich wusste, dass du mir nicht glaubst.«

»Halt das Eis weiter an die Wange«, forderte ich sie auf, teils, weil mir ein wenig flau im Magen war – die brutale Verletzung, die Schwellung, die blutigen Hautabschürfungen – und teils, weil es mich nervte, wieder in eines von ihren Dramen hineingezogen zu werden. Das Ganze war anstrengend.

»Es war meine Schuld«, sagte sie mit derselben leisen Stimme.

»Was meinst du?«

»Es war keine Absicht. Sie hätte es nicht getan, wenn ich nicht ...«

Sie sprach den Satz nicht zu Ende. *Nun spuck's endlich aus,* dachte ich gereizt. Meine Notizen, die verlassen im Wohnzimmer lagen, würden jetzt wohl ungelesen bleiben. Dann würde ich eben in dem Interview am nächsten Morgen improvisieren müssen.

Ich bat sie, mir genau zu sagen, was passiert war.

»Ich hab ihr Handy mit meinem verwechselt«, begann sie. »Ich hab aus Versehen eine SMS gelesen, die sie bekommen hat. Klar, das ist privat, aber ich hab versucht, ihr zu erklären, dass es ein Versehen war. Dass ich sie nicht ausspionieren wollte oder so. Aber sie hat mir nicht geglaubt.«

»Weiter«, sagte ich, jetzt hellhörig geworden.

»Die SMS war von irgendeinem Typen«, fuhr sie fort. »Ich sollte dir das wahrscheinlich lieber nicht erzählen –«

»Was stand drin?«

Sie zögerte, drückte sich den Eisbeutel wieder ans Gesicht, und eine kleine Falte erschien zwischen ihren Augenbrauen. Ihr Widerstreben war unübersehbar, aber meine Neugier war geweckt.

»Keine Sorge, Zoë. Du kannst es mir erzählen.«

»Irgendwas von wegen, er würde sie vermissen. Er würde ihren schönen Mund vermissen oder so.«

Sobald sie das sagte, war mein Ärger vergessen.

Es ist ein seltsames Ding – Vertrauen. Vertrauen und Liebe, die Grundsteine einer Ehe. Als ich von Carolines kleinem Liebesabenteuer erfuhr, fühlte ich mich, als hätte jemand mit einem Hammer auf dieses Fundament aus Vertrauen eingeschlagen, so dass es von Rissen durchzogen wurde wie von Adern. Wir hatten die letzten anderthalb Jahre daran gearbeitet, diese Risse auszubessern, sie mit Gesten und Versprechungen zu kitten. Ich liebte Caroline noch immer, war noch immer froh, dass sie meine Frau war, aber solche Risse sind schwer zu flicken, und als Zoë diese Worte sagte – *er würde ihren schönen Mund vermissen* –, stellte ich mir prompt vor, wie ein anderer Mann seinen Mund auf den meiner Frau presste, ihre Lippen öffnete, mit der Zunge erkundete. Es war ein Bild, mit dem ich mich damals gequält hatte, das ich aber zu verdrängen gelernt hatte. Jetzt war es wieder da, und mein Misstrauen erwachte zu neuem Leben. Der Dichtungskitt bröckelte ab, und darunter kamen erneut die alten hässlichen Risse in unserem Vertrauen zum Vorschein.

»Ich weiß, ich hätte die SMS nicht lesen dürfen«, sagte sie, »aber du musst mir glauben – ich hätte sie wirklich niemals gelesen, wenn ich gewusst hätte, dass es ihr Handy war.«

Mit bemüht neutraler Stimme sagte ich: »Und was ist dann passiert?«

»Sie ist unheimlich wütend geworden ... Sie hat mir das Handy aus der Hand gerissen und mich gegen die Wand gestoßen.«

Das Bild verhakte sich in meinem Kopf. Es kam mir nicht richtig vor. »Bist du dir da ganz sicher, Zoë?«

»Ich glaube nicht, dass sie mir weh tun wollte. Nicht wirklich. Ich bin einfach unglücklich aufgeprallt, und ja, ich weiß, ich hab einen Bluterguss, und der pocht ein bisschen, aber es sieht schlimmer aus, als es ist ...«

Sie fing wieder an zu weinen, und trotz meiner widerstreitenden Gefühle konnte ich es nicht ertragen, sie leiden zu sehen, das Gesicht so übel zugerichtet.

»Es tut mir leid«, sagte ich, obwohl es nicht meine Schuld war. Ich wusste nicht, was ich denken sollte, war hin- und hergerissen zwischen dem Wunsch, ihr zu glauben, und meinem natürlichen Instinkt, vor dem schwer erträglichen Wissen um die Untreue meiner Frau zurückzuschrecken.

»Schon gut«, sagte sie und stand vom Tisch auf.

Sie wollte gute Nacht sagen, doch ehe sie dazu kam, ergriff ich ihr Handgelenk.

»Ich werde mit Caroline reden«, sagte ich, als sie versuchte, ihre Hand wegzuziehen.

»Nein, bitte nicht. Sie soll nicht denken, ich hätte sie verpetzt.«

»Zoë«, sagte ich sanft, um ihre nervöse Unruhe zu beruhigen. »Sie wird dein Gesicht sehen. Wir müssen über die Sache reden – wir alle drei.«

»Nein, bitte. Nicht nach gestern Abend.«

»Wir müssen die Sache klären. Du bist meine Tochter, und ich will, dass du dich hier sicher fühlst. Aber Caroline ist auch meine Frau. Sie ist hier zu Hause. Was immer passiert ist, wir können nicht so tun, als wenn nichts wäre.«

»Ich muss schlafen«, sagte sie und entwand ihren Arm meinem Griff.

»Was hast du vor?«, fragte ich, fürchtete plötzlich, sie würde ihre Sachen packen und verschwinden.

»Keine Ahnung«, sagte sie auf dem Weg zur Tür. »Ihr aus dem Weg gehen, schätze ich.«

Sie warf mir einen letzten Blick über die Schulter zu, und irgendwas an ihrem Trotz erinnerte mich jäh und schmerzlich an Linda.

Nach einer Weile schaltete ich das Licht aus und ging nach oben. Caroline rührte sich nicht, als ich ins Bett stieg. Ich lag noch lange wach, starrte auf die Umrisse ihres Körpers, auf ihr Haar, das sich auf dem Kopfkissen neben meinem ausgebreitet hatte, und spürte beklommen, dass sie, obwohl sie meine Frau und die Mutter meiner Kinder war, obwohl ich sie schon mein halbes Leben lang kannte, für mich noch immer eine Fremde war.

Mein Radiointerview war für acht Uhr angesetzt, weshalb ich früher als normal das Haus verlassen musste. Zufällig hatte Caroline ein Frühstücksmeeting, so dass wir alle früh auf den Beinen waren – alle außer Zoë.

»Gießt du mir auch eine Tasse ein?«, bat Caroline, und Ärger flammte in mir auf.

Ich hatte beschlossen, mit ihr zu reden, sobald wir allein waren, aber solange Robbie und Holly verschlafen mit am Tisch saßen, war ein Gespräch unmöglich. Ich hatte Robbie versprochen, ihn mit zum Radiosender zu nehmen, weil er Interesse an den Medien geäußert hatte, und jetzt bedauerte ich das insgeheim. Ich wollte zwar mehr mit ihm unternehmen, aber ich hatte schlecht geschlafen, war unzureichend vorbereitet, und meine Nerven lagen blank.

»Reich mir mal die Milch, Zoë«, sagte ich.

Holly und Robbie blickten beide auf.

»Du hast mich Zoë genannt«, sagte Holly, als hätte ich sie geohrfeigt.

»Quatsch.«

»Doch, Dad, hast du«, sagte Robbie.

»Dann hab ich mich eben versprochen«, sagte ich leicht genervt. »Würde mir bitte einer von euch die Milch reichen?«

Holly stand auf und ging aus der Küche.

»Dann eben nicht«, blaffte ich, da ich keine Lust auf solche Mätzchen hatte. Ich nahm meinen schwarzen Kaffee, stand auf und ging ins Wohnzimmer, wo meine Notizen noch immer genauso auf dem Schreibtisch ausgebreitet waren, wie ich sie am Vorabend hatte liegen lassen. Es hatte wenig Sinn, sie jetzt noch einmal durchzugehen, also schob ich sie zu einem unordentlichen Stapel zusammen und stopfte sie in meine Aktentasche.

»Alles in Ordnung mit dir?«

Caroline war hinter mir hergekommen.
»Jaja«, sagte ich knapp.
»Du wirkst nervös.«
Die Wut kochte in mir hoch. Wie konnte sie es wagen, hier hereinzuschweben und die besorgte Ehefrau zu spielen, wo sie erst am Tag zuvor mit einem früheren Geliebten gesimst hatte?
»Triffst du dich wieder mit ihm?«
»Was?«, fragte sie verdutzt.
Sie fragte nicht »Mit wem?«, weil sie wusste, wen ich meinte. Sie wusste genau, wovon ich redete.
»Ja oder nein?«
Verständnis blitzte in ihrem Gesicht auf, und ich nahm das Spiel der Emotionen in ihren Augen wahr – List, Täuschung, die Einsicht, ertappt worden zu sein. Ich sah ihr an, dass sie hektisch überlegte, wie sie sich herausreden könnte.
»Es ist nicht so, wie du denkst«, begann sie. »Ich hab ihn zufällig auf der Fachmesse getroffen. Ich hatte keine Ahnung, dass er da sein würde.«
»Und? Wie war's?«, fragte ich boshaft und trat mit verschränkten Armen dicht vor sie, gab mich nach außen hin stark und entrüstet. Innerlich zitterte ich.
»David –«
»Hat's wieder gefunkt zwischen euch?« Das war ein Schlag unter die Gürtellinie. Bei einer unserer ersten Auseinandersetzungen nach ihrer Affäre hatte Caroline gestanden, zwischen ihr und Aidan habe es gefunkt. Ich hatte mir die Formulierung gemerkt und sie in unseren zahlreichen Streitereien als wiederkehrendes Motiv benutzt. Indem ich sie jetzt wieder einsetzte, riss ich alte Wunden auf. Carolines Augen blickten kurz empört, aber sie ging darüber hinweg.
»Zoë hat's dir erzählt«, sagte sie ausdruckslos. Dann, fast zu sich selbst: »Hab ich mir gedacht.«

Ich nahm meine Tasche. »Ja, sie hat's mir erzählt. Sie hat mir auch ihr Gesicht gezeigt.«

»Ihr Gesicht?«

»Sie hat gesagt, du hast sie gegen die Wand gestoßen. Ihre Wange sieht fürchterlich aus. Ein Glück, dass sie nicht genäht werden musste.«

Caroline sagte nichts, stand bloß da und starrte mich mit offenem Mund an.

»Ich bin spät dran«, sagte ich und ging an ihr vorbei zur Tür.

»David, ich hab sie nicht gestoßen.« Sie folgte mir in die Diele. »Ich weiß nicht, wovon du redest.«

Die Verwirrung in ihrem Gesicht ärgerte mich. Sie kam mir übertrieben dramatisch vor. Falsch.

»Robbie!«, rief ich. »Wir müssen los.«

»David, bitte. Ich meine es ernst«, sagte Caroline. »Was wirft sie mir vor?«

Robbie war jetzt in der Diele, eine Scheibe Toast zwischen die Zähne geklemmt, während er versuchte, sich gleichzeitig die Jacke anzuziehen und seine Schultasche umzuhängen.

Sie wünschte mir kein Glück, und ich gab ihr keinen Kuss zum Abschied, verabschiedete mich überhaupt nicht, sondern schloss einfach mit Wucht die Tür hinter mir und spürte den Knall durch die Luft hallen, während ich die Einfahrt hinunter zum Auto hastete, wo Robbie bereits wartete.

Der Produzent der Radiosendung hatte mir einen kurzen Entwurf geschickt, worum es bei dem Interview gehen sollte, und es hatte sich alles unvoreingenommen und vernünftig angehört. Ich hatte mich zwar nicht so gründlich vorbereitet, wie mir lieb gewesen wäre, doch als ich vor dem Mikrophon Platz nahm, sah ich nicht den geringsten Grund zur Beunruhigung. Hinter der Trennscheibe des Studios sah ich Robbie neben dem Produzenten sitzen. Ich winkte ihm zu, und er lächelte.

Der Moderator, Des Earley, stellte mir Sean Kelly vor, einen Stadtverordneten, der einen gegenteiligen Standpunkt vertreten sollte. Ich war nicht darüber informiert worden und fand es ein wenig planlos und überhastet arrangiert, aber im Nachhinein durchschaue ich, was es war: ein abgekartetes Spiel, ein Hinterhalt.

»Die Hundertjahrfeier der Osterproklamation von 1916 steht kurz bevor, und letzte Woche sind Zahlen an die Öffentlichkeit gelangt, die eine erstaunliche Budgetüberschreitung belegen. Viele deuten das als einen politischen Trick der Regierung und zugleich als eine gezielte Maßnahme, um die Bevölkerung auf die Parlamentswahlen einzustimmen und Wähler für sich zu gewinnen«, eröffnete Earley die Diskussion.

»Das ist Stimmenkauf«, warf Kelly ein.

»Dr. Connolly, können Sie als Mitglied des Expertenbeirats die vorgesehene Summe rechtfertigen?«

»Nun, zunächst einmal möchte ich feststellen, dass die genannten Zahlen nicht ganz korrekt sind«, begann ich, »und ich kann nichts kommentieren, das nicht offiziell ist.«

»Wieso nicht?«, wollte Earley wissen. »Immerhin halten viele Menschen in Irland die Summe, die im Gespräch ist, für absurd. Es wäre doch sicherlich sinnvoller, das Geld zur Bekämpfung der Obdachlosigkeit oder zur Lösung der Probleme im Gesundheitswesen einzusetzen, statt es für das Gedenken an ein Ereignis auszugeben, das heutzutage weitgehend bedeutungslos ist.«

»Also, ich halte es keineswegs für bedeutungslos«, wandte ich ein. »Für viele Menschen sind die Proklamation von 1916 und die Umstände, die zu ihr geführt haben ...«

Ich redete, aber mein Mund war irgendwie von meinem Verstand abgekoppelt. Ich hatte eine jähe Erinnerung an den Vorabend, und die Worte *schöner Mund* blitzten vor meinem geistigen Auge auf.

»Das ist doch alles Heuchelei, oder?«, sagte Kelly jetzt. »Warum sonst sollten gewisse Interessengruppen die Durchführung anderer Maßnahmen boykottieren?«

Ich versuchte, so gelassen wie möglich zu antworten, aber meine Gedanken waren ein einziges Durcheinander, und ich murmelte irgendwas davon, dass man der Geschichte keinen Preis beimessen sollte.

»Sie finden es also nicht übertrieben, zweiundzwanzig Millionen für eine Feier auszugeben, die im Grunde das republikanisch gesinnte Wahlvolk brüskiert?«

»Nein, nein, ich meine nur ... Es ist eine Chance, die Zukunft neu zu entwerfen«, stammelte ich.

Ich war müde. Gestresst. Ich, der große Geschichtsexperte, konnte die Ereignisse meiner eigenen Vergangenheit nicht in den Griff bekommen, konnte die Geschichte meines eigenen Lebens weder erkennen noch verstehen. Eine kleine Stimme in meinem Kopf flüsterte: *Du bist ein Schwindler.*

»Sie sind doch bloß ein Sprachrohr für die Regierungsminister«, höhnte Kelly.

»Sie reißen die ganze Sache aus dem Kontext«, sagte ich. »Sinn und Zweck der Gedenkfeier ist doch –«

»Wir sind hier nicht in einer Ihrer Vorlesungen, Dr. Connolly.«

»Himmelherrgott, lassen Sie mich jetzt mal ausreden?«, sagte ich scharf.

»Okay, aber fassen Sie sich kurz, unsere Zeit ist gleich um«, warf Earley ein, versuchte, das Gespräch wieder auf Kurs zu bringen. Aber Kelly beugte sich vor, das Gesicht rot vor Wut.

Ich bekam kaum mit, was er sagte, irgendeine bissige Bemer-

kung über Akademiker in ihrem Elfenbeinturm. Ich dachte an Caroline in Aidans Armen, sein Mund auf ihrem. Ihr Mund auf seinem. Ich dachte an Zoës böse zugerichtetes Gesicht.
»Sie reden kompletten *Stuss*«, sagte ich. »Ist das deutlich genug für Sie? Sie Ignorant.«
Die Worte flogen aus meinem Mund. Ich konnte sie förmlich durchs Studio flattern sehen wie Vögel. Earley machte sofort eine Werbepause, und Kelly lehnte sich zurück, Arme vor der Brust verschränkt, mit einem zufriedenen Lächeln in seinem dummen Gesicht. »Ich seh jetzt schon die Schlagzeilen«, sagte er hämisch.
Ich nahm den Kopfhörer ab und ging.

Ich eilte zu meinem Wagen. Robbie musste halb laufen, um mitzukommen. In meinem Kopf wütete ein Sturm, Zorn durchströmte meinen Körper. Wäre ich Kelly auf dem Parkplatz begegnet, hätte ich ihm eine reingehauen, aber in Wahrheit war ich wütend auf mich selbst. Wir stiegen ins Auto, knallten die Türen zu. Ich legte den Kopf aufs Lenkrad und ließ den Atem, den ich angehalten hatte, in einem langen Seufzer entweichen.
»Alles okay mit dir, Dad?«
Ich schloss die Augen. Irgendwie fragte mich in letzter Zeit jeder, ob mit mir alles okay sei. Und ich wusste, dass dem nicht so war. Ich versuchte, mich am Riemen zu reißen, aber innerlich bebte ich. »Tut mir leid, Robbie. Ich wünschte, du hättest das nicht miterleben müssen.«
»Schon okay«, sagte er.
Ich lehnte mich auf meinem Sitz zurück. »Ich hätte nicht die Beherrschung verlieren dürfen.«
»Der Typ war ein Vollidiot.«
»Trotzdem. Es war falsch.« Ich drückte die Finger auf die

Augenlider, spürte einen Nerv hinter dem Auge pochen. »Gott, was für ein Desaster.«

»Mach dir keinen Kopf, Dad.«

»Ich weiß nicht, was da in mich gefahren ist.«

»So was passiert manchmal einfach«, sagte er. »Irgendwas rastet aus, und auf einmal siehst du nur noch rot.«

Ich nahm die Finger von den Augen.

»Ich hab mal gedacht, ich würde ausflippen, aber voll«, begann er, mit einer etwas zaghaften Stimme – er fand es sicherlich merkwürdig, seinen Vater trösten zu wollen statt umgekehrt. »Es war bei einer Disco vom Rugbyverein. Ich war draußen, auf der Tribüne. Und da hab ich diesen Typen gesehen, den ich kannte – und da bin ich voll ausgerastet und ...«

Er sprach weiter, aber ich hörte nicht richtig zu. Wieder meldeten sich meine Nerven, und statt Wut spürte ich jetzt, wie sich mir vor Angst der Magen umdrehte, als ich daran dachte, wie viele Leute mich im Radio gehört hatten, was sie gedacht haben mochten. Schon malte ich mir die Reaktion der Medien auf meinen Ausbruch aus, die möglichen Folgen für mich an der Uni. Wer von meinen Kollegen hatte mich wohl gehört? Was war mit den Mitgliedern der Berufungskommission? Mit meinen Studierenden? Mein Auftritt ließ sich nicht mehr ungeschehen machen. Das Interview war live gesendet worden. Es war jetzt in der Welt, und es ließ sich nicht mehr auslöschen.

»... und wenn ich mir vorstelle, dass ich so was hätte machen können – es war echt gruselig«, sagte Robbie jetzt.

»Stimmt«, sagte ich geistesabwesend, steckte den Schlüssel ins Zündschloss und startete den Wagen. »Ich bring dich zur Schule. Nicht dass du nach deiner Suspendierung auch noch zu spät kommst.«

Seine Augen waren auf mich gerichtet, während ich zurücksetzte; seine Enttäuschung war unübersehbar. Dann schaute er aus dem Fenster und lehnte sich gegen die Beifahrertür. Auf dem ganzen Weg bis zu seiner Schule sagte keiner von uns ein weiteres Wort.

Als ich die Treppe zum Historischen Institut hinaufging, klingelte mein Handy. Es war Caroline.

»Ich vermute, du hast es gehört«, sagte ich und meinte natürlich meinen desaströsen Auftritt im Radio.

Stattdessen sagte sie: »David, ich hab gerade Zoës Gesicht gesehen.«

Ich trottete die letzten Stufen hoch und ging den Flur hinunter.

»Du glaubst doch nicht im Ernst, dass ich ihr das angetan habe? Mein Gott ...« Sie klang hysterisch.

»Beruhige dich«, sagte ich zu ihr. »Wir reden später darüber.«

»Sie muss sich das selbst zugefügt haben«, fuhr sie fort, als hätte sie mich nicht gehört. »Sie muss ihr Gesicht *absichtlich* gegen eine Wand gerammt haben, David.«

»Ich kann mich jetzt nicht damit befassen.«

»Das ist beängstigend«, sagte sie. »Dass sie so was Brutales macht ... Ich glaube, ich kann heute nicht ins Büro. Ich bin völlig durch den Wind.«

Caroline war normalerweise so abgeklärt, unerschütterlich. Es war beunruhigend, sie so aufgewühlt zu erleben, zu hören, dass sie ihre eigene Unsicherheit zugab. »Bitte, Schatz«, sagte ich mit sanfterer Stimme, »versuch, dich zusammenzureißen.«

Ich kam gerade an Alans Büro vorbei, dessen Tür offen stand, und hörte ihn meinen Namen rufen.

»Hör mal, ich muss Schluss machen«, sagte ich zu ihr. »Ich ruf dich zurück, sobald ich kann.«

Ehe sie eine Antwort stammeln konnte, legte ich auf.

In meinem Kopf überschlugen sich die Szenarien, was ich hätte sagen sollen und was nicht. Ich wusste, als ich Alans Büro betrat, dass er mein Interview gehört hatte und mich zur Rede stellen wollte.

Doch zu meiner Verblüffung war noch jemand da, und beide schienen auf mich gewartet zu haben.

»Niki?«, sagte ich.

Sie saß steif da, die Hände gefaltet, und schrak leicht zusammen, obwohl sie gewusst haben musste, dass ich kommen würde. Alan forderte mich auf, Platz zu nehmen.

»Niki ist gekommen, um mir etwas mitzuteilen«, sagte er, »und ich dachte, du würdest es lieber von ihr selbst hören, statt es von mir aus zweiter Hand zu erfahren.«

Ich merkte Niki an, dass ihr extrem unwohl zumute war. Sie rutschte unruhig auf ihrem Stuhl hin und her und versuchte, meinem Blick auszuweichen. Ganz offensichtlich wollte sie überall sein, nur nicht hier. Alan forderte sie mit einem leisen Hüsteln auf.

»Ich ziehe mich aus dem Promotionsprogramm zurück. Tut mir leid.«

Alan hatte Doktoranden mir gegenüber stets als »den Heiligen Gral« bezeichnet: Je mehr Top-Studierende bei uns promovierten, desto besser für den Ruf der Universität und unsere Chancen auf Fördergelder. Niki zu verlieren, war nicht bloß eine persönliche Niederlage, es war ein Versagen der Universität als Institution.

»Aber wieso?«, fragte ich.

»Das Trinity hat mir ein Forschungsstipendium angeboten.«

»Sie haben nie was davon gesagt, dass Sie sich woanders bewerben.« Niki kam mir auf einmal hinterhältig vor, zumal sie mir nicht in die Augen sah.

»Es tut mir leid, David. Ich war im Januar auf einer Tagung der Royal Irish Academy, an der Sie eigentlich auch hätten teilnehmen sollen. Danach hat mich ein Professor vom Trinity angesprochen. Ich habe mich nicht aktiv beworben. Ich bin schon länger unzufrieden, aber immer, wenn ich mit Ihnen darüber sprechen wollte, waren Sie zu beschäftigt oder abgelenkt.«

Ich glaube nicht, auch nicht im Rückblick, dass ich zu beschäftigt oder abgelenkt war, um mit Niki über ihre Arbeit zu sprechen. Für mich war das Argument vorgeschoben. »Ich finde, Sie sollten noch mal darüber nachdenken, Niki. Sie haben mit Ihrer Arbeit hier gute Fortschritte gemacht. Nehmen Sie das Stipendium auf jeden Fall an, aber schieben Sie es hinaus. Beenden Sie erst hier Ihre Forschungsarbeit.«

»Es tut mir leid«, sagte sie. »Aber das möchte ich wirklich nicht.«

Alan warf einen Stoß Unterlagen auf seinen Schreibtisch, als wollte er damit eine Fliege erschlagen. »Niki sagt, sie hätte mit dir einen Gesprächstermin vereinbart, zu dem du dann aber nicht erschienen bist.«

»Stimmt, aber das war doch nur das eine Mal«, sagte ich zu Niki, wandte mich dann an Alan: »Ich musste den Termin absagen, aber das ist nur ein einziges Mal passiert.«

Niki sagte, jetzt mit etwas kräftigerer Stimme: »Nein, es ist öfter vorgekommen, dass Sie keine Zeit hatten. Und das ist es nicht allein. Ich hatte gehofft, ich würde mehr in die Forschung mit einbezogen und könnte eine maßgeblichere Rolle am Institut spielen.«

»Aber das kommt doch alles noch«, sagte ich.

»Ich hab einfach nicht das Gefühl, die Unterstützung zu bekommen, die ich brauche«, erwiderte sie.

Ich sagte zu meiner Verteidigung: »Tut mir leid, das zu

hören, aber Forschung besteht nun mal zum großen Teil aus selbstbestimmtem, eigenständigem Lernen.«

»Ich brauche regelmäßig ein fundiertes Feedback«, sagte sie, als hätte sie das auswendig gelernt.

»Kann ich Sie bitten, das noch einmal zu überdenken? Immerhin haben wir bereits ausgezeichnete Fortschritte gemacht.«

»Mein Entschluss steht fest«, sagte sie ohne Blickkontakt zu mir.

Wir redeten noch einige Minuten länger, doch was ich auch sagte, sie ließ sich nicht umstimmen. Schließlich stand sie auf, und Alan nickte zustimmend. Sie streckte mir ihre Hand hin, und ich schüttelte sie, einigermaßen ungehalten.

»Die Sache tut mir sehr leid, Alan«, sagte ich, als Niki gegangen war. »Können wir sie nicht doch noch irgendwie überreden zu bleiben?«

»Ich hab's versucht. Hab ihr erklärt, was das für ein schlechtes Licht auf uns wirft.« Er setzte sich schwerfällig hin. »Natürlich müssen wir eine interne Untersuchung durchführen.«

»Ist das wirklich notwendig?«

»Sie war Stipendiatin der Vizerektorin, verdammt nochmal!« Er breitete die Hände über seinem Schreibtisch aus. »Wir müssen eine Kommission bilden und sie offiziell von ihrer Forschungsarbeit bei uns entbinden.«

»Ich weiß nicht, was ich sagen soll ... Ich kann nicht fassen, dass sie nicht zuerst mit mir gesprochen hat.«

»Anscheinend hat sie's versucht.«

»Ich kann meine E-Mails checken, aber ich glaube wirklich nicht, dass ich was übersehen habe.«

»Es ist enttäuschend«, sagte Alan. »Ich hoffe bloß, wir können ihr Ausscheiden irgendwie wettmachen.«

»Das werden wir auf jeden Fall versuchen«, sagte ich, bemüht, optimistisch zu klingen.

Er schien mit den Gedanken woanders zu sein, und ich deutete das als Wink, mich zu verabschieden.

»Noch etwas«, sagte er, als ich aufstand. »Das Radiointerview heute Morgen …?«

»Du hast es gehört?«

»Leider ja. Was in aller Welt ist da bloß in dich gefahren?«

»Tut mir leid, Alan. Ich war sehr müde. Ich hab letzte Nacht schlecht geschlafen …«

Ich verstummte, als ich die ernste Besorgnis in seinem Blick las.

»Das Timing hätte schlechter nicht sein können.«

Ich entschuldigte mich wieder.

»Ich werde beim Dekan ein gutes Wort für dich einlegen müssen. Als Erklärung werde ich den derzeitigen Druck angeben, unter dem du zu Hause stehst.«

Ich schlug die Augen nieder. Seine unausgesprochene Unterstellung, dass ich die Arbeit am Institut durch meine persönlichen Probleme belastet hatte, war mir unangenehm.

»Wie ist denn die Lage zu Hause, David?«, fragte er, und sein Tonfall änderte sich, wurde jetzt onkelhaft. »Wie geht's deiner Mutter?«

In einem unserer privaten Gespräche beim Kaffee hatte ich ihm erzählt, dass sie jetzt in einem Heim für Palliativpflege war. »Nicht gut. Es ist nur noch eine Frage der Zeit.«

»Zeit ist kostbar. Ich denke oft, Zeit ist die Ware, mit der wir als Historiker handeln. Wir untersuchen ihr Verstreichen …«

Alans Gerede klang jetzt belanglos, und ich hörte nicht mehr richtig zu.

Offenbar hatte er meine nachlassende Aufmerksamkeit bemerkt, meine Verzweiflung. »Wie wär's mit einer kleinen Auszeit?«, fragte er.

Ich protestierte, aber nur schwach.

»Nimm dir ein paar Tage frei«, sagte er. »Besuch deine Mutter. Unternimm was mit Caroline und den Kindern. Du kannst deine Angelegenheiten regeln und abwarten, bis sich hier alles wieder beruhigt hat.«

»Was ist mit meinen Vorlesungen? Meinen Seminaren?«, fragte ich.

»Mach dir deshalb keine Gedanken. Ich werde John McCormack bitten, für dich einzuspringen.«

Na toll, dachte ich, als ich sein Büro verließ. McCormack, mein großer Retter.

17 | CAROLINE

DER APRIL war von Anfang an ein unheilvoller Monat. Nach einem desaströs verlaufenen Kundenmeeting, auf dem ich inkorrekte Daten präsentierte, rief Peter mich in sein Büro und eröffnete mir, dass ich die Agentur verlassen müsse, sobald die Kollegin, die ich vertrat, aus dem Mutterschaftsurlaub zurück wäre.

»Es ist nicht nur wegen heute«, erwiderte er auf meine halbherzige Entschuldigung, meine kläglichen Erklärungsversuche. »Du bist schon länger nicht mehr richtig bei der Sache – verpasst Termine, bist schlecht vorbereitet.«

Wie eine Idiotin fing ich von einem anderen Kunden an, von einem Angebot, das ich zusammenstellte, von Plänen, die ich ihm unterbreiten wollte. Ich fühlte mich wieder wie ein Kind, das ihm unbedingt gefallen wollte. Er hob eine Hand. »Es tut mir sehr leid, Caroline«, sagte er höflich, aber kühl. »Unsere Mittel sind beschränkt, und ich brauche jemanden, der sich voll einbringen kann und nicht durch Probleme zu Hause abgelenkt wird. Ich schreibe dir gern ein gutes Zeugnis, aber mehr kann ich nicht für dich tun.«

Er meinte es gut, aber ich drehte mich wortlos um und ging, schaffte es gerade noch zu meinem Wagen, ehe ich in Tränen ausbrach.

So groß meine Enttäuschung auch war, ich musste sie zurückstellen, als die Nachricht kam, auf die wir gewartet hatten. Am 14. April, eine Woche vor ihrem fünfundsiebzigsten Geburtstag, starb Ellen. David, der schon immer die Gabe hatte, gewisse Gefühle abzuschotten, hielt sich zunächst ganz gut, organisierte die Beisetzung, nahm Beileidsanrufe entgegen und regelte alles Notwendige mit dem Pflegeheim und dem Bestatter. Selbst am Tag der Beerdigung hatte er seine Gefühle im Griff, wirkte traurig, aber gefasst, und als er die Trauerrede hielt, versagte ihm nur einmal die Stimme.

David ist nicht der Typ, der seinen Kummer nach außen kehrt, und in den Tagen danach schien er sich in sich selbst zurückzuziehen. Er wirkte ausgebrannt, als äußere sich seine Trauer in einer Art Antriebsschwäche. Er schlurfte trübsinnig und schweigsam durchs Haus, während wir anderen um ihn herumschlichen.

Etwa eine Woche später schlug ich vor, in den Wicklow Mountains wandern zu gehen – alle zusammen. Das schwermütige Herumhängen in dem stillen Haus tat uns nicht gut. Wir hatten schon lange keinen Familienausflug mehr unternommen, und eine Wanderung in der frischen Frühlingsluft über sumpfiges Gelände war genau das Richtige für David, um seine depressive Stimmung loszuwerden.

»Meinetwegen«, sagte er. »Wieso nicht?«

Es war ein schöner, klarer Tag, die Luft berstend vor neuem Leben, das durch die kalte Erde stieß. Wir fuhren bis zum Tibradden Mountain, wo wir den Wagen parkten und die Wanderschuhe anzogen. Als wir die Rucksäcke umschnallten, zerrte eine heftige Brise an unseren Anoraks. Wir waren an dem Tag zu fünft, da Zoë sich entschlossen hatte mitzukommen. Der Bluterguss in ihrem Gesicht war abgeklungen, und in den Tagen seit Ellens Tod hatte sie ruhiger gewirkt, versöhnlicher. Ihr Verhalten hatte sich verändert: Das Bedrohliche an ihr schien verschwunden zu sein. Oder vielleicht hatte die Veränderung ja in mir stattgefunden. Ich war es leid, immerzu misstrauisch und wütend zu sein. Ich ging mir selbst auf die Nerven und hatte die Nase voll von der ständigen Negativität, die Zoë befeuerte. Mit einem Mal machte ich mir nichts mehr draus – aus ihrer Heimtücke, ihren Lügen, den selbst beigebrachten Verletzungen. Sie war ein dummes junges Mädchen mit eigenen Problemen, von denen nach Ellens Tod irgendwie keines mehr wichtig war.

Wir marschierten los. David zeigte uns auf der Karte die Route, die wir nehmen würden, und ging voraus, Holly an seiner Seite, gefolgt von Zoë und Robbie, die gemeinsam durch den Matsch stapften. Ich bildete zufrieden das Schlusslicht. Es tat gut, in der stillen Weite der Wicklow Mountains zu schweigen. Wir platschten durch Wasser und trotteten durch Ginster und Heide, gerieten hin und wieder in unerwartet morastige Senken.

»Alles okay da hinten?«, rief David mir zu.

»Alles prima!«

Und das stimmte auch. Beim Anblick, wie er mir zulächelte, das Gesicht gerötet, schöpfte ich Hoffnung, dass wir die letzten Monate überstanden hatten. Meine Kündigung, die Streitereien wegen Zoë, nichts davon spielte eine Rolle, so optimistisch war ich an dem Tag. An diesem wunderschönen Ort konnte uns nichts etwas anhaben.

Nach einer Stunde wurde der Aufstieg steiler, und wir kletterten einen unwegsamen Pfad hoch, der mit rutschigen Steinen und Schotter übersät war. Auf einer Seite standen hohe Bäume – Rotfichten, Kiefern –, und der schattige Boden war mit einem weichen Teppich aus braunen Nadeln bedeckt.

»Machen wir bald mal Rast?«, rief ich, und David zeigte auf eine Lichtung schräg oberhalb von uns. Eine Schneise in der Felswand, Schutz vor dem Wind, der mittlerweile kräftig aufgefrischt hatte.

Als wir die Stelle erreichten, packten wir unseren Proviant aus. Ich hatte kalte Hände und Füße. In dieser Höhe war die Temperatur deutlich niedriger als am Ausgangspunkt unserer Wanderung.

»Wie wär's mit einem Lagerfeuer?«, fragte David.

»Ist das denn erlaubt?«, fragte ich in Gedanken an die Ginsterbrände, die sich rasch im County ausbreiteten.

»Du Weichei«, neckte er mich.

Robbie war hellauf begeistert, und sie zogen gemeinsam mit Zoë los, um Brennholz zu suchen. Holly kraxelte auf eigene Faust weiter, um den Berg zu erkunden, und ich blieb allein zurück.

Eine Zeitlang saß ich einfach nur da und massierte Wärme zurück in meine Finger. Die anderen waren verschwunden. Es war sehr still, und der Felsen unter mir fühlte sich hart und kalt an. Wolken jagten über den grauen Himmel, und die Silhouette der Bäume am Horizont sah zerklüftet und schroff aus. Ich wollte, dass die anderen zurückkamen und die Stille durchbrachen, die mir gewaltig und wachsam vorkam, als würde mich jemand beobachten. Aber es war niemand da – nur Steine und das Dickicht, das den windgepeitschten Berg bedeckte.

Ungeduldig beschloss ich, mich auf die Suche nach Holly zu machen. Ich stieg über Ginsterbüsche und folgte dann einem gefurchten Schlammpfad weiter bergauf. Ich kam nur mühsam voran und begann, unter der wetterfesten Kleidung zu schwitzen, die Beine müde von dem anstrengenden Aufstieg. Vor mir tauchte ein kleines Wäldchen auf, der Boden zwischen den Bäumen überwuchert mit Brennnesseln und Dornensträuchern. Ich kletterte drumherum, bis ich mich plötzlich am Rand eines Steilhangs befand. Unterhalb davon war ein Steinbruch mit gelben Maschinen, die reglos und unbemannt in der Tiefe herumstanden. Ich spähte über die Kante, Vögel kreisten über mir, und mir klopfte das Herz beim Blick in den Abgrund. Es mussten über zehn Meter oder mehr sein. Meine Angst wich Empörung – wie gefährlich! Kein Zaun, keine Warnschilder –, wer hier bei schwachem Licht oder im dichten Nebel hochstolperte, konnte ohne weiteres in den Tod stürzen.

Ich trat zurück und schaute nach links, weil ich aus dem Augenwinkel die knalligen Farben von Hollys Anorak bemerkt hatte. Sie stand ganz dicht an der Kante des Steilhangs, und der Wind riss ihre Haare aus der Kapuze, als sie in die Tiefe spähte. Ihr Oberkörper war leicht von mir weggedreht, so dass sie mich nicht gesehen hatte.

In diesem Moment tauchte Zoë am Rande meines Gesichtsfeldes auf. Sie schien vorsichtig zu gehen, verstohlen. Ihre Jacke war grau, wie eine Tarnfarbe vor den zerklüfteten Felsen des Steinbruchs. Jähe Übelkeit stieg aus meinem Magen auf, und ich öffnete den Mund, um eine Warnung zu rufen, aber die Angst schnürte mir die Kehle zu, und es kam kein Laut heraus. Ich sah, wie Zoë sich an Holly heranschlich, die von der Bedrohung nichts ahnte. Ich sah, wie Zoë eine Hand ausstreckte, und alle Gefahr der Welt schien in diesem Moment lebendig zu werden. Mütterliche Empathie sorgte dafür, dass ich den Stoß sah, bevor er passierte, die Hände wie auf meinem eigenen Rücken spürte, den grässlichen Schubs, den entsetzlichen Moment, wenn der Boden unter den Füßen verschwindet und um dich herum nichts als Luft ist, und dann der Knochen zerschmetternde Aufprall tief unten – kein Entrinnen. Ich sah, wie die Hand sich ausstreckte, und zwang das Wort den blinden Tunnel meiner Kehle hinauf: »Nein!«

Mir stockte das Herz, Holly wandte den Kopf, während meine Augen gebannt auf Zoës Hand starrten, die Holly an der Schulter packte und sie zurückzog.

Noch heute, nach allem, was passiert ist, und mit allem, was ich weiß, kann ich diesen Moment nicht richtig einschätzen. Wäre ich Holly nicht den Berg hinauf gefolgt und hätte ich nicht gerufen, hätte Zoë sie dann in die Tiefe gestoßen? Oder war das nur meine überhitzte Phantasie, befeuert und verzerrt durch mein intensives Misstrauen gegenüber dem Mädchen? Aber das ist bloß die Skepsis, die sich im Rückblick zu Wort meldet. Denn damals handelte ich rein instinktiv. Ich hatte gesehen, welche Gewalt Zoë sich selbst angetan hatte. Ich hatte erkannt, mit welcher Skrupellosigkeit sie sich nahm, was sie wollte. Die Wahrheit ist, ich hatte Angst vor ihr.

Holly trat vom Rand des Abgrunds zurück und kam zu mir. Als ich sie in die Arme schloss, warf ich Zoë einen Blick zu.

»Was denn?«, rief Zoë hinter uns her, weil ich mich bereits umgedreht hatte und Holly den Berg hinabführte, weg von ihrer Halbschwester und der Gefahr, die sie darstellte. »Ich wollte ihr doch bloß helfen!«

Als ich am selben Abend nach oben ging, um mich schlafen zu legen, kam ich an Hollys Tür vorbei und hörte sie weinen. Sie lag im Dunkeln, als ich eintrat, und hielt einen zerschlissenen alten Stoffhasen im Arm, der die letzten zwei Jahre vergessen unten in ihrem Kleiderschrank gelegen hatte. Der Anblick, wie sie sich das Plüschtier – einen alten Talisman zum Schutz gegen Albträume – an die Brust drückte, ließ in meinem Kopf eine Alarmglocke losschrillen. »Was hast du denn, Schätzchen?«, fragte ich und setzte mich aufs Bett, so dass sie durch mein Gewicht auf der Matratze zu mir gedreht wurde.

»Ach, Mum«, sagte sie und schlang die Arme um meinen Hals.

So körperlich anhänglich kannte ich Holly gar nicht. Sie war normalerweise zurückhaltend, mied Gefühlsausbrüche.

Sie drückte ihren dünnen Körper an meinen, und ich spürte, dass sie zitterte.

»Ich hatte solche Angst«, flüsterte sie, den Mund dicht an meinem Ohr.

Ich wusste, dass sie über Zoë sprach, und irgendetwas in mir verhärtete sich – ein Entschluss nahm Gestalt an. »Ist ja gut«, sagte ich sanft zu ihr, bemüht, ruhig und bestimmt zu klingen. Ich wich ein Stück zurück, damit ich ihr in die Augen sehen konnte, und sagte: »Ich würde niemals zulassen, dass dir jemand was tut – das weißt du doch.«

»Aber du bist nicht immer da, Mum. Du siehst nicht, wie sie ist – was für Sachen sie zu mir sagt ...«

»Was denn für Sachen?«

»Wenn andere dabei sind, ist sie nett und lieb zu mir, aber das ist alles nur gespielt! Wenn wir allein sind, nur zu zweit, ist sie fürchterlich!«

»Wieso? Was sagt sie zu dir?«

»Sie sagt, ich bin nichts.«

»*Was?*«

»Dass ich unwichtig bin. Dass niemand mich vermissen wird, wenn ich nicht mehr da bin.«

»Holly, das ist nicht wahr. Das weißt du.«

»Dad würde es gar nicht merken«, sagte sie etwas leiser.

»Natürlich würde er das! Dein Vater liebt dich und Robbie mehr als alles auf der Welt.«

»Mehr als Zoë?« Ihre Augen, noch nass vor Tränen, hielten meinen Blick fest.

»Er kennt dich schon dein ganzes Leben lang, Schätzchen. Er kannte dich schon, als du noch gar nicht geboren warst. Das macht dich zu was Besonderem. Was ganz Besonderem.«

»Das Gefühl hab ich aber nicht«, sagte sie. »Ich hab das Gefühl, nur *sie* ist noch wichtig für ihn.«

Sie fuhr mit den Fingern an dem ausgefransten Ohr ihres Hasen entlang, und ich erinnerte mich an eine Zeit, als sie ohne ihn nicht schlafen konnte, ihn innig geliebt hatte, und es machte mich ein wenig traurig, dass sie ihm entwachsen war. Heute Nacht war nur eine Ausnahme. Schon bald würde der Hase in einem Karton auf dem Dachboden landen, bei den anderen Relikten ihrer Vergangenheit, und irgendwie fühlte ich mich noch nicht bereit dafür.

»Ich rede mal mit Dad«, sagte ich.

Sie legte sich wieder hin und drehte sich von mir weg, aber sie war nicht getröstet. »Das bringt sowieso nichts«, sagte sie, und in ihrer Stimme lag Resignation statt Erleichterung.

Ich glaube, das war der Moment, in dem ich beschloss, die Dinge selbst in die Hand zu nehmen. Auf Davids Hilfe konnte ich nicht bauen, also verfiel ich meinerseits auf eine List. Die Gefahr lauerte in meinem eigenen Haus. Das erforderte außergewöhnliche Maßnahmen.

Ich wartete auf den geeigneten Augenblick, hielt die Augen auf, bis Zoë eines Morgens unter der Dusche stand und die anderen beim Frühstück saßen. Ich huschte leise die Treppe hoch in ihr Zimmer und sah ihr Handy auf dem Schreibtisch liegen. Mit wild pochendem Herzen ging ich die Einträge in ihrem Telefonbuch durch, bis ich fündig wurde: *Mam Handy*. Ich kritzelte die Nummer auf einen Post-it-Zettel und floh, ehe ich erwischt werden konnte, aus dem Zimmer. Als ich die Treppe hinunterlief und das Rauschen der Dusche aus dem Bad hörte, verlangsamte sich mein Puls wieder.

Eigentlich wusste ich nicht genau, warum ich mich mit Celine Harte treffen wollte. Ich war nicht so naiv zu glauben, dass sie meine Probleme lösen könnte, indem sie ihre Tochter aus meinem Haus holte und mit zurück nach Belfast nahm.

Vermutlich erhoffte ich mir irgendwelche Beweise dafür, dass die Angst, die ich empfand, nicht irrational war. Ein Teil von mir fürchtete, dass Zoë für mich zu einer fixen Idee geworden war, und ich die Situation vielleicht dramatisierte. Lag ich richtig mit dem Verdacht, dass sie mir und meiner Tochter Böses wollte? Oder war sie bloß ein labiles Mädchen, aufdringlich, aber harmlos, das mit der Zeit und entsprechender Unterstützung zur Ruhe kommen und seinen Platz in der Familie finden würde? So oder so, irgendein bedauernswertes Paar hatte Zoë als Adoptivkind gehabt, und ich wollte mit der Mutter sprechen, um herauszufinden, womit genau ich es zu tun hatte.

Wir trafen uns im AppleGreen – einer Raststätte an der M1 zwischen Dublin und Newry. Obwohl es ein warmer Tag war, trug Celine Harte eine Steppjacke. Sie saß mir gegenüber an einem Plastiktisch, auf dem der Kaffee kalt wurde, und sah mich ausdruckslos an, die Augen wie zwei pechschwarze Kieselsteine. »Sagen Sie mir doch einfach, was Sie wollen.«

Ihre Direktheit überraschte mich. Ihre offensichtliche Weltverdrossenheit erweckte bei mir den Eindruck, dass sie nicht zum ersten Mal zu so einem Treffen gebeten worden war. Ich antwortete ebenso direkt: »Es geht um Zoë. Ich will sie aus meinem Haus haben.«

Wenn sie überrascht war, so ließ sie es sich nicht anmerken.

»Sie hat sich zwischen mich und meinen Mann gedrängt«, fuhr ich fort. »Sie führt eine Art Rachefeldzug gegen mich, als ob sie mich loswerden will. Mich beunruhigt ihr Einfluss auf meine Kinder, vor allem auf meinen Sohn. Und ich habe Angst, dass sie eine Bedrohung für meine Tochter ist.«

Celine hörte sich das alles an, ohne eine Miene zu verziehen, dann blickte sie nach unten auf ihre Tasse Kaffee, auf dem sich eine käsige Haut bildete.

»Tut mir leid«, sagte ich. »Ich wollte Sie nicht schockieren.«

»Ich bin nicht schockiert.« Sie hob die Augen und blickte mich unter müden, schweren Lidern an. »So ist sie eben.« Ihr nüchterner Tonfall grenzte an Zynismus. Ich dachte, sie würde weiterreden – so etwas über die eigene Tochter zu sagen, war schockierend –, doch statt ihre Feststellung zu erläutern, starrte sie mich bloß in eisigem Schweigen an.

»Ich weiß nicht, was ich machen soll«, gestand ich. »Bilde ich mir das ein, oder will sie uns auseinanderbringen? Es ist so viel passiert.«

»Erzählen Sie mir doch, was sie gemacht hat«, schlug Celine vor, und ich meinte, eine Spur Anteilnahme in ihrer Stimme wahrzunehmen. Resignation vielleicht oder möglicherweise Mitleid.

Ich erzählte ihr alles, von Zoës Verhalten, wenn sie mit mir allein war, und dass sie sich deutlich anders benahm, wenn David dabei war. Ich erzählte ihr von den Lügen, der Täuschung, der Gesichtsverletzung, die sie sich selbst zugefügt hatte, um mich dann zu beschuldigen. Sie hörte sich alles an, ohne irgendeine Emotion zu zeigen. Erst als ich ihr von Zoës Selbstmordversuch erzählte, schloss sie kurz die Augen, war dann aber wieder ganz Ohr, als hätte sie den Kummer rasch verdrängt, den die Probleme, die Zoë meiner Familie beschert hatte, in ihr hervorriefen. Ich erzählte ihr alles, bis auf die Sache mit Holly – den Vorfall am Steinbruch. Aus irgendeinem Grund zögerte ich, darüber zu reden – die Andeutung, ihre Tochter wäre zu einem kaltblütigen Mord fähig, könnte den Bogen überspannen –, und ich wollte schließlich von Celine Harte erfahren, was sie wusste und wie sie Zoë sah. Ich wollte keinesfalls das Risiko eingehen, sie in die Defensive zu drängen.

Sie trank ihren Kaffee aus, schob die Tasse beiseite und legte die gefalteten Hände vor sich auf den Tisch, als wollte sie beten. Was sie dann zu mir sagte, wirkte so auswendig gelernt wie ein

Gebet oder vielleicht eine Parabel, als würde sie eine Geschichte erzählen, die sie sich selbst oder anderen schon viele Male erzählt hatte. Sie redete freudlos, monoton, als hätte sie schon vor langer Zeit die Erfahrung gemacht, dass, ganz gleich wie sie die Geschichte wiedergab, das Ergebnis doch stets das Gleiche blieb.

Als Erstes erzählte sie von einer Familie, bei der Zoë eine Zeitlang als Babysitterin gearbeitet hatte, als sie noch zur Schule ging. »Jeden Samstagabend, treu und brav, über ein Jahr lang. Dann war auf einmal Schluss. Ich hab sie gefragt, was passiert war, aber sie sagte, nichts, ich sollte mich da nicht einmischen. Ich hielt mich raus. Aber dann«, fuhr sie fort, »spricht mich eines Nachmittags die Mutter völlig aufgelöst auf der Straße an. Sie erzählt mir, Zoë würde ihrem Mann nachstellen, ihm an seiner Arbeitsstelle auflauern, ihn zu jeder Tages- und Nachtzeit anrufen. Die Frau hatte die Sache rausgefunden – sie hatte in seinem Handy nachgesehen und die anzüglichen SMS gefunden, die Zoë ihm geschickt hatte. Sie hat mir ein paar gezeigt – widerliches Zeug –, ganz abgesehen von den Gehässigkeiten, die sie über seine Frau geschrieben hat. Wissen Sie, Zoë hat geglaubt, der Mann wäre in sie verliebt, dass er ihretwegen seine Frau verlassen würde. Sie hat sich dermaßen zwischen die beiden gedrängt ...« Sie beugte sich vor. »Damals war sie vierzehn Jahre alt.«

Sie schaute mich eindringlich an, als wollte sie sehen, ob ich verstand, was das bedeutete. *Vierzehn.*

Es gab weitere Fälle, sagte sie. Eine Schwärmerei für einen Lehrer, die an Obsession grenzte. Für den Sohn einer Bekannten, dessen Freundin sie schikanierte, bis diese Anzeige erstattete. Die Durchtriebenheit, die Unerbittlichkeit, mit der sie vorging, die zerstörende Leidenschaft, die sie für einen Menschen empfand und die sie dazu brachte, jeden zu isolieren und zu beseitigen, der sich zwischen sie und ihre Beute stellen könnte. Und so erzählte sie weiter und weiter. Es hörte sich alles nur zu vertraut an, als wäre unsere Geschichte vor langer Zeit für uns geschrieben worden, als lebten wir nur etwas aus, was von vornherein feststand.

»Sie war nicht immer so«, sagte Celine und lehnte sich zurück. Ich sah ihr an, dass ihre Schilderung sie angestrengt hatte. Dennoch brachte sie die Energie auf, für mich das Bild eines gescheiten kleinen Mädchens zu malen, blass und hübsch, aufgeweckt und lebhaft, das immer tanzte und sang, im Zentrum der Aufmerksamkeit stand – im Zentrum der Welt von Celine und ihrem Mann. Während sie das sagte, dachte ich an mein Baby – das Baby, das ich hätte haben können –, ein Kind, das Glück, Erfüllung hätte schenken können. Und wenn ich das Baby behalten hätte, wäre David dann nicht nach Belfast gegangen? Hätte es vielleicht keine Linda gegeben? Keine Zoë? Bedauern erfasste mich, und um es gleichsam runterzuschlucken, nippte ich an meinem kalten Kaffee.

Irgendwann dann, erzählte Celine, wurde Zoës kindliche Energie rastlos. Mit der einsetzenden Pubertät entwickelte sie einen stacheligen Charakter. Aus dem lebhaften Kind wurde ein gerissener und intriganter Teenager. Sie war uneinsichtig, nicht bereit, sich besänftigen oder beschwatzen zu lassen, und ihre rastlose Energie führte dazu, dass Celine und ihr Mann niemals entspannen konnten, ständig von einer Krise in die nächste gerieten.

»Eine Frage lässt mir keine Ruhe«, sagte sie, »und ich finde keine Antwort darauf, nämlich, was der Auslöser für diese Veränderung bei ihr war. Das alles war nicht von Anfang an in ihr – das hätte ich bemerkt. Wenn ich nur wüsste, was der Auslöser war ...«

Sie hatte ein Zuckertütchen von ihrer Untertasse genommen

und drehte es jetzt in den Händen, weil eine nervöse Energie sie überkommen hatte, wie ein plötzlicher Juckreiz.

»Sie hat uns da was erzählt«, begann ich, vorsichtig, weil das für mich unsicheres Terrain war. »Über Ihren Mann. Sie hat gesagt ... oder zumindest angedeutet ... dass da was vorgefallen sein könnte ...«

Der Schmerz, der sich in ihrem Gesicht abzeichnete, war unübersehbar und ließ mich verstummen. Ihre schweren Lider öffneten sich ein wenig weiter, wie vor Überraschung. Aber sie war nicht überrascht. Bestürzt vielleicht. »Die Geschichte hat sie Ihnen erzählt?«

Ich nickte und schämte mich fast, als hätte ich die Missbrauchsgeschichte erfunden, nicht Zoë.

»Sie kennen meinen Mann nicht, aber er ist der liebste, sanftmütigste Mensch, den man sich vorstellen kann. So etwas über ihn zu behaupten – das war die allerschlimmste Verletzung. Diese Beschuldigungen haben ihn fertiggemacht. Er war danach nicht mehr derselbe. Und noch schlimmer ...« Ihr versagte zum ersten Mal die Stimme. »Noch schlimmer war die Gerissenheit, mit der sie log, mit der sie mich in den paar Tagen bearbeitet hat ... Für ganz kurze Zeit hab sogar ich an ihm gezweifelt. Ich habe angefangen, meinen eigenen Mann, der keiner Fliege etwas zuleide tun könnte, in Frage zu stellen.«

Sie blickte nach unten auf ihre Hände. Sie hatte das Zuckertütchen beim Drehen zerrissen, und der Zucker lag auf dem Tisch verstreut. »Meine Zweifel waren nicht von Dauer. Aber der Schaden war angerichtet.«

Die Atmosphäre zwischen uns schien in sich zusammenzufallen. Ihr ganzer Gleichmut war jetzt verschwunden, und ich spürte, dass unser Gespräch sich dem Ende neigte.

»Haben Sie Linda mal kennengelernt?«, fragte ich.

»Nein. Das wollte ich nicht. Wozu auch? Und außerdem«,

sagte sie mit einer Härte, die ihre Lippen zu dünnen Linien zusammenpresste, »wusste ich, dass Zoë, sobald sie ihre leibliche Mutter gefunden hätte, ihre ganze Aufmerksamkeit und Liebe von mir auf sie verlagern würde. Dass ich ausgemustert werden würde. So ist das mit Zoë. Wer für sie nicht mehr von Nutzen ist, wird überflüssig.«

Bitter, so etwas über die eigene Tochter zu sagen. Ich versuchte, mir eine Situation vorzustellen, in der ich so über Holly oder Robbie sprechen würde, aber es gelang mir nicht. Sie war still geworden, und ich sah ihr an, was es sie gekostet hatte, welche Anstrengungen Zoë ihr abverlangt hatte.

»Sie lieben sie noch immer«, sagte ich, eine Feststellung, keine Frage.

Sie lächelte zum ersten Mal, ein Lächeln, das ihre Augen nicht erreichte. »So ist das mit der Mutterliebe«, sagte sie. »Egal, ob sie dich hintergehen, verletzen, an deine Grenzen bringen. Du liebst sie trotzdem, oder? Du würdest ihnen alles verzeihen.«

Danach verschlechterte sich die Lage zu Hause merklich. Ich machte keinen Hehl aus meinem Argwohn Zoë gegenüber, und sie wiederum mimte die Gekränkte. Eines Abends beim Essen verkündete sie, dass sie einen Teilzeitjob als Kellnerin in der Stadt gefunden hätte. Sie war jetzt mehr denn je außer Haus, und ich hatte das Gefühl, dass sie mir aus dem Weg ging. Sie wohnte zwar weiterhin in dem Zimmer unterm Dach, doch ihre Gegenwart verströmte eine neue Kälte. Die Tage und Nächte vergingen weiter wie gehabt, aber irgendetwas hatte sich zwischen uns verändert, und ich kam zu der Überzeugung, dass es vor allem mit dem Tag der Wanderung zu tun hatte. Sie wusste, dass ich irgendeinen Verdacht gegen sie hegte, obwohl ich den zu der Zeit nicht benennen konnte, und ich sprach sie natürlich nicht darauf an. Aber wessen auch immer ich sie verdächtigte, es war grässlich und hinterhältig – ob sie an dem Tag tatsächlich vorgehabt hatte, Holly umzubringen, oder mir einfach nur den Gedanken in den Kopf pflanzen wollte, die Folge war, dass wir zueinander auf Abstand blieben. Das war wohl deutlich spürbar. Wenn Robbie aus der Schule kam, fragte er mich häufig, wo sie war, und wenn ich sagte, ich wüsste es nicht, wirkte er angefressen, als wäre es meine Schuld, dass sie nicht auf ihn wartete.

Was sie dann aber als Nächstes tat, kam für mich völlig überraschend. Obwohl noch nicht Mai war und das Semester noch sechs Wochen dauern würde, zog sie aus.

Nachdem ich bei Tesco den wöchentlichen Einkauf erledigt hatte, kam ich in der Abenddämmerung zurück nach Hause und parkte den Wagen in der Einfahrt. Sobald ich die Diele betrat, hörte ich laute Stimmen.

Ich stellte die Einkaufstaschen an der Tür ab und ging langsam die Treppe zum Dachboden hinauf.

»Das kann doch nicht dein Ernst sein«, hörte ich Robbie. Seine Stimme klang empört und schrill.

Zoë, die sich beherrschter anhörte, sagte: »Bitte, Robbie. Sei nicht so.«

»Ich find's widerlich.«

»Sei nicht so dramatisch!«

»Er könnte dein Vater sein, so alt ist er!«

»Na und?«

»Und die dicke Bierwampe. Wie kannst du dich von dem anfassen lassen?«

Ich klopfte kurz an, öffnete die Tür und fragte: »Was ist los?«

Robbie stand mit verschränkten Armen da, während Zoë sich zum Bett umdrehte. Ich sah die offene Reisetasche, in die sie ihre Kleidungsstücke achtlos hineingeworfen hatte. Die Schubladen ihres Schreibtischs standen offen und waren leer. Sie fing an, ihren Laptop in seine Schutzhülle zu packen.

»Ziehst du aus?«

»Das willst du doch, oder?«, erwiderte sie ein wenig trotzig.

Ich stritt es nicht ab, und sie legte den Laptop auf die Sachen in der Reisetasche, drückte alles nach unten und zog den Reißverschluss zu.

»Und wo willst du hin?«, fragte ich.

Als sie nicht antwortete, sagte Robbie: »Sie zieht zu *ihm*.«

»Zu wem?«

»Sag's ihr«, forderte er Zoë auf.

»Was soll sie mir sagen?«

Sie stand auf der anderen Seite des Bettes, die Augen auf ihre Tasche gerichtet. Sie hatte etwas Verschlagenes an sich. Schließlich richtete sie sich kerzengerade auf und sah mich herausfordernd an. »Ich ziehe zu Chris.«

»Chris?«, echote ich vorübergehend verwirrt, während ich in meinem Gedächtnis nach irgendeiner Erinnerung kramte, dass sie mal einen Chris erwähnt hatte. »Du meinst doch nicht *unseren* Chris?«

»Es ist lächerlich«, sagte Robbie.

»Das ist nicht lächerlich«, entgegnete sie und runzelte verärgert die Stirn. »Wir haben uns gern.«

»Ach, hör doch auf«, sagte er. »Ich kotz gleich.«

In mir stieg das unerklärliche Gefühl auf, hintergangen worden zu sein. Die Vorstellung, dass Zoë und Chris zusammen waren. Ich war nicht nur schockiert, sondern spürte etwas, das heißer brannte: Sie schlich sich nach und nach in jeden Bereich unseres Lebens.

»Willst du nicht irgendwas sagen?«, fragte Robbie mich.

»Wie lange geht das schon?«

Sie zuckte mit den Schultern. »Ein paar Monate.«

»Der Abend, an dem Chris David auf ein Bier abholen wollte«, murmelte ich. »Stattdessen bist du mit ihm gegangen.« Die Puzzleteile fügten sich in meinem Kopf zusammen. All die Nächte, die sie spät nach Hause gekommen war, ihr Rückzug von uns. Klar, dass da jemand anders im Spiel war. Es ergab absolut Sinn.

»Er war an dem Abend total nett zu mir, als ich so fertig war. Er hat mich zum Lachen gebracht.«

»Aber er ist Dads bester Freund!«

»Na und? Er ist lustig. Er versteht mich.« Sie hob die Reisetasche vom Bett, und mir fiel auf, wie jung sie war – die Reisetasche, ein Riesenteil, sah viel zu schwer für sie aus.

»Gehst du jetzt? Sofort?«

»Wieso?«, fragte sie. »Willst du, dass wir uns noch ganz lange und intensiv voneinander verabschieden?«

Ich überging das. Meine Gedanken überschlugen sich. Ja, ich wollte, dass sie ging, aber nicht so. Nicht zu Chris. »Hast du dir das auch gründlich überlegt? Hast du keine Freunde in deinem Alter, bei denen du eine Zeitlang unterkommen kannst?«

»Was interessiert dich das, Caroline?«

»Versteh mich nicht falsch, Zoë. Ich mag Chris sehr. Er ist ein freundlicher, witziger, fürsorglicher Mann. Aber er ist viel älter als du. Und seine Ehe ist gerade kaputtgegangen – er ist emotional angeschlagen.«

»Und?«

»Gibt's denn an der Uni niemanden, der dich interessiert? Junge Männer in deinem Alter? Bei deinem Aussehen hättest du doch bestimmt die freie Auswahl.«

Sie verdrehte die Augen, und eine Haarsträhne fiel ihr ins Gesicht, aber sie machte keine Anstalten, sie zurückzustreichen. »Ich mag Chris. Er ist lustig«, sagte sie. Ich sah, wie ihr

Blick einen boshaften Ausdruck annahm, ein hartes Glimmen, das nichts Gutes ahnen ließ.«»Und er ist toll im Bett.«

Robbie sah sie fassungslos an.

Ich fuhr mir mit einer Hand über die Stirn, spürte ein schmerzhaftes Pochen in den Schläfen.»Weiß David Bescheid?«, fragte ich.

Sie zuckte mit den Schultern.»Ich hab's ihm nicht gesagt.«

»Ich halte das für keine gute Idee. Es ist ein großer Schritt.«

»Ich weiß, was ich tue. Es ist für alle das Beste, wenn ich gehe. Ihr werdet ohne mich glücklicher sein.«

Aus Frustration wurde ich lauter:»Ist das was Dauerhaftes? Zieht ihr fest zusammen, oder wohnst du bloß so lange bei ihm, bis du irgendwas anderes gefunden hast?«

»Keine Ahnung. Mal sehen, wie's so läuft.«

Ich zwang mich, wieder leiser zu werden, und sagte:»Zoë, bitte. Das ist eine ernste Entscheidung. Deine Gefühle könnten verletzt werden.«

»Da mach dir mal keine Sorgen«, sagte sie.

All die Wochen, die sie bei uns gewesen war, das ungute Gefühl, das mich jedes Mal beschlich, wenn ich das Haus betrat. All die Mahlzeiten, bei denen ich ihr gegenübersaß, ihre bedächtige Art zu essen, ihre Marotte, sich dabei die Haare einzudrehen und über eine Schulter zu legen. All die Nächte, in denen ich ihre Stimme oben am Telefon hörte oder das Geräusch, wenn ihr Schlüssel sich im Schloss drehte. Die ganze Zeit hatte ich darauf gewartet, dass sie ging, hatte mir nichts sehnlicher gewünscht, damit wir endlich von ihrer ständigen Gegenwart befreit wären. Aber jetzt, wo es so weit war, empfand ich weder Genugtuung noch Erleichterung.

»Bitte bleib wenigstens noch, bis David nach Hause kommt.«

Ich konnte selbst kaum glauben, was ich da sagte. Sie sah mir in die Augen, und ihr Mundwinkel verzog sich zu einem schwachen Grinsen. »Danke für alles, Caroline«, sagte sie kühl. »Ihr wart so nett zu mir – ihr alle.«

Diese Förmlichkeit: genau wie an dem Sonntag, als sie das erste Mal zum Essen kam. *Ich hoffe, wir können Freundinnen werden, Caroline.*

»Hilf Zoë mit der Tasche«, sagte ich zu Robbie.

»Und das war's dann?«, fragte er ungläubig.

»Ich schaff das schon. Ehrlich.«

»Gib her.« Er nahm ihr die Reisetasche ab und polterte damit die Treppe hinunter. Zoë folgte ihm, und ich schloss die Tür des Raumes, der ihr Zimmer gewesen war und jetzt wieder Davids Büro werden würde. Als ich unten ankam, war sie schon an der Haustür und hängte sich die Reisetasche über die Schulter.

Es gab keine Umarmungen, keine Abschiedsworte. Robbie und ich standen zusammen und sahen ihr nach.

»Du hättest sie aufhalten können«, sagte er leise. »Du gibst ihr die Schuld daran, was Holly passiert ist, auf der Wanderung, nicht?«

»Robbie ...«

»Deshalb ist sie gegangen. Du hast sie vertrieben. Du hättest sie überreden können zu bleiben.«

Ich sah meinen Sohn an, dessen Augen vor Verachtung schmal wurden, und sagte ihm dasselbe, was ich einige Stunden später seinem Vater sagen würde, als er von der Arbeit kam, und ich ihm eröffnete, dass Zoë ausgezogen war. »Tut mir leid, Schatz. Ich hab's versucht.«

Robbie drehte sich angewidert von mir weg, und dann stand ich allein an der Tür, blickte unsere Straße hinunter, auf der kein Auto unterwegs war, und hielt Ausschau, als könnte Zoë es sich doch noch anders überlegen und zurückgelaufen kommen.

18 | DAVID

CAROLINE UND ich saßen nebeneinander im dunklen Zuhörersaal und warteten darauf, dass die Musik begann. Ich mochte diese Stille schon immer, die Spannung und Vorfreude, die sich einstellt, wenn das Licht ausgeht, die letzten Huster der Leute, ehe die Aufführung beginnt. Aber als ich an dem Abend mit meiner Frau in der National Concert Hall saß und zu dem Orchester voller jugendlicher, erwartungsvoller Gesichter hinaufblickte, empfand ich keinerlei Vorfreude.

Das leise Raunen gedämpfter Trommeln begann, das Zupfen von Harfensaiten, und dann erhob sich langsam und elegant die Melodie über den dumpfen Bass, und Debussys *La Mer* erfüllte den Raum, kleine plätschernde Wellen, als die Streicher einsetzten und die Blechbläser mit einfielen. Ich spürte, wie Caroline neben mir den Kopf reckte, um einen Blick auf Robbie zu erhaschen, und da war er, mit blassem Gesicht im Licht der Scheinwerfer, wie er den Bogen über sein Cello führte. Ich erinnerte mich unscharf an die Akkorde und Melodien, die ich wochenlang gehört hatte, wenn er übte – wie zusammenhanglos und merkwürdig sie sich angehört hatten, doch jetzt fügten sie sich nahtlos in ein Puzzle, umgeben vom harmonischen Fluss der anderen Instrumente. Ich beobachtete ihn mit väterlichem Stolz – seine Konzentration, seinen Ernst, seine Augen, die zwischen den Noten vor ihm und dem Dirigenten hin und her wechselten. Ich versuchte, mich auf diese väterliche Liebe zu fokussieren, um so den Schock und die Empörung auszublenden, die ich auch achtundvierzig Stunden, nachdem Caroline mir von Zoës Umzug zu Chris erzählt hatte, noch immer empfand.

In den vergangenen zwei Tagen hatte ich mehrere Anläufe unternommen, Zoë zu erreichen, ihr Nachrichten auf die Mailbox gesprochen, ihr gesimst, alles vergeblich. Ich hatte mich bewusst nicht bei Chris gemeldet. Er war auf der Beerdigung meiner Mutter gewesen, und auch wenn das vielleicht nicht der günstigste Zeitpunkt oder Ort gewesen wäre, fand ich es unglaublich, dass weder er noch Zoë es für nötig gehalten hatten, mir zu verraten, dass sie ein Paar waren. Meiner Meinung nach war es an ihm, zu mir zu kommen und sich für sein Verhalten irgendwie zu entschuldigen.

Als das Publikum in der Pause nach draußen strömte und wir unsere zuvor bestellten Getränke abgeholt hatten, sagte ich zu Caroline: »Was, glaubst du, wird Chris sagen, wenn er sich endlich mal dazu durchringt, sich bei mir zu melden?«

»Ich weiß nicht«, sagte sie mit einer leicht resignierten Miene. »Ich schätze, er wird irgendwie versuchen, dich zu besänftigen.« Sie trank einen Schluck von ihrem Gin Tonic.

»Mit was für einer Erklärung er wohl aufwartet?«

Wir standen an eine Säule gelehnt. Leute schlenderten vorbei. Caroline zuckte die Schultern.

»Wie man es auch betrachtet, er nutzt ein schutzloses Mädchen aus.«

Das ließ sie aufhorchen. »Ich würde Zoë nicht gerade als schutzlos bezeichnen.«

»Sie ist noch ein halbes Kind. Ihre Mutter ist vor kurzem gestorben.«

Caroline sah das anders. »Sie ist neunzehn und ziemlich clever – und ob es dir nun gefällt oder nicht, sie hat Linda gar nicht so gut gekannt.«

»Darum geht's nicht.«

»Nein, worum denn dann?«

»Findest du es nicht widerlich – die Vorstellung, dass die beiden zusammen sind?«

»Meine Eltern waren fünfzehn Jahre auseinander.«

»Das kann man nicht vergleichen«, zischte ich. »Wenn ich sie mir zusammen vorstelle, wie sie miteinander schlafen ... ausgerechnet Chris! Ich hätte nie gedacht, dass er zu so was imstande ist. Ist ihm denn nicht klar, dass er mich und unsere Freundschaft verrät?«

»Ich bezweifle stark, dass er an dich denkt, wenn er mit ihr im Bett ist.«

»Wohl kaum«, sagte ich.

»Weißt du, was? Du hast dich gerade angehört, als wärst du ein bisschen eifersüchtig, David.«

»Mach dich nicht lächerlich.« Ich nahm einen großen Schluck von meinem Drink, spürte, wie das Tonic mir in der Nase kribbelte.

»Wie dem auch sei, heute Abend sollten wir nicht daran denken, sondern an Robbie. Ich hoffe, es geht ihm gut«, sagte sie. »Er wirkte nervös.«

»Ich find's widerlich«, fuhr ich fort. »Mir wird richtig schlecht davon. Ich glaube, wenn er mir damit kommt, dass er verliebt ist, hau ich ihm eine rein.«

Sie stellte ihr Glas mit einem jähen, wütenden Knall auf das Holzsims. »Könntest du bitte aufhören?«, sagte sie in einem lauten Flüsterton. »Ich weiß, die Sache geht dir an die Nieren, aber seit zwei Tagen redest du über nichts anderes, und das geht mir inzwischen auf die Nerven!«

Die Vehemenz in ihrer Stimme ließ mich verstummen, und die nächsten paar Minuten standen wir da, schauten uns die anderen Leute an und tranken unsere Drinks. Als die Glocke schließlich das Ende der Pause ankündigte, empfand ich das als eine Riesenerleichterung. Wir konnten einander entkommen und zurück zu unseren Plätzen gehen.

Nach Semesterende, ohne das Gewimmel der Studierenden auf dem Campus, war es im Gebäude der Geisteswissenschaften recht still. In den Bibliotheken war noch immer viel Betrieb, aber mit dem Beginn der Prüfungen war eine gewisse Ruhe eingekehrt. Ich hielt mich die meiste Zeit in meinem Büro auf und suchte die Aufsätze zusammen, die ich in den letzten zwölf Monaten veröffentlicht hatte, um sie noch einmal zu lesen, bevor ich mich in der kommenden Woche der Berufungskommission stellen würde. An dem betreffenden Tag las ich gerade das neueste Protokoll einer Sitzung des Studierendenbeirats, als das Telefon auf meinem Schreibtisch klingelte. Ich ging ran und hörte Chris am anderen Ende der Leitung.

»Ich werde mich nicht entschuldigen.« Die ersten Worte aus seinem Mund hätten trotzig oder provokativ sein können, doch er sagte sie mit einer Art salopper Abgeklärtheit.

»Das verlangt auch keiner von dir«, sagte ich gelassen, legte meine Unterlagen beiseite und drehte mich mit meinem Schreibtischstuhl zum Fenster.

»Ich weiß, dass du sauer bist.«

»Du kannst nicht wissen, was ich denke oder wie ich mich fühle, also tu bitte nicht so, als ob.«

»Ich weiß, es ist nicht optimal.«

»Sie ist meine Tochter, Chris.«

»Ich hab das nicht geplant –«

»Ich will nicht mal vom Altersunterschied anfangen«, sagte ich, »weil du sicher selbst weißt, wie daneben das ist. Ich meine, sie ist noch keine zwanzig, verdammt nochmal –«

»Sie ist erwachsen, David.«

»Nur auf dem Papier!«

»Du solltest ihr mehr vertrauen. Sie ist sehr reif für ihr Alter und weiß genau, was sie will.«
»Du bist derjenige, dem ich in der Sache nicht vertraue. Was denkst du dir bloß dabei?«
»Ich denke, dass ich sie liebe.«
Ich beugte mich auf meinem Stuhl vor, als hätte ich einen Schlag in den Magen bekommen. Durchs Fenster konnte ich unten auf dem Hof ein Pärchen sehen. Sie saß auf seinen Knien und spielte mit seinem Haar. Fast noch Kinder. Liebe in dem Alter – sie hatte etwas Unschuldiges. Aber nicht das zwischen Chris und Zoë. Das war was ganz anderes. »Das ist keine Liebe, Chris. Das ist deine Midlife-Crisis.«
»Es ist Liebe«, beteuerte er.
»Eins würde mich interessieren«, sagte ich. »Wieso hast du es mir nicht erzählt? Wieso musste ich von Caroline erfahren, dass du nicht nur was mit meiner Tochter angefangen hast, sondern dass ihr zwei auch noch zusammengezogen seid? Wir kennen uns seit *sechsundzwanzig Jahren*, Chris. Ich hätte gedacht, dass du zumindest den Anstand hast, es mir ins Gesicht zu sagen.«
»Du hast recht«, sagte er, offenbar bemüht, rational und versöhnlich zu klingen. »Ich hätte es dir früher sagen sollen.«
»Und warum hast du das nicht getan?«
Eine Pause, als suchte er nach den richtigen Worten. »Es hört sich vielleicht verrückt an, aber ich hatte Angst, wenn ich mit dir drüber rede, würde der Bann gebrochen. Der Zauber verschwinden.«
Ich war fassungslos. Er hörte sich an wie eine Figur aus einem Disney-Film.
»Ich wusste von Anfang an, dass sie was Besonderes ist. Gleich am ersten Abend, wie wir miteinander reden konnten,

wie es zwischen uns klick gemacht hat, ich meine, nicht bloß auf sexueller Ebene, sondern –«

»Nein«, fiel ich ihm ins Wort. »Das will ich nicht hören, wirklich nicht.«

»Okay, schon klar. Das verstehe ich. Aber die Verbindung, die wir haben, die Nähe, das geht so viel tiefer als alles, was ich bislang erlebt habe. Sogar mit Susannah –«

»Weiß sie Bescheid?«, warf ich ein. »Susannah? Hast du es ihr erzählt?«

»Noch nicht.«

»Hast du mal daran gedacht, wie sehr sie das verletzen wird?«

»Susannah ist sowieso schon sauer auf mich«, sagte er bedrückt.

»Sie geht an die Decke, wenn sie's erfährt«, hielt ich ihm vor.

»Weißt du, was, David?«, blaffte er, und sein Tonfall änderte sich. »Seit Susannah und ich auseinander sind, hab ich praktisch nichts von dir gehört. Kaum mal ein Anruf, um zu fragen, wie es mir geht. Ich hätte mich zu Hause längst umbringen oder Trost in der Flasche suchen können, und du hättest es nicht mal geahnt.«

Ich verzog das Gesicht, denn was er da sagte, stimmte leider.

»Zoë ist der einzige Mensch, der sich seit der Trennung von Susannah für mein emotionales Wohl interessiert hat. Nicht du, nicht Caroline. Du fragst mich, warum ich es dir nicht früher erzählt habe? Vielleicht hätte ich das ja getan, wenn du mehr Interesse daran gezeigt hättest, wie es mir geht.«

»Du hast recht«, gab ich zu. »Ich hätte mehr für dich da sein sollen, und es tut mir leid. Aber ich finde, das ist noch lange kein Grund, meine Tochter zu verführen.«

»Ich wünschte, sie wäre nicht deine Tochter, aber wir verstehen uns so gut, und es fühlt sich einfach richtig an. Das ist keine unreife Verliebtheit und auch keine Midlife-Crisis. Es ist irgendwie etwas ...«, er suchte mühsam nach dem richtigen Wort, »... Unvermeidliches.«

Da hasste ich ihn. Er war sich seiner Sache so sicher. Einer meiner besten Freunde versuchte tatsächlich, mit mir ein vernünftiges Gespräch zu führen, obwohl er seit Wochen mit meiner Tochter das Bett teilte, weil sie sein Verlangen weckte. Seine Lust befriedigte. Es war zu viel. Ich sagte ihm, ich hätte eine Besprechung und müsste Schluss machen, warf dann den Hörer auf die Gabel.

Da ich mich nicht mehr aufs Lesen konzentrieren konnte, ging ich ins Dozentenzimmer, um mir einen Kaffee zu holen. Ich hätte nicht überrascht sein sollen, McCormack auf der Couch in der Ecke sitzen zu sehen – ich sah ihn schließlich fast jeden zweiten Tag –, aber ich war trotzdem überrascht. Er trug einen eleganten Anzug, nicht die saloppe Kleidung, die er ansonsten an der Uni trug. In Nadelstreifen und Krawatte sah er eher wie ein Banker aus und nicht wie ein Akademiker. Mir fiel auf, dass er beim Friseur gewesen war und sich frisch rasiert hatte. Er war so auf die Lektüre eines dicken Ordners konzentriert, dass er mich nicht kommen sah.

»McCormack«, sagte ich. »Sie sind ein bisschen overdressed fürs Aktenstudium.«

Er lächelte. »Dr. Connolly«, sagte er und warf einen Blick auf seine Uhr. »Sind Sie nicht vor mir dran?«

»Dran?«

»Vor der Berufungskommission. Ich gehe rasch noch mal meinen Vortrag durch.«

Zwei Worte ließen mich zusammenschrecken: Berufungskommission und Vortrag. Auf keines davon konnte ich mir einen Reim machen, aber ich schwitzte bereits vor Panik.

»Ich hab mich gegen eine PowerPoint-Präsentation entschieden«, sagte McCormack. »Ich hasse den Mist.«

»Wovon reden Sie? Der Termin ist doch erst nächste Woche.«
»Er wurde vorverlegt, und sie möchten außerdem einen kurzen Vortrag von uns hören. Das stand doch alles in dem Brief.«
»Ich hab keinen Brief bekommen.«
»Sind Sie sicher? Die Schreiben wurden vor gut zwei Wochen verschickt.«
Wie konnte das passieren? War es möglich, dass ich den Brief erhalten, aber einfach vergessen hatte? Oder hatte Caroline ihn angenommen und nicht an mich weitergegeben? Mein Herz begann zu rasen, und meine Gedanken überschlugen sich.
»Ich hab schon zwei von den anderen Kandidaten gesehen«, sagte McCormack. »Barnes aus London und Gillis aus Edinburgh. Laut Plan sind Sie um zwölf dran. Haben Sie ganz sicher keinen Brief bekommen?«
Ich sah auf die Uhr. Es war halb zwölf. Ich entschuldigte mich und rannte zurück in mein Büro. Ich rief Alan an, doch der saß bereits in der Berufungskommission. Ich erklärte seiner Sekretärin Mrs Boland, was passiert war, aber sie beteuerte, dass alle Briefe verschickt worden waren. »Per Einschreiben. Bei allen wurde der Empfang quittiert.«
Ich erklärte, dass ich nichts quittiert hatte, hörte dann Geraschel, während sie kurz in Papieren kramte, ehe sie fand, wonach sie suchte.
»Da ist es«, sagte sie und las dann laut: »Quittiert von C. Connolly.«
Caroline. Heiße Wut kochte in mir hoch.
»Soll ich der Kommission sagen, dass Sie kommen?«, fragte Mrs Boland.
Mir blieb nichts anderes übrig, als die Sache durchzuziehen.
»Natürlich«, sagte ich. »Ich bin gleich da.«
Ich hatte keine Zeit mehr, noch schnell nach Hause zu fahren

und mich umzuziehen. Ich trug ein altes Hemd, eine abgewetzte Cordhose und ein Jackett, das schon bessere Tage gesehen hatte. So viel zum Thema erster Eindruck. Ich kämmte mich, nahm meine Aufsätze und überlegte, worüber zum Teufel ich einen Vortrag halten sollte. Mein Kopf war völlig leer.

Ich musste die zwei Etagen zum Büro des Dekans hochlaufen, und als ich außer Atem den Raum betrat, saßen vier ernste Gestalten an dem großen ovalen Tisch vor mir. Alan lächelte als Einziger. In seiner Funktion als Vorsitzender begrüßte er mich und sagte, ich solle doch Platz nehmen. Ich setzte mich, goss mir ein Glas Wasser ein und trank es in einem Zug leer, so durstig war ich.

Ich versuchte, den verschwundenen Brief zu erklären, dass ich eben erst von dem heutigen Termin erfahren hatte. Alan reagierte verständnisvoll, doch die anderen guckten misstrauisch, die Augen auf meine Kleidung gerichtet. Ob sie mir nun glaubten oder nicht, ich hatte mit Entschuldigungen und Ausreden begonnen. Das war nicht der Auftakt, den ich mir erhofft hatte.

Sie fragten nach meinen Publikationen, welche Kongresse ich in letzter Zeit besucht hatte, ob ich in Erwägung zog, an der UCD ein Symposium für Soldaten und Veteranen zu veranstalten. Alan lächelte aufmunternd, doch die anderen waren strenger. Der externe Prüfer fragte nach Studierendenzahlen, Graduiertenprogrammen, nach dem Interesse an berufsorientierten Kursen für Absolventen, nach neu einzurichtenden interdisziplinären Studiengängen und erfolgreichen Promotionen.

Ich gab ein paar Plattitüden über ein Aufbauprogramm für Doktoranden von mir und stellte ein Mentoring-Projekt vor, das ich auf den Weg bringen wollte. Ich wähnte mich auf relativ sicherem Boden – bis der Externe seine nächste Frage stellte.

»Das klingt alles sehr gut«, sagte er. »Aber wie hoch ist die Zahl von Abwanderern unter Ihren Studierenden?«

In diesem Moment dachte ich automatisch an Niki. Meine Topstudentin, die ihre Promotion bei mir abgebrochen hatte. Er musste davon erfahren haben. Bestimmt hatte Alan die bedauerliche Geschichte ihres Abgangs und die Gründe dafür offenlegen müssen.

Als ich zu meinem Vortrag aufgefordert wurde, griff ich auf den letzten Aufsatz zurück, den ich über den Zusammenhang zwischen Roger Casements humanitärer Arbeit für die britische Krone und seiner Rolle als irischer Nationalist geschrieben hatte. Letztlich wurde ich weder der Forschung noch dem Thema gerecht. Die Fragen bewegten sich im üblichen Rahmen, bis Professor Mary Sinnott die Zügel in die Hand nahm. Sie fragte nach meiner Doktorarbeit und meiner Zeit in Belfast. Ich sprach über das Reserve-Kavallerie-Regiment der britischen Armee im Ersten Weltkrieg, das sogenannte South Irish Horse, erläuterte, wie ich meine Dissertation zu meinem ersten Buch ausgebaut hatte.

»Und Ihre Medienpräsenz, Dr. Connolly, in welcher Weise leisten Sie damit Ihren Beitrag zum Universitätsleben?«, fragte sie.

Ich geriet ins Stocken. Das ist so unfair, dachte ich. Ich hätte Zeit haben müssen, mich vorzubereiten, wie alle anderen auch. Das Radiointerview fiel mir wieder ein, und ich spürte, wie ich vor Scham und Verärgerung rot anlief. Der schriftliche Verweis würde bestimmt noch kommen. Ich zauderte und stotterte, bekam meine Konzentration dann aber wieder in den Griff. Ich wollte schließlich diese Professur. Ich legte dar, wie sich das Verhältnis der Medien zur Geschichte im Laufe der Jahre gewandelt hatte – sprach über die Kluft zwischen ethisch vertretbarer Berichterstattung und Sensationspresse. Flüchtig kam mir ein Bild von Chris und Zoë in den Sinn. Meine eigene Tochter lebte mit ihm zusammen. *Schlief* mit ihm.

»Der Lehrstuhl ist nicht bloß eine weitere Sprosse auf der Karriereleiter«, sagte der Dekan. »Er ist eine Führungsposition. Wir suchen jemanden mit der notwendigen Ausstrahlung und Gelassenheit, jemanden, der sich durch unvorhersehbare Drucksituationen und Stress nicht aus der Ruhe bringen lässt.«

Er hätte seine Ablehnung nicht dünner verschleiern können. Ich erwiderte, dass ich im vergangenen Studienjahr sehr unter Druck gestanden hätte und alles in allem gelernt hätte, diese Erfahrung positiv zu nutzen. Aber das stimmte nicht. Schau dich doch selbst mal an, dachte ich, strampelst dich hier ab, ihre Fragen zu beantworten, während dein ganzes Leben auseinanderbricht. Dein bester Freund dir Zoë wegnimmt.

Ich dachte an Linda, an ihr letztes Referat, ihren »Engel der Geschichte«: »Aus dem Paradies weht ein Sturm heran, und dieser Sturm ist so stark, dass er sich in den Flügeln des Engels verfängt, so dass der Engel sie nicht mehr schließen kann. Der Sturm gewinnt immer mehr an Kraft, reißt das Himmelswesen mit sich und schleudert es in die Zukunft.«

Zum Schluss wollte Alan von mir wissen, was Geschichte für mich bedeutete – was war Geschichte?

Eine Zeile von Ambrose Bierce kam mir in den Sinn: »Geschichte ist die meist falsche Darstellung von meist unwichtigen Ereignissen, die von meist verbrecherischen Herrschern und meist dummen Soldaten herbeigeführt wurden.«

Ich sagte etwas anderes.

Zu Hause fragte ich Caroline nach dem Brief. Sie schwor hoch und heilig, ihn nicht entgegengenommen zu haben.

»Vielleicht hast du den Empfang quittiert, ohne richtig drauf zu achten«, spekulierte ich. »Vielleicht warst du gerade abgelenkt.«

»Ehrlich, David, ich habe nichts unterschrieben.«

»Auf dem Beleg war deine Unterschrift«, beharrte ich. Wir stritten uns, und sie warf mir vor, ihr nicht zu glauben, ihr nicht zu vertrauen.

Aber ich konnte die Sache nicht auf sich beruhen lassen und wurde aufbrausend. »Wie soll es denn bitte gewesen sein? Wenn du den Empfang nicht quittiert hast, wer dann?«

Ich fragte Robbie und Holly, die beide beteuerten, nichts von einem Brief zu wissen.

»Es muss Zoë gewesen sein«, sagte Caroline, und ich wandte mich wutentbrannt ab.

»Ich kann's nicht mehr hören«, knurrte ich. »Immer gibst du ihr an allem die Schuld. Wieso sollte sie mit deinem Namen unterschreiben?«

»Weil sie einfach so ist, David. Das weißt du, und ich weiß es auch. Sie ist unberechenbar, destruktiv, gemein.«

Wir stritten uns noch etwas länger, aber es brachte nichts. Wer auch immer den Brief verschlampt hatte, der Schaden war angerichtet.

Ich wartete auf eine E-Mail, einen Brief, einen Anruf, aber es tat sich nichts.

Derweil sank meine Laune in den Keller. Ich spürte, wie Einsamkeit mich überkam – als hätte ich bis dahin nicht gewusst, wie wichtig meine Mutter in meinem Leben war. Sie war mir genommen worden, und Zoë auch. Es war eine verzweifelte Woche, in der die Hoffnung auf Beförderung allerdings nicht schwand, sondern sogar noch größer wurde. Als könnte der berufliche Aufstieg meine privaten Verluste irgendwie wettmachen. Als Alan mich schließlich in sein Büro bestellte, kannte meine Nervosität keine Grenzen.

»Ich wollte dir persönlich die Entscheidung der Berufungskommission mitteilen«, sagte er. »Der offizielle Bescheid kommt noch, aber ich muss dir leider sagen, dass du diesmal keinen Erfolg hattest.«

Ich setzte mich. Plötzlich hatte ich keine Energie mehr. Die zusätzliche Verwaltungsarbeit, die Seminarvertretungen, die journalistische Tätigkeit und die Forschung, alles umsonst. Ich hatte unwillkürlich den Gedanken, dass alles bloß eine riesige Zeitverschwendung gewesen war.

Dass Alan persönlich mit mir sprach, war reine professionelle Höflichkeit. Aber mit dem bitteren Geschmack der Niederlage im Mund erklärte ich ihm, dass ich nicht über den vorgezogenen Termin informiert worden war, keinen Brief erhalten hatte. Er erwiderte recht knapp, dass solche Terminänderungen öfter vorkämen, dass der Brief versandt worden war, dass alle anderen Kandidaten erschienen waren und dass ich den Termin ja schließlich nicht verpasst hatte.

Wieder zerbrach ich mir den Kopf, was mit dem Brief passiert sein mochte, und Carolines Beschuldigungen kamen mir in den Sinn. Hatte Zoë den Empfang quittiert und den Brief dann zerrissen? Über mich gelacht? Mich wieder mal zum Narren gemacht? Ihre Gefühllosigkeit erinnerte mich schmerzlich daran, dass Linda mich damals im Unklaren gelassen hatte, als wäre eine unerklärliche Missachtung von einer Generation an die nächste weitergegeben worden.

»David, ich weiß, du machst eine schwierige Zeit durch.« Die Grenze zwischen Mentor und Vorgesetztem verschwamm bei Alan mitunter. Er ging dann sehr vertraulich mit einem um, aber ich war mir nie sicher, ob das aus beruflichen Motiven oder aus persönlichem Altruismus geschah. Mir kam der Gedanke, dass er den Unterschied vielleicht gar nicht kannte.

»Noch mal mein aufrichtiges Beileid zum Tod deiner Mutter.«

Ich dankte ihm.

»Diese Geschichte mit deiner neuen Tochter, das ist bestimmt nicht einfach und nimmt dich sicher auch gedanklich sehr in Anspruch.«

»Das hat absolut nichts damit zu tun, dass ich die Stelle nicht bekommen habe. Und das weißt du«, sagte ich, wobei mir die tiefen Altersfurchen auf seiner Stirn auffielen.

»Die Kommission war von deinem Auftritt sehr beeindruckt.«

Am liebsten hätte ich gesagt: »Spielt keine Rolle. Ich war nicht gut genug. Kein Grund, die Wahrheit zu beschönigen.«

»Ich muss dir außerdem mitteilen, dass der Ausschuss sich für Dr. McCormack entschieden hat.«

Ausgerechnet McCormack.

»Uns ist klar, dass du enttäuscht bist, aber ich kann dir versichern, dass du zurzeit hervorragend dastehst, was deinen Forschungsoutput angeht, das Gleiche gilt auch für Lehre und Weiterbildung …«

»Wieso hab ich die Stelle dann nicht bekommen?«, fragte ich, obwohl ich mir die Antwort einigermaßen denken konnte – ich machte bei dieser Feedback-Farce mit. »Du kannst ehrlich zu mir sein.«

Alan ging zum Fenster. Eine Schar Möwen schoss vorbei. Hinter ihnen konnte ich die rot-weiß gestreiften Schornsteine des Elektrizitätswerks auf der Halbinsel Poolbeg aufragen sehen.

»Wir erwarten von einem Lehrstuhlinhaber, dass er jedes Jahr ein Minimum an externen Fördergeldern auftreibt …«

»Und McCormack treibt mehr auf als ich?«

»Kurz gesagt, ja. Ich möchte, dass wir weiter im Gespräch bleiben. Aber im Moment müssen wir nicht haarklein über das Warum und Weshalb reden.«

»Wie viel?«

»David, das ist jetzt nicht der richtige Zeitpunkt, um derlei Fragen zu erörtern oder präzise Zahlen zu nennen.«

»Du weißt, dass ich mit der Royal Historical Society im Gespräch bin, und die ist dabei, Fördermittel aus der Wirtschaft zu beschaffen ...«

»Wie geht's Caroline? Wie geht's den Kindern?« Er machte keinen Hehl aus seinem Wunsch, mich auf ein anderes Thema zu lenken.

Ich log: »Denen geht's gut, Alan. Bestens.«

»Freut mich zu hören«, sagte er, obwohl er alles andere als überzeugt klang. »Vielleicht solltest du mal ausspannen. Eine Pause einlegen.«

»Ich hatte schon nach dem Radiointerview eine Woche frei.«

»Ich meine, Urlaub machen«, sagte Alan scheinbar leichthin, machte den Vorschlag mit einem heiseren Hüsteln. »Richtig Urlaub machen. Im Ausland.«

Wollte das Institut mich ausbooten, aus dem Weg haben? »Ich glaube, das ist keine so gute Idee«, sagte ich.

»Ich hab ein Haus in Frankreich«, sagte Alan. »Auf der Île de Ré, nicht weit von La Rochelle. Klein, aber komfortabel – eine kurvenreiche Straße führt zu einem urigen Dorf. Eine Oase der Stille.«

»Klingt idyllisch, aber –«

»Es bietet genug Platz für deine ganze Familie ... Es ist wirklich schön da.«

»Das ist sehr nett von dir, Alan, wirklich, aber ich kann doch nicht –«

Er schlug Juli vor. »Bitte«, sagte er. »Denk einfach drüber nach.«

Es brachte nichts, mich noch einmal an meinen Schreibtisch zu setzen oder überhaupt auf dem Campus zu bleiben. Als ich meine Tasche packte und meine Bürotür abschloss, kam mir die Universität zum allerersten Mal feindselig vor. Jahrelang war ich hier im Kokon des akademischen Lebens eingehüllt gewesen, hatte mich in der Sicherheit einer Festanstellung eingerichtet, aber als ich jetzt durch die Korridore mit ihren Fliesenböden und nichtssagenden Betonsteinwänden ging, spürte ich die Härte jeder Oberfläche, die Selbstgefälligkeit der Kollegengrüppchen, die gemütlich zusammen Kaffee tranken. Es kam mir vor wie ein riesiger Country Club, der mir soeben die Mitgliedschaft verweigert hatte. Was mir einst wie eine freundliche, liberale Umgebung erschienen war, wirkte jetzt elitär, abweisend, archaisch.

Ich hatte keine Lust, nach Hause zu fahren. Der Gedanke, in einem leeren Haus darauf zu warten, dass Caroline von der Arbeit kam, damit ich ihr die schlechte Nachricht mitteilen konnte, löste in mir reine Verzweiflung aus. Stattdessen radelte ich in die Dubliner Berge zum Blue Light Pub, wo ich ein Guinness trank und über die Stadt schaute, die in strahlendes Licht getaucht war, nachdem die Maisonne ohne Vorwarnung die Wolken durchbrochen hatte.

Ich war ausgelaugt und gereizt. Ich spürte den Verlust meiner Mutter bleiern in Armen und Beinen. Alles brach auseinander. Die Universität hatte mir eine Abfuhr erteilt. Meine Frau sprach kaum noch mit mir. Ich hatte verlernt, mit meinen Kindern zu reden. Und dann war da noch diese andere Tochter – eine Enkelin, die meine Mutter nicht mehr kennengelernt hatte –, die ich irgendwie weggestoßen hatte, obwohl ich mein Bestes versucht hatte, genau das nicht zu tun.

Ich trank noch ein Glas und beschloss, Alans Angebot anzunehmen. Er hatte recht. Ich musste mal raus. Ich musste einen klaren Kopf bekommen und neue Perspektiven finden. Ich trank mein Bier aus und fuhr nach Hause, um mit Caroline zu reden, doch sobald ich ankam, wusste ich, dass irgendetwas nicht stimmte. Ich hörte sie durch die offene Küchentür. Sie weinte. »Was ist passiert?«, fragte ich. Sie saß an der Küchentheke, vor sich ein Glas Wein und etliche zerknüllte Papiertaschentücher. Beim Anblick ihres rotverheulten Gesichts packte mich Panik. *Die Kinder.* Sie hatte wohl die Angst in meinem Blick gesehen, denn sie sagte rasch: »Nein, keine Sorge. Ihnen geht's gut.«

Mein Herzschlag beruhigte sich ein wenig. Ich ging nervös auf sie zu. Was immer auch mit ihr los war, ich fühlte mich kaum stark genug, damit umzugehen. Schon befiel mich der Verdacht, dass ich irgendwie der Grund für ihren Kummer war.

»Es geht um alles andere«, sagte sie.

Schon dieser kurze Satz schien die brüchige Fassung, die sie zustande gebracht hatte, wieder zu gefährden. Sie trank einen großen Schluck Wein. »Ich bin jetzt einundvierzig«, sagte sie leise, »und oberflächlich betrachtet, ist mein Leben ganz prima. Ich bin verheiratet und habe zwei wunderbare Kinder, ein schönes Haus. Freunde. Aber wieso fühle ich mich dann so total nutzlos? Völlig überflüssig?«

Ihr Job, dachte ich. Natürlich: Heute war ihr letzter Arbeitstag. Ich hörte die Verbitterung in ihrer Stimme, als hätte sie eine Bilanz ihres Lebens gezogen, ihre Leistungen mit kritischem Blick betrachtet, und dann alles verworfen.

»Ich kann überhaupt nichts. Ich bin von meinem Mann abhängig, lasse mich aushalten.« Die Art, wie sie das sagte, machte mir deutlich, in was für einer bedenklichen Verfassung sie war. »Und mein Mann spricht praktisch nicht mehr mit mir. Kann es kaum ertragen, in einem Raum mit mir zu sein.«

»Das stimmt doch nicht, Caroline.«

»Ach nein? Ich kann mich nicht mal mehr erinnern, wann wir zuletzt miteinander geschlafen haben.«

Ich setzte mich so hin, dass wir einander ansahen. Ihre Miene war ausdruckslos und unergründlich. Sie sah mich an, als wäre ich ein Fremder. »Ich habe keine Ahnung, was in dir vorgeht, David, schon lange nicht mehr.«

Sie sagte das nicht anklagend. Nicht vorwurfsvoll. Sie sagte es eher erschöpft – als hätte sie die Hoffnung aufgegeben, widerwillig kapituliert –, und obwohl meine Gedanken zuvor in die gleiche Richtung gegangen waren, spürte ich eine wachsende Panik. Ich hatte das Gefühl, dass sie die Waffen gestreckt hatte, und erst in diesem Moment wurde mir klar, wie hart und wie lange sie gekämpft hatte, für sich selbst und für uns.

Es war vielleicht nicht der richtige Zeitpunkt, aber ich sagte ihr trotzdem, dass ich die Professur nicht bekommen hatte.

»Das tut mir leid«, sagte sie.

Ich konnte mir den Gedanken nicht verkneifen, dass das Ergebnis vielleicht anders ausgefallen wäre, wenn ich den Brief mit der Benachrichtigung über die Terminverlegung bekommen hätte. Ich musste es gar nicht aussprechen. Es war, als hätte Caroline meine Gedanken gelesen: »Wir müssen was unternehmen, David. Sie reißt uns auseinander. Unsere Familie, unsere Ehe.«

»Du meinst Zoë?«

»Du glaubst doch nicht ernsthaft, dass ich sie verletzt habe, sie gegen die Wand gestoßen habe, wie sie das behauptet hat?«

»Nein«, antwortete ich aufrichtig.

»Sie macht mir Angst.« Sie nahm meine Hände.

»Angst?«

»Die vielen Lügen, die ganzen Unwahrheiten … Ich glaube wirklich, sie will uns zerstören.«

Fast hätte ich gesagt, dass sie übertrieb, aber ich tat es nicht: Ein Teil von mir stimmte ihr zu.

»Wir müssen etwas tun, David.«

»Das werden wir«, sagte ich, um sie zu beruhigen. Ich hob die Hände meiner Frau an die Lippen und versprach ihr, dass alles wieder gut werden würde. Ich erzählte ihr von Alans Angebot mit dem Ferienhaus in Frankreich: Es wäre eine Chance, nicht nur Abstand von den Enttäuschungen und Verwirrungen zu Hause zu gewinnen, sondern auch unsere Eheprobleme anzugehen, und zwar ungestört von Zoës Gegenwart und wahrscheinlicher Einmischung. Caroline wirkte sichtlich erleichtert, und in den Wochen danach kamen wir immer wieder auf Frankreich zu sprechen, erörterten Einzelheiten wie Tickets und Reiseroute, stellten uns die Zeit in dem Ferienhaus vor, wo wir hoffentlich unsere Differenzen aus der Welt schaffen würden, Gelegenheit hätten, uns zu erholen und einen unvergesslichen Urlaub zu verbringen.

Aber immer, wenn wir darüber redeten, spürte ich trotz der Vorfreude eine unterschwellige Unsicherheit. Seit Zoës Auszug war ein Monat vergangen, und ich hatte die ganze Zeit nichts von ihr gehört – kein Anruf, keine SMS – geschweige denn sie gesehen. Als der Sommer und damit unser Urlaub näher rückten, gestand ich mir allmählich ein, dass ich sie verloren hatte. Die Traurigkeit, die mit dieser Einsicht einherging, musste ich verborgen halten. Und immer wenn ich daran dachte, kam mir ein anderer Gedanke: *Vielleicht ist sie nicht meine Tochter.* Ich hatte das uneindeutige Testergebnis für mich behalten, und obwohl ich mir einredete, dass es gar nichts bewies, ließ es mir insgeheim keine Ruhe. Von Zeit zu Zeit überlegte ich, es Caroline zu beichten, doch die Tage vergingen, und ich schwieg weiter, um sie zu schützen, das glaubte ich wenigstens. Ich redete mir ein, dass es ja nichts ändern würde, und was konnte es schon schaden, wenn ich ihr diese Information vorenthielt?

TEIL | DREI

19 | CAROLINE

DIE SONNE sank ihrem herrlichen Untergang entgegen, als wir die lange Brücke zur Île de Ré überquerten. Wir hatten die Nachtfähre nach Cherbourg genommen und waren tagsüber gemächlich Richtung Süden gegondelt. Als wir die Insel erreichten und im Dorf Loix ankamen, war die Luft schon kühler geworden, und der Himmel verfärbte sich rosa. Das Haus lag am Rande des Dorfes, am Ende einer kleinen Gasse, die zu schmal für unser Auto war, daher parkten wir an einem Platz und gingen, jeder mit einem Gepäckstück in der Hand, den Rest des Weges zu Fuß.

Die Villa war wie die Nachbarhäuser niedrig und gedrungen, mit weiß getünchten Wänden, einem Terracottadach und olivgrüner Fensterläden, die geschlossen waren. Eine knapp zwei Meter hohe Mauer schirmte sie vor Blicken ab, und hinter dem schmiedeeisernen Tor erwartete uns ein hübscher, von blühenden Lavendelbüschen gesäumter Hof. Ein dichtes Gewirr von Klematisranken hing tief über der Eingangstür. Das schlichte Äußere kaschierte ein Labyrinth aus Zimmern und engen, gewundenen Treppen, die zu verborgenen Schlafräumen unterm Dach führten. Die Fußböden waren mit Schiefer gefliest, und es war eine Wohltat, endlich die Schuhe abstreifen zu können und die Kühle unter meinen heißen Fußsohlen zu spüren. Robbie und Holly ließen ihre Taschen an der Tür fallen, um das Haus zu erkunden, und ich konnte die Begeisterung über jede neue Entdeckung in ihren Stimmen hören.

»Mum! Komm mal her – schnell!«, rief Robbie, und ich folgte seiner Stimme durch die dunkle Küche ins Wohnzimmer, wo eine Terrassentür in einen Garten mit Eiben und Olivenbäumen führte. Eine Kalksteinterrasse schimmerte im Halbdunkel. Und in der Mitte des Gartens befand sich ein langer, schmaler Pool, dessen Wasser im Dämmerlicht lilagrau wirkte.

»Du hast gar nichts von einem Pool erzählt«, sagte ich zu David, der neben mich getreten war.

»Ich wollte euch überraschen«, erwiderte er mit einer Miene, in der echte Freude lag. Es war das erste Mal seit Monaten, dass er richtig fröhlich wirkte.

»Ich geh schwimmen«, sagte Robbie.

»Moment«, rief ich hinter ihm her, als er zurück ins Haus lief. »Ist es dafür nicht ein bisschen spät?«

»Lass ihn doch«, sagte David. »Er freut sich so.« Ich spürte, wie sein Arm sich um meine Schultern legte und er mich an sich zog. Zögerlich legte ich einen Arm um seine Taille. Ich konnte mich nicht erinnern, wann wir zuletzt so zusammengestanden hatten.

Holly hatte sich die Schuhe ausgezogen und saß am Rand des Pools, ließ die Füße ins kühle Wasser baumeln. Hinter ihr wuchs das Gras in langen, trockenen Büscheln, aus denen zarte Blumen lugten. Ich hörte das leise Summen von Nachtinsekten rings um uns herum, und aus einem der Nachbarhäuser schallte Gelächter.

»Na, was meinst du?« David deutete mit einem Nicken Richtung Haus.

Ich dachte an die kühle Ruhe in den Räumen: Wollte er wissen, ob ich glaubte, dass das ein Ort war, wo wir uns versöhnen könnten? Dass wir auf dieser Insel von den schwierigen Monaten genesen würden, die wir durchgestanden hatten? Vielleicht lag es an der Erleichterung, nach einer langen Reise endlich am Ziel zu sein, oder daran, dass ich es nicht mehr gewohnt war, seinen Körper an meinem zu spüren, jedenfalls machte sich Zuversicht in meinem Herzen breit. »Es ist perfekt«, antwortete ich.

Sein Lächeln wurde breiter, und in diesem Moment rannte Robbie an uns vorbei und sprang in die Luft, die Knie an die Brust gezogen. Wir sahen zu, wie er ins Wasser platschte und Holly sich kreischend wegdrehte, um nicht nassgespritzt zu werden. Ich weiß noch, wie ich dachte, dass ich diese Erinnerung einfrieren und festhalten muss: die Schönheit des Gartens, die kühle Dämmerung nach einer langen Reise, der schwere, warme Arm meines Mannes um meine Schultern und die Wasserwellen im Pool, als mein Sohn auftauchte und lachend nach Luft schnappte, triumphierend.

Am ersten Abend spazierten wir auf den stillen Dorfplatz und aßen draußen vor einem Bistro, während Männer auf dem roten Sand neben der Kirche Boule spielten. Als wir zurück zum Haus kamen, war es spät, und wir waren alle so müde von der Reise, dass wir sofort schlafen gingen. Erst am nächsten Morgen fand ich die Zeit, das Haus richtig zu erkunden. David und die Kinder waren auf den Markt gegangen, um uns mit Lebensmitteln einzudecken, so dass ich allein durch die stillen Räume schlenderte, mich an die besonderen, ihnen eigenen Geräusche und Düfte gewöhnte.

Das Haus hatte eine maskuline Atmosphäre – die Möbel dunkel, aber durchaus bequem. An den Wänden hingen gerahmte Landkarten von der Insel und diverse sepiagetönte Fotos – Porträts von viktorianischen Frauen mit kräftigen Kinnpartien und Reifröcken; schnurrbärtige Männer mit aufgeschlagenen Büchern auf den Knien. Ja, Bücher gab es überall im Haus – sie stapelten sich hinter Türen, lehnten turmhoch an Wänden. Ich stellte mir vor, dass Alan sich allein an langen Abenden mit einem Glas Wein in ein Buch vertiefte, ohne zu merken, wie die Zeit verging. Ich war überrascht über seine nette Geste, uns nach Davids Enttäuschung sein Ferienhaus anzubieten.

Wir hatten wenig darüber gesprochen, dass David die Professur nicht bekommen hatte – er war auch unwillig, über unsere Eheprobleme oder über den Tod seiner Mutter zu reden –, aber ich wusste, dass er sehr darunter litt. Es war mehr als nur eine berufliche Enttäuschung. Er sah seine ganze Laufbahn in Frage gestellt. »Irgendwann bekommst du wieder eine Chance«, hatte ich zu ihm gesagt. »Ganz bestimmt.«

»Eben nicht«, hatte er gesagt und mich dabei fast untröstlich angesehen. »Das war meine einzige Chance, und ich hab sie vertan.«

Er war schon immer ein eher ernster Typ gewesen, aber zu Beginn unserer Ehe ertappte er sich manchmal selbst dabei, dass er mürrisch oder pessimistisch wurde, und dann zog er seine Mundwinkel zu einer comicartigen Trauermiene nach unten, so dass ich lachen musste und seine Laune sich schlagartig besserte. Irgendwann hatte er diese Gabe verloren.

Was mich betraf, so litt ich noch immer unter Peters Bemerkung, als er mir gekündigt hatte: »Ich brauche jemanden, der sich voll einbringen kann und nicht durch Probleme zu Hause abgelenkt wird.«

Als ich jetzt in dem abgedunkelten Wohnzimmer stand und mit den Fingern über die vergoldeten Titel der alten Bücher fuhr, dachte ich über unsere beruflichen Demütigungen und den damit einhergehenden verletzten Stolz nach. Ich dachte an die Kluft, die sich in den vergangenen sechs Monaten zwischen David und mir aufgetan hatte. Zu einem erheblichen Teil konnte ich Zoë dafür verantwortlich machen, aber der erste Riss hatte sich lange davor gezeigt – als ich Aidan das erste Mal küsste oder als ich oben an einer Treppe stand und hörte, wie mein Mann eine andere Frau als seine große Liebe bezeichnete. Vielleicht noch viel früher, ausgelöst durch den Geist eines Babys. Der Riss war schon lange da gewesen, aber wie mühelos hatte Zoë es geschafft, dass er breiter und tiefer wurde, sich durch unsere Familie zog, uns auseinanderdrückte. Ich sah mich im Raum um und spürte den Druck der Hoffnung, dass wir in diesem Haus Trost finden würden, eine Erneuerung unserer Liebe, einen Weg zurück zueinander.

Die Angeln des Eisentors quietschten und rissen mich zurück in die Gegenwart. Die stille Atmosphäre im Haus veränderte sich schlagartig, als die anderen hereinkamen und die Energie des Marktes mitbrachten, den Triumph ihrer Einkäufe. Es wurde trubelig, als sie die Tüten leerten, ihre Beute auf dem Tisch ausbreiteten.

»Hunger?«, fragte David und hielt eine Tüte mit Croissants hoch, das braune Papier durchsichtig von Fett.

»Wie ein Wolf.«

Jene ersten Tage waren meiner Erinnerung nach durchdrungen von einem Gefühl der Leichtigkeit, wie wenn man seine dicke Winterkleidung ablegt und hinaus in den Sonnenschein tritt. Wir mieteten Fahrräder und radelten die Salzgärten an der Küste entlang. Wir fuhren nach Saint-Martin-de-Ré und staunten über die vielen Vergnügungsboote und Jachten, die sich im Hafen tummelten. Auf dem Rückweg nach Loix entdeckten wir eine Austernbar mit Meerblick, wo wir uns einige Stunden lang im Schatten von Sonnenschirmen Meeresfrüchte schmecken ließen und David und ich uns mit einer gekühlten Flasche Chinon einen kleinen Schwips antranken. Das Unterhaltungsangebot im Dorf war nicht berauschend – ein Café am Markt, das Bistro und eine Bar auf dem Dorfplatz –, aber das störte uns nicht. Uns reichte es, tagsüber an den Strand zu gehen, abends auf der Terrasse zu essen und unsere Bücher zu lesen, bis die Sonne unterging.

Die Schrammen und blauen Flecke der vergangenen Monate verblassten mit jedem Tag mehr. Die Anspannung in Davids Schultern war verschwunden, und er wurde lockerer, pfiff morgens, wenn er Kaffee kochte, vor sich hin, das Gesicht nicht mehr verschlossen oder abgehärmt, sondern munter. Robbie, der seine Klausuren ganz passabel über die Bühne gebracht hatte, redete wieder mit mir, der Ärger an der Schule war ebenso ausgestanden wie die Angst, die ich um Hollys Sicherheit und Wohlergehen gehabt hatte. Das Dorf und die Insel kamen mir klein, intim, geschützt vor. Die Kinder konnten allein losziehen und die Gegend auf ihren Rädern erkunden, während David und ich uns am Pool entspannten oder runter zum Strand spazierten.

Gegen Ende unserer ersten Woche saßen David und ich auf der Terrasse beim Lunch, als sein Handy piepte. Er schirmte das Display mit der Hand vor der Sonne ab und sagte: »Entgangener Anruf.«

»Von wem?«

»Zoë.«

Ich griff nach meinem Glas.

Seit unserer Abreise aus Irland war ihr Name kein einziges Mal gefallen: eine unausgesprochene Regel unter uns vieren – eine Regel, an die sich sogar Robbie hielt. Wir brauchten Abstand von ihr, und wenn auch nur für kurze Zeit.

»Rufst du sie zurück?«

Er fing an, mit dem Daumen Tasten zu drücken, überlegte es sich dann offenbar anders. »Nein. Wenn es dringend ist, probiert sie es bestimmt noch einmal.« Er legte das Handy weg und schenkte sich Wein nach.

Später saßen wir in angenehmer Stille zusammen, lasen und leerten die Flasche. Der Nachmittag streckte sich träge in die Länge, und von den Kindern fehlte noch immer jede Spur. Ich spielte mit dem Gedanken, einen Spaziergang zum Hafen zu machen, doch als ich David fragte, ob er Lust dazu hätte, breitete sich ein langsames Lächeln in seinem Gesicht aus. »Ich hab eine bessere Idee«, sagte er.

Das Haus lag im weißen Licht der Nachmittagssonne, die Zimmer still und ruhig. In unserem Schlafzimmer entkleideten wir uns schüchtern wie frisch Verliebte. Wir hatten seit Monaten nicht mehr miteinander geschlafen, und wir waren nervös, obwohl wir schon so lange ein Paar waren, und der Wein beim Lunch uns ein wenig enthemmt hatte. Als unsere Körper sich in der Stille des Spätnachmittags fanden, erfüllte mich eine ungeheure Erleichterung. Wir hielten einander fest, bewegten uns auf ein neues Verständnis zu, ergänzten die Vielschichtigkeit unserer Bindung um eine weitere Bedeutungsebene.

Wir waren wieder angezogen und saßen auf der Terrasse, als die Kinder zurückkamen und sich still vor Müdigkeit in die Korbstühle fallen ließen. Ihre Gesichter glühten von der Sonne, und Robbies gebräunte Arme hoben sich vom Weiß seines T-Shirts ab.

»Im Gefrierfach ist Pizza«, sagte David zu ihnen. »Eure Mutter und ich gehen aus.«

Wir schlenderten Hand in Hand los, noch immer durchdrungen von der Wärme unserer Wiedervereinigung am Nachmittag. Irgendetwas war zwischen uns zu neuem Leben erwacht, hatte Leidenschaft wieder entfacht. Als wir durch die menschenleeren Straßen spazierten, drangen Geräusche von häuslichem Leben aus offenen Fenstern – klappernde Töpfe, plaudernde Stimmen. Ich genoss die wiedergewonnene Vertrautheit, seine Hand in meiner. Die Wärme der Sonne hing noch in der Luft, als wir den Dorfplatz erreichten und uns an einen der Tische vor dem Bistro setzten.

Ich bestellte *moules frites*, David ein Steak, und mit einer Flasche Sauvignon Blanc in einem Eiskübel zwischen uns sprachen wir über das Dorf und über Alans Haus, überlegten, wie es wohl in seinen Besitz gekommen war. Immobilien waren auf der Insel sündhaft teuer – ein Blick auf die Preise im Schaufenster eines Maklerbüros hatte uns fassungslos gemacht. Wir unterhielten uns angeregt und unverkrampft. David spekulierte, dass Alan das Haus vielleicht geerbt hatte, woraufhin wir auf Ellen zu sprechen kamen, und David gestand, wie einsam er sich seit ihrem Tod fühlte, ein geschwisterloses Waisenkind.

»Du bist nicht allein«, versicherte ich ihm, und er griff über den Tisch und legte seine Hand auf meine.

»Jetzt, wo wir hier sind, weg von zu Hause«, sagte er, »überlege ich, ob ich nicht ein Sabbatjahr im Ausland machen sollte. Ich könnte auf Giancarlos Angebot zurückkommen, ein bisschen in Siena zu forschen.«

»Ist das dein Ernst?«

Er zuckte die Schultern. »Wieso nicht? Nachdem Mum … Ich muss wieder einen klaren Kopf bekommen, und eine Auszeit von der UCD täte mir ganz gut.«

»Was ist mit den Kindern? Was ist mit der Schule?«

»Robbie hat noch drei Jahre bis zu seinem Abschluss – ihm bleibt also reichlich Zeit, bis er sich Gedanken machen muss über Prüfungen und Studium. Holly ist noch in der Grundschule. Der Zeitpunkt wäre also für uns alle ideal.« Er war mit seinem Steak fertig und schob den Teller beiseite. »Ich glaube, es wäre gut für uns, Caroline. Genau die Atempause, die wir gebrauchen könnten.«

Mit dem Wein im Blut und der Wärme der Sonne noch in den Knochen wurde mir bei der Vorstellung fast schwindelig vor Freude. »Musst du das nicht längerfristig planen?«

»Ich bin sicher, ich könnte das mit der Uni regeln. Wir könnten an Weihnachten dort sein. Und es muss ja kein ganzes Jahr sein. Sechs Monate würden reichen, meinst du nicht auch?«

Sechs Monate in Italien klangen traumhaft.

Wir beugten uns näher zueinander, sprachen aufgeregt darüber, was wir alles zu erledigen hätten – Vereinbarungen mit der Schule, vielleicht unser Haus vermieten. Es war im Grunde bloße Phantasterei, und ich glaube, das wussten wir beide. Aber es war schön, uns einen Moment lang vorzumachen, wir könnten ein ungebundenes Leben führen, alles abschütteln, was uns festhielt. Schon allein das Gespräch darüber war stärkend, aufbauend.

Es war dunkel, als David die Rechnung verlangte. Bunte Lichterketten hingen in den Ästen der Platanen, die den Dorfplatz säumten. Die Gäste an den Tischen waren still geworden.

»Was ist mit Zoë?«, fragte ich leise. Selbst ihren Namen zu sagen, kam mir riskant vor. Unsere Wiedervereinigung am Nachmittag, unser angeregtes Gespräch, die Wärme, die zurückgekehrt war – das alles war noch neu und fragil.

Er blickte auf die Rechnung in seiner Hand, faltete sie einmal und schob sie zusammen mit dem Portemonnaie in seine Hemdtasche. »Ich denke, sie kommt klar.«

Seine Stimme klang schwer, und ich wusste, dass das nicht allein von Müdigkeit kam. Er lehnte sich zurück, blickte nach oben zu den Lichtern, die sich durch die Bäume wanden. »Ich hatte es mir einfacher vorgestellt. Ich hatte gedacht, es wäre keine große Sache, sie in unserem Leben aufzunehmen. Ganz schön naiv, was?«

Ich wartete, dass er weitersprach.

»Es ist ganz anders als bei einem Kind, das man von Geburt an kennt. Bei Zoë habe ich nicht das Gefühl, dass ich sie je wirklich kennenlernen werde.«
»Du hast dir alle Mühe gegeben, David.«
»Und ich werde mir auch weiterhin Mühe geben. Bloß ...«
»Ja?«
Er zuckte mit den Schultern, wirkte ein wenig traurig in dem dämmerigen Licht, einen resignierten Ausdruck im Gesicht.
»Ich bin für sie da, wenn sie mich braucht, aber sie muss ihren eigenen Weg gehen.«
Hoffnung keimte in mir auf. Worte, nach denen ich mich gesehnt hatte. »Sie kommt allein klar, David. Sie schafft das.«
»Diese Sache mit Chris ...«
»Das ist ein Flirt. Sie ist neunzehn. So was muss man ihr nachsehen.« Ich sagte nicht, was ich wirklich dachte: Dass sie was mit Chris angefangen hatte, um uns zu verletzen.
»Vermutlich.«
»Wart's ab. Wenn wir nach Hause kommen, ist es zwischen den beiden wahrscheinlich schon wieder aus.«
Die Luft wurde frischer, als wir den Dorfplatz verließen, und David legte einen Arm um mich. Die Häuser schimmerten weißlich blau im Mondlicht. Wir plauderten ein wenig über unsere Pläne für die nächsten Tage. David wollte zu einigen Stränden im Süden der Insel fahren, wo es noch Bunker gab, die von den Deutschen im Zweiten Weltkrieg gebaut worden waren. Ich hatte Holly einen Einkaufsbummel in La Rochelle versprochen. Müde, aber zufrieden kamen wir am Haus an, schlossen das Tor hinter uns und durchquerten den Hof.
Kaum hatte ich die Haustür geöffnet, da spürte ich eine Veränderung. Das Haus wirkte auf eine andere Art lebendig – die Atmosphäre aufgewühlt von einer neuen Präsenz. Mit David im Rücken schob ich die Tür zum Wohnzimmer auf und sah

Robbie mit verschränkten Armen auf der Couch sitzen, sein Gesicht finster und verschlossen. Aus dem Augenwinkel nahm ich Bewegung in der Küche wahr, doch ehe ich einen Blick in die Richtung werfen konnte, stand Chris aus einem Sessel auf, sein Gesichtsausdruck eine Mischung aus Hoffnung und Entschuldigung.

»Was machst du hier?«, fragte ich. Er hatte einige Schritte auf mich zu gemacht, doch meine schroffe Frage ließ ihn verharren.

»Caroline, Dave«, sagte er. »Ich weiß, das ist ein Überfall, einfach unangekündigt hier aufzutauchen …«

Er hielt ein Glas Wein, das er von einer Hand in die andere wechselte, als wüsste er nicht, wohin damit. Er stellte es auf dem Couchtisch ab. Dann richtete er sich auf und sagte mit einem Lächeln: »Wir wollten euch überraschen, nicht wahr, Babe?«

Sie war schon fast neben mir, als ich endlich begriff, dass sie auch da war. Sie trug ein ärmelloses, kurzes blaues Kleid und orangefarbene Flipflops an ihren leicht gebräunten Füßen, und wieder fiel mir auf, wie schmächtig sie war. Ohne die Stiefel, ohne ihre Winterrüstung wirkte sie zierlich und zart, wie ein Zweig, der beim kleinsten Windstoß zerbrechen könnte.

»Es ist meine Schuld«, sagte sie und verzog die Mundwinkel zu einem Lächeln, doch ihre Augen waren wachsam, glitten von mir zu David. »Wisst ihr, wir waren in Paris, als es passiert ist, und ich wusste, dass ihr alle hier seid. Chris meinte, wir sollten anrufen, aber ich wollte es euch persönlich sagen.«

Sie ging an mir vorbei zu Chris. Ich spürte David dicht hinter mir, konnte aber sein Gesicht nicht sehen. Ich war noch zu sehr damit beschäftigt, diesen Überraschungsbesuch zu verkraften. In ihrem neuen Outfit sah Zoë eher jünger aus als älter. Chris wirkte neben ihr wie ein schicker Onkel. Auch er hatte sich neu eingekleidet, strebte offensichtlich einen jugendlich schrillen Look an. Auch seine Frisur war anders – irgendwas kunstvoll Zerzaustes.

»Seid ihr wirklich nicht sauer?«, fragte Zoë und setzte eine besorgte Miene auf. »Ist ein bisschen unverschämt, ich weiß, einfach so aufzukreuzen. Wir fanden die Idee erst richtig gut, aber als wir dann über die Brücke fuhren, hatten wir plötzlich Angst, es könnte ein Fehler sein. Dass ihr euch vielleicht doch nicht freuen würdet, uns zu sehen.«

»Ihr seid sehr willkommen, Zoë«, erwiderte ich und musste daran denken, wie oft ich schon die gleichen hohlen Sprüche von mir gegeben hatte. Höfliche Gesten, die aber jeder Wahrheit entbehrten. David sagte nichts.

»Na bitte«, sagte Chris zu Zoë, lächelte sie beruhigend an und legte einen Arm um sie. »Ich hab doch gesagt, dass sie sich freuen werden.« Dann zu mir: »Sie ist immer so unsicher.«

Ach, hör doch auf, dachte ich. Das glaubst du doch selber nicht.

Angewidert sah ich, wie er sie an sich drückte und sie dabei anstrahlte. Wie konnte sie das ertragen? Diese erstickende Fürsorglichkeit. Ich bekam eine Ahnung davon, wie es zwischen ihnen lief – er überschüttete sie mit Aufmerksamkeit, mit übertriebener Zuneigung, während Zoë es mit einem geduldigen Lächeln ertrug. Dann schaute sie zu ihm hoch, ihr Gesichtsausdruck veränderte sich, und beide kicherten los. Es hatte etwas Verschwörerisches an sich, als würden sie über einen Witz lachen, der mir entging. Ich wusste, die Entscheidung, uns zu besuchen, war nicht so spontan gefallen, wie sie uns weismachen wollten.

»Was wolltet ihr uns denn sagen?«, fragte ich. »Was ist passiert?«

Sie wechselten einen Blick, dann griff Zoë in eine Tasche auf dem Tisch und holte eine Flasche Champagner hervor. »Die haben wir mitgebracht«, sagte sie und reichte sie mir.

Ich habe es noch genau in Erinnerung: seine Hand auf ihrer Schulter, ihre mandelfarbene Haut unter seinen geröteten Fingerspitzen, meine Augen, die an ihrem Arm entlang zu dem orangefarbenen Etikett auf der grünen Flasche wanderten, die Steine in ihrem Ring, die das Licht einfingen.

»O mein Gott«, sagte ich.

Ich drehte mich nicht zu David um, wollte den langsamen Schock nicht sehen, der sich bestimmt in seinem Gesicht abzeichnete. Stattdessen blickte ich sie weiter an. Grüne Augen, die jetzt begeistert strahlten. Begeistert, nicht ängstlich, denn während Chris ein wenig unter der niedrigen Zimmerdecke schwitzte, war ihr keinerlei Nervosität anzumerken. Ich dachte an unsere erste Begegnung zurück – wie nervenstark sie gewirkt hatte. Sie streckte uns ihre Hand hin – eine königliche Geste –, präsentierte uns ihren Ring, als wollte sie uns auffordern, vorzutreten und ihn zu küssen.

Robbie bewegte sich auf der Couch.

»Ich fass es nicht«, sagte ich.

»Es ist wahr«, sagte Chris und zog sie wieder an sich, und die beiden lachten, als er ihr einen Kuss auf die Schläfe gab.

Erst dann sah ich David an.

Wahrscheinlich steckt in uns allen eine latente Gewaltbereitschaft. Sie schlummert in unseren dunklen Tiefen und wartet darauf, dass äußere Bedingungen sie hinauf ans Licht holen. David ist ein Mann, der still wird, wenn er in Wut gerät, wenn sich seine Laune verfinstert. Er kapselt sich ab, brütet lautlos vor sich hin.

Doch als ich mich an jenem Abend zu ihm umdrehte, als ich sah, wie er einen Schritt nach vorn machte, war ich mir sicher – in diesem einen Moment –, dass er kurz davor war, Gewalt anzuwenden. Sie war in seinen Händen, die er zu Fäusten geballt hatte, in dem wilden Brennen in seinen Augen. Es war warm im Zimmer, aber ich spürte trotzdem einen eisigen Hauch an Hals und Schultern, wie von einem jähen kalten Windstoß. Selbst heute, nach allem, was passiert ist, kann ich es nicht vergessen. Eine Erinnerung, die sich einfach nicht auslöschen lässt. Das Gewicht und die Kälte der Champagnerflasche in meiner Hand und der Ausdruck in Davids Gesicht, als wollte er sie beide umbringen. Und in diesem glasklaren Augenblick erkannte ich, dass er dazu imstande war.

20 | DAVID

MEINE ARBEIT besteht darin, Tage zu studieren – Tage und Ereignisse. Wendepunkte zu erkennen. Aber die Sache ist die: Ich habe noch nie wirklich nachempfunden, wie es sein muss, am Morgen von einem dieser historischen Ereignisse, ob kleine oder große, aufzuwachen. Ich habe darüber nachgedacht, was die Anführer des Osteraufstandes in ihren Zellen wohl empfanden, als am Tag ihrer Hinrichtung die Sonne aufging, aber ich habe es nie *gefühlt*. Genauso wenig habe ich die magenverkrampfende Angst in den Schützengräben des Ersten Weltkriegs erlebt oder die entsetzliche Panik eines Piloten, der weiß, dass sein Flugzeug getroffen wurde. Ich habe über derlei Emotionen in den trockenen Seiten von Büchern gelesen, ohne sie je erleben zu müssen. Vielleicht hat mir ja genau das die ganze Zeit gefehlt: die besondere Empathie, die erforderlich ist, um die Vergangenheit wahrhaftig zu verstehen.

Aber an jenem Tag spürte ich es – dem letzten Tag. Eine Vorahnung lag in der Luft. Ich spürte es, sobald ich am Morgen die Augen aufschlug.

Es kündigte sich als bleierne Schwere in der Luft an, wie die drückende Hitze vor einem Gewitter. Doch als ich die Fensterläden öffnete, war der Himmel strahlend blau, kein Wölkchen weit und breit. Es roch nach einer Mischung aus Rauch und Benzin – nur von fern, aber ich konnte es wahrnehmen, ein beißender Hauch in der Nase. Das Bett war leer, Caroline war schon Stunden zuvor aufgestanden, aber ich war liegen geblieben, reglos in dieser unangenehmen Hitze. Irgendetwas fühlte sich falsch an. Klar, ich war leicht verkatert, noch immer sauer wegen des vergangenen Abends, aber das hier war etwas anderes. Ich bin kein abergläubischer Mensch. Ich glaube nicht an Vorzeichen oder böse Omen, halte nichts von diesem Vorsehungsquatsch. Aber wenn ich daran denke, was an dem Tag passiert ist, und mich erinnere, wie ich mich beim Aufwachen gefühlt habe, komme ich doch ins Grübeln.

Mein Mund war klebrig und ausgetrocknet, als ich mich rasch anzog und auf den Flur trat. Es war still, die Hitze lauerte in den Ecken des Hauses. Meine Gedanken waren wie von einem beklommenen Raunen unterlegt, einer flüsternden Klage, die ich nicht abschütteln konnte. Die Tür zum Zimmer der Kinder war angelehnt. Ich drückte sie auf und steckte den Kopf hinein. Hollys Bett war leer, aber Robbie lag ausgestreckt auf seinem, die Arme hinterm Kopf auf dem Kissen verschränkt.

»Morgen, mein Junge«, sagte ich, und seine Augen, die geöffnet waren, huschten in meine Richtung.

»Hey.«

»Gut geschlafen?«

»Nein«, knurrte er.

Er war beleidigt, weil er am Vorabend aus seinem Zimmer in das seiner Schwester hatte umziehen müssen, damit unsere unerwarteten Gäste ein Bett für die Nacht hatten. Er hatte auf diese spontane Notlösung stinksauer reagiert, und ich sah ihm an, dass seine Wut sich noch nicht ganz gelegt hatte, nur leicht abgekühlt war.

»Danke, Robbie. Dass du dein Zimmer hergegeben hast.«

»Blieb mir ja nichts anderes übrig.«

»Tja, wir hatten keine Ahnung, dass sie kommen würden.«

»Der reinste Witz«, sagte er, einer, den er offensichtlich nicht lustig fand.

»Seh ich auch so.«

Er stützte sich auf die Ellbogen und sagte dann mit finsterer Miene: »Ich kann's nicht fassen, dass sie mit diesem Blödmann verlobt ist! Ich weiß, er ist dein Freund und so, aber echt, Dad, er ist steinalt!«

Ich rieb mir die Augen, spürte getrocknetes Sekret im Augenwinkel und wischte es weg.

»Totaler Schwachsinn«, schob er nach, und ich gab ihm recht.

»Kannst du nicht mit ihnen reden?«, fragte er. »Dass sie die Sache rückgängig machen?«

»Sie werden wohl kaum auf mich hören«, sagte ich und musste kurz lachen. Es hatte etwas Kindliches und Argloses, dass er immer noch glaubte, ich hätte die Fähigkeit, so etwas zu bewirken. Aber ich fragte mich auch, warum er sich so darüber aufregte.

Ich murmelte, dass ich dringend einen Kaffee brauchte, und wandte mich ab. Er rief mich kurz zurück. »Herzlichen Glückwunsch, übrigens«, sagte er.

8. Juli – der Tag der Geburtstage. Er machte uns zu etwas Einzigartigem, dachte ich immer, dieser gemeinsame Ehrentag. Wie groß ist die Wahrscheinlichkeit, dass eine Tochter am Geburtstag ihres Vaters geboren wird? In den zwölf Jahren, die ich das Datum nun schon mit Holly teilte, hatten sich gewisse Traditionen herausgebildet. Eine davon – vielleicht meine Lieblingstradition – war die Geburtstagsumarmung, lang und fest, wie eine körperliche Anerkennung unserer speziellen Verbindung. Mit diesem Vorsatz ging ich nach unten, um Holly zu suchen.

Als ich die unterste Stufe erreichte, hörte ich Stimmen aus der Küche und blieb kurz stehen, um zu lauschen.

»Ich finde das absurd, Chris, ehrlich«, hörte ich Caroline sagen.

Sie hantierte klappernd herum, war mit irgendeiner Küchenarbeit beschäftigt, und ich hörte, wie Chris unbeschwert über ihre Emsigkeit lachte.

»Ich bin verliebt, Caroline! Darf ich mich da nicht albern verhalten?«

»Du bist verliebt«, murmelte sie leicht genervt. »Und es ist nicht der Altersunterschied, der mir zu denken gibt, das weißt du, oder?«

»Was ist es dann? David?«

»Nein, Zoë. Hast du ihre Arme gesehen, Chris?«

Er stieß verächtlich die Luft aus, aber Caroline ließ sich nicht beschwichtigen.

»Und du weißt, dass sie an Weihnachten versucht hat, sich umzubringen.«

»Ja, das weiß ich«, erwiderte er mit leiserer Stimme. »Wir haben darüber geredet. Ich glaube, ich kann ihr helfen. Ich tue ihr gut –«

»Herrje, Chris, du bist gerade mal fünf Minuten aus einer Ehe raus! Jetzt willst du dich kopfüber in die nächste stürzen – mit *ihr*?«

»Du kannst sie nicht leiden«, sagte er mit der Arroganz seiner eigenen Gewissheit. »Das ist das eigentliche Problem.«

Ich hörte das dumpfe Klatschen von irgendwas, das auf die Arbeitsplatte geworfen wurde.

»Ich glaube nicht, dass du dir wirklich überlegt hast, auf was du dich da einlässt. Sie ist labil – verletzlich.«

Ihr Tonfall hatte sich verändert, Vorsicht mäßigte ihre deutlichen Worte.

Ich stand noch immer in der schmalen Diele, als ich eine rasche Bewegung hinter der Terrassentür wahrnahm. Ich sah Wasser spritzen, einen Arm auftauchen und wieder verschwinden: Holly, die ihre Bahnen im Pool schwamm. Ich hätte zu ihr nach draußen gehen, dem gedämpften Gezanke in der Küche den Rücken kehren können. Aber ich tat es nicht. Chris saß am Tisch, sein iPad vor sich. »Da ist er ja«, sagte er. »Glückwunsch, Geburtstagskind.« In seiner Stimme lag eine aufgesetzte Heiterkeit.

»Alles Liebe zum Geburtstag, Schatz«, sagte Caroline mit herzlicher Wärme und schien kurz ihren Unmut über Chris zu vergessen, als sie zu mir kam und die Hände auf meine Brust legte, um mir einen Kuss zu geben.

»Danke. Kaffee schon fertig?«

»Ich wollte dir Frühstück ans Bett bringen.«

Sie war offensichtlich schon auf dem Markt gewesen, denn ihre Einkäufe lagen auf Arbeitsplatte und Tisch verteilt. Ich nahm mir ein Croissant vom Teller, und Caroline goss eine Tasse Kaffee für mich ein, während ich Chris gegenüber Platz nahm. Er beäugte mich argwöhnisch. Meine Stimmung am Vorabend, meine Reaktion auf seine groteske Neuigkeit hatten ihn verunsichert. Bestimmt dachte er, dass ich jetzt, nachdem ich drüber geschlafen hatte, etwas besänftigt wäre. Da lag er falsch.

»Wie alt bist du geworden, Dave? Zweiundvierzig, dreiundvierzig?«

»Vierundvierzig.«

Er stieß einen leisen Pfiff aus.

»Sei mal nicht so selbstgefällig. Du bist doch selbst nur ein paar Wochen davon entfernt.«

Er grinste, entschlossen, sich die Laune nicht durch meine brüske Art verderben zu lassen. »Vierzig ist das neue dreißig«, erklärte er.

»Und neunzehn ist dann das neue neun?«, fragte Caroline.

»Gut gekontert«, erwiderte er, aber sein Grinsen wirkte nicht mehr ganz so breit. Ich spürte den plötzlichen Impuls, mich über den Tisch zu beugen und es ihm aus dem Gesicht zu schlagen.

»Wann fahrt ihr wieder?«, fragte ich. Ich wusste, dass das unhöflich war, aber das kümmerte mich nicht. Ich wollte ihn aus dem Haus haben, auch wenn das bedeutete, dass Zoë ebenfalls abfuhr, und es war mir egal, ob er gekränkt war. In Wahrheit wollte ich ihn verletzen.

»Apropos«, sagte Caroline. Sie war dabei, eine Melone für eine Obstschale kleinzuschneiden, und blickte jetzt auf. »Es gibt da ein kleines Problem.«

»Was für eins?«

Ihre Augen suchten meine, und ich merkte ihr an, dass sie sich schwertat, mit der Nachricht herauszurücken. »Auf der Brücke hat es einen Unfall gegeben.«

»Was für einen Unfall?«

Sie legte das Messer hin und trocknete sich die Hände. »Ein Tanklaster ist heute Morgen in die Mautstation gerast.«

»*Was?*« Ich wollte meinen Ohren nicht trauen, doch ich erinnerte mich an den Geruch, den ich gleich beim Aufwachen bemerkt hatte, obwohl wir am anderen Ende der Insel waren.

»Ich hab's auf dem Markt gehört. Es ist ein richtiger Großbrand. Mit dem Auto kommt man zurzeit weder auf die Insel noch von ihr runter.«

»Da«, sagte Chris und schob mir sein iPad rüber, auf dem eine französische Nachrichtenseite geöffnet war. »Mein Französisch ist beschissen, aber soweit ich das verstanden habe, versucht die Feuerwehr von La Rochelle, den Brand zu löschen.«

Ich scrollte die Bilder durch, auf denen dichte Rauchschwaden von dem Inferno auf der langen Brücke zum Festland aufsteigen. »Wie zum Teufel ist das passiert?«

»Wer weiß?«, sagte Caroline und widmete sich wieder der Melone.

»Vielleicht haben die Bremsen versagt«, spekulierte Chris. »Könnte aber auch ein Terroranschlag sein.«

»Auf der Île de Ré? Wohl kaum ein naheliegendes Ziel für den IS oder für Al Qaida.« Die Idee war absurd.

»Wie auch immer«, sagte Caroline und stellte schwungvoll die Obstschale auf den Tisch. »Es kommt niemand von der Insel runter. Jedenfalls heute. Vielleicht sogar die nächsten Tage.« Sie hörte sich nicht glücklich an.

»Ich weiß, das ist nicht ideal.« Chris machte jetzt einen auf vernünftig. »Aber lasst uns doch versuchen, das Beste draus zu machen. Können wir die Zeit nicht nutzen, um unsere Differenzen beizulegen?« Caroline warf ihm einen skeptischen Blick zu, doch er fuhr fort: »Zoë wollte unbedingt herkommen, um euch unsere Neuigkeit persönlich mitzuteilen. Ihr hättet mal sehen sollen, wie sie sich gefreut hat, wie wichtig es ihr war, das mit euch zu teilen ... Könnt ihr nicht bitte versuchen, euch für uns zu freuen? Wenn schon nicht für mich, dann wenigstens für Zoë?«

Dann fing er davon an, wie viel wir vier ihm und Zoë bedeuteten, aber ich hatte keine Lust, mir seine Phrasendrescherei noch länger anzuhören – wir wären für ihn wie eine Familie, die Wunden müssten heilen –, deshalb fiel ich ihm ins Wort: »Was ist mit Susannah?«

Das nahm ihm den Wind aus den Segeln. Er fischte eine Erdbeere aus der Obstschale und steckte sie sich in den Mund.

»Was soll mit ihr sein?«

»Weiß sie von deiner Verlobung?«

»Ich hab's ihr noch nicht erzählt ...«

»Chris«, warf Caroline ein.

»Und ich wäre euch dankbar, wenn ihr vorläufig den Mund halten würdet«, schob er nach.

Caroline war baff. »Ich kapier das nicht«, sagte sie. »Auf der einen Seite spielst du den Verliebten, kaufst Ringe, machst ein großes Tamtam, und auf der anderen Seite sollen wir es verschweigen.«

»Ich möchte es Susannah von Angesicht zu Angesicht sagen, nicht am Telefon.«

Es war eine faule Ausrede, und das wusste er. Ich sagte: »Deine Scheidung könnte sich Jahre hinziehen. Warum musste das so schnell gehen? Dich zu verloben, obwohl du noch verheiratet bist, das finde ich nicht richtig.«

Ehe er antworten konnte, sagte Caroline: »Sie ist doch nicht schwanger, oder?«

Daran hatte ich noch gar nicht gedacht, aber jetzt, wo sie den Gedanken aussprach, kam er mir so erschreckend und naheliegend vor, dass mir die Luft wegblieb.

Chris starrte sie an, und sein Gesicht nahm einen gekränkten Ausdruck an. »Nein, Caroline, sie ist nicht schwanger.«

Sie hob zutiefst erleichtert eine Hand an die Brust, dann beugte sie sich vor und strich ihm über die Schulter. »Tut mir leid. Ganz ehrlich, tut mir leid – die Frage war unverschämt. Ich weiß auch nicht, warum ich das gesagt habe.«

»Glaubt ihr das wirklich? Dass der einzige denkbare Grund, warum Zoë und ich heiraten wollen, eine ungeplante Schwangerschaft ist?«

Keiner von uns sagte etwas. Die Wahrheit war, dass die Beziehung zwischen Chris und Zoë uns beide verwirrte. Ich für mein Teil glaubte, dass er mitten in einer Midlife-Crisis steckte. Die Art, wie er sich an Zoë gehängt hatte, kam mir schäbig und verzweifelt vor. Wenn Caroline ihre Gedanken aussprach, tendierten die eher in Richtung Verschwörungstheorie. Sie glaubte, dass Zoë ein Spiel trieb und Chris dafür benutzte, dass sie *ihre Tentakel in jeden Bereich unseres Lebens ausstreckte, dass nicht einmal unsere Freunde vor ihr sicher* waren. Ich hielt ihre

Theorie für abwegig, aber ich wusste, dass sie daran festhielt. Das Misstrauen stand ihr ins Gesicht geschrieben. Falls Chris es auch sah, so sagte er jedenfalls nichts dazu.

»Jahrelang bin ich wie ein Schlafwandler durchs Leben gelaufen«, sagte er. »Aber seit ich mit Zoë zusammen bin, fühle ich mich wieder lebendig. Die Scheidung wird eine Weile dauern, so ist das nun mal in Irland, aber sobald sie über die Bühne ist, will Zoë mich heiraten.«

Ich konnte mir das nicht länger anhören. Ich stand auf und erklärte, ich würde Holly suchen gehen. Als ich die Küche verlassen hatte und durch die Diele zur Terrassentür ging, hörte ich Caroline mit leiser Stimme sagen: »Siehst du, wie fertig er ist? Dass ihr zwei hier seid, ist wirklich das Letzte, was er gebrauchen kann. Seine Mutter ist gerade gestorben, Herrgott nochmal.«

Ich weiß nicht, wie Chris reagierte, ob er verlegen nickte oder irgendetwas murmelte. Ich hörte bloß Carolines Stimme, ihren nüchternen Befehlston: »Sobald die Brücke wieder auf ist, reist ihr zwei ab.«

Es war später Vormittag, und die Sonne, die über die hintere Gartenmauer wanderte, warf den langen Schatten der Eibe auf die Terrasse. Der Pool lag im Halbschatten. Ich ging zum Beckenrand, wo Hollys Handtuch säuberlich gefaltet auf dem Boden lag, ihre Brille obendrauf, und wartete, dass sie ihre Bahn abschloss. Sie glitt gleichmäßig durchs Wasser, berührte den Rand und blinzelte zu mir hoch.

»Hallo, Geburtstagskind«, sagte ich und lächelte zu ihr hinab.

»Hi, Dad.«

Sie machte keine Anstalten, aus dem Wasser zu kommen, blieb einfach, wo sie war, und ruderte mit den Armen.

»Was ist das für ein Gefühl, zwölf zu sein?«

»Ganz okay«, sagte sie, immun gegen meine Versuche, sie aufzuheitern. »Hat Mum dir das von der Brücke erzählt?«

»Ja.«

»Das heißt, wir können nicht nach La Rochelle fahren.«

»Ich weiß, Schätzchen. Wir machen stattdessen was anderes.«

»Okay.«

Sie hatte sich so auf einen Tag in der Stadt gefreut. Caroline hatte versprochen, mit ihr shoppen zu gehen, und wir hatten vorgehabt, mittags alle vier in einem schicken Restaurant zu essen. Ich fand, angesichts einer solchen Enttäuschung durfte Holly ruhig ein bisschen schmollen.

»Deine Mutter hat auf dem Markt alle möglichen Leckereien eingekauft. Das wird ein richtiges Geburtstagsfestessen.«

Sie nahm ihre Brille vom Handtuch, setzte sie auf und sagte: »Dann ist *sie* wohl auch dabei.«

Sie meinte Zoë.

»Ich schätze ja«, sagte ich sanft, »und Chris.« Ich wollte Rücksicht auf ihre Stimmung nehmen, aber auch nicht drum herumreden. Immerhin war ich selbst von der Vorstellung alles andere als begeistert.

»Mum hasst sie«, sagte sie.

Das Wort traf mich wie ein Schlag in die Magengrube. »Das ist ein bisschen hart, Holly.«

»Stimmt aber«, sagte sie. »Und ich hasse sie auch.«

Die Ausdruckslosigkeit in ihrer Stimme, die Tonlosigkeit, mit der sie das sagte, die vollkommene Aufrichtigkeit ließen mich frösteln.

Ich sagte nichts, sah nur zu, wie sie die Hände auf die Poolumrandung stützte und sich aus dem Wasser hievte. Sie nahm ihr Handtuch und schüttelte es aus. Sie war noch immer mein kleines Mädchen. Ich breitete die Arme aus. »Geburtstagsumarmung?«

»Ich bin patschnass, Dad«, sagte sie nur und drehte sich weg, um sich abzutrocknen. Die Sonne fiel auf das Wasser hinter ihr, ein gleißend flimmerndes Licht. Hollys Körper hob sich als Silhouette davor ab, und ich sah mit trauriger Überraschung die ersten Brustansätze unter ihrem Badeanzug, die mir bisher noch nicht aufgefallen waren. Diese Veränderung bei ihr sowie ihre Weigerung, mich zu umarmen, versetzten mir einen emotionalen Stich, und ich spürte erschrocken, dass mir fast die Tränen kamen. Es war mein erster Geburtstag ohne meine Mutter. Irgendwie bewirkten Hollys Kälte und die Erkenntnis, dass sie körperliche Nähe zu mir vermied – eine natürliche Begleiterscheinung der Pubertät, das wusste ich, aber trotzdem –, dass meine Trauer sich auf eine neue und unerwartete Weise Bahn brach. Das tanzende Licht auf dem Pool tat meinen Augen weh. Die bleierne Schwere, die ich beim Erwachen in der Luft gespürt hatte, kam mir nicht mehr wetterbedingt vor. Sie schien vielmehr in meinen Kopf gewandert zu sein, ein Druck, der von innen gegen meinen Schädel presste.

Holly ging ins Haus. Ich blieb mit weichen Knien stehen, und plötzlich drängte sich mir ungebeten ein Gedanke auf: *Was, wenn Linda es mir erzählt hätte?* Ein gefährlicher Gedanke. Er beschwor Bilder von einem anderen Leben herauf, einem anderen Urlaub, einer anderen Ehefrau – Linda würde jetzt in der Küche Obst kleinschneiden, nicht Caroline. Eine blonde Version von Holly wäre ins Haus gegangen, um sich umzuziehen, ein anderer Sohn würde oben faul im Bett liegen. Und Zoë – wie anders wäre sie wohl geworden, wenn ihre leiblichen Eltern zusammengeblieben wären? Äußerlich wäre sie dieselbe, aber wäre sie vielleicht weniger sprunghaft, bodenständiger und ausgeglichener? In dem Szenario hätte sie jedenfalls garantiert keine Narben an den Unterarmen, und sie würde nicht mit einem Mann im mittleren Alter das Bett teilen.

Und ich? Wie anders wäre ich geworden? Ich dachte den Gedanken nicht zu Ende, weil er unangenehm nagende Zweifel auslöste. Leise ging ich zurück ins Haus, vorbei an der Küche, wo Caroline gerade Salat wusch. Sie stand mit dem Rücken zu mir, und ich bemerkte die Anspannung in ihren Schultern, eine Verkrampfung, die über Nacht gekommen war. Zoë und Chris waren nirgends zu sehen, und als ich die Treppe hochging, spürte ich die Ruhe des Hauses rings um mich herum.

Die Tür zum Zimmer der Kinder war geschlossen. Ich hatte den Eindruck, dass niemand drin war. Ich kam an Chris' und Zoës Tür vorbei und hörte leises Flüstern. Zumindest dachte ich, es wäre ein Flüstern. Doch als ich kurz stehen blieb, merkte ich, dass das, was ich für leise Stimmen gehalten hatte, in Wahrheit fließende Bewegungen waren. Gedämpftes Gefummel, das Gleiten ineinander verschlungener Gliedmaßen, ein unterdrücktes, kaum hörbares Stöhnen.

Ich fuhr zurück und hastete den Flur hinunter zu unserem Schlafzimmer. Der Druck in meinem Kopf schien meinen Schädel zu sprengen. Ich schloss die Fensterläden und legte mich eine Weile hin. Doch obwohl mein Körper sich in diesem Raum befand, war ich in Gedanken woanders. Ich war wieder draußen auf dem Flur, versteckt in einer Ecke, ängstlich und wachsam im Dunkeln, während die beiden sich in den Laken wälzten.

21 | CAROLINE

WIR KONNTEN wegen des Feuers nicht von der Insel. Wir sahen zwar weder Flammen noch dicke Rauchwolken, aber die Luft über uns wurde immer stärker durchdrungen von Brandgeruch, während der Tag voranschritt und wir aus den Nachrichten erfuhren, dass das Inferno immer größer wurde. Da unser geplanter Tagesausflug nach La Rochelle ausfallen musste, schlug ich vor, mit den Rädern über die Pfade zwischen den Salzgärten nach Saint-Martin-de-Ré zu fahren. Dort gab es viele Geschäfte, wenn auch überwiegend von der touristischen Sorte, aber ich hegte dennoch die Hoffnung, etwas zu finden, was Holly gefallen würde. Es störte mich, dass Chris und Zoë meinen Vorschlag begeistert annahmen und sich umgehend auf den Weg zum Marktplatz machten, um Fahrräder zu mieten. Aber es passte irgendwie zur Seltsamkeit des Tages, die ich dem Rauchschleier zuschrieb, der schwül lastenden Hitze, deshalb dachte ich nicht weiter darüber nach. Die Trägheit unterdrückte meine Angst, machte mich gleichgültig. Nur noch ein Tag, sagte ich mir. Den stehen wir auch noch durch.

Wir saßen auf der Terrasse und warteten darauf, dass David herunterkam, damit wir aufbrechen konnten, als Chris sagte: »Sag mal, Holly – der achte Juli. Was bist du dann – Krebs oder Löwe?«

»Krebs«, antwortete sie leise.

Die Sonne stand bereits hoch am Himmel, und ich wollte, dass David sich beeilte, weil die maßlose Hitze mich rastlos machte.

»Und du, Robbie?«, fragte Chris, um gegen das kollektive Schweigen anzukämpfen.

Robbie antwortete nicht. Er war an dem Tag nicht in Plauderlaune. Er saß auf dem Sprungbrett und ließ die Füße ins Wasser baumeln. Seit der Ankunft des Liebespärchens am Abend zuvor war er mürrisch und hatte kaum ein Wort gesprochen, nur gelegentlich einsilbig geantwortet, wenn er etwas gefragt wurde. Falls Zoë oder Chris ihm anmerkten, wie unglücklich er war, so überspielten sie es gut. Sie saßen auf der Liege mir gegenüber, Chris' Hand auf ihrem Oberschenkel.

»Robbie ist Löwe«, antwortete ich an seiner Stelle.

»Genau wie ich«, sagte Chris. »Obwohl ich nichts von dem ganzen Astrologiequatsch halte.«

»Ich weiß nicht«, sagte ich. »David und Holly sind sich charakterlich ähnlich.«

»Weil sie Vater und Tochter sind, nicht, weil sie dasselbe Sternzeichen haben.«

»Und was bist du, Zoë?«

»Ich bin Fische.«

»Wie sind die so?«, fragte ich, den Schein von Höflichkeit wahrend. Ich wusste längst, wie sie war.

»Spirituell, intuitiv. Die Chamäleons des Tierkreises.«

»Chamäleons?«

»Ja, wir sind sehr anpassungsfähig. Und unser Seelenleben ist uns wichtig. Unsere Geheimnisse und Träume.«

Ihr Gesichtsausdruck war hinter einer großen Sonnenbrille verborgen. Ich konnte nicht erkennen, ob sie mich höhnisch ansah oder mit einem leeren Blick.

»Mit anderen Worten«, sagte Chris und zwinkerte mir zu, »es fällt ihnen schwer, Wahrheit von Fiktion zu unterscheiden.«

»Wir sind auch Wassertypen«, fuhr sie fort, ohne auf die

Stichelei zu reagieren.»Genau wie Krebse. Deshalb können wir ausgezeichnet schwimmen.«
Robbie warf ihr einen Seitenblick zu.»Bloß wegen deinem Geburtstag kannst du noch lange nicht gut schwimmen.« Er wirkte beherrscht, aber ich merkte ihm an, wie wütend er innerlich war.
»Mein Sternzeichen wird nun mal durch Fische symbolisiert«, antwortete sie kühl.
»Ach nee? Und deshalb kannst du besser schwimmen als ich?«
Sie ließ sich nicht aus der Ruhe bringen und erwiderte mit einem süßen Lächeln:»Es gibt nur eine Möglichkeit, das rauszufinden.«
Robbie nahm die Herausforderung prompt an und stand auf.
»Nein, Robbie«, sagte ich.»Wir wollen gleich los.«
Er ignorierte mich und zog sich sein T-Shirt über den Kopf, während er über das Sprungbrett zum Rand des Pools tappte. Zoë schaute belustigt zu, obwohl ihr Lächeln etwas Gemeines hatte, die Mundwinkel spöttisch verzogen.
»Was ist denn nun?«, rief Robbie ihr zu und marschierte wortlos zum anderen Ende des Pools.
Zoë erhob sich langsam von der Liege, nahm bedächtig ihre Sonnenbrille ab und legte sie behutsam auf den Tisch. Sie ergriff den Saum ihres Kleides und zog es sich mit einer fließenden Bewegung über den Kopf, so dass ein knapper mintgrüner Bikini zum Vorschein kam, dessen orangefarbene Bänder im Nacken und auf beiden Hüften mit einer Schleife verschnürt waren.
»Das lässt sie sich nicht zweimal sagen«, grinste Chris, als sie zum Beckenrand ging. Aber in seiner Stimme lag weder Stolz noch Heiterkeit, sondern Nervosität.
Ich betrachtete die Rundung ihrer Hüften, die lange Furche

des Rückgrats. Die Schulterblätter traten hervor wie Flügel, so dünn war sie. Ihre Brüste waren klein, aber wohlgeformt, reizvoll umschlossen vom Bikinioberteil. Schmale Oberschenkel, runde Waden, die sich zu schmalen Knöcheln verjüngten. Ihre Haut war glatt und leicht gebräunt, makellos bis auf ein Muttermal von der Größe einer Ein-Euro-Münze knapp über dem Knie. Ich war fasziniert von ihrem Körper und gebannt von Robbies Gesichtsausdruck, als sie sich neben ihn stellte. Mit dem nackten Oberkörper, den breiten, kantigen Schultern, der schmalen Taille und den dünnen Beinen strahlte er etwas Grimmiges aus, als hätte Zoë ihn zu viel mehr als bloß einem Wettschwimmen herausgefordert. Sie traten dicht an den Rand des Pools, das glitzernde Wasser der Hintergrund für ihre geschmeidigen jungen Körper, und ich empfand einen Anflug von Traurigkeit, den ich nicht erklären oder verstehen konnte.

Robbie durchbrach als Erster die Wasseroberfläche. Dank der Kraft in seinen neuerdings breiten Schultern stürmte er voran, während Zoë mit gleichmäßigen und geduldigen Kraulschlägen durch die aufschäumende Gischt folgte. Sie erreichten das Ende, tippten den Rand an und machten kehrt. Die Hitze hatte mir das Leben aus den Gliedern gesaugt, und ich sah, dass Robbie seinen anfänglichen Energieschub aufgebraucht hatte und ermüdete, seine Armschläge unrund wurden. Zoë schwamm dagegen gelassen weiter. Als er als Erster das Ende erreichte, richtete er sich im Pool auf, bereit, seinen Triumph zu feiern, doch als Zoë ankam, tippte sie einfach den Beckenrand an, machte einen Schwenk und stieß sich zu einer weiteren Bahn ab. Das Rennen war noch nicht vorbei.

Er rief: »Hey!«, hechtete dann hinter ihr her, wild rudernd, wie ein aufgeregter Welpe, doch sie hatte ihren Rhythmus gefunden, kraftvoll und stetig. Sie schwamm selbstbewusst, blickte sich kein einziges Mal nach ihm um, drehte das Gesicht im Wasser, der Mund beim Einatmen zu einem O geformt, war deutlich überlegen, als sie den Rand antippte und für die letzte Bahn wendete. Im Ziel angelangt, hob sie weder triumphierend die Arme, noch schaute sie sich nach ihrem Gegner um. Sie zog sich einfach aus dem Pool und wrang mit ausdrucksloser Miene das Wasser aus ihren Haaren.

»Das war unfair!«, rief Robbie, als er das Ziel erreichte. Er stand im Wasser und klatschte frustriert die Hände auf die Oberfläche. »Vier Bahnen waren nicht abgemacht! Ich hab gewonnen!«

Sie hielt inne, und dann trat sie zurück an den Rand des Pools, schaute auf ihn herab, gebieterisch und lässig. Ich sah, wie mein Sohn zu ihr hochblickte, wie der nasse Bikini sich an ihre Brüste schmiegte, zwei Brustwarzen sich deutlich abzeichneten, wie Wasser aus den Haarspitzen und zwischen ihren Beinen tropfte. Die Art, wie sie dastand und ihn betrachtete, war eine weitere Herausforderung, aber eine ganz andere. Ihr Gesicht war von mir abgewandt, aber ich konnte seines sehen – den Ausdruck, der sich von Empörung in etwas Sanfteres, Heimlicheres verwandelte. Er starrte zu ihr hoch. Ich sah, wie seine Hand aus dem Wasser auftauchte, und begriff, dass er nach ihrem Knöchel greifen wollte.

Ich weiß nicht, was er vorhatte, aber irgendetwas in mir bäumte sich dagegen auf, von einem kalten Abscheu erfasst. Fass sie nicht an, dachte ich. Bitte nicht.

Sie machte einen Schritt nach hinten, und seine Hand fiel zurück ins Wasser. Zoë drehte sich von uns weg und verschwand hoch aufgerichtet im Haus. Robbie warf sich wieder ins Wasser, schwamm weg von uns und seiner Demütigung. In dem Moment kam David auf die Terrasse.

»Alle startklar?«, fragte er.

Chris fuhr sich mit einer Hand durchs Haar, war kurz unschlüssig, dann folgte er Zoë ins Haus.

»Was ist denn los?«, fragte David mich, aber ich antwortete nicht. Ich dachte an den Brand auf der anderen Seite der Insel, der uns zu Gefangenen machte. Auf der Kalksteinterrasse verblassten Zoës dunkle nasse Fußabdrücke in der Sonne.

In brütender Hitze radelten wir hintereinander über den schmalen weißen Pfad. Wir durchquerten die Sumpflandschaften, wo Wasser durch Schilf und Gräser glitzerte. Die Feuchtgebiete, in denen es sonst vor Leben wimmelte, waren an diesem Tag ungewöhnlich still, keine platschenden Schwänze im Wasser, kein jähes Flügelschlagen. Als wir uns Saint-Martin näherten, veränderte sich der Rauchgeruch, roch unverkennbar nach verbranntem Gummi.

Wir machten an der Austernbar Halt, um eine Kleinigkeit zu essen, und saßen schwitzend in der Hitze vor unseren Weingläsern. Es war Nachmittag, aber es wurde immer noch heißer. Wir aßen schweigend, das Essen schmeckte jetzt anders, leicht nach Rauch. Das Blau von Meer und Himmel sah diesig aus, und der Horizont flimmerte verschwommen. Der Wein hatte eine ermüdende Wirkung auf die Männer, und sie äußerten ihre Unlust weiterzufahren, wollten lieber in bedrücktem Schweigen sitzen bleiben und auf den Ozean starren. Robbie steckte noch immer in der übellaunigen Kapsel seiner Niederlage fest, und so kam es, dass unsere Gruppe sich nach Geschlechtern aufteilte und Holly, Zoë und ich nach dem Lunch aufs Rad stiegen und weiter nach Saint-Martin fuhren.

Wir radelten das kurze Stück in den Ort, schlossen unsere Räder am Jachthafen ab und spazierten durch die schmalen Kopfsteinstraßen. Holly ging vorneweg, vergewisserte sich ab und an mit einem Blick über die Schulter, ob wir noch hinter ihr waren. Die Luft war trocken, die Sträßchen still, und eine schläfrige Stimmung lag über dem Ort, als machten alle anderen Leute Siesta, während wir von Laden zu Laden trotteten.

»Guck mal«, sagte Zoë und hielt ein schwarzes T-Shirt hoch, das sie entdeckt hatte, mit einem weißen Schriftzug vorne drauf: *Süßer, war doch bloß ein Witz.* »Das kauf ich mir«, erklärte sie sichtlich begeistert. »Das zieh ich an, wenn Chris und ich uns gestritten haben. Das ist dann meine Art von Entschuldigung.«

Ich konnte mir nicht vorstellen, wie sie sich je richtig streiten würden. Er hofierte sie, während sie schmollte – ein ungleicher Kampf.

Holly hatte sich ein paar Sachen zum Anziehen ausgesucht und verschwand in einer Umkleidekabine, während ich nach draußen ging, um zu warten. Zoë kam mit ihrem T-Shirt in einer orangefarbenen Plastiktüte heraus, und eine Weile standen wir nebeneinander auf dem Kopfsteinpflaster im Schatten einer Markise.

Nach allem, was zwischen uns passiert war, schien Smalltalk unmöglich. Sie stand ganz still da, das Gesicht teilnahmslos, als würde sie darauf warten, dass ich etwas sagte, etwas tat, eine Erwartung, die ich beunruhigend fand. Ich bemerkte, dass sie den Ring an ihrem Finger drehte, und ich warf einen Blick darauf – Weißgold mit drei Brillanten. Es war ein alter Ring, auf dem Flohmarkt an der Porte de Clignancourt in Paris gekauft, wie sie uns erzählt hatten, und sowohl die Größe als auch die Fassung der Steine ließen ihn antik wirken. Er war nicht sehr filigran – die Brillanten sahen an ihrem schlanken Finger klobig aus – und hätte besser zu einer Frau in ihren Dreißigern oder Vierzigern gepasst.

Seit der Bekanntgabe ihrer Verlobung waren wir das erste

Mal allein. Der Vorfall am Pool beschäftigte mich noch immer, und da ich zudem um ihr flatterhaftes Wesen wusste, fragte ich mich unwillkürlich, ob sie ihr Jawort wirklich ernst gemeint hatte, oder ob es sich bloß um einen weiteren Trick in ihrem raffinierten Spiel handelte.

»Hast du deinen Adoptiveltern schon von deiner Verlobung erzählt?«, fragte ich und dachte an Celine Harte, stellte mir vor, wie ihre Augenlider durch das Gewicht dieser Nachricht noch ein klein wenig schwerer wurden.

»Nein«, gab sie zu, ließ den Ring los und sah sich zerstreut um. »Die drehen durch, wenn sie es erfahren.«

»Ja?«

»Wenn die hören, dass ich einen geschiedenen Mann heirate, gehen sie an die Decke. Aber mir ist sowieso egal, was die denken.«

Sie lehnte sich gegen das Schaufenster, hängte die Plastiktüte um ein Handgelenk und verschränkte die Arme. Ich hatte den Eindruck, dass sie lässig wirken wollte. Unter ihrem Selbstvertrauen verbarg sich Unsicherheit.

»Was ist mit deinen Freunden?«, fragte ich. »Hast du es denen schon erzählt?«

»Ja, ein paar Leuten. Die meisten haben es nicht geglaubt.«

»Es gibt nicht besonders viele verheiratete Studierende«, bemerkte ich.

»Nein, bis auf ein paar in den höheren Semestern.«

»Wird bestimmt ein großes Thema. Deine Verlobung.«

Sie zuckte die Schultern. »Kann sein, eine Zeitlang. Bis irgendwas anderes aufs Tapet kommt.«

»Was glaubst du, wie du damit klarkommen wirst?«

»Womit?«

»Ich meine, junge Leute gehen aus, hängen mit Freunden ab. Wird das nicht komisch für dich sein, wenn du zu einem Ehemann oder Verlobten nach Hause musst, statt dich so lange zu amüsieren, wie du Lust hast? Wirst du dich nicht eingeengt fühlen?«

Sie blickte auf ihren Ring, drehte ihn am Finger. »Bestimmt nicht. Chris ist cool – er findet nicht, dass die Ehe uns aneinanderfesseln muss.«

»Hat er das gesagt?«

»Klar.«

Ich dachte daran, wie er sie belauerte, wie seine Augen ständig an ihr klebten, und Skepsis machte sich in mir breit.

»Nach seinen Erfahrungen mit Susannah will er, dass mit mir alles anders wird«, sagte sie, »freier und lockerer. Sie hat ihn wahnsinnig gemacht, ständig Forderungen gestellt. Ich bin so ziemlich das genaue Gegenteil.«

»Das ist ein bisschen ungerecht Susannah gegenüber.«

»Ich weiß, dass sie deine Freundin ist. Aber sie hat ihn wirklich ganz schön fertiggemacht.«

»Ich behaupte ja nicht, dass Susannah eine Heilige ist, aber Chris ist ganz bestimmt kein Heiliger. Eine Ehe ist kompliziert. Manche Dinge laufen schief – Dinge, mit denen man nicht gerechnet hat. Am Anfang haben wir alle jede Menge Hoffnungen und Ideale, sind der festen Überzeugung, dass unsere Beziehung, unsere Ehe ein Erfolg sein wird, aber keiner kann in die Zukunft sehen. Es passiert so manches, das uns auf die Probe stellt. Bist du dazu bereit?«

Sie schob sich die Haare über die Schulter. »War das bei euch so?«, fragte sie dann.

»Ja«, gab ich vorsichtig zu. »Als David und ich geheiratet haben, dachte ich, wir hätten unsere große Prüfung schon hinter uns. Ich war jung und naiv. Wir beide waren das.«

»Und jetzt?«

Sie hatte sich die Sonnenbrille aufgesetzt, so dass ich ihre

Augen nicht mehr sehen konnte. Ich musste daran denken, wie sie in der Küche mein Handy in der Hand hielt, nachdem sie Aidans SMS gelesen hatte. Ich musste an Holly denken, wie sie am Rand des Steinbruchs stand, an Zoës Hand, die sich ihr näherte, um sie in die Tiefe zu stoßen. Ich musste an all die Lügen denken, die Zoë über mich erzählt hatte, an die Gesichtsverletzung, die sie sich selbst zugefügt hatte, um mir dann die Schuld zu geben, daran, wie zerstörerisch sie auf die Beziehung zwischen mir und David eingewirkt hatte, und bei diesen Erinnerungen wurde ich vorsichtig. Ich wusste, wie gefährlich mir Zoë werden konnte.

»Jetzt ist alles gut«, sagte ich.

Ein dünnes Lächeln erschien auf ihrem Gesicht. Vielleicht bildete ich es mir bloß ein, aber es lag eine Andeutung von Mitleid darin, was mich irritierte und wütend machte. Durch das Schaufenster hinter ihr konnte ich sehen, dass Holly die Sachen, die sie anprobiert hatte, wieder an die Kleiderständer hängte.

»Noch eine Sache, Zoë, bevor Holly rauskommt. Und bitte nimm's mir nicht übel.«

»Was denn?«, fragte sie.

»Ich hoffe, ihr seid vorsichtig. Dass ihr verhütet.«

Sie lachte und schüttelte den Kopf, tat übertrieben verlegen.

Der Gedanke war mir seit meinem Gespräch mit Chris in der Küche nicht mehr aus dem Kopf gegangen. »Im Ernst. Sich verloben ist eine Sache. Ein Baby bekommen eine ganz andere.«

Sie fuhr sich mit dem Finger über die Unterlippe, noch immer lächelnd.

»Du willst doch keine ungewollte Schwangerschaft —«

»Wie du, meinst du?«

Ihr giftiger Unterton war unüberhörbar. Er attackierte mich

so unvermittelt, dass ich einen Moment brauchte, um ihn zu verarbeiten. Ehe ich antworten konnte, sprach sie schon weiter, mit einem leichten Beben in der lauter werdenden Stimme.
»Oder hast du meine Mutter gemeint?«
Ihre frostige, jähe Wut erfüllte die Luft zwischen uns.
»Wieso sagst du so was?«, fragte ich und dachte, dass es immer so war, wenn ich mit ihr allein war – ihre Eiseskälte kam abrupt, wie eine fallende Axt, die durch die Luft schnitt und unser Gespräch durchtrennte.
»Was gefunden?«, fragte sie fröhlich, als Holly aus dem Laden kam.
»Nee«, antwortete Holly.
Wir probierten es in anderen Geschäften, aber das Angebot bestand überwiegend aus überteuerten Souvenirs, und Holly wollte ja etwas zum Anziehen. Sie wurde im Laufe des Nachmittags immer frustrierter und erklärte schließlich, sie habe keine Lust mehr.
»Wir fahren an einem anderen Tag nach La Rochelle«, tröstete ich sie. »Sobald der Brand gelöscht ist, und wir von der Insel runterkönnen.«
»Ich will nach Hause, Mum«, sagte sie, und wir wandten uns Richtung Hafen, wo wir die Fahrräder abgestellt hatten.
Wir gingen durch Straßen mit hohen, schicken Apartmenthäusern, deren Eingänge von kugelrund geschnittenen Buchs- und Lorbeerbäumen bewacht wurden, und die ganze Zeit nagte Zoës Frage an mir.
Wie du, meinst du?
Aber woher wusste sie das? Hatte David es ihr erzählt? Wir hatten weder mit den Kindern noch mit irgendjemand sonst je darüber gesprochen. Dass er ihr so etwas Intimes anvertraut haben könnte – ein für mich derart persönliches Geheimnis –, kam mir vor wie der schlimmstmögliche Verrat. Und wenn sie

es wusste, hatte sie es vielleicht auch Chris erzählt? Oder Robbie? Die Sorge entfachte eine ganz neue Wut in mir. Wann würde sie wieder verschwinden? Das war unser Urlaub, und er neigte sich allmählich dem Ende zu – wie lange würden wir sie noch ertragen müssen?

Wir näherten uns dem Hafen, die Luft getränkt vom Geruch nach Salz, Rauch und Benzin, als mein Blick auf das Schaufenster eines Brautladens fiel. Mir kam eine Idee. »Was meinst du?«, sagte ich zu Zoë. »Sollen wir reingehen?«

Ich bin nicht sicher, was mich dazu antrieb – eine von Wut befeuerte Bosheit? Ihr Widerstreben stachelte mich nur noch mehr an.

»Komm schon«, sagte ich. »Das wird lustig.«

Nach dem grellen Sonnenlicht draußen auf der Straße brauchten unsere Augen einen Moment, um sich an die gedämpfte Beleuchtung und an das plüschige Innendekor zu gewöhnen. Die Verkäuferin, eine Frau ungefähr so alt wie ich in einem eleganten Leinenkostüm mit Perlenkette um den Hals, begrüßte uns mit einem strahlenden Lächeln und wechselte vom Französischen ins Englische, sobald sie merkte, dass wir keine Landsleute waren.

»Ah, aber Sie sind so jung!«, bemerkte sie fröhlich, als wir ihr sagten, dass Zoë die Braut sei.

Sie führte uns tiefer in den Laden, wo mitten im Raum eine Gruppe Samtsessel angeordnet war, über denen ein Kronleuchter funkelte.

»Schwebt Ihnen etwas Spezielles vor, *chérie*?«, fragte sie.

Zoë nagte an der Unterlippe, während sie die Stangen mit Kleidern beäugte, die einzeln in Klarsichthüllen steckten. »Nicht wirklich.«

Als Erstes probierte sie ein Spitzenkleid mit schlanker Silhouette und Muschelsaumausschnitt an, dessen langer Rock um ihre nackten Füße auf den weichen grauen Teppich fiel. Es machte sie klein, und ihre Figur verlor unter der steifen, eng anliegenden Spitze alle Rundungen.

»Ich habe etwas Besseres«, sagte Madame.

»Ich weiß nicht«, sagte Zoë leise, aber ich ließ ihren Widerwillen an mir abprallen.

»Ach, nun komm schon!«

Der harte, wütende Kern in mir trieb mich weiter. *Jetzt spielen wir nach meinen Regeln*, dachte ich.

Ich brachte sie dazu, insgesamt fünf Kleider anzuprobieren, und mit jedem wurde sie stiller.

Das letzte war ein zartes Etwas aus weißem Tüll, mit einem Band aus dezent rosa Satin tailliert. Durch eine hauchdünne äußere Lage schimmerte derselbe Rosaton in Seide. Feine Spitzenapplikationen zierten das Oberteil, das wie ein Korsett tief im Rücken verschlossen wurde. Eine grazile Schleppe breitete sich hinter ihr auf dem Boden des Anproberaums aus.

»*Parfait!*«, erklärte Madame. »Schauen Sie sich an!«, forderte sie Zoë auf und drehte sie zum Spiegel. »Sie sind wunderschön.«

»Bist du wirklich«, bestätigte Holly mit vor Ehrfurcht gedämpfter Stimme. Oder vielleicht vor Neid.

Zoë stand völlig reglos da, schaute nach unten auf ihre Füße im Spiegel, unwillig, ihren Körper in voller Länge zu begutachten. »Ich will es ausziehen«, sagte sie leise.

»Fehlt noch das i-Tüpfelchen«, sagte Madame und ging zu einer Vitrine, aus der sie ein kleines Brautkrönchen mit glitzernden Swarovski-Steinen nahm. »Nur, um das Bild abzurunden, ja?«

Sie steckte Zoë das Krönchen behutsam ins Haar, das ihr in wallenden Locken um die Schultern fiel.

»Was für Haare!«, sagte Madame, ohne zu merken, wie angegriffen Zoës Stimmung war, wie sich ihre Miene verdüsterte. »Voilà!« Sie trat zurück, um ihr Werk zu bewundern. »Ihr zukünftiger Mann wird stolz sein!«

Ich sah Zoë an, dass sie den Tränen nah war. Ihre Heiterkeit beim Lunch, ihre gute Laune, ihre Freude über das T-Shirt, das sie sich gekauft hatte, das alles war verschwunden. Das Gewicht jedes einzelnen Kleides hatte sie durchdrungen, jedes Glücksgefühl in ihr niedergedrückt. Auf dem Fußboden, achtlos neben den Spiegel geworfen, lag die orangefarbene Plastiktüte mit dem T-Shirt, dessen jugendliche Sinnlichkeit zwischen diesen seriösen Kleidern und den drückenden Verantwortungen, die sie symbolisierten, verlorengegangen war. So schön Zoë auch aussah, sie wirkte dennoch irgendwie lächerlich, genauso, wie der Ring an ihrem Finger lächerlich war – ein kleines Mädchen, das zum Spaß die Kleider ihrer Mutter anzog. Sie hatte nicht die Absicht, Chris zu heiraten – die hatte sie nie gehabt. Ich wusste es, und jetzt hatte ich den Beweis für mich erbracht.

»Ich will raus aus dem Ding«, sagte sie verzweifelt, griff nach hinten und fingerte an den Verschlüssen, die das Oberteil zusammenhielten.

»Vorsicht bitte«, sagte Madame, die Zoës labile Verfassung registrierte und vortrat, um ihr zu helfen. Ich saß bloß da, zurückgehalten von der Kälte, die sie gezeigt hatte, von ihren Intrigen, ihrer Manipulation, spürte, wie mich die Erinnerungen daran gefühllos machten.

Sobald der letzte Haken gelöst war, riss sie sich das Oberteil förmlich vom Leib, und für einen kurzen Moment waren ihre Brüste zu sehen, klein und weit auseinander. Als sie den Vorhang der Umkleidekabine ruckartig vorzog, surrten die Ringe über die Stange.

Draußen hing die Hitze über den Straßen, den Häusern, dem weißen Strand, wo die Boote in der gleißenden Sonne schaukelten. Auf der Brücke nicht weit von uns tobte ein Feuer. Aber in dem Anproberaum herrschte nur eisige Kälte.

Madame bückte sich und hob das Oberteil auf, befingerte es behutsam und betrachtete es fast mit Abscheu, als wäre es durch die grobe Behandlung unrein geworden. Es war ganz still im Raum, bis auf das leise Weinen in der Kabine und das Klirren des Glasschranks, als das Brautkrönchen zurückgelegt wurde.

Madame sammelte die übrigen Kleider mit neuer Entschlossenheit auf und sagte: »Die hänge ich wieder an Ort und Stelle, wenn Sie fertig sind.« Sie konnte es kaum erwarten, uns loszuwerden.

Noch heute, wo alles vorbei ist, meine ich manchmal, sie weinen zu hören, wie an jenem Tag in dem Brautladen. Ihr Schluchzen hallt aus den Korridoren der Vergangenheit herauf und lässt mich bei dem, was ich gerade tue, verharren, und für einen Moment überkommt mich wieder die Fassungslosigkeit. Und dann denke ich an ihren geraden Rücken, als sie auf ihrem Fahrrad vor mir den Pfad zurückfuhr, vorbei an der Austernbar, die sich inzwischen geleert hatte, weil die Sonne schon tief am Horizont stand. Ich sehe vor meinem geistigen Auge, wie sie von mir davonfährt, dem Abend entgegen und allem, was kommen sollte.

22 | DAVID

DER ABEND begann mit einer Planänderung. Caroline, die ganz aufgewühlt zurückgekommen war, meinte, es wäre zu heiß zum Kochen.

»Dann lass uns doch essen gehen«, schlug ich vor.

Ich lag im Halbdunkel unseres Schlafzimmers und wartete darauf, dass die beiden Paracetamol, die ich genommen hatte, endlich wirkten. Caroline zog sich hastig um, weil sie nach der Fahrradfahrt in der Hitze durchgeschwitzt war. »Ich will aber auf keinen Fall noch mal nach Saint-Martin«, sagte sie.

»Ist was passiert?«, fragte ich. Ihre Unruhe alarmierte mich. Offensichtlich war ihr irgendwas aufs Gemüt geschlagen.

»Nichts ist passiert. Mir ist bloß heiß«, knurrte sie. »Dieses verdammte Feuer. Weiß der Teufel, was für Gifte wir die ganze Zeit einatmen.«

Ich stand langsam auf, etwas Schweres saugte innen an meinem Schädel wie ein nasses Tuch. »Hast du noch irgendwas anderes gegen Kopfschmerzen?«

Sie kramte in ihrer Handtasche und reichte mir dann ein Tütchen mit weißen Tabletten. Normalerweise machte ich mich lustig über ihre homöopathischen Mittelchen, aber die Kopfschmerzen waren den ganzen Tag schlimmer geworden, so dass ich nicht mehr klar denken konnte und mir fast übel war. Nach dem Wein beim Lunch waren sie etwas abgeklungen, aber jetzt, wo dessen Wirkung nachließ, flammten sie mit aller Macht wieder auf.

»Ich ruf im Bistro am Dorfplatz an. Die haben bestimmt

noch einen Tisch frei«, sagte ich zu ihr, schob mir zwei Tabletten unter die Zunge und ging nach unten, um den Anruf zu erledigen.

Es war still im Haus, bis auf die Geräusche aus den Zimmern der anderen, die sich fürs Abendessen umzogen. Als ich an Zoës und Chris' Tür vorbeikam, hörte ich ihn sagen: »Wie wär's mit dem kleinen Schwarzen?«

Zoës Antwort klang traurig. »Nein. Kommt nicht in Frage.«

Ich ging schnell weiter. Noch immer verfolgte mich die Erinnerung daran, dass ich sie am Vormittag beim Liebesakt gehört hatte. In der Küche lagen die Zutaten zu Carolines halbherzigem Kochauftakt einsam und verlassen auf dem Tisch. Ich nahm mein Handy, ging in Alans ruhiges Arbeitszimmer und rief im Bistro an, um einen Tisch zu reservieren – diesmal nicht draußen, sondern im Restaurant, weil der Rauch noch immer in der Luft hing –, dann legte ich mich auf die Couch und schloss die Augen.

Carolines Schmerzmittel war stärker, als ich gedacht hatte, und zog mich in einen unruhigen Schlaf. Ich steckte mitten in den Wirren eines seltsamen Traums, als jemand in einem dringlichen Ton »Dad? *Dad!*« sagte und an meinem Ärmel zupfte. Ich öffnete die Augen und sah Holly, die mich besorgt durch ihre Brille ansah. In der Hand hielt sie ein Blatt Papier.

»Was ist denn?«, fragte ich und stemmte mich in eine sitzende Position. Ich hatte ein taumeliges Gefühl im Kopf, als wäre ich unter Wasser.

»Ich hab das hier gefunden.« Sie hielt das Blatt Papier hoch, die bangen Augen noch immer auf mich gerichtet.

Ich sah den blau-weißen Briefkopf und erkannte ihn auf Anhieb. Panik kroch mir in die Kehle. »Reg dich nicht auf, Holly. Ich kann das erklären.«

»Da steht: ›Das Testergebnis ist uneindeutig.‹« Sie sprach jedes einzelne Wort überdeutlich aus, betonte jede Silbe, so dass es sich anhörte wie ein Schuldspruch oder eine tödliche Diagnose.

Meine Gedanken überschlugen sich in meiner Verwirrung. Wo hatte sie den Brief her? Ich war sicher, dass ich ihn zusammen mit den übrigen Informationen über DNA-Tests in meinem Schreibtisch an der Uni gelassen hatte.

»Robbie und ich haben Scrabble gespielt. Und wir brauchten ein Blatt, um die Punkte aufzuschreiben. Mum hat gesagt, hier auf dem Schreibtisch wäre Papier.«

Sie zeigte auf den alten Mahagonisekretär, wo eine Mappe mit Unterlagen von mir neben Fachzeitschriften und Büchern lag. Der Brief vom Testlabor musste mir irgendwie dazwischengeraten sein. Holly war aufgewühlt und wütend. Ich wusste, ich musste schnell und vorsichtig reagieren. »Hör mal, Schätzchen, es ist nicht so, wie du denkst.«

»Da steht, sie ist gar nicht unsere Schwester.«

»Nein, das steht da nicht.«

»Doch.«

»Nein.« Ihre Panik machte mich nervös, wo ich doch Ruhe bewahren musste. »Da steht bloß, dass die Proben, die sie bekommen haben, sich für ein eindeutiges Ergebnis als unzureichend erwiesen haben.«

»Aber vielleicht ist sie gar nicht unsere Schwester«, sagte Holly, beharrte stur auf ihrem Standpunkt.

»Sieh mal, Liebes, Zoë ist eure Schwester. Das weiß ich ganz genau.«

»Woher?«

»Ich weiß es einfach«, sagte ich ein wenig lauter, mit einem gereizten Unterton in der Stimme. Ich fühlte mich nicht fit genug für diese Unterhaltung, und ich ärgerte mich, dass ich den blöden Brief nicht zerrissen hatte.« »Um ehrlich zu sein«, sagte ich, »weiß ich gar nicht, warum ich den Test überhaupt hab machen lassen. Das war dumm von mir.«

»Wahrscheinlich hast du ihr nicht geglaubt«, stellte Holly scharfsinnig fest.

»Es war ein Schock, als sie es mir erzählt hat. Aber sobald der Schock sich gelegt hatte, wurde mir klar, dass sie die Wahrheit gesagt hat.«

»Weiß Mum hiervon?«, fragte Holly. Sie hatte den Brief noch immer in der Hand. Ich wollte ihn ihr wegnehmen, aber die Verbissenheit, mit der sie ihn festhielt, verriet mir, dass sie ihn nicht so ohne weiteres hergeben würde.

»Sie weiß von dem Test«, sagte ich.

»Wirklich? Auch, dass das Ergebnis uneindeutig ist?« Holly klang skeptisch und das zu Recht. Sie kannte ihre Mutter gut.

»Schätzchen, ich weiß, das macht einen merkwürdigen Eindruck«, sagte ich, ohne ihre Frage zu beantworten. »Ich weiß, es ist ein Schreck, zufällig so ein Dokument zu finden, aber eines musst du dir klarmachen: Es ist bloß *ein* Ergebnis.«

»Aber es ist uneindeutig, Dad. Sie könnte irgendwer sein.«

»Es kommt sehr häufig vor, dass solche Tests uneindeutig ausfallen.«

»Sie fühlt sich nicht an wie meine Schwester«, sagte sie. »Sie fühlt sich an wie eine Fremde. Als würde sie nicht zu uns gehören.«

Ich hörte oben eine Tür aufgehen, eine Stimme im Flur.

»Hör mal, Holly, du musst mir versprechen, es niemandem zu sagen.«

»Wieso denn nicht? Wenn ich es keinem sagen darf, dann ist es ja ein Geheimnis.«

»Du kennst nicht alle Fakten, Holly. Lass mich dir erklären –«

»Aber wieso muss es ein Geheimnis sein? Das find ich nicht richtig.«

»Bitte hör auf, es ein Geheimnis zu nennen«, sagte ich, so ruhig ich konnte. Sie klang ein bisschen hysterisch, und ich selbst konnte keinen klaren Gedanken fassen. »Es ist kein Geheimnis. Ich will bloß nicht, dass alle Welt von diesem Brief weiß, weil er alles in allem keine Bedeutung hat.«

Wie zum Beweis nahm ich ihr das Schreiben aus der Hand, zerknüllte es und warf es in den Kamin. Sie schaute der Papierkugel hinterher, die Stirn in nachdenkliche Falten gelegt.

»Jetzt hör mal, Holly. Es ist wirklich wichtig, dass wir das nicht zur Sprache bringen, weil sich sonst alle aufregen«, sagte ich, fasste sie an den Schultern und strich ihr die Haare aus der Stirn. So beruhigend ich konnte, sagte ich: »Jetzt ist weder der richtige Zeitpunkt noch der richtige Ort dafür, okay, Schätzchen?«

Sie sagte nichts, starrte nur weiter auf das Papierknäuel im Kamin.

»Wir zwei setzen uns später noch mal zusammen und bereden die Sache in aller Ruhe, versprochen.« Draußen hörte ich Caroline nach den anderen rufen.

»Heute ist unser Geburtstag, schon vergessen?«, sagte ich lächelnd, um sie aus ihrer Stimmung zu locken.

»Okay«, sagte sie und wandte sich zur Tür, aber ich spürte ihre Sturheit trotzdem und wusste, dass sie nicht aufgegeben hatte. Mein Herz hämmerte wie wild.

»Wir sind alle startklar.« Carolines Stimme schreckte mich auf. Ich war tief in meinem gedanklichen Chaos und hatte nicht bemerkt, dass sie den Kopf zur Tür hereingesteckt hatte. »Kommt ihr?«

»Sofort«, sagte ich und versuchte, meine Hektik zu überspielen, indem ich mein Portemonnaie und Handy nahm und einsteckte. Erst als wir draußen und schon halb die Straße runter waren, fiel mir ein, dass ich den zusammengeknüllten Brief im Kamin hatte liegen lassen.

Auf dem Spaziergang zum Dorfplatz teilte sich unsere Gruppe. Holly und Caroline fielen ein Stück zurück, während wir Übrigen vorausgingen. Zoë, die ein blaues Kleid trug und Make-up aufgelegt hatte, hakte sich bei mir ein. Wir sprachen über den Tag, das Feuer und den Rauch, aber ich war mit den Gedanken woanders. Ich musste immerzu an Holly denken, die weiter hinten mit Caroline allein war – an das, was sie jetzt wusste. Ein- oder zweimal drehte ich mich zu ihnen um, aber die engen Straßen waren dunkler als sonst, die Luft trüb vom Rauchschleier. Ich konnte nicht sehen, ob sie sich unterhielten, geschweige denn ihre Mimik erkennen.

Die Tische vor dem Bistro waren leer. Ausnahmsweise hatten sich alle Gäste ins Lokal gesetzt, zum Schutz gegen eventuelle Gifte in der Luft. Unser Tisch war im hinteren Teil, und wir suchten uns einen Weg durch den vollbesetzten Raum. Es war laut unter der Glühbirnenkette, die an der Decke schwang, der Rauchgeruch verflüchtigte sich zu einer Erinnerung, verdrängt durch den Duft von in Butter gedünstetem Knoblauch. Am Nebentisch ließ sich eine lärmende Gruppe junger Männer – alle mit zerrissenen Jeans und wilden Frisuren – bereits das Essen schmecken. Sie blickten kurz auf, als wir Platz nahmen, Zoë und ich nebeneinander, mit dem Rücken zur Wand, Robbie und Chris gegenüber.

Die erste Missstimmung kam auf, als unsere beiden Nachzügler eintrafen. Holly starrte Zoë an. »Du kannst da nicht sitzen«, sagte sie.

Zoë lachte verwirrt.

»Wir sitzen zusammen«, sprach Holly weiter, »Dad und ich, an unserem Geburtstag.« Ihre Stimme war kalt.

»Ach so.« Zoë wollte aufstehen.

Ich bremste sie mit einer Hand auf ihrem Arm. »Bleib nur, Zoë. Holly, setz dich doch hierhin.« Ich deutete auf den Platz neben mir am Kopfende des Tisches. »Dann bist du auch direkt neben mir.«

Hollys Gesicht verfinsterte sich.

»Das ist nicht dasselbe«, sagte sie leise.

»Tut mir leid, Zoë«, schaltete Caroline sich resolut ein. »Familientradition, das verstehst du doch.«

»Na klar«, sagte sie und stand leicht betreten auf.

»Dann komm und setz dich neben mich«, sagte Chris auffordernd und klopfte auf den Stuhl am hinteren Ende, doch Caroline hatte ihr Seidentuch schon über die Rückenlehne gelegt.

»Da will Caroline sitzen«, sagte Zoë mit ausdrucksloser Stimme und ließ sich auf dem Stuhl am Kopfende nieder.

Einer von den jungen Burschen nebenan blickte zu uns herüber.

Holly setzte sich dicht neben mich. Trotz ihres kleinen Triumphs machte sie keinen frohen Eindruck.

»Wie wär's mit Champagner?«, schlug Chris vor, bemüht, die trübe Atmosphäre aufzuhellen, die sich am Tisch breitgemacht hatte. Er bestellte eine Flasche Veuve Cliquot, und ich fragte mich kurz, ob er vorhatte, die allein zu bezahlen. Diamantringe, Urlaub in Frankreich, essen gehen – ob Susannah davon wusste? Und würde sie am Ende die Zeche für Chris' Großzügigkeit bezahlen? Der Champagner war jedenfalls eine willkommene Abwechslung. Der knallende Korken, das Auffüllen der Gläser, all das lenkte von Hollys unterkühlter Stimmung ab und von Zoës offensichtlich gekränkten Gefühlen.

»Kann ich auch ein bisschen haben?«, fragte Robbie mich.

»Von mir aus. Aber nur ausnahmsweise.«

Wir stießen auf Hollys und meinen Geburtstag an und richteten unsere Aufmerksamkeit dann auf die Speisekarte. Es ging ein wenig durcheinander, als wir unsere Bestellungen aufgaben und Körbe mit Brot gebracht wurden, sich kollektiver Hunger mit klapperndem Besteck kundtat. Ich wünschte, ich könnte sagen, dass ich entspannter wurde, dass sich meine Furcht legte, Holly könnte ihr neues Wissen ausplaudern, dass der Abend friedlich verlief, aber das war nicht der Fall. Das erste Anzeichen dafür, dass Holly die Sache nicht auf sich beruhen lassen würde, kam, als Zoë ihre Halbschwester mit einem Geburtstagsgeschenk überraschte.

»Ich hoffe, es gefällt dir«, sagte sie und übergab ihr eine kleine graue Schachtel, die mit einem pinken transparenten Geschenkband umwickelt war, unter dessen Schleife ein getrockneter Blütenzweig steckte.

»Oh, danke«, sagte Holly steif.

In der Schachtel war ein Armband mit winzigen aneinandergereihten Glasperlen in zarten Flieder- und Lilatönen.

»Das hab ich in einem kleinen Laden in der Nähe vom Hafen in Saint-Martin entdeckt, als du abgelenkt warst. Willst du es nicht mal anprobieren?«

»Vielleicht später.«

Ein unbehagliches Schweigen machte sich am Tisch breit. Ich ärgerte mich über Hollys Unhöflichkeit, obwohl ich wusste, woher sie rührte.

»Bedank dich«, tuschelte ich ihr ins Ohr.

Trotz in ihren Augen. Für den Bruchteil einer Sekunde war ich nicht sicher, wie sie reagieren würde. »Danke, Zoë«, sagte sie und warf ihr einen Blick zu. »Das wäre wirklich nicht nötig gewesen.«

»Hab ich gern getan.« Zoës Stimme war zaghaft geworden.

Nach einem Moment leerte sie ihr Glas in einem Zug und lehnte sich zurück, ließ den Blick durchs Restaurant wandern. Einer der jungen Männer am Nebentisch – derselbe wie zuvor – schaute herüber. Der Vorfall mit dem Armband hatte sie enttäuscht, das sah ich ihr an. Die kleine Schachtel lag umgekippt auf dem Tisch, einsam und vergessen neben einem Brotkorb.

Sobald unsere Bestellung serviert wurde und wir mit dem Essen begannen, kam das Gespräch unvermeidlich auf den Tag von Hollys Geburt, und wir erzählten alles haarklein – pflegten die Familienmythologie, schätze ich. Chris, der den wachsenden Missmut seiner Verlobten ebenso wenig bemerkte wie ihre zum Nachbartisch driftende Aufmerksamkeit, hörte gespannt zu.

»Sag mal, Caroline«, sagte er, »heute um diese Uhrzeit vor zwölf Jahren, hast du dir da im Kreißsaal die Lunge aus dem Hals geschrien?«

»Kein bisschen«, antwortete sie und warf Holly ein Lächeln zu. »Die leichteste Geburt aller Zeiten.«

»Blödsinn.«

»Doch, das stimmt. Robbie dagegen war ein echter Albtraum.«

Ich trat ihn scherzhaft unter dem Tisch. »Von Anfang an ein Problemkind, was, mein Sohn?«

»Ha-ha«, erwiderte er. Vielleicht kam es vom Champagner, doch er schien etwas munterer geworden zu sein, beugte sich über den Tisch, um am Gespräch teilzunehmen.

»Holly kam so schnell«, fuhr Caroline fort, »dass ich es kaum aufs Bett geschafft habe. Sie ist regelrecht rausgerutscht.«

Holly grinste – sie liebte diese Geschichte.

»Erzähl ihnen von der Glückshaube«, sagte ich.

»Holly ist mit intakter Glückshaube zur Welt gekommen.«

»Was ist das?«, fragte Chris.
»Eine Membran, die Gesicht und Kopf des Kindes im Mutterleib bedeckt. Normalerweise zerreißt sie bei der Geburt, nur in seltenen Fällen nicht, und bei Holly war sie unversehrt.«
»Angeblich bringt sie dem Kind Glück«, sagte ich und legte Holly einen Arm um die Schultern. »Hab ich recht, Schätzchen? In manchen Ländern glaubt man auch, das Kind hätte das Zweite Gesicht.«
»Und hast du's, Holly?« Chris riss die Augen weit auf und sah sie genau an.
Unter seinem prüfenden Blick wurde sie rot und schüttelte den Kopf.
»Eine von den Hebammen hat uns erzählt, Matrosen würden häufig eine Glückshaube als Talisman gegen Schiffbruch mit auf See nehmen«, fuhr Caroline fort. »Sie hat uns gefragt, ob wir sie behalten oder sogar verkaufen wollten.«
»Ist ja ekelhaft!«, entfuhr es Robbie.
»Es war ja Davids Geburtstag, und ich hatte das Geschenk für ihn zu Hause vergessen, da hab ich zu ihm gesagt: ›Bitte sehr, Schatz. Das ist dein Geschenk.‹«
»Bitte, Mum. Das wollen wir alles gar nicht hören«, sagte Robbie.
»Meine Mutter hat meine Nabelschnur verwahrt«, erzählte Chris, was Robbie erneut vor Ekel aufstöhnen ließ. »Ich hab sie nach ihrem Tod gefunden, so ein vertrocknetes, schrumpeliges Ding in einer Schachtel. Sah ein bisschen aus wie Kutteln.«
Ich legte mein Besteck auf den leeren Teller und lachte. »Das ist jetzt aber wirklich eklig«, sagte ich. Meine Kopfschmerzen waren fast weg – der Champagner, der Wein danach, das Essen, das alles hatte den Druck in meinem Kopf spürbar gelindert.
»Wir haben die Namensbänder aufbewahrt, die die Kinder im Krankenhaus getragen haben, nicht, Caroline?«, sagte ich.

»Winzige Dinger – sie passen gerade so um meinen Finger. Kaum zu glauben, dass sie mal um dein Handgelenk, Robbie, und um deinen Fußknöchel, Holly, gepasst haben.«

Zoë, die die ganze Zeit geschwiegen hatte, stellte ihr Glas abrupt auf den Tisch. »Tja, von meiner Geburt hat keiner ein Erinnerungsstück aufbewahrt.« Sie hatte ein sprödes Lächeln aufgesetzt, doch ihre Stimme bebte. »Und ob ich für Linda eine schwere Geburt war oder einfach *rausgerutscht* bin, werde ich nie wissen.«

»Zoë«, sagte ich, »wir wollten nicht …«

Sie schob ihren Stuhl zurück: »Ich geh eine rauchen.«

Chris folgte ihr mit den Augen, bis Caroline ihn bat, ihr Wein nachzuschenken. Ich wurde das Gefühl nicht los, dass Zoë noch etwas anderes die Laune verdorben hatte.

»Ist alles in Ordnung mit ihr?«, fragte ich Chris.

»Ihr geht's gut«, sagte er, klang aber unsicher.

Caroline nahm einen Schluck aus ihrem Glas. Robbie und Holly schwiegen.

Von meinem Platz aus, mit dem Rücken zur Wand, konnte ich Zoë durchs Fenster sehen. Sie stand an einen Baum gelehnt und steckte sich eine Zigarette zwischen die Lippen. Der Bursche vom Nebentisch war bei ihr – ich hatte nicht mal bemerkt, dass er ihr nach draußen gefolgt war –, beugte sich näher, um ihr mit seinem Zippo Feuer zu geben, und Zoë hielt eine Hand um die Flamme. Ich warf einen Blick auf Chris. Er hatte es nicht mitbekommen.

Wir schwelgten in Erinnerungen an unsere Studienzeit, als Zoë wiederkam, ihr Kleid glattstrich und Platz nahm.

»Alles okay, Schatz?«, fragte Chris.

Robbie saß zwischen ihnen, so dass sie keine Zärtlichkeiten austauschen konnten.

»Alles prima«, erwiderte sie, die Augen auf den jungen Mann

gerichtet, der zu seinen Freunden zurückkam, das Feuerzeug auf den Tisch warf und zu ihr herübersah. Chris folgte Zoës Blick. Seine Miene verfinsterte sich.

Caroline hatte die Geburtstagstorte, die sie am Morgen auf dem Markt gekauft hatte, mit ins Restaurant genommen und bei der Belegschaft abgegeben, und sobald unser Tisch abgeräumt worden war, brachte die Kellnerin sie uns – eine zarte Blätterteigtorte mit Cremefüllung. Obendrauf steckten Kerzen, deren winzige Flammen züngelten und flackerten. Einen Moment lang richteten sich alle Augen auf uns, und für die anderen Gäste sahen wir vielleicht wie eine fröhlich feiernde Gruppe aus, die sich sogar über den kurzen Applaus freute. Sie hatten keine Ahnung, wie verworren das Geflecht von Loyalitäten war, wie die Luft zwischen uns vor unterdrücktem Groll knisterte.

»Ich finde«, sagte Caroline und stach mit ihrer Gabel in die Luft, »für besondere Anlässe sollte es Torten mit besonderen Geschmacksrichtungen geben. Zum Beispiel Schokoladentorte für Jubiläen, Meringue für Geburtstage, irgendwas Fruchtiges für Hochzeiten.«

Ich befand, dass sie leicht beschwipst sein musste.

»Was für eine Torte sollen wir für unsere Hochzeit nehmen?«, wollte Chris von Zoë wissen und lächelte sie über Robbie hinweg an.

Zoë schob sich mit der Gabel einen kleinen Bissen Torte in den Mund, antwortete aber nicht. Sie hatte ihr Essen zuvor kaum angerührt.

»Nun sag schon«, sagte Chris, der sich für das Thema erwärmte. »Was hättest du gern?«

»Keine Ahnung«, antwortete sie leise.

»Du musst doch eine Vorliebe haben«, hakte er nach. »Was ist deine Lieblingstorte?«

»Ich hab keine.«

»Schokolade oder Zitrone?«

Sie legte ihre Gabel hin und sagte schneidend: »Ich mag keine Torte.«

Ohne eine Erklärung, wohin sie wollte, stand sie erneut vom Tisch auf und ging.

»Wo will sie denn jetzt schon wieder hin?«, fragte Chris geknickt. Er wandte den Kopf und sah, dass der Bursche am Nebentisch prompt hinter ihr das Restaurant verließ. Zoë drehte sich zu ihm um und sagte etwas, was ich nicht verstehen konnte.

»Was zum Teufel zieht sie da ab?«, fragte Chris halblaut, dann ließ er seine Gabel leise klappernd auf den Teller fallen, stand von seinem Stuhl auf und folgte den beiden nach draußen auf den Dorfplatz.

»Halt dich da raus«, ermahnte Caroline mich, und wir saßen einige Minuten lang in unbehaglichem Schweigen, während Chris draußen vor dem Fenster Zoë Vorhaltungen machte, und der Typ betreten seine Zigarette rauchte. Ich wusste nicht, was sie redeten, konnte aber Zoës erbostes Gesicht sehen, und ihre Körpersprache wurde zusehends feindselig. Als ich gerade mit meinem Dessert fertig war, zog sie die Tür auf und kam wieder hereinmarschiert, gefolgt von Chris. Er nahm Platz, lächelte uns alle an, aber seine geröteten Wangen verrieten seine wahren Emotionen. Der Bursche vom Nebentisch kam ebenfalls wieder herein und sagte irgendetwas auf Französisch zu seinen Freunden, was leises spöttisches Gelächter rund um den Tisch auslöste. Chris zupfte an seinem Hemdkragen. Er tat mir leid.

»Sollen wir noch Kaffee bestellen?«, fragte Caroline.

»Vielleicht lassen wir einfach die Rechnung kommen«, schlug ich vor. An unserem Tisch lag jetzt spürbar Streit in der Luft.

Eifersucht ist eine schreckliche Sache – ich weiß, wovon ich rede. Sie ist ein hässlicher Ableger von Unsicherheit und Bedürftigkeit. Sie frisst dich innerlich auf, treibt dich dazu, leichtfertig Dinge zu tun und zu sagen. Chris, das sah ich ihm an, war kurz davor, etwas Drastisches zu tun.

»Habt ihr am letzten Augustwochenende schon was vor?«, sagte er in einem wichtigtuerischen Tonfall, so dass die Frage wie eine Ankündigung klang.

»August?«, fragte Caroline.

»Am Samstag, den 29.«, fuhr er fort, beugte sich dann über den Tisch und verschränkte die Finger. »Was meinst du, Zoë?«

»Ich weiß nicht, wovon du redest«, sagte sie mürrisch, legte die Hände um die Ellbogen und lehnte sich nach hinten.

»Eine Verlobungsparty. Um das Ganze offiziell zu machen. Wir laden alle unsere Freunde ein.« Er lächelte sie an, doch seine Stimme klang hart, und seine Augen blickten herausfordernd.

»Vielleicht ist jetzt nicht der günstigste Zeitpunkt für so wichtige Entscheidungen«, sagte ich in der Hoffnung, das Thema wechseln zu können.

Chris ging nicht auf mich ein. »Ich dachte, es wäre gut, uns auf ein Datum festzulegen.«

Zoë behagte der Ausdruck offensichtlich gar nicht. »Hier wird sich auf gar nichts festgelegt«, sagte sie mit leisem Nachdruck.

»Wieso nicht? Wir waren uns doch einig. Wir würden es Susannah sagen, dann eine Party geben.«

»Du hast es Susannah gesagt?«

»Das wolltest du doch, oder?«

»Ich dachte, du wolltest warten, bis wir wieder zu Hause sind. Du hast gesagt, du wolltest es ihr nicht am Telefon sagen.«

»Stimmt, aber ich hab's mir anders überlegt.«

»Wie hat sie es aufgenommen?«, fragte Caroline.

Chris hüstelte. »Entscheidend ist, dass sie es jetzt weiß.«

Zoë hatte sich vorgebeugt, die Hände halb vors Gesicht gehoben. Ihre Trotzhaltung war Schock gewichen, und sie wurde blass. »Chris?«, sagte sie langsam.

»Und die gute Nachricht ist«, fuhr er fort, ohne den warnenden Ton in ihrer Stimme zu beachten, »sie ist einverstanden, dass wir die Scheidung schnellstmöglich durchziehen!« Er strahlte in die Runde, als erwartete er Beglückwünschungen.

»Schnell durchziehen? So was kannst du in Irland vergessen«, sagte Caroline.

Chris lächelte. »Sie wird sich der Scheidung nicht in den Weg stellen.«

Die Kellnerin kam und legte die Rechnung mitten auf den Tisch.

»Es tut mir leid«, sagte Zoë.

»Ihr seid eingeladen.« Chris zog eine Kreditkarte aus seinem Portemonnaie und warf sie auf die Rechnung.

Caroline und ich protestierten, doch er wollte nichts davon hören, dass wir zusammenlegten. Während er Zahlen eintippte und die Kellnerin anlächelte, saß Zoë da, wartete geduldig ab. Es war offensichtlich, was kommen würde. Chris schob das Unvermeidliche bloß hinaus.

»Chris«, sagte Zoë wieder, um endlich seine Aufmerksamkeit zu gewinnen.

»Gehen wir zurück zum Haus?«, fragte er mit aufgesetzt guter Laune.

»Ich kann das nicht«, sagte sie zu ihm.

»Oder sollen wir noch irgendwo einen Digestif trinken?«

Jetzt mit mehr Nachdruck: »Ich kann nicht.«

Chris' Lächeln erstarb.

Ich spürte, wie Holly neben mir unruhig wurde. Die ganze Zeit hatte ich darauf gewartet, dass sie den Stift aus ihrer kleinen Handgranate zog. Ich war gar nicht auf die Idee gekommen, dass Zoë diejenige sein würde, die die Explosion auslöste.

Der Bursche am Nachbartisch stand auf und gab ihr diesmal ungeniert Zeichen, wieder mit nach draußen zu kommen. Chris bemerkte es, fuhr auf seinem Stuhl herum und blaffte: »Sie kommt nicht noch mal auf eine Zigarette nach draußen, also *verpiss dich!*«

Der Typ hob beide Arme und sagte mit einem starken Akzent auf Englisch zu Chris, er solle cool bleiben. Offenbar reichte seine Begeisterung für Zoë nicht so weit, dass er sich auf eine Schlägerei einlassen würde. Er lachte und trat den Rückzug an. Seine Freunde empfingen ihn mit spöttischen Bemerkungen, als er sich achselzuckend und feixend wieder zu ihnen setzte.

»Was fällt dir ein?«, zischte Zoë quer über den Tisch. Ihre Augen loderten. Ich hatte sie noch nie so wütend gesehen.

»Du bist meine Verlobte«, fuhr er sie an. »Ich lasse mich hier nicht durch deine Flirterei mit so einem Wichser demütigen!«

Sie war aufgesprungen, drehte den Ring an ihrem Finger. Sobald er begriff, was sie vorhatte, ruderte er zurück. »Ach komm, Zoë, jetzt warte doch mal.«

Sie warf den Ring auf den Tisch. Er prallte von einem Dessertteller ab und landete in dem Schälchen mit der Rechnung. »Jetzt hast du keinen Anspruch mehr auf mich«, sagte sie. Ihr Blick glitt einmal schnell in die Runde. »Keiner von euch!«

Sie stürmte aus dem Restaurant, Chris folgte ihr praktisch auf dem Fuße.

»Scheiße«, sagte Robbie, atmete das Wort aus, als hätte er die ganze Zeit die Luft angehalten.

»Was sollen wir machen?«, fragte Holly.

»Wir lassen die beiden in Ruhe«, riet Caroline. Wieder befiel mich das Gefühl – das gleiche Gefühl, das schon den ganzen

Tag über den Druck in meinem Kopf begleitete: die Ahnung, dass irgendetwas passieren würde, irgendetwas Schlimmes. Ich bat Caroline, mit den Kindern nachzukommen, während ich den anderen folgte.

Wie soll ich beschreiben, was als Nächstes geschah? Wenn ich heute auf die Ereignisse zurückschaue, hebe ich im Geist sozusagen schützend die Hände vor die Augen, als könnte ich die Bilder nicht ertragen.

Ich hastete hinter ihnen die Straße hinunter, sah, wie er sie am Handgelenk mitzog, wild zerrte, wenn sie sich sträubte, ihre streitenden Stimmen wie Farbkleckse in der Nacht. Wer sie nicht kannte, hätte den Eindruck haben können, dass da ein Vater seine aufsässige Teenagertochter nach Hause bugsierte, nicht ein verschmähter Exverlobter seine Angebetete. Die Wut machte Zoë gemein und boshaft. Sie schlug verbal um sich, bezeichnete ihn als abgewrackten alten Mann, als Perversling, als geilen Sack. Ich folgte ihnen, ohne genau zu wissen, wie oder ob ich mich einmischen sollte. Erst als sie das Tor erreichten und ich sah, dass er ihr eine Ohrfeige gab – einen raschen kleinen Schlag auf den Mund, damit sie nicht noch mehr unflätiges Zeug schrie –, rief ich: »Hey!«

Es ist seltsam. Wir leben in einer Welt, die uns tagtäglich Gewalt vor Augen führt – sie wird durch den Bildschirm unserer Fernsehapparate oder durch das Medium Zeitung gefiltert. Wir sehen Gewalt in Filmen, Videospielen – sogar in den Cartoons, die wir unsere Kinder gucken lassen. Man sollte also meinen, wir wären daran gewöhnt. Doch wenn man Gewalt live erlebt, wie ich in jener Nacht, kommt sie einem nicht beängstigend, sondern absurd vor. Absurd, weil sie so unvermittelt kam, diese Ohrfeige. Weil die Geste so simpel war und trotzdem alles veränderte. Genau wie der Schlag, den ich einige Sekunden später abbekam, als ich Chris zurückhalten wollte. Er war völlig außer sich, reduziert auf den stumpfen Gegenstand seiner Faust. Ich hob nicht mal eine abwehrende Hand. Ich war irgendwie perplex. Ich glaube, das war der letzte klare Gedanke, den ich hatte, bevor mir schwarz vor Augen wurde. Der Gedanke, wie einfach es doch war, die Faust in das Gesicht eines Mannes zu schlagen und damit den eigenen Schmerz wegzuprügeln.

Ich ging prompt zu Boden, fiel auf die Knie, und der Schmerz machte alles Denken unmöglich. An eines erinnere ich mich klar und deutlich – Chris' Worte, die er mir im Dunkeln entgegenschleuderte: »Dann behalt sie doch«, sagte er, »die kleine Schlampe.«

Und dann?

Hände, die mein Gesicht umfassen. Das warme Blutrinnsal aus meiner Nase. Eine Stimme, die sagt: *Großer Gott!* Rauer Stoff an meinem Gesicht und – o Gott – die Schmerzen. Der Druck in meinem Kopf jetzt unerträglich, kurz vor dem Zerbersten, wie wenn man jeden Moment niesen muss, nur viel, viel schlimmer. Undeutlich im Hintergrund: *Er sollte nicht mehr fahren. Jemand sollte ihm nachlaufen.* Noch mehr Schritte. Ich kann kaum sehen. Asphalt unter meinen Füßen, die sich jetzt bewegen, ins Haus stolpern, wo das Licht zu hell ist, und dann etwas sehr Kaltes an meinem Gesicht, Eis, ein neuer und anderer Schmerz. *Entspann dich,* sagt sie, und ich versuche, mich zu konzentrieren. Besorgnis in ihren Augen, schimmernde Sanftheit. Und ich bin wieder da, wo alles anfing, an einem Ort, den ich verloren habe, einem Ort, nach dem ich mich gesehnt habe, wo es nichts gibt, nur Zeit und Liebe und endlose Möglichkeiten. Und sie, genau so, wie sie war. *Linda,* sage ich, und ich küsse sie.

23 | CAROLINE

ES WAR so dunkel in jener Nacht. Nicht ein Stern am Himmel, der Mond verdeckt von einer schwarzen Rauchwolke. Während ich am Straßenrand stand und den roten Rücklichtern von Chris' davonbrausendem Wagen nachschaute, meinte ich, einen Lichtschein über dem dunklen Buckel des Landes zu sehen – die sterbende Glut des Feuers auf der Brücke.

Ich hatte versucht, ihn aufzuhalten, zu seiner eigenen Sicherheit, nicht aus dem Wunsch heraus, die beiden würden sich wieder versöhnen. Ich war froh, dass Schluss war zwischen ihnen – dass eines von Zoës Tentakeln durchtrennt war –, auch wenn die Trennung hässlich und brutal abgelaufen war.

»Lügen gehen ihr wie von selbst über die Lippen«, hatte er zu mir gesagt, mit bitteren Tränen in den Augen.

Er wollte sich nicht davon abbringen lassen, und ich versuchte es auch nicht.

»Du kannst nirgendwohin«, hatte ich eingewandt, die geschlossene Brücke erwähnt, die Tatsache, dass die Straße zum Festland gesperrt war. Aber sein Bedürfnis, von ihr wegzukommen, war stärker als meine Besorgnis um seine Sicherheit. Er hörte sich meine Appelle und Warnungen an, mein leises Bedauern – »Ich wünschte, sie wäre sanfter mit dir umgegangen« –, murmelte dann eine Entschuldigung wegen David und gab Gas.

Ich starrte seinem Wagen hinterher, dessen Auspuffgase sich mit der Nachtluft vermengten, als ich es fühlte. Etwas Hartes in meiner Tasche. Bei der ganzen Hektik im Restaurant, als das

Pärchen nach draußen stürmte und David den beiden nachlief, hatte keiner mehr an den Ring gedacht. Ich weiß noch, dass ich ihn aus dem Schälchen mit der Rechnung genommen und eingesteckt hatte, ehe ich mit den Kindern hinaus in die Nacht gegangen war. Jetzt stand ich da und drehte ihn mit den Fingern wie eine Betperle.

Die Rücklichter waren verschwunden, aber der diesige Lichtschein blieb – ein schmutzig oranger Fleck am Horizont –, und ich stellte mir vor, dass er dieselbe Farbe hatte wie der heiße Hohlraum, den ich in meinem Innern spürte. Diese Blase aus Hitze, die ich seit dem Tag, an dem ich zum ersten Mal ihren Namen gehört hatte, in mir trug. Es war keine Wut oder Eifersucht oder Feindseligkeit – diese harten, robusten Emotionen, die trotzig nach außen drängten. Es war vielmehr etwas nach innen Gewandtes, Fragiles, mit zarten Membranen. Und ich musste es vorsichtig in mir tragen, damit es nicht zerbarst. Schuld ist eine scheue Emotion. Sie kauert im Dunkeln, hält jahrelang still, ohne irgendwen zu behelligen, bis etwas – oder jemand – kommt und sie aufrüttelt. Dann schwillt sie an, ihre Membranen weiten sich, versuchen, sie einzudämmen, nehmen Raum ein wie ein weiteres Organ – eine Gebärmutter. Denn genau dort spürte ich sie. Eine Blase heiße Luft, wo einmal ein Baby gewesen war.

Wie du, meinst du?

Die Gehässigkeit in ihrer Frage. Das höhnische Grinsen, das ihre Mundwinkel hochzog, das harte Glitzern in den Augen. Sie wusste es. Sie wusste, was ich getan hatte. Den ganzen Nachmittag und in den Abend hinein hatte ich es in mir aufbewahrt – das Wissen um Davids Verrat. Ich hatte weitergemacht wie gehabt, die pflichtbewusste Ehefrau und Mutter gespielt, die Wut weggesperrt, um den Abend nicht zu verderben. Aber sie war in mir drin ausgelaufen, wie Alkali aus einer Batterie ausläuft, hatte sich wie langsame Korrosion durch mich hindurchgefressen und mit der Blase aus heißer Luft vermischt, um etwas Giftiges zu produzieren. Als ich zurück zum Haus ging, spürte ich sie in mir schwappen, gefährlich, sollte sie herauskommen. Tödlich.

Holly stand draußen, das Gesicht vom Licht aus dem Küchenfenster erhellt.

»Wo sind die anderen?«, fragte ich, und sie schreckte zusammen, verängstigt von dem schneidenden Ton in meiner Stimme.

»Drinnen.«

Es war, als würde ich ein anderes Haus betreten als das, das wir ein paar Stunden zuvor verlassen hatten. Jede quirlige Energie, alle Vorfreude auf einen Abend im Restaurant waren verflogen, stattdessen herrschte eine beklommene Stille. Unwillkürlich ging ich leise, als wollte ich niemanden stören, obwohl ich nicht hätte sagen können, wen.

In der Küche brannte Licht, beschien den ungewaschenen Salat, das Gemüse, halb geschält und liegen gelassen, fiel auf das Schneidebrett und die Tischplatte. Ich wusste sofort, dass irgendetwas nicht stimmte. Ich merkte es daran, dass Zoë ganz in einer Ecke stand, die Hände hinter sich auf der Arbeitsplatte, Schultern ein wenig hochgezogen und angespannt.

»Was ist los?«, fragte ich. Selbst aus der Entfernung konnte ich ihre verengten Pupillen sehen – stecknadelkopfgroße Punkte im Grün ihrer Augen.

»Nichts«, sagte sie. Aber ich wusste, dass das nicht stimmte. Ich merkte es daran, wie David leicht schwankend an der Arbeitsplatte lehnte, als hätte er mich nicht gehört oder bemerkt. Seine Nase blutete, und im Gegensatz zu Zoës fast auf ein Nichts geschrumpfte Pupillen waren seine geweitet. Zwei schwarze Scheiben, die auf sie gerichtet waren, als wäre er betrunken.

»Linda«, sagte er zu ihr, und ich bekam gerade noch ihre Reaktion mit – ihr entsetztes Zusammenzucken –, ehe meine Augen zu ihm huschten.

»Wie hast du sie genannt?«

Er sackte kurz gegen die Arbeitsplatte, richtete sich dann wieder auf. Er starrte sie noch immer völlig benommen an.

Ich sagte, diesmal lauter: »David, was hast du gerade gesagt?«

Meine Frage schien ihn mitten zwischen die Augen zu treffen. Er fuhr zusammen, hob die Hand an die Stirn und massierte sich dann kurz den Nasenrücken. Als er die Hand sinken ließ, sah er erneut Zoë an. Die Veränderung, die sich in seinem Gesicht abspielte, war erstaunlich. Die Verwirrung klärte sich, wich einer Miene nackter Enttäuschung. Ein Schmerz, der tief saß. Er schüttelte den Kopf, um das Gefühl loszuwerden, und sagte: »Nichts.«

Er kam wieder zur Besinnung. Was immer er auch für ein Delirium erlebt haben mochte, es fiel von ihm ab, doch die Erschütterung, die es ausgelöst hatte, blieb.

»Du hast gedacht, sie wäre Linda.«

Er blickte sich nach irgendetwas um, nahm dann das Geschirrtuch und füllte es mit Eiswürfeln, die er von der Arbeitsplatte klaubte.

»Etwa nicht?«, hakte ich nach.

»Ich geh besser«, sagte Zoë und wollte sich an mir vorbeischieben.

»Nein.« Mein Ton duldete keinen Widerspruch. »Du bleibst hier, bis einer von euch mir sagt, was hier los ist.«

Irgendetwas war passiert. Die Atmosphäre zwischen ihnen fühlte sich anders an.

»Mum?«, hörte ich Holly sagen.

»Geh in dein Zimmer«, sagte ich barsch zu ihr. Mein Herz

raste jetzt von dem Gefühl, an der Schwelle von etwas zu stehen – einer bitteren Wahrheit.

Sie machte kehrt und ließ uns drei allein. Ich hatte keine Ahnung, wo Robbie war – es war nicht wichtig. Nichts war in dem Moment wichtig, außer dem Kern der Fäulnis in unserem Haus auf den Grund zu gehen. Dieses Unkraut hatte Wurzeln geschlagen, es wucherte und erstickte alles ringsherum.

»Was ist da vorhin passiert?«, fragte ich wieder und blickte von einem zum anderen.

»Caroline, meine Nase blutet, verdammt nochmal.« Er erholte sich langsam, aber er klang noch immer groggy.

»Als du sie vorhin angesehen hast. Da hast du an Linda gedacht, nicht wahr?«

Er nahm das Geschirrtuch von der Nase, inspizierte das Blut daran.

»Du hast Zoë von dem Baby erzählt, von der Abtreibung, nicht?«, sagte ich, die Taktik ändernd.

Das ließ ihn aufmerken. Er legte das Geschirrtuch beiseite, spielte auf Zeit, um sich eine Antwort zu überlegen.

»Ja oder nein?«, drängte ich ihn, und meine Stimme bebte vor Wut.

»Ich hatte nicht erwartet, dass du so reagieren würdest.«

»Du bescheuerter, herzloser –« Ich trat vor, doch er packte meine Handgelenke, ehe ich ihn erreichen konnte. Ich hätte gern zugeschlagen, aber bei seinem Klammergriff konnte ich gerade mal wirkungslos an seinem Hemd zerren.

»Caroline, Herrgott nochmal.«

Ich weinte jetzt, Tränen der Wut und Trauer und Ohnmacht. Tränen wegen einer Entscheidung, die viele Jahre zurücklag. Er hielt weiter meine Handgelenke fest, bis mein Kampfgeist erlahmte und er zuließ, dass ich mich ihm entwand. Ich lehnte mich gegen den Tisch und spürte ihren Blick auf mir ruhen, hatte aber keine Ahnung, was sie dachte oder wie sie diese Situation später gegen mich verwenden könnte. Ich war ihrer so überdrüssig, war zermürbt von ihrer ständigen Gegenwart, von dem dauernden Versuch, ihre Motivation zu hinterfragen, mich gegen ihre Manipulationen zu wappnen und zu spüren, wie das Wasser über meinem Kopf zusammenschlug. Ein Gedanke stieg an die Oberfläche, ein einziges Stück Treibgut: *Sie muss gehen.*

Und dann sagte ich es ihm. Ich sagte, dass es mir reichte, dass ich genug hatte. Genug von ihr und den Problemen, die sie ständig heraufbeschwor, genug von ihm und seiner wankelmütigen Loyalität, seinem fehlenden Vertrauen. Genug von Linda. Er blinzelte, als ich ihren Namen aussprach, einen empfindlichen Nerv traf. Ich hatte es in seinen versonnenen Blicken, seiner Gedankenverlorenheit gelesen – ich hatte gespürt, dass er die Erinnerung an sie zurückrief, wie das Medium in einer spirituellen Sitzung die Toten.

»Du musst dich entscheiden, David. Sie oder ich, eine von uns muss gehen.«

Ich hatte die Hände auf den Tisch gelegt, spürte ihn hart unter den Fingerspitzen, spürte die schwere Wärme der Nachtluft, die durch die offenen Fenster hereinkam.

»Du hast mich nie leiden können, Caroline.« Ihre Stimme überraschte mich fast. In den letzten Minuten war mir das, was zwischen David und mir passierte, so wahnsinnig persönlich vorgekommen, dass ich das Gefühl gehabt hatte, wir wären allein im Raum. »Ich weiß nicht, wieso, aber du hast mich nie leiden können.«

Holly stand plötzlich wieder neben mir. »Bitte, Schatz«, sagte ich zu ihr. »Jetzt nicht.«

Sie drückte mir etwas in die Hand, und David sagte mit einer solchen Eindringlichkeit »nein«, dass ich hinschaute.

Ein zerknülltes Blatt Papier.

»Holly!«, sagte er.

Ich faltete es auseinander und überflog es rasch. David sagte: »Hör mal, ich kann das erklären.«

Ich sah ihn an, und es war furchtbar, wie er da vor mir stand, mit blutiger Nase, aber einem gänzlich ausdruckslosen Gesicht. Er wartete einfach ab, was ich als Nächstes tun würde. In meinen Händen die Lüge, die er mir erzählt hatte. Die Information, die er vor mir hatte verbergen wollen.

»Du hast gesagt, das Ergebnis wäre positiv.«

Er schluckte, das Geräusch hörbar in der stillen Küche.

»Wie konntest du?«

»Weil es keine Rolle spielt. Es beweist nichts.«

Aber es bewies doch etwas. Es bewies, wie sehr er es sich wünschte. Ich konnte es nicht in Worte fassen – es war mehr ein Gefühl, eine Ahnung der Bedürftigkeit tief in ihm, etwas Unantastbares und Fernes, ein Loch in seinem Leben, das gefüllt werden musste. All die Jahre hatte ich geglaubt, unsere Ehe, unsere Kinder, sein Beruf würden ihm Erfüllung bringen. Aber es war noch immer in ihm, dieses Verlangen, diese Leere.

»Du hast meine DNA testen lassen?«, fragte Zoë leise.

»Es tut mir leid«, sagte er zu ihr.

»Du hast mir nicht geglaubt«, stellte sie fest, und die Kränkung ließ ihre Stimme brüchig klingen.

»Ich wollte dir glauben. Aber es war ein Schock.«

»Du wolltest nicht, dass es wahr ist, oder?«, sagte sie, und die Wut regte sich in mir, als ich sah, wie sie ihn bearbeitete, ihn mühelos manipulierte.

»Zoë, bitte«, sagte er und machte einen Schritt auf sie zu, obwohl er ohnehin schon nah bei ihr stand. »Wie oft muss ich das noch sagen? Du bist meine Tochter, und das macht mich froh …«

Sie kaufte es ihm nicht ab. »Linda hat gesagt, dass es genau so kommen würde.«

Ich sah, wie er stutzte und sein Körper sich anspannte, als der Name fiel. »Wie bitte?«

»Kurz vor ihrem Tod, als ich ihr erzählt hab, dass ich Kontakt zu dir aufnehmen wollte, da hat sie mir davon abgeraten.«

»Sie hat dir abgeraten?« Er hing an ihren Lippen, saugte ihre Worte förmlich auf, während ich mit wachsender Skepsis zuhörte.

»Du hast mich doch mal gefragt, warum Linda dir nicht von mir erzählt hat.«

»Und du hast gesagt, du wüsstest es nicht.«

»Ja«, sagte sie, aber ich konnte sehen, wie sich irgendetwas hinter ihren Augen bewegte, eine neue Täuschung in Gang gesetzt wurde. »Weil ich dachte, die Wahrheit würde dir weh tun. Es hat ihr das Herz gebrochen, hat sie gesagt, aber es hätte keinen Sinn gehabt, es dir zu sagen. Weil sie nämlich wusste, dass du das vorher schon mal erlebt hattest und es nur eine einzige Lösung geben würde, mit der du einverstanden wärest.«

Die Hälfte von allem, was Zoë uns je erzählt hatte, war gelogen. Selbst jetzt, wo ich diese Erinnerungen noch einmal durchspiele, kann ich nicht genau sagen, was richtig und was falsch war. Aber falls er es Linda wirklich erzählt hatte, wie hatte er es ihr dann erzählt? Welchen Ton hatte er für seine Erklärung gewählt? Hatte er sich melancholisch reuevoll gegeben? Oder einen Seufzer der Erleichterung ausgestoßen?

Spielte das überhaupt eine Rolle? Zoë hätte jede Wahrheit ohnehin verdreht. Das war mir schon deshalb klar, weil sie ihn bereits wieder eingewickelt hatte. Sie hatte eine Art magnetische Anziehung – man konnte die Augen nicht von ihr losreißen. Und ich bemerkte, wie er sie ansah, wie er an ihren Lippen hing, und für einen ganz kurzen Moment verstand ich, dass sie die Macht hatte, jemanden in Bann zu schlagen.

»Nein«, sagte er, »so war das nicht.«

»Sie hat gedacht, du würdest nicht wollen, dass sie es behält.«

»Nein«, sagte er wieder. »Ich hätte es gewollt ... Es war anders, weißt du. Ich habe sie geliebt.«

Er schien vergessen zu haben, dass ich im Raum war. Der Schmerz kam augenblicklich, war aber nicht neu. *Meine große Liebe*. Ich hatte ihn schon einmal gespürt, und er hatte noch immer die Macht, mich zu verletzen. Zoë war das Astloch im Holz unserer Ehe, dessen Maserung um sie herum verlief. Ich war so auf sein Geständnis der Liebe zu dieser anderen Frau konzentriert, dass ich die neue Wahrheit – den eigentlichen Schmerz – in dem, was er sagte, gar nicht richtig zur Kenntnis nahm. Es dauerte einen Moment, bis meine Gedanken so weit waren.

»Du hättest das Baby behalten?«, entfuhr es mir, und Fassungslosigkeit ließ meine Stimme schrill klingen. »Aber unseres wolltest du nicht?«

Ich hatte die Frage gestellt, wollte die Antwort aber nicht hören. Ich kannte sie bereits. Sie lag in seinen Augen. Tiefes und bitteres Bedauern stieg in mir hoch. Irgendwie hatte ich fast zwei Jahrzehnte mit einem Mann zusammengelebt, der mit einem Auge die ganze Zeit über die Schulter zurück in die Vergangenheit geblickt hatte. Und ich hatte es geflissentlich ignoriert.

Er sagte jetzt irgendetwas über Timing und Gelegenheit, aber ich wandte mich ab. *Genug. Kein Wort mehr*, wollte ich sagen. Ich musste allein sein, weg von diesem Haus und den Menschen darin. Ich sah den Ausdruck in Zoës Gesicht, als ich aus der Küche ging – ihre zusammengekniffenen Augen und die harte Linie ihres katzenhaften Grinsens. *Na bitte*, schien es zu sagen. *Da siehst du's.* Ihr Triumph über mich war total. Ich konnte nichts mehr sagen, nichts mehr tun.

Ich stolperte gegen eine alte Kommode in der Diele, stieß mir schmerzhaft den Fußknöchel, ging aber weiter, bis ich draußen in der warmen Dunkelheit war und das Tor in einiger Entfernung hinter mir zufiel. Ich schaute nicht zurück, ob ich das Licht vom Haus noch sehen konnte, oder ob einer von ihnen versuchte, mir zu folgen.

Es war besser, dass ich allein war. Ich eilte den kleinen Fußweg entlang, weg von den Lichtern des Dorfes, hastete, ohne nachzudenken, Richtung Strand mit seiner einladenden Dunkelheit, wo mich das sanfte Rauschen des Meeres begrüßte. Der Sand der sichelförmigen Bucht war dunkel, bläulich grau, ohne einen Mond, der ihn in silbernes Licht tauchte. Der Rumpf eines verlassenen Bootes lag vor sich hinrostend auf der Seite wie ein gestrandeter Wal, der längst den Willen zur Rückkehr ins Wasser aufgegeben hatte, sich dem unvermeidlichen Verfall ergab.

Auch die Gefühle, die sich in mir regten, hatten etwas Unvermeidliches, so kam es mir zumindest vor. Der Ring in meiner Tasche, hart und rund und glatt an meiner Handfläche. Gefühle, dass etwas zu Ende ging, dessen war ich mir sicher. Unsere Ehe, dieses völlig verdorrte Etwas, war ein verendetes Tier, das wir schon zu lange herumschleppten, weil wir beide zu feige waren, es für tot zu erklären. Oder zu blind. Wir hatten uns gezwungen wegzusehen, hatten alles der Kinder zuliebe weiterlaufen lassen. Aber ich wusste, er würde mich verlassen, sobald Robbie und Holly aus dem Haus waren. All die Liebe, eine schreckliche Verschwendung.

Ich stand am Strand, lauschte auf meinen Atem, wartete, ohne eine Ahnung, was ich als Nächstes tun sollte. Die Erinnerung regte sich unangenehm. Nach dem, was gerade passiert war, war ich anfällig dafür, hilflos, und ich erinnerte mich an ein schmales Zimmer mit einer hohen Decke, an eine milchweiße Lampenschale, die an einer Messingkette über uns hing, an den Schatten von Staub, der sich darin gesammelt hatte. Ich erinnerte mich, wie wir unter ihr lagen, wir beide, wie ich zu der Lampe hochschaute, wie ich das Auf und Ab seines Kopfes auf meiner Brust spürte.

»Tut mir leid«, hatte er gesagt und sich zurückgezogen.

Es war unser erstes Mal, seit ich zurückgekommen war. Unser erstes Mal, seit das Problem erledigt worden war.

Ich brauchte seine Berührung, um mich geheilt zu fühlen. Ich brauchte ihn wieder in mir als Absolution. Doch als wir in der Dunkelheit des Zimmers versuchten, zueinander zurückzufinden, hatte ich eine dritte Präsenz gespürt – ein wachsames Auge in meinem Innern. Vielleicht spürte er es auch. Aber als er sich von mir wegdrehte, die Hände vors Gesicht hob und seine Entschuldigung stöhnte, schämte ich mich. Fühlte mich verunreinigt. Wie eine Versagerin. Der Geist dessen, was ich getan hatte, beobachtete mich, wie ein winziger Glassplitter, eingelagert im Staub in der Lampe über unseren Köpfen.

Ich hatte die Erinnerung seit Jahren nicht mehr gehabt. Die warme Erleichterung über unsere schließlich erfolgte Versöhnung hatte sie nach unten verdrängt. Zwei weitere Kinder hatten geholfen, sie auszulöschen. Aber als ich jetzt wie angewurzelt am Meer stand, die stumpfe Härte der alten Brillanten fest zwischen den Fingern, drang die Erinnerung so frisch und lebendig und schneidend durch mich hindurch, wie ein junger Grashalm die Erde durchbohrt.

Diese Nacht damals war ein Interpunktionszeichen in meinem Leben, zwischen der Liebe, die es einmal gab, und dem schweren Weg unserer Trennung. Sie markierte den Anfang einer dreijährigen Lücke, und obwohl ich es damals nicht wusste, sollte aus dem Loch in unserer Geschichte Zoë hervorgehen.

Draußen auf dem Meer bewegte sich etwas in der Dunkelheit. Das Gurgeln von Wasser, gefolgt von einem schwachen Platschen. Ich rührte mich nicht. Ich war innerlich ganz still geworden. Von weit her kam mir etwas in den Sinn, eine schemenhafte Idee, ein schimmernder Gedanke. Ein Krebsgeschwür hatte sich in unserer Familie eingenistet, ein wuchernder Tumor, der entfernt werden musste. Ein verwegener Gedanke, aber ich fühlte mich nicht verwegen. Ich fühlte mich sehr besonnen.

Chirurgisch, klinisch, meine Hand ruhig, das Herz kalt.

24 | DAVID

»ES TUT mir leid«, sagte ich wieder, doch meine Entschuldigung klang selbst für mich hohl.
Zoë musterte mich unterkühlt. »Willst du ihr nicht nach?«, fragte sie, nahm ihre Zigaretten und klopfte eine aus der Packung. Während sie sie anzündete, schien sich ihre Haltung zu verändern. Sie war nicht aufgewühlt. Auch wirkte sie nicht frostig. Höchstens angeödet. Als wäre der Ausgang des katastrophalen Krachs mit meiner Frau langweilig und unvermeidlich. Das alles berührte sie überhaupt nicht. Groll regte sich in mir.
»Das hat keinen Sinn«, sagte ich leise. Was sollte das bringen? Ich hatte etwas gesagt, was ich nicht hätte sagen dürfen: über Linda, ihre Schwangerschaft, meine Liebe zu ihr. Ich könnte mich bei Caroline entschuldigen, aber meine Äußerungen konnte ich nicht zurücknehmen. Mir wurde klar, dass dieser Streit von allen, die wir im Laufe der Jahre gehabt hatten, vielleicht der schlimmste war, dass wir uns emotional noch nie so sehr verletzt hatten. Dass wir uns davon nicht mehr erholen würden.
Zoë pustete Rauch aus dem Mundwinkel, beobachtete mich mit zusammengekniffenen Augen. »Du bist im Moment ganz schön am Arsch, was?«
»Ich denke, du hast genug gesagt«, nuschelte ich.
Auf dem Tisch lag der zerknüllte Brief, den Caroline dort hingeworfen hatte, mit grauer Asche an den Rändern. Zoë nahm ihn, hielt die brennende Spitze ihrer Zigarette an eine Ecke. Das Blatt begann zu schwelen.

»Ein DNA-Test«, hörte ich sie flüstern, tonlos, spöttisch. »Nicht zu fassen, dass du das gemacht hast.«

»Ich musste auf Nummer Sicher gehen«, erklärte ich. »Ich musste es eindeutig wissen.«

Sie hielt den Blick auf den Brief gerichtet, auf die kleine Flamme, die ihn allmählich verschlang. Als das Feuer sich ihren Fingerspitzen näherte, warf sie den brennenden Rest in die Spüle. Sie verhielt sich wie ein völlig neuer Mensch. Selbstbewusst, reif, aber mit eisiger Überlegenheit und Verachtung. Während sie mich mit harten Augen anstarrte, hatte ich das Gefühl, dass sie mich ablehnte. Mehr noch: Sie konnte mich nicht ausstehen.

»Und was jetzt?«, fragte sie. »Sollen wir einen neuen machen?«

Zuerst wusste ich nicht, was sie meinte, doch dann fiel mein Blick auf die verkohlten Reste des DNA-Tests in der Spüle, und ich verstand. »Nein, das ist nicht nötig.«

»Aber wie willst du dir sonst sicher sein?«

Ich konnte nicht sagen, ob sie das ernst meinte oder sich nur wieder über mich lustig machte. Es gab nichts, dessen ich mir bei ihr sicher sein konnte. »Ich denke, es ist nicht –«

»Um auch den allerletzten Zweifel auszuräumen. Denn irgendein klitzekleiner nagt bestimmt noch an dir. Stimmt's, David?«

Ihre Stimme war hell und schneidend, und ich konnte sehen, dass sie kurz davor war, die Fassung zu verlieren. Die frostige Coolness, die aufgesetzte Selbstsicherheit, mit der sie den Brief verbrannt hatte – alles Fassade. Darunter war sie ängstlich.

Ich hätte ihr versichern sollen, dass ich keine Zweifel hatte. Ich hätte ihr meine feste Überzeugung beteuern sollen, dass sie meine Tochter war. Doch stattdessen zauderte ich. Plötzlich musste ich an ihren Stiefvater Gary denken und erinnerte mich an die Gefühle, die ich an dem Tag in seinem Haus gehabt hatte – den verwirrenden Schock, als ich von ihrer Adoption erfuhr, das langsam einstürzende Lügengebäude, das sie errichtet und dem ich vorbehaltlos geglaubt hatte, weil ich ihre Mutter von ganzem Herzen und leidenschaftlich geliebt hatte und ich irgendwie die irrwitzige Vorstellung gehabt hatte, dass ich mit dem Auftauchen dieser Tochter eine Art zweite Chance bekommen würde, eine Chance, mich zu rehabilitieren, eine Chance, mein Leben wiedergutzumachen.

Wahrscheinlich eine naive Vorstellung, aber sie war mir wie eine strahlende Hoffnung erschienen, die erst durch das Wissen, dass sie gelogen hatte, dunkel und rissig wurde. Nicht ein- oder zweimal, sondern am laufenden Band, und das mit einer solchen Unberechenbarkeit und Virtuosität, dass man unmöglich wissen konnte, was wahr war und was nicht. Ich wusste nicht, woran ich mit ihr war. Die Wahrheit ist, ich hatte von Anfang an auf verlorenem Posten gestanden.

Sie sah mein Zögern, erkannte die Zweifel, die mein kurzes Schweigen verriet, und als ich schließlich stammelte, ich sähe keinen Grund für einen weiteren DNA-Test, dass ich überzeugt sei, ihr Vater zu sein, betrachtete sie mich mit einem langen, taxierenden Blick, in dem eine wachsende Wut lag.

»Du tust gut daran, mir nicht zu glauben«, sagte sie. Ihre Stimme klang leise und gefährlich.

»Zoë, es ist schwierig, okay? Ich meine, du machst es mir ja auch nicht gerade leicht. Deine Probleme mit Caroline ...«

Sie stieß ein raues, verbittertes Lachen aus. »Gott, David, du bist dermaßen durchschaubar«, sagte sie verächtlich. »Du gibst dich total ernst und ruhig und nachdenklich, spielst den großen Denker, den unabhängigen Geist. Aber sobald einer an der Oberfläche kratzt, entpuppst du dich als ängstlicher kleiner Mann, der immer zu seiner Frau zurücklaufen wird.«

Sie wollte das Messer noch tiefer hineinstoßen, sie wollte es drehen. Entrüstung stieg in mir auf, doch zugleich meldete sich ein leiser, beharrlicher Verdacht. »Der Brief von der Uni«, sagte ich. »*Du hast* den Empfang quittiert, nicht wahr?«

Sie drückte ihre Zigarette in der Spüle zwischen den verkohlten Papierresten aus. »Wovon redest du?«

Sie war sehr überzeugend, aber ich wusste auch, wie gut sie schauspielern konnte. Ruhig erklärte ich ihr, was ich meinte, ließ mich auf ihr Spiel ein, dass sie angeblich von nichts wusste. Irgendwie kannte ich die Antwort auf meine Frage bereits, egal, was sie sagen würde. »Du hast den Brief quittiert, nicht wahr?«, wiederholte ich. Sie lehnte an der Spüle, die Hände auf dem Rücken, klopfte mit einem Fingernagel einen ungeduldigen Rhythmus, während sie aufmerksam zuhörte. »Du hast den Brief in Carolines Namen quittiert und dann versteckt. Gib's zu.«

Das Fingernageltrommeln dauerte an. Ich dachte an Chris und seine letzten Worte an mich: *die kleine Schlampe*. Sie hatte ihn lächerlich gemacht, ihn an der Nase herumgeführt und dann abserviert. Ich dachte an Caroline und die wüsten Beschuldigungen, die Zoë erhoben hatte – ihre Andeutungen, meine Frau hätte die Affäre mit Aidan wieder aufleben lassen, die Behauptung, sie wäre schuld an der Gesichtsverletzung, die Zoë sich selbst zugefügt hatte. Ich dachte an Gary und die Lügen, die sie uns über ihn aufgetischt hatte. Sie hatte alle ausgetrickst. Wieso sollte ich gegen ihre Intrigen immun sein? Ich erkannte meine Dummheit und spürte jähen Zorn in mir hochkochen, wild und unkontrolliert, wie der verrückte Rhythmus ihres Fingernagels in meinem Kopf.

Dann hörte das Trommeln auf. Zoë wurde still. Mit leiser Stimme sagte sie: »Ja. Stimmt. Ich war das.«

Mir stockte der Atem. Meine Knie wurden weich.

»Ich hab den Brief quittiert. Dann bin ich damit nach oben in mein Zimmer und hab ihn verbrannt. Genau wie ich vorhin den Wisch da verbrannt hab.«

Wie still sie wirkte. Völlig ungerührt, während ich zitterte. Was war aus der jungen Studentin geworden, die nervös an meiner Bürotür aufgetaucht war, an ihren Ärmeln gezupft hatte, ganz verstört wegen der Bombe, die sie platzen lassen wollte? Irgendwie war sie durch dieses coole, blutleere Wesen mit dem toten Blick ersetzt worden, das mit samtener Weichheit grausame Worte aussprach. Und die Frage, die mich am meisten verwirrte, auf die ich keine Antwort fand, war, welche die echte Zoë war und welche die falsche.

»Ich hatte so hart dafür gearbeitet.« Die Worte kamen nicht lauter als ein Flüstern aus meinem Mund, ein hilfloses, fassungsloses Keuchen.

»Ist mir egal, wie hart du gearbeitet hast.«

Ich blinzelte und blinzelte wieder, sah alles nur noch verschwommen. Die Kopfschmerzen, die mich schon den ganzen Tag geplagt hatten, waren durch den Schlag ins Gesicht, die Mischung aus Alkohol und Tabletten noch schlimmer geworden. Sie ließen mich an meinem Verstand zweifeln. »Aber was … was hast du davon, meine große berufliche Chance zu sabotieren, meine ganze Karriere?«

»Du schnallst es einfach nicht, was?«, sagte sie mit bitterer Belustigung. Ihr Lächeln war herablassend und verkrampft. »So was mach ich eben, David. Hab ich schon immer gemacht. Nenn es von mir aus die Instinkte eines Waisenkindes.«

»Aber du bist keins. Du warst nie ein Waisenkind …«

»Entschuldige, aber ich hab keine Lust, mich von einem

zweitklassigen Dozenten belehren zu lassen, einem Schaumschläger, einem gehörnten Ehemann, einem Versager.«

Ich machte einen Schritt auf sie zu, und noch heute bin ich mir nicht sicher, was ich vorhatte – sie an den Schultern fassen und ihr sagen, sie soll den Mund halten, oder sie schlagen, wie Chris es getan hatte.

Sie blieb ganz still stehen, und ihre Stimme klang leise und tödlich: »Was hast du vor, Daddy? Willst du mich noch einmal küssen?«

Ich erstarrte. Die Worte trafen mich wie eine Ohrfeige, und ich wich zurück, entsetzt über ihre Andeutung, doch dann stieg ein noch tieferes Entsetzen in mir auf, als ich begriff, dass ich genau das schon getan hatte. Dass ich erst kurz zuvor meine Lippen auf ihre gepresst hatte, sie mit Linda verwechselt hatte, wie ein Liebhaber.

»Vielleicht hast du den Test ja deshalb machen lassen«, sagte sie in einem süßlichen Tonfall, der das Gift darunter verschleierte. Sie ging an mir vorbei zur Tür, wo sie stehen blieb und sich noch einmal zu mir umdrehte. »Du wolltest nie, dass ich deine Tochter bin.« Sie sagte das ganz sanft, aber der Schmerz ging tief. Ich erwiderte nichts. Ich konnte nicht. Ihre letzten Worte an mich: »Die ganze Zeit hast du dir gewünscht, ich wäre Linda.« Und dann ging sie und verschwand aus meinem Leben.

Geschichte kann die Toten ins Leben zurückholen.

Ich sage das Jahr für Jahr in einem Hörsaal voller Erstsemester, um gleich zu Beginn ihr Interesse zu wecken. Ich hielt den Satz noch nie für irreführend. Ich hielt ihn nie für eine Lüge. Ich habe ihn selbst geglaubt, bis zu dem Moment, als sie mich in der Küche allein zurückließ. Ich war geschwächt, ausgelaugt, von allen Gewissheiten verlassen. Ich hatte keinen Glauben mehr, an den ich mich klammern konnte, keine Ideale, die mir

Halt gaben. Ich brach innerlich zusammen und suchte Trost in der Flasche.

Ich trank maßlos viel, nahm meine Umgebung nicht mehr wahr, driftete gedanklich in die Vergangenheit, wie ein Boot, das sich aus der Verankerung gelöst hat, und fiel langsam in einen trunkenen Schlaf: Ich war wieder in dem Cottage in Donegal, der Ruf eines Vogels, der Wald und das Bild von Linda, eine Tasse Tee in beiden Händen, in einem Hemd von mir, das bis zur Mitte der Oberschenkel reichte, gedankenverloren. Ich küsste sie. Ein langer, inniger Kuss. Die Liebe hatte mich leichtsinnig gemacht. Die Liebe hatte mich kühn gemacht und ein bisschen verwegen, aber nicht gänzlich: Ich hatte ihr nicht gesagt, dass ich sie liebte, aber ich liebte sie …

Ich küsste sie wieder, spürte, wie ihr Haar über mein Gesicht fiel, bloß dass es nicht Lindas Haar war, sondern Zoës – ihre federleichten Locken. Ich küsste sie, meine eigene Tochter, besudelte ihre Unschuld, mit Abscheu in der Kehle. In dem Traum versuchte ich, mich abzuwenden, krümmte und wand mich, ihr spöttisches Lachen umfing mich, füllte mich wie ein öliger Schlamm, saugte an meinen Gliedern, und ihr Atem zog mich an sich, hielt mich fest, während ich den gewundenen DNA-Ketten zu entkommen versuchte, die uns in einer endlosen Sequenz umschlossen. Ich schrie: »Nein!«, und sie lachte wieder, ein Lachen, das dicht an meinem Ohr und zugleich weit weg war. Dann ein Schrei: Ich öffnete die Augen, stand taumelnd auf, wie wenn ich nachts aus dem Schlaf gerissen wurde, weil eines meiner Kinder vor Angst schrie. Ich wankte aus dem Schlafzimmer, ohne mich erinnern zu können, wie ich dorthingekommen war, tastete mich durchs Halbdunkel, die Treppe hinunter, durch die stillen Räume. Im körnigen Licht der Morgendämmerung wirkte alles grau und leer. Schweigen hing in den verlassenen Räumen. Ich zweifelte plötzlich an mir selbst:

Was hatte ich gehört? Etwas Reales oder etwas aus den Tiefen eines Albtraums?

Der Himmel vor dem Fenster war mit roten Schlieren durchzogen. Mein Mund war staubtrocken. Ich brauchte Wasser, doch stattdessen ging ich zum Fenster, um den Feuerschein der Dämmerung besser sehen zu können. Auf einmal kam mir der Satz wieder in den Sinn: *Geschichte kann die Toten ins Leben zurückholen.* Wie ein Zauberspruch oder eine Beschwörung. Dieser Satz war in meinem Kopf, als meine Augen sich auf den Pool richteten und ich sie sah.

Gestalten im Wasser. Eine stehend, die andere ausgestreckt wie eine Puppe, reglos. Langsam, als wäre ich noch immer körperlich in meinem Traum eingeschlossen, trat ich hinaus auf die Terrasse, spürte, wie sich die Härchen an Armen und Beinen in der kühlen frühmorgendlichen Luft aufstellten. Ich hielt die Augen gebannt auf die beiden Gestalten gerichtet, während ich mich ihnen näherte, unfähig, den Anblick zu verstehen, die wirren Bilder zu enträtseln. Mein Herz begriff als Erstes, und mein Puls beschleunigte sich. Caroline über Zoë gebeugt, ihr Gesicht in den Händen, ihren Mund küssend, nein, das war kein Kuss, sie blies, blies ihr Luft in den Mund. Ein dunkler Fleck bewegte sich durchs Wasser.

Dann blickte Caroline auf, das Gesicht tränenüberströmt. Das Wasser strudelte ihr um die Taille, und sie schrie mit fiebriger, gequälter Stimme: »Was hast du getan? Verdammt, was hast du getan?«

Panik erfasste mich, ließ mich erstarren, während Caroline an dem Körper zog und zerrte, ihn zum Beckenrand zog, auf die kalten, nassen Fliesen hievte.

Schwarze Löcher in meiner Erinnerung, ihre Stimme erreichte mich von weit her: *Was hast du vor, Daddy? Willst mich noch einmal küssen?*

Was hatte ich getan?

Die Wahrheit blieb mir verborgen – zu viel Verwirrung, zu viel Schmerz.

Ich ging zu ihr, kniete mich hin und schaute in Zoës Gesicht. Sie lag auf dem harten Boden, der Blick starr und weit weg, in den Himmel gerichtet, auf die blutroten Flammen der Wolken und das Firmament dahinter. Ich dachte an den kurzen Glücksmoment in dem Bett, wo sie gezeugt worden war, vor all den Jahren in dem Steincottage in Donegal. Ich dachte an Linda, die ihre Geburt in trotzigem Schweigen ertragen hatte. Ich dachte an die Kinderlieder und Sprungseile, die Puzzles und Bücher, die Parks und Kinos ihrer Kindheit, weit weg von Linda und mir, ihren Eltern. Ich dachte an all die Dinge, die sie zu der gemacht hatten, die sie war, an die Zufälle und Umstände ihres Seins. Ich dachte an alles, was sie hätte machen können, ihre Pläne, die Reisen, die Arbeit, die Freunde und die Liebe, die sie hätte finden können.

Und dann sah ich am Rande meines Gesichtsfeldes Robbie. *Geh wieder ins Bett*, wollte ich ihm sagen. *Du solltest das hier nicht mit ansehen.* Ich wollte ihm einen Kuss auf die Stirn geben und seine Wange streicheln, als wäre er wieder ein Kind. Seine Mutter ging zu ihm, sagte etwas, das ich nicht verstehen konnte, forderte ihn zu irgendetwas auf. *Zurück ins Bett, mein Junge*, wollte ich sagen, aber er stand bloß da, die Augen weit aufgerissen, schottete sich von uns ab. Wusste ich da schon, was er getan hatte?

Ich kann es nicht mit Bestimmtheit sagen.

Alles, was mir wirklich wieder einfällt, wenn ich an den Moment zurückdenke, ist das ovale Gesicht meiner Tochter, blass vor den Kalksteinplatten. Wie kalt sie aussah und wie vollkommen, als wäre sie das wunderschöne menschliche Spielzeug einer kleinen griechischen Gottheit.

Ich dachte an all die Dinge, die ich über sie wusste und nicht wusste. Letzten Endes wusste ich gar nichts, außer dass ich ein Mädchen mit grünen Augen gekannt hatte, die einmal geflackert hatten, aber jetzt glasig und leblos waren.

TEIL | VIER

25 | ROBBIE

SIE KOMMEN fast jeden Tag, um ihn zum Reden zu bringen. Polizei, Jugendamt, sein Anwalt, Gefängnistherapeuten. Einige sprechen Englisch mit starkem Akzent, aber er versteht, was sie sagen. Andere, deren Englisch nicht so gut ist, bringen einen Dolmetscher mit, und er kann den Ausdruck in den Augen des Dolmetschers sehen: *Wieso zum Teufel redest du nicht, du Idiot?* Die Polizei und das Jugendamt können ihre Gedanken besser vor ihm verbergen – sie haben mehr Erfahrung, und er ist garantiert nicht der erste Jugendliche hier, der vor Angst nicht den Mund aufmacht. Der Anwalt wirkt bloß gelangweilt und ein bisschen genervt, als könnte er mit seiner Zeit etwas Besseres anfangen, als in einem Verhörraum mit irgendeinem irischen Teenager zu sitzen, der lieber schweigt und auf unbestimmte Zeit in dieser Haftanstalt bleibt, als an irgendeiner Art von Verteidigungsstrategie zu arbeiten.

Sein Vater besucht ihn am häufigsten. Meistens redet er einfach auf Robbie ein, als hätte er das Schweigen inzwischen akzeptiert. Er erzählt von seiner Arbeit, seiner Forschung – er nutzt die Zeit auf der Insel, um an einem Buch zu arbeiten. Er erzählt ihm auch Neuigkeiten von zu Hause. Er schlägt einen heiteren Plauderton an, der aufgesetzt klingt. Manchmal, an Tagen, wenn er sich schwertut – wenn er es fast unerträglich findet, seinen Sohn in Haft zu sehen, in Gefängniskluft –, beugt er sich über den Tisch und flüstert beschwörend: *Bitte, mein Junge, sag was.*

Immerhin weint er nicht, wie Robbies Mutter das getan hat.

Sie saß ihm gegenüber, ein zerknülltes Papiertaschentuch in der Hand, Augen und Nase rot vom vielen Weinen, und flehte ihn an, bekniete ihn, ihr zu sagen, warum. Sie liebe ihn – sie vergebe ihm –, er sei ihr Sohn. Aber würde er um Gottes willen bitte mit ihr reden, bitte etwas sagen?

So ging das weiter und weiter. Er betrachtete sie aus der hermetischen Abgeschlossenheit seines Schweigens heraus. Nach dem, was passiert war, konnte er unmöglich reden. Es war eine Erleichterung, als sie abreiste, zusammen mit Holly nach Dublin zurückkehrte. Er spürte, wie sich der Sturm in seinem Kopf beruhigte.

Wenn sie alle gegangen sind – sein Vater, die Polizei, der Anwalt und die Sozialarbeiter –, wenn er wieder zurück in seine Zelle kann, fühlt er sich erleichtert, beinahe unbeschwert. Er legt sich auf seine Pritsche, schließt die Augen. Und dann sind sie beide allein – er und Zoë –, vereint in einer seltsam friedlichen Ruhe.

Sie war anders, als er gedacht hatte. Anders als er und Holly. Er empfand es vor allem, wenn sie redete. Ihr Akzent natürlich, die ungewohnten Vokale des Nordens, die Art, wie sie an jedem Satzende die Stimme hob, wie ein Hochkomma in einer Partitur. Als sie das erste Mal zum Lunch kam, war es ihm schwergefallen, sie nicht ständig anzustarren, seine *Schwester*, die ihn jetzt in der Rolle des ältesten Kindes verdrängte. Aber er war größer als sie – bescheuert, auf so was stolz zu sein, doch das war er. Sie waren beide dünn, aber sie war *richtig* dünn. Sie trug einen übergroßen, weiten Pullover, deshalb sah man das zuerst nicht, bis man ihre Beine bemerkte, die spindeldürr aus ihren Stiefeln ragten.

Er fragte sich sogar, ob Zoë eine Essstörung hatte, so dünn war sie. Ein Mädchen im Orchester, eine Bratschenspielerin namens Claire Waters, hatte Anorexie. Von nahem konntest du erkennen, dass sich ihre Gesichtshaut wie Papier über die kantigen Wangenknochen spannte. Außerdem hatte sie hellblonde Härchen im Gesicht, wie die Behaarung auf ihren stockähnlichen Armen. Robbie saß mit seinem Cello schräg hinter Claire, deshalb hatte er viel Gelegenheit, ihr Gesicht von der Seite zu betrachten. Sie hatte das Orchester vor Ostern verlassen, und irgendwer meinte, sie wäre ins Krankenhaus gekommen. Jemand anders meinte, er hätte sie gesehen und ihr wären die Haare ausgefallen – sie wäre auf einer Kopfseite fast völlig kahl.

Zoë hatte wunderbares Haar. Er würde das Wort zwar niemals laut aussprechen, um ihr Haar zu beschreiben, aber insgeheim fand er es genau passend. Wunderbar, glänzend. Als er sie das erste Mal sah, hatte er den Drang verspürt, es zu berühren – was er natürlich nicht tat. Irgendwann, lange Zeit später, durfte er es mal anfassen, und er kann sich an das Kribbeln erinnern, das ihm hinten über die Kopfhaut lief, als er spürte, wie seine Hand in die weichen Locken sank.

»Wie findest du sie?«, hatte Holly ihn gefragt.

Es war am späten Abend, beide waren in seinem Zimmer. Unten räumte ihre Mum die Küche auf. Dad fuhr Zoë nach Hause.

Er zuckte die Schultern. »Ganz okay.«

»*Ehrlich?*«

Er blätterte eine Seite in seiner Zeitschrift um, sagte nichts.

»Ich fand sie ziemlich eingebildet.«

Er ließ Holly weiterreden, schaltete innerlich ab. Er war müde. Es war ein seltsamer Tag gewesen. In Wahrheit wusste er gar nicht, ob er Zoë mochte. Sie war höflich gewesen, ein bisschen schüchtern vielleicht, aber irgendwann zwischendurch hatte sie ihn dabei ertappt, dass er sie ansah, und sie hatte ihn ganz anders angelächelt als die anderen. Er hatte den Funken gesehen, der in ihre Augen getreten war, etwas Verschwörerisches, Verschmitztes, das ihn mit hineinzog, zum Verbündeten machte. Aber er wusste nicht, ob die Summe all dieser Eindrücke darauf hinauslief, dass er sie mochte.

»Willst du mal mein Zimmer sehen?«, hatte er sie beim nächsten Sonntagsessen gefragt.

Er hatte noch nie ein Mädchen in sein Zimmer eingeladen. Ein paar Jungs aus seiner Klasse behaupteten, sie hätten in ihren Zimmern schon Sex mit Mädchen gehabt. Eigentlich glaubte er ihnen nicht, außer vielleicht einem oder zwei. Robbie selbst hatte erst drei Mädchen geküsst – verschwitzte Knutschversuche beim Tanzen auf einer Schulparty, doch weiter war es nie gegangen. Einmal hatte er auf einer Party versucht, mit einem Mädchen aus dem Orchester etwas anzufangen, aber sie hatte bloß überrascht gelacht und hinterher gesagt, er gehöre zu der Sorte Jungs, die Mädchen sich gern als guten Freund wünschten, ohne dass durch Sex alles kompliziert würde. Sie hatte es nett gemeint, aber er hatte es als brennende Demütigung empfunden.

»Cool!«, hatte Zoë gesagt, als sie das Thin-Lizzy-Poster an der Wand gesehen hatte – Phil Lynotts riesiger Kopf umgeben von einem Kranz aus psychedelischen Wirbeln. »Du stehst auf seine Musik?«

»Klar! *Jailbreak* ist mein absolutes Lieblingsalbum.«

»Leg's auf«, sagte sie, und er scrollte durch seinen iPod, während sie sich auf seinem Bett mit den vielen Kissen bequem zurücklehnte.

Sie redeten eine Weile über Musik, dann über Filme. Ihr Geschmack tendierte in Richtung Indie, und sie gestand eine Schwäche für romantische Komödien ein. »Das bleibt aber unter uns, ja?«, hatte sie gesagt und ihn wieder verschwörerisch angelächelt. Ihm fiel auf, dass ihre Schneidezähne sich leicht überlappten.

Er machte irgendeine Bemerkung zu einem Film mit Kate Hudson, über den er eine Kritik gelesen hatte, und sie kreischte vor Lachen. »Du bist echt witzig, Robbie«, hatte sie gesagt. »Zum Brüllen.«

Er spürte, dass er albern grinste. Niemand nannte ihn je witzig, vor allem Mädchen nicht.

Von da an kam sie jeden Sonntag mit hoch in sein Zimmer, sobald der Tisch nach dem Essen abgeräumt worden war. Sie warf sich mit einer erschöpften Miene auf sein Bett, als ob die ganze Höflichkeit unten nur aufgesetztes Getue gewesen wäre und sie jetzt in seinem Zimmer sie selbst sein könnte. Die Unterschiede, die ihn am Anfang so beschäftigt hatten, traten in den Hintergrund, wurden durch das Vertraute ersetzt. Unten waren alle verklemmt und förmlich, keiner ging locker mit ihr um – besonders seine Mutter und Holly nicht. Aber oben in seinem Zimmer, allein mit Zoë, war es, als würden sie sich schon ewig kennen.

Als er wegen der Sache mit Miss Murphy von der Schule suspendiert worden war, hatte Zoë ihm als Einzige keine Vorwürfe gemacht. Sogar Holly hatte ihn von oben herab behandelt, ihn einen Kriminellen genannt. »Du bist *elf!*«, hatte er ihr hinterhergeschrien, dann die Tür von seinem Zimmer zugeknallt. Es hatte ihn furchtbar wütend gemacht, dass er so bestraft worden war. Konnte ihn denn keiner verstehen? Diese Lehrerin einzuschüchtern, sie anzurempeln, das war was Ehrenhaftes! Selbst seine Mutter, die eigentlich hätte *dankbar* sein müssen, musterte ihn mit diesem schmallippigen, missbilligenden Blick, den er nicht ausstehen konnte, beobachtete ihn ständig mit bangen Augen. Und was seinen Dad anging, dachte Robbie, von dem wollte er gar nicht erst anfangen. Seine Eltern waren nur noch mit ihren Jobs beschäftigt. Sein Dad kriegte fast ein Aneurysma wegen der Professur, und ob er sie bekommen würde oder nicht. Seine Mum hielt sich plötzlich für Sheryl Sandberg, mit ihren Businesskostümen und ihrem Terminkalender und ihrem Kundenportfolio. Merkten die beiden nicht, was für ein Glück sie hatten, so einen guten Sohn zu haben? Im Vergleich zu so einigen Schwachköpfen und Schlägertypen in seiner Jahrgangsstufe war Robbie echt ein Heiliger!

»Wieso sollte deine Mutter dir dankbar sein für das, was du gemacht hast?«, fragte Zoë nachdenklich. Sie saß auf seinem Bett und hörte sich einen Schwall von Klagen an, die sich in der Woche seiner Suspendierung bei ihm angestaut hatten.

»Was?«

Er hatte gehört, was sie gesagt hatte, und er wusste, was sie meinte, doch er wollte ein paar Sekunden Zeit schinden, um nachzudenken. Sie wusste nichts von der Sache mit seiner Mum. Konnte er es ihr erzählen? Im Hinterkopf war ihm klar, dass er damit einen Verrat beging, aber er war in dem Moment so sauer auf seine Mutter. Scheiß drauf, dachte er.

Er setzte sich ihr gegenüber aufs Bett. »Versprichst du mir, es für dich zu behalten?«

Ihre Augen wurden hellwach. Er mochte es, wie sie ihn ansah, konzentriert, während er ihr von der Affäre seiner Mum mit dem Vater von einem seiner Klassenkameraden erzählte, und dass die ganze Schule davon erfahren hatte. Dass die Lehrerin, die er schikaniert hatte, diejenige gewesen war, die alles ausgeplaudert hatte.

»Wie furchtbar!«, sagte sie, als er fertig war. »Das muss für dich an der Schule die reinste Hölle gewesen sein.«

Er hatte sich zurückgelegt und an die Zimmerdecke geschaut. Er dachte nicht an die Sticheleien und Beschimpfungen der anderen Kinder. Er dachte an den Moment, als er auf Miss Murphy zugegangen war, an den herrlichen Adrenalinschub, der ihm durch die Adern gerauscht war, als er die Hände auf ihre Brust legte, wusste, dass er ihr einen Stoß versetzen würde.

»Der andere Junge – Jack –, der hat die Schule gewechselt. Aber Mum und Dad haben mich dort gelassen.«

»Wieso?« Sie schüttelte verständnislos den Kopf.

Robbie hatte es nie jemandem erzählt, aber er glaubte insgeheim, dass sein Vater seine Mutter damit bestrafen wollte. Das war die Art, wie Robbies Dad mit so was umging: Das Mittel seiner Wahl waren lange, gemächliche, geduldige Kampagnen. Seine Mutter dagegen bevorzugte die offene Aussprache, sie stritt sich, machte reinen Tisch, und alles war vergessen. Sein Dad war dagegen eher nachtragend, stur. Er wollte nicht zulassen, dass sie das, was sie getan hatte, unter den Teppich kehrte. Er würde sie noch drei Jahre länger dafür bezahlen lassen, mit Elternsprechtagen, Schultheateraufführungen, Sportfesten, Preisverleihungsfeiern, Schulgottesdiensten. Er würde verlangen, dass sie die letzten drei Schuljahre zu allen Veranstaltungen ging. Zur Strafe. Robbie wusste, dass sein Dad ihn liebte. Aber er wusste auch, dass sein Dad blinde Flecken hatte, und das war einer davon. Er konnte nicht sehen, wie sehr er Robbie damit quälte, dass er ihn als Bauernopfer benutzte, nur um es seiner Mutter heimzuzahlen.

Das erzählte er Zoë allerdings nicht. Er bedauerte bereits, ihr so viel erzählt zu haben. »Sie meinten, das würde sich alles schnell wieder beruhigen«, sagte er stattdessen.

In seiner Stimme hatte wohl irgendetwas Verlorenes mitgeschwungen, ohne dass er das wollte, denn sie umfasste sein Handgelenk und drückte es.

Ihr Verhältnis wurde immer enger. In den Wochen nach ihrem Einzug schien sich sein Leben irgendwie um sie herum zu arrangieren, als würde sich der Tag um die Achse ihrer Gegenwart, ihrer Gesellschaft drehen. Seine Mutter nahm ihn beiseite und sagte, sie sei besorgt, weil er so viel Zeit mit Zoë verbrachte. Sie fürchtete, das würde sich negativ auf seine schulischen Leistungen auswirken. Er habe schließlich wichtige Klausuren zu schreiben. Wie sollte er ihr klarmachen, dass genau das Gegenteil der Fall war? Er war glücklich, und das brachte ihn dazu, nicht nur fleißiger zu lernen, sondern auch wohlwollender zu sein, positiver über andere zu denken. Er glaubte damals, und das tut er auch heute noch, dass diese Wochen die glücklichsten seines Lebens waren.

Er hätte ihr alles verziehen. Sogar die Lügen, die sie ihnen über Linda erzählt hatte. Schön, dann war sie eben adoptiert worden, na und? Er kapierte nicht, wieso seine Mum und sein Dad sich deswegen so aufregten, und nachdem Zoë mit diesem Volltrottel Chris in den Pub abgehauen war, hatte Robbie im Dunkeln wach gelegen und befürchtet, dass sie Zoë für immer vertrieben hatten.

Irgendwann nach Mitternacht hatte er ihre Schritte auf der Treppe gehört. Leises Klopfen an der Tür, und er saß kerzengerade im Bett. »Komm rein«, flüsterte er.

Er traute sich nicht, Licht zu machen. Seine Vorhänge waren ohnehin auf, und die Halogenstraßenlaterne tauchte das Zimmer in einen orangefarbenen Schein.

»Hasst du mich?«, hatte sie gefragt.

Er war aus dem Bett gestiegen und stand nur eine Armlänge von ihr entfernt, die Luft zwischen ihnen wie elektrisiert. Jede Zelle in seinem Körper war bereit für sie, für das hier, was immer es auch war.

»Ist mir egal«, hatte er mit klarer Stimme gesagt, unwillig, zu flüstern. »Das ist mir alles egal.« Er hatte gemerkt, dass er zitterte.

»Ehrlich?«

»Ich will bloß nicht, dass du wieder weggehst.«

Er hatte es gesagt, und es war sein voller Ernst.

Plötzlich trat sie näher und schlang die Arme um seinen Hals. Er hatte das Gefühl, sein Gehirn würde zerplatzen. Langsam, zaghaft, hob er die Hände, legte sie auf ihren Rücken und zog sie an sich. Seine Finger tauchten in ihre Locken. Er senkte den Kopf und spürte, wie ihr Haar seine Nase liebkoste – weich und kitzelig. Im Hinterkopf hörte er eine störende Stimme flüstern: *Was hat das zu bedeuten?* In ihren Körpern steckte dieselbe DNA. Diese widerstreitenden Gefühle – er war erregt und zugleich die Ruhe selbst.

Die Atmosphäre im Haus wurde drückend. Nicht alle kamen mit Zoës Gegenwart so gut klar wie er. Seine Mutter zum Beispiel wirkte zunehmend gestresst, obwohl er den möglichen Grund bei ihrer Arbeit vermutete. Zwischen seinen Eltern herrschten Spannungen: Sie verbrachten immer weniger Zeit zusammen. Und Holly hatte nicht viel für Zoë übrig. Das war unübersehbar.

»Sie kann mich nicht ab«, sagte Zoë zu ihm, lange vor dem Vorfall mit Holly am Steinbruch und der hysterischen Überreaktion seiner Mutter.

Er erwiderte, sie solle sich keine Gedanken machen. Aber seine Mum blieb unterkühlt, und Zoë traf sich mehr und mehr mit Freunden, so dass ihn wieder Zweifel beschlichen, das Gefühl, dass sie auf Abstand ging. Er hatte sich gefragt, ob sie einen Freund hatte, aber wenn er sie darauf ansprach, reagierte sie verhalten und ausweichend. Manchmal kam sie nachts nicht nach Hause, und dann malte er sich alles Mögliche aus. Am nächsten Tag in der Schule konnte er sich dann kaum konzentrieren. *Sie ist meine Schwester,* sagte er sich wieder und wieder, wie ein Mantra.

Seine Eltern schienen nichts mitzukriegen, so sehr waren sie mit ihren eigenen Problemen beschäftigt. Sie stritten sich immer häufiger. Es gab zwar keine lautstarken Auseinandersetzungen, aber spitze Bemerkungen und beleidigtes Schweigen. Er spürte, wie dünn das Gewebe seiner Familie um ihn herum geworden war, als könnte es jeden Moment zerreißen.

Schließlich fand er es heraus. Und obwohl er ja schon den Verdacht gehabt hatte, dass sie einen Freund hatte, überkamen ihn purer Ekel und ein fast unwiderstehlicher Drang, sie am Hals zu packen und zu schütteln, als er erfuhr, dass es Chris war und dass sie zu ihm ziehen wollte.

Als Zoë auszog, stand Robbie an der Tür und sah ihr nach. Hinterher, allein in seinem Zimmer, hatte er das Gefühl, das Haus um ihn herum würde in jähe Stille versinken, und in ihm brodelte die Wut. Nicht nur, weil es ausgerechnet Chris war – obwohl er hätte kotzen können, wenn er sich die beiden zusammen nackt im Bett vorstellte –, sondern auch, weil er sich hintergangen fühlte. Weil sie es ihm die ganze Zeit verschwiegen hatte. Ihn mit Informationshäppchen gefüttert hatte, statt klipp und klar zu sagen, was Sache war. Er hatte das Gefühl, dass sie mit ihm gespielt, ihn benutzt hatte, als ob er etwas wäre, mit dem sie sich amüsieren konnte, um es dann wegzuwerfen, wenn sie sich langweilte. Er stellte sich vor, dass sie mit Chris über ihn redete, über die Dinge, die sie ihm erzählt hatte, während die beiden sich im Bett räkelten, über Robbies Ahnungslosigkeit, seine Dummheit lachten. All die Wochen hatte er gedacht, da wäre etwas zwischen ihm und Zoë – eine Nähe –, und die ganze Zeit hatte sie sich über ihn lustig gemacht. Wenn er daran dachte, spürte er die Wut in seinem Innern, die seinen Verstand füllte, wie Musik, die in ihm anschwoll, ohne dass er sie aufhalten konnte. Sein Cellokoffer lag geöffnet auf dem Bett, und er knallte ihn zu, schlug dann mit der flachen Hand darauf. Wieder und wieder schlug er zu, hob die Hand hoch über den Kopf und ließ sie mit voller Wucht auf den Deckel knallen. Der Schmerz schoss ihm durchs Handgelenk und in den Arm, dennoch machte er weiter, bis er den Schmerz nicht mehr wahrnahm, sich gegen ihn gefühllos machte.

Seine Wut kam und ging in den Wochen danach. Manchmal brach sie in Wogen der Entrüstung und loderndem Zorn aus. Dann wieder war sie wie eine Säurepfütze, die langsam in seine Magengrube sickerte. Es war ermüdend, ständig wütend zu sein. Er fühlte sich psychisch und körperlich ausgelaugt. In der Schule fielen ihm fast die Augen zu. Sein Cellokoffer erschien ihm schwerer denn je, und ihm graute davor, ihn zu den Proben die Treppe hoch und in die Aula schleppen zu müssen. Wenn er zu Hause eigentlich für die Klausuren lernen sollte, kroch er stattdessen ins Bett und versuchte zu schlafen.

Irgendetwas war mit ihm passiert – das wusste er. Etwas Verheerendes. Zoë hatte sich Einlass in seine Familie verschafft, mit der Brechstange, hatte ihre Form verändert, sie für sich passend gemacht. Aber die Form, die sie als Familie angenommen hatten, war verzerrt – spitz und winkelig. Es gab keine geschwungenen Flächen mehr. Er erkannte seine Familie nicht wieder. Er hatte das Gefühl, dass Zoë das Brecheisen beim Ansetzen, damit es richtig Halt bekam, tief in ihn hineingestoßen und dabei irgendetwas in ihm verändert hatte.

Gelegenheit ist alles. Eine Reihe von Umständen, die zusammenkommen, zu einem bestimmten Zeitpunkt ineinander übergehen. Manchmal, wenn er nachts in seiner Zelle wach liegt, spielt Robbie in Gedanken das Was-wäre-wenn-Spiel. Was, wenn sie nicht nach Frankreich gefahren wären? Was, wenn Zoë und Chris sich nicht verlobt hätten? Er könnte noch weiter zurückgehen. Was, wenn er nie von Zoës Existenz erfahren hätte? Aber das interessiert ihn nicht. Sie ist jetzt so tief in ihm verwurzelt, obwohl sie tot ist – *weil* sie tot ist –, dass er sich sein Leben ohne sie darin nicht vorstellen kann.

Monate sind vergangen, doch noch immer kann er ein Bild von ihr heraufbeschwören, an dem Tag, als sie im Bikini am Pool stand, wie das Wasser in Rinnsalen an ihrem Körper herablief, die Konturen ihrer Brustwarzen unter dem nassen Stoff, die Kontur des Haardreiecks zwischen ihren Beinen. Er glaubt, das war der Moment, als es anfing, sich in ihm aufzubauen. Das unruhige Summen in seinem Kopf. Es wuchs weiter und weiter und hörte auch nach dem Debakel im Restaurant nicht auf, als Chris weggefahren und Zoë geblieben war. Das Ding in ihm war wie ein Stein, der ein elektronisches Brummen von sich gab, wie ein Generator oder ein Strommast. Es hörte einfach nicht auf. Es machte ihm Angst. Er verstand es nicht, wollte es nicht, konnte sich nicht erinnern, wann er das letzte Mal eine Nacht durchgeschlafen hatte. Er stahl sich von den anderen weg, zurück in das Zimmer, das er sich mit Holly teilte. Die Erschöpfung griff nach ihm, und er hätte fast geweint vor Schlafmangel.

Als er in jener Nacht ins Bett ging, war das Surren laut in seinem Kopf, nur diesmal erkannte er die Triller und Schwünge darin, die schaukelnde Bewegung von Wellen, das Prasseln von Gischttropfen. Wie oft hatte er diese Musik gehört? Wie viele Stunden hatte er sie geprobt? Debussys *La Mer* – ein Stück, das er geliebt hatte, aber jetzt fühlte er sich davon infiziert, als würde die Partitur jeden Winkel seines Gehirns ausfüllen, es durchtränken. Und doch war es nicht ganz richtig, der Klang leicht verzerrt, als ob eines der Instrumente verstimmt wäre oder einer der Musiker minimal aus dem Takt. Die Musik löste keine Freude mehr in ihm aus, nur Unmut und Irritation. Sie schrammte am Rand seines Bewusstseins entlang, und er warf sich im Bett herum, suchte nach einer kühlen Stelle auf dem Kissen, doch die Musik klebte an seinem Verstand, die Klänge des Cellos im dritten Satz, als würde der Bogen über Stacheldraht kratzen.

»Sie ist nicht mal unsere richtige Schwester.«

Hollys Stimme war über den See seiner Gedanken geflogen. Er drehte sich um und sah sie in ihrem Bett unter dem Fenster auf der Seite liegen. Wie lange war sie schon da? Der nervöse dritte Satz war in seinem Kopf, und er versuchte, ihn auszublenden, während er sich in eine sitzende Position hievte.

»Was?«

»Ich hab's gestern rausgefunden, kurz bevor wir zum Essen gegangen sind. Dad hat einen DNA-Test machen lassen.«

»Spinn nicht rum.«

»Das stimmt. Ich hab den Brief selbst gelesen. Sie ist nicht unsere Schwester.«

»Du lügst. Das hätte er uns gesagt.«

»Er wollte es für sich behalten.«

»Wieso?«

Was sie als Nächstes erzählte, war zu ungeheuerlich, um es glauben zu können. Angewidert schlug er die Bettdecke zurück und verließ das Zimmer.

Das Haus war ruhig, leer, von seinen Eltern keine Spur. Er spürte die Hitze vom Vortag noch immer in der Stille der Räume hängen, nahm leichten Brandgeruch in der Luft wahr. Die Türen zum Garten standen offen, und er sah Zoë auf der Kante der Sonnenliege neben dem Pool sitzen, den Kopf auf eine Hand gestützt. Verrückt, die Hoffnung, die in seinem Herzen erblühte. Falls das stimmte, was Holly von dem DNA-Test erzählt hatte, dann änderte das alles. Andererseits – konnte das, was Holly mit eigenen Augen gesehen haben wollte, wirklich passiert sein? Schon die Vorstellung war widerwärtig.

Sie wandte den Kopf in seine Richtung, als er auf die Terrasse trat. Sie hielt ihr Handy in der Hand, als ob sie jemandem eine SMS geschrieben hatte.

»Ich konnte nicht schlafen«, sagte er.

»Ich auch nicht«, sagte sie. »Es ist zu einsam da drin, in dem Schlafzimmer, so ganz allein.«

Er setzte sich neben sie, so nah er sich traute. Es war noch Nacht, obwohl der Tag bald anbrechen würde. Er konnte die Wärme ihres Oberschenkels neben seinem spüren. Sie rauchte, und er sah, wie sie die Zigarette zwischen die Lippen steckte, hörte das leise Saugen am Filter.

»Hast du was von Chris gehört?« Er deutete mit einem Nicken auf ihr Handy, und sie verneinte.

»Es ist aus«, sagte sie, und er hätte sich freuen müssen. Genau das wollte er schließlich. Doch stattdessen war er verwirrt, frustriert, weil ihm all das, was Holly ihm erzählt hatte, noch immer durch den Kopf schwirrte. Er war hundemüde, und die Musik in seinem Gehirn wurde abwechselnd laut und leise, kleine quälende Wirbel.

»Ich wusste, dass es nicht lange halten würde«, sagte sie. »Nichts hält lange.«

Sie klang ernüchtert, ein bisschen verloren, und er legte einen Arm um ihre Schultern, spürte ihre nackte Haut weich unter den Fingerspitzen.

»Manche Dinge halten doch«, sagte er leise.

Sie sah ihn an. »Du bist der Einzige, Robbie. Der Einzige, der mich versteht.«

Das Herz schlug ihm wie verrückt in der Brust. Er spürte, wie sein Mut neuen Auftrieb bekam. Falls das stimmte, was Holly gesagt hatte, dann wäre es doch in Ordnung, oder nicht? Ihre Haut fühlte sich unglaublich weich an. Langsam fuhr er mit den Fingern über ihren Rücken.

»Was machst du denn?«, fragte sie mit einem nervösen Lachen, aber sie rückte nicht von ihm ab, sagte nicht, er solle aufhören.

Er wollte es ihr sagen, traute sich aber nicht, die Worte auszusprechen. Stattdessen spürte er ihre Wirbelsäule unter seinen Fingerspitzen, die Rundung ihrer Gesäßbacken auf der harten Plastikliege.

»Robbie ...«, sagte sie, und er hörte alles in ihrer Stimme, die Furcht vor dem, was sich da anbahnte, die unterschwellige Erregung. Es war, als ob sie sich auf das größte Abenteuer ihres Lebens einlassen würden und niemand außer ihnen beiden durfte davon wissen. Von ihrem kleinen Geheimnis. Und als er sich vorbeugte, um sie zu küssen, meinte er, etwas zu hören – Blätterrascheln, das leise Atmen einer dritten Person, irgendwer, der sie beobachtete.

»Nicht«, hörte er sie sagen, aber er presste seinen Mund trotzdem auf ihren, weil er wusste, dass sie es nicht so meinte, er erkannte es als ihren letzten Versuch, etwas abzuwehren, von dem sie beide wussten, dass es unvermeidlich war.

»Hör auf«, sagte sie, und er spürte ihre Hand auf seiner Brust, die ihn wegstieß.

»Was soll das?«, fragte sie, und er sah die Verwirrung in ihrem Gesicht, begriff, dass sie wütend war.

»Ich dachte ...«

»Du dachtest was?«

»Du würdest es auch wollen.«

Sie blickte entsetzt. Es ließ ihn kalt.

Er öffnete den Mund, um noch etwas zu sagen, doch ihr Handy summte auf ihrem Schoß, und sie blickte nach unten.

»Wer hat dir gesimst?«, fragte er unwillkürlich, obwohl ein Teil von ihm förmlich schrie, er sollte es ignorieren, im Augenblick bleiben, herausfinden, wohin er sie beide führen würde.

Sie standen an der Schwelle von etwas Wunderbarem, am Anfang der ersten wahren Leidenschaft in ihrer beider Leben, und er musste nach einer blöden SMS fragen.

»Philippe«, sagte sie und stand auf.

»Wer?«

»Der Typ aus dem Restaurant. Du weißt schon.«

»Was will er?«

»Ich soll auf eine Party kommen«, erwiderte sie, nahm ihre Umhängetasche und steckte die Zigaretten hinein.

»Gehst du hin?«, fragte er.

Sie antwortete nicht, stand einfach auf und strich ihren Rock glatt. Sie war noch immer sauer auf ihn.

»Wirst du mit ihm vögeln?« Er war selbst überrascht über die Schärfe seiner Frage.

Sie starrte ihn an, runzelte die Stirn. »Verstehe«, sagte sie, und ihre Stimme wurde frostig. »Darum geht's also, ja?«

Er zuckte die Schultern, drückte sich einen Finger in den Augenwinkel.

Es spielte keine Rolle, was sie sagte. Er wusste, dass sie mit dem Typen vögeln wollte. Er war sich ganz sicher, und diese Sicherheit machte die Musik in seinem Kopf lauter, ließ die schrillen Klänge der Streicher durch sein Innenohr sägen. Und er war müde, so unglaublich müde. Wenn er doch nur schlafen könnte ...

»Du hast doch sowieso keine Ahnung«, stellte sie fest. »Du bist noch ein Kind. Was hast du schon für Erfahrungen?«

»Jede Menge.«

Sie lachte. »Bitte erspar mir die Lügerei. Du bist so offensichtlich noch Jungfrau. Du bist wahrscheinlich noch nie von einem Mädchen angefasst worden.«

»Blödsinn. Ich hatte schon jede Menge.«

»Lügner.«

»Das stimmt.«

»Nenn mir eine.«

»Claire Waters«, sagte er – der erste Name, der ihm einfiel. Die arme magersüchtige Claire mit kaum noch Haaren auf dem Kopf, die ihre Bratsche auf der knochigen kleinen Schulter balancierte. Wieder war Debussy in seinem Kopf, der unerbittliche Tumult des Meeres.

»Und was hat Claire Waters für dich gemacht?«, fragte sie höhnisch. »Hat sie deinen kleinen Pimmel in die Hand genommen? In den Mund?«

Bei der Vorstellung, wie Claires spinnenhafte Finger ihn umfassten, fröstelte ihn, und ihm wurde übel. Das und die Gehässigkeit in Zoës Stimme befeuerten die Symphonie in ihm, Becken schlugen in seinem Kopf. Er lehnte sich zurück gegen die Kopfstütze der Liege, legte die Unterarme übers Gesicht, damit sie nicht sehen konnte, wie sehr sie ihn verletzt hatte.

»Und was deinen jämmerlichen Versuch vorhin angeht …«

»Nicht«, warnte er sie.

»Mich anzubaggern. Deine eigene Schwester.«

»Du bist nicht meine Schwester«, sagte er trotzig, um seine Demütigung zu überspielen.

»Was?«

»Du bist nicht meine Schwester. Das weiß ich.«

Er konnte ihr Gesicht nicht sehen, wusste aber irgendwie, dass sie lächelte. Als sie wieder etwas sagte, flüsterte sie leise, aber er spürte ihre Stimme näher kommen, wusste, dass sie sich über ihn beugte. »Du hast gedacht, so ein kleines Blatt Papier würde dir den Weg freimachen, was?«

»Halt die Klappe.«

»Ich hab die ganze Zeit gedacht, du wärst nett zu mir, weil du mein Bruder bist, aber in Wirklichkeit bist du in mich verknallt – hast dir was mit mir zusammenphantasiert.« Sie sagte das leicht verwundert, aber auch distanziert, als würde es sie eigentlich gar nicht betreffen. Sie wirkte nicht geschockt, sondern belustigt. Alles war für sie bloß ein Witz – sogar seine Liebe, zart und schüchtern, war etwas, worauf sie spöttisch herumtrampeln konnte.

»Das ist ganz schön krank«, flüsterte sie, ihr Mund dicht an seinem Ohr. »Krank und pervers. Ich finde, das ist noch schlimmer als das, was dein Dad mit mir gemacht hat.«

Das würde er ihr niemals verzeihen. Niemals. Was immer sie ihm auch bedeutet hatte, wie sehr er sie auch geliebt hatte, es könnte zwischen ihnen nie wieder so sein, wie es mal war.

Bewegung hinter ihm. Diesmal war es keine Einbildung. Eine dritte Person. Die gehört hatte, was er gesagt hatte, gesehen hatte, was er versucht hatte. Zoë blickte auf.

Plötzlich konnte er es nicht mehr ertragen. Er presste sich die Arme aufs Gesicht und dachte an jede traurige, verschwitzte Annäherung beim Tanzen auf Schulpartys, an jeden belustigten und entschuldigenden Blick, den er kassiert hatte, ehe das Mädchen sich umdrehte und anfing, mit ihren Freundinnen zu kichern. Er dachte an Melissa Lynch im Orchester und daran, wie er mal versuchte hatte, sie zu küssen, hörte die Verblüffung in ihrem Lachen, ihre Stimme in seinem Kopf, die sagte: »Du gehörst zu der Sorte Jungs, die Mädchen sich gern als guten Freund wünschen, ohne dass durch Sex alles kompliziert wird.« Selbst die arme Claire Waters, die halbtot aussah: Robbie wusste im Grunde seines Herzens, dass nicht mal sie ihn anfassen würde. Zoës Worte waren in seinem Kopf, der Blick, mit dem sie ihn angeschaut hatte. Er wusste, dass sie ihn durchschaut, ihn entlarvt hatte, und was er jetzt empfand, war wachsende Beschämung. Er dachte wieder daran, was Holly ihm erzählt hatte, was sie gesagt hatte. Das Geräusch steigerte sich zu einem Crescendo, all die schrillen Streichinstrumente, das

Kreischen der Blechbläser, und er steckte sich die Finger tief in die Ohren. Es machte keinen Unterschied. Die Musik war in seinem Kopf. Was er auch tat, er konnte sie nicht ausblenden.

Hat er ihren Namen gesagt? Er kann sich nicht erinnern. Er erinnert sich nur an ihr überraschtes Gesicht, als sie rückwärts fiel. Das Geräusch, das ihr Kopf machte, als er gegen die Kante des Sprungbretts prallte – ein scharfer Knall, wie ein Schuss aus einer kleinen Pistole. Ihr Mund öffnete sich, aber es kam kein Laut heraus, bloß ein Keuchen war zu hören, als sie nach hinten fiel.

Blut quoll aus einer Seite ihres Kopfes, breitete sich im Wasser des Pools aus. Und seine Mutter war da, obwohl er keine Erinnerung daran hat, wo sie plötzlich herkam. Sie ist im Pool und schreit ihm irgendwas zu, aber er versteht die Worte nicht. Debussy ist noch immer in seinem Kopf. Er hört das Wimmern der Geigen, das schrille Streichen der Cellobögen. Wie kommt es, dass er das alles noch immer hört? Wieso ist es nicht verstummt?

Arme umschlingen ihn, Hände schließen sich fest um seinen Rücken. »Es wird alles gut«, flüstert eine Stimme. »Jetzt wird alles gut.« Sein Vater beugt sich über Zoë, um Himmels willen, als wollte er sie vor aller Augen erneut küssen. Debussy ist in Robbies Kopf, läuft in Endlosschleife, die Wogen der Musik sind die Wogen des Meeres, bewegen sich wie Ebbe und Flut, endlos vor und zurück. Sein Vater beugt sich über Zoë. Robbie schließt die Augen.

26 | DAS UNBEKANNTE MÄDCHEN

AM ABEND bevor Caroline und Holly wieder nach Frankreich fliegen, kommt Susannah mit einer Flasche Margaux vorbei – ein Weihnachtsgeschenk, sagt sie. Sie sitzen an der Mitteninsel und leeren sie gemeinsam, nur sie beide, versuchen, einen Hauch von Festtagsstimmung aufkommen zu lassen. Es gibt keine Weihnachtsdeko, nicht mal einen Weihnachtsbaum.

Susannah, die einzige echte Freundin, die noch zu ihr hält, stützt die Ellbogen auf und sagt: »Er hat eine neue Geliebte.«

Caroline nimmt die Neuigkeit einigermaßen überrascht auf. Seit Zoës Tod haben weder sie noch David mit Chris gesprochen, abgesehen von dem ersten schrecklichen Telefonat, als sie ihn anriefen, um ihm die Nachricht beizubringen. Seine Reaktion, die plötzliche hemmungslose Trauer, war furchtbar. Er hat sich seitdem nicht mehr bei ihnen gemeldet, Anrufe, E-Mails, SMS ignoriert. Caroline deutet sein Schweigen als eine stille Schuldzuweisung.

»Wieder so ein Kind«, fährt Susannah mit einer gewissen Häme fort. »Nicht ganz so jung wie Zoë, aber fast.«

Er hatte sie offenbar auf einem Konzert kennengelernt. Trotz aller Distanziertheit und Feindseligkeit zwischen Chris und Susannah haben die zwei immerhin noch so viel Kontakt, dass sie über sein Liebesleben auf dem Laufenden ist.

»Das freut mich«, sagt Caroline. »Immerhin schaut er nach vorne.«

Susannah wirft ihr einen leicht mitleidigen Blick zu. »Nein, eben nicht«, sagt sie mit weicherer Stimme. »Er steckt in der Vergangenheit fest. Das ist bloß seine Art, sich was vorzumachen.«

Eine Zeitlang hatte Caroline es für möglich gehalten, dass Zoës tragischer Tod die beiden wieder zusammenbringen würde. Aber sie hat gelernt, dass Menschen mit solchen Dingen unterschiedlich umgehen. Manche versuchen, weiterzumachen wie gehabt. Andere verkriechen sich hinter einer Mauer des Schweigens. Und wieder andere, wie Chris, wollen das wiederfinden, was sie verloren haben, suchen sich eine andere junge Frau mit blonden Haaren, einem kühlen, katzenhaften Blick und einer dreisten, aufdringlichen Art, die sie unter einer Patina aus Unschuld verbirgt.

David wartet in der Ankunftshalle auf sie. Er sieht sie mit ihren Rollkoffern näher kommen. Sie sehen müde aus, als hätte die Reise länger als die zwei Stunden Flug gedauert. Er geht ihnen entgegen, und sie begrüßen sich mit einer Dreierumarmung, ein kurzes Triumvirat, ehe sie sich wieder voneinander lösen. Auf Außenstehende muss ihr Wiedersehen seltsam wirken. Sie sind eindeutig eine Familie, aber trotz der emotionalen Begrüßung wird nicht gelächelt. David nimmt die Koffer, Caroline wendet sich ab und wischt sich über die Augen. Holly hat die Hände in die Taschen gesteckt und schaut sich um.

Eine ganze Jahreszeit ist vergangen, seit er seine Frau und seine Tochter zuletzt leibhaftig gesehen hat. Ihre körperliche Gegenwart kommt ihm erschreckend und tröstlich zugleich vor. Holly ist größer geworden. Er nimmt sämtliche Veränderungen an ihr wahr – die neuen Rundungen, das schmalere Gesicht, die elegantere Haltung. Sie merkt, dass er sie anguckt, und er nickt Richtung Ausgang. »Zum Auto geht's da lang«, sagt er zu ihnen.

Irgendwann gegen Ende des Sommers hatten sie entschieden, sich zu trennen. Sie hatten es nicht als Trennung deklariert, sondern dem Bedürfnis nachgegeben, Holly zu schützen. Sie waren sich beide einig, dass es das Beste für Holly sei, nach Hause zurückzukehren und wieder zur Schule zu gehen, wie sie es geplant hatten, bevor das alles passierte. Sie sollte, soweit das unter den gegebenen Umständen möglich war, ein normales Leben haben. Einer von ihnen musste auf der Insel bleiben, um für Robbie da zu sein. Sie stritten sich nicht, was aber nicht hieß, dass es keine Schuldgefühle dabei gab, die Bedürfnisse des einen Kindes gegen die des anderen abzuwägen. Caroline würde mit Holly nach Dublin zurückkehren, während David blieb.

Als der Wagen über die lange, geschwungene Brücke auf die Insel fährt, spürt Caroline, wie die Anspannung in ihren Körper zurückkehrt. Auch das üble Gefühl ist wieder da, die Panik in der Brust. Sie hält die Augen auf die Umgebung gerichtet, die Hände auf dem Schoß fest verschränkt. Seltsam, dieselben Felder und Straßen zu sehen, nun grau im trüben Licht eines kalten Dezembertages. Als sie das erste Mal herkamen, hatte sie irgendwo gehört, die Île de Ré sei eine Mittelmeerinsel, die sich in den Atlantik verirrt habe. Und in den Sommermonaten, wenn das Wasser ringsum türkis glitzerte, gelber Staub die Straßen bedeckte, Geranien und Stockrosen jede Betonfläche mit Farbe übergossen, war es leicht, dieser Beschreibung zu glauben. Jetzt, da vom Ozean ein eisiger Wind über die Insel peitscht, dass sich die Bäume biegen, und Regen auf die Frontscheibe prasselt, hat Caroline das Gefühl, eine andere Insel zu erleben – feindselig, abweisend, kalt.

David erzählt ihnen während der Fahrt von einem Reiher, den er auf seinen Spaziergängen unweit vom Haus gesehen hat. Ein großes Tier, sagt er, mit einer Flügelspannweite von bestimmt zwei Metern, vielleicht sogar mehr. Er hat mit Leuten auf dem Markt über den Vogel gesprochen. Auch andere haben ihn gesehen, und sie glauben, es ist ein Kanadareiher, eine Seltenheit in dieser Gegend. David überlegt laut, ob er vielleicht in der Nähe ein Nest gebaut hat. Er sucht kurz den Horizont ab, als würde er hoffen, den Vogel im Flug zu erspähen.

Die Dörfer, durch die sie kommen, wirken verlassen – viele Häuser sind den Winter über zugesperrt, die Fensterläden verriegelt, die Blumenkästen leer. Das kleine Auto wird schneller, als sie an Saint-Martin vorbei sind und in westlicher Richtung zum Dorf Loix fahren. Caroline fragt David nicht, woher er den Wagen hat – einen kleinen weißen Citroën, der aussieht, als hätte er schon etliche Jahre auf dem Buckel. Das Auto ist bloß ein Bestandteil des veränderten Bildes. Alles kommt ihr anders und fremd vor. Der Wagen, Davids verändertes Aussehen – gealtert, rau, abgehärtet – verweisen darauf, dass er sich in den Monaten ohne sie auf der Insel ein eigenes Leben eingerichtet hat. Er fährt nicht so interessiert oder entspannt wie ein Tourist. Er sitzt nach vorne gebeugt, nur darauf fixiert, an sein Ziel zu gelangen. Die Augen hält er jetzt stur auf die Straße gerichtet, blickt kaum mal auf die Landschaft ringsherum.

Caroline nimmt das alles wortlos wahr. Vier Monate sind vergangen, durchsetzt mit Anrufen, E-Mails, Skype. *Wir sind einander fremd geworden*, denkt sie, als der kleine Wagen über eine Kreuzung fährt und dann auf eine lange gerade Straße durch die Salzgärten.

»Wie geht's ihm?«, fragt Caroline.

Sie sind allein im Haus. Holly ist ins Dorf gegangen, um Brot zu kaufen, und sie beide sitzen einander gegenüber am Küchentisch. Es ist zu kalt, um auf der Terrasse zu sitzen. Vereinzelte Blätter wehen raschelnd über die Platten.

»Unverändert.«

»Hat er irgendwas gesagt?«

»Nein.«

»Überhaupt nichts?«

»Nicht ein Wort, Caroline«, sagt er und fügt hinzu: »Tut mir leid.« Als wäre es seine Schuld. Was es in gewisser Weise auch ist.

Er betrachtet sie, während sie das mit gespitzten Lippen verdaut, sieht, wie sie sich auf die Wangeninnenseite beißt, dann wegschaut. Sie hat jetzt etwas Kontrolliertes an sich, kein Vergleich zu ihrer Reaktion, als es passiert war und sie von Emotionen überwältigt wurde. Angst, Wut, Fassungslosigkeit. Er hatte hier an diesem Tisch gesessen und zugesehen, wie sie haltlos schluchzte, das rasselnde Geräusch gehört, mit dem sie Luft in die Lunge saugte, das Gesicht rot verheult. Aber das war damals. Jetzt ist sie gefasst, wodurch sie ihm noch distanzierter vorkommt – die Strenge, mit der sie die Gefühle beherrscht, die früher in ihr wüteten. Er überlegt, über den Tisch nach ihrer Hand zu greifen, entscheidet sich dagegen.

Sie sitzen eine Weile schweigend da, und er denkt an die Schlafzimmer oben, an seine einsame Nutzung des Hauses all die Monate. Es ist eine Erleichterung, als das Eisentor klappert und sie Holly in die Diele kommen hören.

Beim Lunch – David hat einen Eintopf mit Chorizo gekocht – erzählt Holly ihrem Vater, wie es in der Schule läuft, was ihre Lieblingsfächer sind, wie ihre neuen Freundinnen heißen.

David fragt zögerlich, ob es irgendwelche Probleme wegen der Geschehnisse im Sommer gegeben hat. Er meint den kurzen Medienrummel, den Zoës Tod ausgelöst hatte. Ein paar Klatschblätter und eine Sonntagszeitung hatten sich besonders für die pikanten Einzelheiten interessiert. Erschwerend kam hinzu, dass bei der Tragödie ein Journalist eine Rolle gespielt hatte sowie ein Unidozent, der in den Wochen zuvor durch seine derbe Wortwahl bei einem Radiointerview einen kleinen Skandal ausgelöst hatte. Das Haus war nicht von Reportern belagert worden, und es gab auch keinerlei Belästigungen, doch sowohl David als auch Caroline hatten befürchtet, Holly könnte in der Schule irgendwelche Auswirkungen zu spüren bekommen. Es hatte ein paar Hänseleien gegeben und viele neugierige Blicke und Getuschel, aber die Lehrer schritten schnell ein, und Holly selbst schien durchaus in der Lage, das alles gelassen hinzunehmen. Sie fürchten zwar, dass es wieder losgeht, wenn in einigen Monaten der Gerichtsprozess anfängt, aber fürs Erste sind alle froh über die Verschnaufpause.

Eine Woche bevor sie mit Holly nach Frankreich flog, war Caroline nach Hause gekommen, hatte die Post von der Fußmatte aufgehoben und sie beiläufig auf das Ablagebrett in der Diele geworfen, ehe sie sich die Jacke auszog. Aus dem Augenwinkel sah sie, dass einer der Briefumschläge von der Ablage rutschte und hinter den Heizkörper fiel. Bei genauerem Hinsehen entdeckte sie, dass zwischen Wand und Brett ein kleiner Spalt war, gerade so breit, dass ein dünner Umschlag durchrutschen konnte. Da sie an den heruntergefallenen Brief nicht rankam, holte Caroline Davids Werkzeugkasten und schraubte das Brett von der Wand. Der Brief steckte so tief hinter dem Heizkörper, dass sie ihn nicht herausfischen konnte, daher holte sie ein Messer aus der Küche und versuchte, den Umschlag damit nach unten zu bugsieren. Als er schließlich auf den Fußboden rutschte, glitten noch ein paar andere Briefe heraus, von denen sie gar nicht gewusst hatte, dass sie auch dort hinten gelandet waren. Einer war von einer Wohltätigkeitsorganisation, ein anderer eine Kreditkartenabrechnung, doch der letzte Umschlag trug das Siegel der Universität. Caroline spürte, wie ihr flau im Magen wurde.

Hastig riss sie den Umschlag auf und überflog den Text mit wachsendem Entsetzen. Der verschwundene Brief. Von dem sie gedacht hatte, Zoë hätte ihn verschwinden lassen. Die ganze Zeit hatte er hier in der Dunkelheit gelegen. Vielleicht hatte Zoë ihn hinter den Heizkörper gesteckt, aber das war unwahrscheinlich. Caroline wusste, dass es niemandes Schuld war, außer vielleicht ihre eigene.

Selbst jetzt, zurück auf der Insel, ist sie unschlüssig, ob sie David von dem Brief erzählen soll oder nicht. Was würde das bringen? Also behält sie das Wissen für sich, eine kleine zusätzliche Bürde neben ihren Schuldgefühlen.

Die Jugendstrafanstalt ist nicht weit von La Rochelle, mit dem Auto etwas mehr als eine Stunde. David und Holly haben in einem Café in der Nähe Kaffee getrunken, dann einen Schaufensterbummel gemacht, ehe sie zurück zum Parkplatz gegangen sind, um im Auto zu warten. Vom Fahrersitz aus kann David den Eingang der Strafanstalt sehen, als Caroline herauskommt. Der Wind fährt ihr in die Haare, zerrt an ihrer offenen Jacke. Sie hält sie fest und zieht sie eng um sich, eilt mit gesenktem Kopf zum Auto. An ihrer Körperhaltung und der Tatsache, dass sie seinem Blick ausweicht, kann er ablesen, dass es nicht gut gelaufen ist. Sie öffnet die Beifahrertür und steigt ein, atmet dabei aus, als hätte sie die ganze Zeit, die sie bei Robbie war, die Luft angehalten.

»Und?«, fragt Holly, und Caroline schüttelt den Kopf. *Nein.*
David lässt den Wagen an, lenkt ihn auf die Straße und versucht, sich die Stunde vorzustellen, die Caroline in dem kleinen Raum verbracht hat: Wie sie ein Papiertaschentuch in den Händen zerknüllt, während sie Robbie bekniet, mit ihr zu reden, und er nur still dasitzt, die Hände um die Ellbogen, die Augen auf die Fenster oben in einer Wand gerichtet, das Gesicht ausdruckslos, wie der ferne, verzückte Blick eines toten Heiligen.
David fährt, und Caroline weint. Er streckt ihr die Hand hin, und sie nimmt sie und hält sie auf dem Schoß fest.

Caroline gibt sich die Schuld für Robbies Schweigen. Wenn diese eine spontane Entscheidung rückgängig oder ungeschehen gemacht werden könnte oder anders ausgefallen wäre, hätte sie es verhindern können. Schon komisch, wie der Körper in so einer Situation die Herrschaft über den Verstand übernimmt. Sie erinnert sich, dass sie im Pool war, Zoë in den Armen hielt, wusste, dass das Mädchen tot war und daran nichts mehr zu ändern war. Caroline kann förmlich sehen, wie sie da bis zur Taille im kühlen Wasser steht, wie seltsam Zoës Arme und Beine wirken, in einen bläulichen Schimmer getaucht und durch die Lichtbrechung scheinbar geknickt. Sie kann sich selbst sehen, wie sie das alles erfasst – die entsetzliche Ungeheuerlichkeit des Ganzen. Sie spürt den Hammerschlag in ihrem Herzen, die augenblickliche Erschütterung, als ihr bewusst wird, was passiert ist.
Die Entscheidung fällt eher in ihrem Körper als im Kopf. Rasch zieht sie Zoë an den Rand des Pools. David ist jetzt auf der Terrasse, macht aber keine Anstalten, ihr zu helfen, starr vor Schock. Caroline muss all ihre Kraft aufbieten, um den schlaffen, nassen Körper auf die Platten zu hieven, dann selbst aus dem Pool zu klettern. Robbie steht noch immer da. Ein

Echo des Schreis, den sie selbst ausgestoßen hat, scheint in der Luft zu hängen. *Verdammt, was hast du getan?* Er sagt nichts. Bleiben die Worte da schon in ihm stecken? Mit raschen Schritten, denn in den anderen Häusern sind Lichter angegangen, geht Caroline zu ihrem Sohn, aber sie nimmt ihn nicht in die Arme. Sie hält sein Gesicht nicht mit beiden Händen, um ihm zu sagen, dass alles gut wird, um beruhigende Worte zu murmeln. Sie tut nichts dergleichen.

»Was ist passiert?«, fragt sie mit fester, aber leiser Stimme. Die Nachbarn sollen nichts hören. »Sag's mir, schnell. Was ist passiert?«

Er antwortet nicht. Sieht sie nicht einmal an. Seine Augen sind auf den Pool hinter ihr gerichtet, sein Gesicht bläulich im frühen Morgenlicht. Vage registriert sie, dass jetzt Holly da ist und David aus seiner Trance erwacht. Er scheint wie ein Schlafwandler auf die dunkle Gestalt zuzugehen, die ausgestreckt am Rand des Pools liegt.

Ein Automotor springt irgendwo auf der Straße an. Der Himmel ist von orangefarbenen Lichtstreifen durchzogen. Caroline wendet sich von Robbie ab, damit sie nachdenken kann. Was tun? Einen Krankenwagen rufen? Die Polizei rufen? Einen verrückten Moment lang spielt sie mit dem Gedanken, sie alle ins Auto zu verfrachten und von der Insel zu fliehen, weit weg von der Leiche, die da auf der Terrasse liegt. Eine Art Wahnsinn überkommt sie, und sie weicht davor zurück. Sie muss nachdenken, rasch eine Geschichte erfinden und die anderen darauf einschwören. Es bleibt nicht viel Zeit. Die Sonne geht jetzt auf, und im dämmernden Morgenlicht, das die Unschuld der Blumen berührt, käme niemand auf die Idee, dass soeben ein Mord geschehen ist.

Mord. Das Wort in ihrem Kopf. Es scheint sie auszufüllen. Der Anblick des Schlags ist ihr erspart geblieben, obwohl sie ihn schemenhaft in ihrer Phantasie sieht. Als sie in den Garten kam, sah sie als Erstes das schaukelnde Wasser, dann Zoës leblosen Körper und eine Blutspur, dunkel unter der Oberfläche.

Ein Unfall, beschließt sie. Das ist die einzige Lösung. Sie ist ausgerutscht und nach hinten gefallen. Ein tragischer Sturz.

In der Zeit danach wird sie wieder und wieder an diese Augenblicke zurückdenken – wie sie am Pool stand, tief in Gedanken. In diesem Moment begann ihre Täuschung. Später belog sie alle: die Polizei, die Anwälte, die Sozialarbeiter. Aber alle Lügen erwiesen sich letztlich als sinnlos, sobald sie Robbie allein hatten: Er nahm einen Stift und schrieb sein Geständnis auf. Zu dem Zeitpunkt lag Zoë bereits kalt in der Gerichtsmedizin, und Robbie hatte in den zwölf Stunden, seit er sie getötet hatte, kein Wort gesagt.

Caroline fragt sich, was gewesen wäre, wenn sie damals zu ihm gegangen wäre, wenn sie ihren Sohn in die Arme genommen und sanft gewiegt hätte, wie früher, als er ein kleiner Junge war und sich das Knie aufgeschürft oder anders weh getan hatte. Ob sie so sein Verstummen hätte verhindern können. Hätte sie ihn davon abhalten können, sich an einem dunklen Ort tief in seinem Innern zu vergraben? Sie hat in ihrem Leben schon manches Mal Sehnsucht empfunden, aber das ist nichts im Vergleich zu dem geradezu körperlichen Bedürfnis, ihren Sohn sprechen zu hören. Wie sehr sie den Klang seiner Stimmer vermisst – es ist ein Schmerz, der sich fest in ihrer Brust eingenistet hat.

Es war Holly, die schließlich zu ihm ging. Sie schlang die Arme um ihren älteren Bruder und flüsterte ihm etwas ins Ohr. Seine Augen blieben auf Zoë gerichtet, und Caroline erinnert sich, wie sie sich umwandte und die Gestalt ihres Mannes über Zoë gebeugt sah, sein Gesicht dicht an ihrem. Er starrte sie eindringlich an, als würde er jeden Moment damit rechnen, dass sie aufwachte.

Die Tage vergehen und laufen irgendwann nach einem Muster ab. Caroline und David wechseln sich mit den Besuchen bei Robbie ebenso ab wie mit dem Kochen. Der Regen auf der Insel hört nicht auf, zwingt sie, im Haus zu bleiben, und es hat durchaus etwas Behagliches, bei brennendem Kamin im Wohnzimmer zu sitzen, Scrabble zu spielen, zu lesen, zu plaudern. Allmählich stellt sich wieder eine Form von Normalität ein, und David merkt, dass er sich in Gesellschaft seiner Frau und Tochter entspannt. In den Monaten, die er allein war, hatte er oft die quälende Vorstellung, dass sie noch immer bei ihm wäre – Zoë. Nachts, wenn er nicht einschlafen konnte, wanderten seine Gedanken zu ihr, und er erinnerte sich, wie sie an jenem letzten Tag war. Manchmal, wenn er in der Küche hantierte oder im Arbeitszimmer eines von Alans Büchern durchblätterte, meinte er, ihre flüsternde Stimme oder ihre weichen Schritte zu hören, und wenn er sich dann suchend im Raum umschaute, rechnete er fast damit, sie vor sich zu sehen, den Kopf schief gelegt, ein boshaftes Lächeln unterdrückend, das sich immer wieder zeigte, als wäre alles bloß ein ausgeklügelter Scherz gewesen. Zoë, seine Tochter. Er weiß es jetzt mit Sicherheit. Proben, die bei der Obduktion genommen wurden, haben eindeutig ergeben, dass ihre DNA mit seiner übereinstimmt. Jeder Zweifel ist ausgeschlossen, und darin liegt ein gewisser Trost.

Er trauert trotzdem um sie, eine tiefe, volltönende Trauer. Sie war nicht mal ein ganzes Jahr in seinem Leben, doch das schmälert seinen Kummer über ihren Tod nicht. Es ist, als wäre sie immer da gewesen, Teil seines eigenen Selbst.

Es gibt eine gute Nachricht. Sie erfahren, dass der für Robbies Fall zuständige Untersuchungsrichter ihm über Weihnachten Hafturlaub gewährt hat. David und Caroline müssen für die Zeit ihre Pässe abgeben, und es gibt etliche Regeln, die sie einhalten müssen. Die Stimmung im Haus verändert sich, wird fast festlich. Caroline ist ganz aufgekratzt und reagiert sich mit Weihnachtsvorbereitungen ab, kauft ein und kocht eifrig, bereitet das Haus auf die Rückkehr ihres Sohnes vor. Gerade mal zwei Tage werden sie mit ihm verbringen können, aber sie sind dankbar dafür.

Der Regen hört auf, doch der kalte Wind hält an. Es ist der Tag vor Robbies Freistellung, und David schlägt Holly einen Ausflug mit dem Rad nach Saint-Martin vor. Er bezweifelt, dass die Austernbar noch geöffnet ist, aber er muss mal an die frische Luft, nachdem er so lange im Haus eingesperrt war. Er spürt die gleiche Klaustrophobie bei Holly. Carolines Vorfreude ist zu groß für die kleinen Räume, so dass sie sich eingeengt fühlen, und er hat die Anspannung im Gesicht seiner Tochter gesehen, obwohl sie sich auf ihren Bruder freut. Ihm kommt der Gedanke, dass Holly bei dem ganzen Tamtam wegen Robbie das Gefühl haben könnte, sie wäre ihren Eltern gleichgültig geworden.

Die Räder fühlen sich schwergängig an, nachdem sie so lange nicht benutzt wurden, aber David und Holly sind trotzdem froh, im Freien zu sein. Sie radeln aus dem Dorf hinaus und durch die Felder Richtung Hafen, wo sie den Pfad nehmen wollen, der im Nordwesten der Insel an der Küste entlang verläuft. Im Sommer sind diese Wege stark von Radlern befahren, Touristen mit Anhängern wie Streitwagen hinter ihren Fahrrädern, aus denen Kinder herausschauen. Heute ist der Pfad menschenleer. Sie erreichen den Hafen, die Mauern jetzt grau, da die Sonne sie verlassen hat, und fahren weiter durch die

Sumpflandschaft und hohes Schilf. Dann und wann hören sie den einsamen Schrei eines Wachtelkönigs, und sie kommen an einer Schar Gänse vorbei, die träge auf dem Wasser dümpeln. Die Höfe sehen verlassen aus, die Erde schläft. Im Winter schrumpft die Inselbevölkerung erheblich, und David spürt das jetzt, als sie an leeren Häusern, geschlossenen Läden vorbeiradeln. Sie haben Gegenwind und kommen nur mühsam voran. Stellenweise wird der Weg schmal, mit steilen Hängen zum Wasser hin. Eine plötzliche Böe, und sein Herz verkrampft sich vor Angst, als Holly mit ihrem Fahrrad ins Kippeln gerät. Sie streckt einen Fuß aus, um sich abzufangen, hält dann an und dreht sich zu ihm um.

»Sollen wir umkehren?«, fragt er, und sie nickt, das Gesicht von Müdigkeit gezeichnet.

Sie wenden die Fahrräder und gehen nebeneinander zurück, die Räder zwischen ihnen. David fragt sich, ob Robbie in den zwei Tagen, die er zu Hause sein wird, vielleicht auch mal Lust auf eine Radtour hätte. Er glaubt kaum, dass sein Sohn viel Gelegenheit hat, sich zu bewegen, geschweige denn, sich in der freien Natur so wohltuend körperlich anzustrengen wie beim Radfahren. Er sagt das zu Holly, und sie stimmt zu. Ihr Ton ist verhalten, aber David ist vor lauter Vorfreude auf Robbie so beschwingt, dass er ihr ausführlich von seinen Plänen für die zwei Tage erzählt – was sie alles unternehmen können. Holly hört zu, ohne ihre Meinung zu irgendetwas beizusteuern.

Sie nähern sich dem Hafen, als David eine plötzliche Bewegung im Wasser bemerkt. Er bleibt stehen.

»Guck mal da«, sagt er zu Holly.

Seite an Seite schauen sie zu, wie der riesige Vogel aus dem Schilf auffliegt, sich mit ausgebreiteten Flügeln in die Luft erhebt. Der Kanadareiher – den David schon öfter auf seinen Spaziergängen erspäht hat. Er sieht ihm nach, wie er mit kräftigen Schlägen gegen den schneidenden Wind höher und höher aufsteigt. »Schau dir das an«, sagt er bewundernd. »Ist das nicht herrlich?«

Aus irgendeinem Grund muss er beim Anblick des so stolz auffliegenden Vogels an Zoë denken. Aber Holly beobachtet nicht den Reiher. Sie beobachtet David. Ihre Augen sind völlig ruhig, und doch meint er, Angst darin zu erkennen.

»Was ist denn?«, fragt er.

Sie schaut ihn weiter an. Ihm wird klar, dass ihr Schweigen, das er als Anspannung gedeutet hat, in Wahrheit etwas anderes signalisiert. Er erkennt jetzt, dass sich in ihr etwas angestaut hat, seit Monaten, dass sie nur auf den richtigen Moment gewartet hat, ungestört mit ihm allein reden zu können. Und jetzt sind sie hier an diesem einsamen Ort, um sie herum nur Land und Wasser und der weite metallischgraue Himmel.

»Ich hab dich gesehen«, sagt sie.

Ihre Stimme ist leise, ruhig. Er hört die Anklage darin.

»Wovon redest du, Schätzchen?«

»Mit ihr. Mit Zoë. Nachdem Chris weggefahren war.«

Ihre Augen sind dunkel und starr. Er spürt die Härte ihres Blicks.

»Ich hab euch durchs Fenster gesehen. Du hast sie geküsst.«

In ihm ballt sich etwas zusammen, die gemächlichen Flügelschläge des Reihers klingen in seinem Innenohr nach. Er denkt wieder an das Chaos jener Nacht, an den Kampf, der sich in seinem Innern abspielte, wie Linda in dem Moment für ihn wieder lebendig wurde. Und er schämt sich plötzlich für das, was seine Tochter mit angesehen hat, so kurz es auch war. Er sagt nichts zu seiner Verteidigung, weil er begreift, dass er sich der Wahrheit nähert. Ihr harter Kern ist zum Greifen nah.

»Ich hab's Robbie erzählt«, sagt sie. »Ich hab ihm erzählt,

was ich gesehen hab. Was du gemacht hast. Wie ekelhaft das war.«

Ihre Worte durchschneiden ihn sengend heiß.

»Holly ...«

»Ich hab's ihm erzählt -«

»Es ist nicht deine Schuld«, sagt David. Er denkt an all die Monate, die sie das Wissen und die Schuldgefühle wegen dem, was sie getan hat, mit sich herumgeschleppt hat. Sie wirkt so gefasst, wie sie da auf dem Weg steht und ihr Fahrrad festhält, während der Wind ihr die Haare um den Kopf weht. Aber sie ist noch ein Kind, sein Kind, er spürt das starke Bedürfnis, sie zu beschützen.

»Was mit Zoë passiert ist – was Robbie getan hat –, du darfst dir dafür nicht die Schuld geben, Schätzchen«, sagt er. »Du konntest doch nicht wissen, was passieren würde.«

Er will sie umarmen, doch irgendwas an der Art, wie sie sich versteift, bremst ihn.

»Holly«, sagt er wieder, mit einem flehenden Unterton in der Stimme.

So viel Schmerz ist über seine Familie gekommen. Er erträgt den Gedanken nicht, dass Holly Zeugin seines beschämenden Verhaltens geworden ist. Ebenso wie er den Gedanken nicht erträgt, dass sie sich die Schuld an Zoës Tod gibt.

Ihr Blick ist absolut ruhig. »Du verstehst es nicht, was?«, sagt sie.

Der Wind wird jetzt immer stärker, und er muss ganz genau hinhören, um sie zu verstehen.

»Ich war's.«

»Was?«

»Robbie hat sie nicht gestoßen. Ich war das.«

Seine Hände sind am Lenker, und er spürt die Kälte durch die Haut dringen. »Holly, Schätzchen, es war ein Unfall. Was immer du glaubst getan zu haben ... Du bist noch ein Kind.« Unbedarft, möchte er sagen, doch die Art, wie sie ihn ansieht, ihre kalte Miene, in der zugleich so etwas wie Mitleid liegt, machen ihm klar, dass er selbst unbedarft ist. Wie blind er gewesen ist.

»Ich hab ihm auch von dem Brief erzählt, den ich gefunden hatte«, sagt sie. »Ich hab ihm erzählt, sie wäre nicht unsere Schwester, und er hat gedacht, damit wäre es in Ordnung, die Gefühle, die er für sie hatte. Er hat gedacht, er liebt sie. Er hat nicht kapiert, wie gemein sie sein konnte.«

»Holly«, sagt er heiser, während ihm die Kälte durch die Glieder nach oben kriecht, sein Herz packt.

»Es war widerlich, falsch. Aber er konnte das nicht sehen. Sie hat ihn vergiftet. Genau wie sie dich vergiftet hat.«

»Nein«, sagt er, aber seine Stimme ist kaum hörbar. »Es war ein Unfall. Du kannst unmöglich gewollt haben, dass sie ...« Sein Widerspruch gerät ins Stocken.

»Sie stand da am Rand, das Sprungbrett genau hinter ihr. Es war so einfach. Ganz leicht. Sie hat mich erst in letzter Sekunde gesehen. Hatte gar nicht gemerkt, dass ich da war.«

Der Wind ist unverhofft abgeflaut. Auf allen Seiten sind sie von einem flachen, stillen Grau umgeben. Er starrt Holly an, und ein ganz merkwürdiges Gefühl überkommt ihn: Dieses Mädchen, diese Tochter, die er von dem Moment ihrer Geburt an kennt, diese Tochter, die er großgezogen und über alles geliebt hat – er sieht sie jetzt an, als wäre sie eine Fremde. Er begreift, dass er sie überhaupt nicht kennt.

»Ganz einfach«, sagt Holly wieder. »Ein Stoß, und sie ist nach hinten gefallen. Hat nicht mal geschrien.«

»Aber Robbie ... Er hat doch gestanden ...«

Das lässt sie aufmerken, und sie blickt ihn forschend an, wirkt für einen kurzen Moment entgeistert.

»Ich hab's für ihn getan. Verstehst du das denn nicht?«, sagt sie mit Nachdruck in der Stimme. »Sie hat ihn so furchtbar ausgenutzt.« Dann wendet sie den Blick ab und spricht mit ruhigerer Stimme weiter, als würde sie nicht mit David reden, sondern mit sich selbst: »Robbie weiß das. Er weiß, dass ich es für ihn getan hab. Ich hab ihn umarmt und ihm gesagt, dass jetzt alles gut werden würde. Dass wir in Sicherheit sind. Alles andere ist jetzt unwichtig.«

Er weiß nicht, was er sagen soll. Selbst wenn er es wüsste, er bekäme kein Wort heraus: Alles in ihm ist blockiert, wird festgehalten von einem überwältigenden Gefühl der Angst. Seine ganze Welt schrumpft von ihm weg. Alles ist fremd.

»Du denkst bestimmt, es sollte mir leidtun«, sagt sie. »Aber es tut mir nicht leid.«

Kälte dringt ihm direkt bis ins Mark.

»Ich bin froh, dass sie tot ist«, erklärt seine Tochter. Sie kneift die Augen zusammen und zieht ihr Fahrrad näher zu sich.

Dann wendet sie sich von ihm ab, sein kleines Mädchen, schwingt das Bein über den Sattel und tritt in die Pedale, fährt los.

Er sieht sie den Weg hinunterradeln. Die Worte flattern ihm durch den Kopf wie Flügel. Er blickt zum Himmel hoch, sucht den Horizont ab, als könnte er den majestätischen Vogel noch einmal sehen, seine ausgebreiteten Schwingen, die stolze Haltung seines Kopfes. Der Himmel ist leer. Der Ozean grollt in der Ferne, Wellen, die an unsichtbaren Felsen brechen. Hier, wo das Land flach ist, und der Weg sich durchs Sumpfland schlängelt, ist alles still. Er blickt Richtung Hafen, aber Holly ist um eine Biegung verschwunden und nicht mehr zu sehen. Er spürt, wie das Gewicht ihrer Worte ihn niederdrückt, spürt die Schwere dieses neuen unerwünschten Wissens. Es gibt niemanden, mit dem er es teilen kann.

Die Flügel der Trauer schlagen in seiner Brust. Er muss an

Lindas Engel der Geschichte denken, dass er gern die Toten aufwecken und zusammenfügen würde, was zerschlagen worden ist. Über ihm regt sich der Wind, und er hält noch einmal Ausschau nach dem Vogel im Flug. Doch da ist nichts. Kein Vogel und kein Engel. Nur er ist da und das tiefe Schweigen des stillen Wassers.

DANK

DIESES BUCH ist in vielerlei Hinsicht das Produkt von Teamarbeit, und wir sind folgenden Personen zu tiefem Dank verpflichtet: Jonathan Lloyd und allen bei Curtis Brown, besonders Lucia Walker, Melissa Pimentel und Luke Speed; Kari Stuart und allen bei ICM Partners; Maxine Hitchcock, Ausnahmeverlegerin, und dem ganzen Team bei Penguin/Michael Joseph, besonders Clare Bowron und Eve Hall; Barbara Jones und allen bei Henry Holt; Hazel Orme für ihr scharfsichtiges Lektorat; unserer lieben Freundin Tana French für ihren Rat und ihre Unterstützung; schließlich Aoife Perry und Conor Sweeney, deren Geduld, Liebe und Humor uns beim Schreiben dieses Buches eine unschätzbare Hilfe waren.

Karen Perry
Bittere Lügen
Roman
Band 19736

Dillon ist tot. Seit fünf Jahren. Doch dann glaubt Harry, seinen Sohn auf der Straße erkannt zu haben. Und will ihn unbedingt finden. Mit schrecklichen Folgen – für ihn, für seine Frau Robin und für einen kleinen Jungen …

»Ein spannendes, sinnlich erzähltes Drama mit eindringlicher Nähe zu den gelungenen Figuren.«
Magazin Bücher

»Dieses Buch werden Sie nie mehr vergessen – ›Bittere Lügen‹ ist fesselndes Psychodrama und beklemmende emotionale Reise in einem.«
Tana French

Das gesamte Programm gibt es unter
www.fischerverlage.de

Karen Perry
Was wir getan haben
Roman
Band 03485

Ein harmloses Kinderspiel verändert das Leben von Katie, Luke und Nick für immer. Sie wollen nur noch vergessen. Und können es nicht. Dreißig Jahre später erhält Katie ein Päckchen. Darin ein toter Vogel. Eine Drohung. Jemand weiß, was sie getan haben. Und wird sein Wissen gegen sie nutzen. Bis zum alles vernichtenden Ende.

»Eine Warnung vorweg: Wenn Sie einmal angefangen haben, werden Sie dieses Buch nicht weglegen können. Teuflisch schlau konstruiert.«
Brigitte

Das gesamte Programm gibt es unter
www.fischerverlage.de